THE CITY & THE CITY

被謀殺的城市

CHINA MIEVILLE

柴納・米耶維—著
林林恩—譯

■■ contents

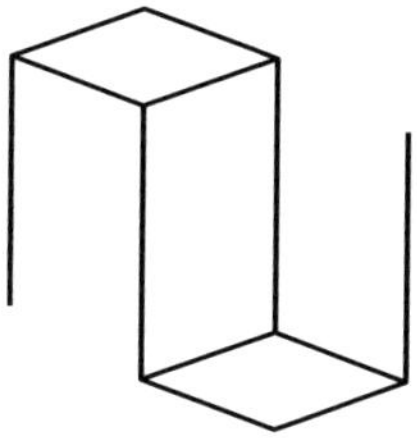

I 貝澤爾

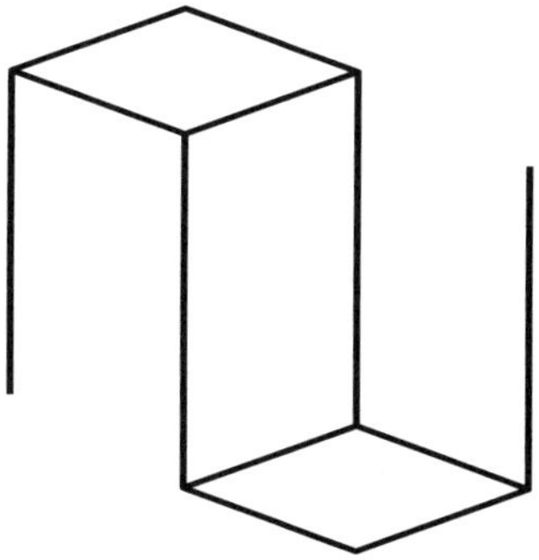

1

我看不到街道，也看不大清楚這住宅區的全貌。我們被周圍髒髒的建築物隔絕；在窗戶另一頭可以看到穿著汗衫的男人，還有手拿馬克杯、剛起床而滿頭亂髮的女人，她倚著窗，邊吃早餐邊看我們。建築物間的開放空間曾整修過，原本想設計成高爾夫球場那樣高低起伏的斜坡果嶺，實際上卻粗糙得像小孩照地圖畫出來的。可能本來還想種樹造林或挖個池塘什麼的吧。那兒有片小灌木林，但樹苗早已枯萎；草坪上雜草叢生，小徑錯綜相連，行走時必須避開垃圾，路上也有車子駛過的痕跡。為了執行各自的職務，警察都到了。我不是第一個，卻是位階最高的——我還看到巴多．諾斯庭和另外一、兩個人。我跟著巡佐來到最多警察同仁聚集的地方，在一座廢棄的低矮塔樓和滑板場中間。滑板場四周有大型鼓狀垃圾桶，能聽見遠處碼頭傳來的聲音；一群孩子坐在牆墩上，面前站了幾個警察；海鷗在我們頭頂上盤旋。

「督察。」我對喊我的人點頭致意。有人端了咖啡給我，我搖頭婉拒，轉而端詳我來此的目的：那名女子。

她就躺在滑板滑道附近。死者是世上最安靜的事物；風會吹動死者的頭髮，就像現在吹動這名女子的髮絲一樣，但死者本身不為所動。女子的姿勢不太好看。她彎著雙腿，彷彿正要起身；手臂的姿勢也很奇怪，臉則朝下。

那是一名年輕女性。一頭棕髮編成辮子，在地上散開，彷彿破土而出的植物。女子幾近赤裸，然而，即使那天早上很冷，她的皮膚卻依舊光滑，沒有起任何雞皮疙瘩。女子只穿著一雙破損的絲襪和一隻高跟鞋。有個巡佐看到我在找另外一隻，遠遠朝我揮手。她正在那兒看著掉落的另一隻鞋。

發現女子屍體至今已過了一、兩個小時。我仔細檢視，憋著氣，彎身靠近泥地，想看清楚她的臉，卻只看到她不願瞑目的一隻眼。

「夏克曼在哪兒？」

「督察，他還沒到……」

「打電話叫他快點過來。」我「啪」的拍了手錶一下。我負責的是所謂犯罪現場調度，在法醫夏克曼到達之前，沒有人能移動這具女屍，但我眼前還有別的事要做。我將視線所及之處掃了一遍：這兒地處偏僻，又有垃圾桶擋著，可是我仍能感到各個關注眼神，像蟲子一樣由四面八方投射而來。但目前我們只能到處亂晃瞎忙。

滑板場邊邊兩個垃圾桶中間躺著一塊溼床墊，旁邊有一大片由生鏽鐵絲與廢棄鐵鏈糾結成的玩意兒。「床墊原本蓋在她身上，」說話的警員叫莉茲拜・寇葳，是個聰明的年輕女子，我們共事過幾次。「我是覺得那不能說藏得很好啦，不過的確讓她看起來像堆垃圾。」死者四周地面的顏色較深，看起來是塊長方形——那是溼床墊覆蓋過後留下的水氣。諾斯庭蹲在一旁凝視地面。

「發現她的那群小鬼把床墊掀開了一半。」寇葳說。

「怎麼發現的？」

寇葳指著地上寥寥數個動物爪印。

「至少他們沒讓屍體被動物抓傷。當他們領悟自己看到的是什麼，根本是拔腿就跑，然後打電話報了警。我們的人到時……」她瞥了瞥我不認識的兩個巡警。

「他們移開了床墊?」

她點頭,「說要看看她是不是還活著。」

「那兩個叫什麼名字?」

「夏希基爾和布萊爾米夫。」

「這些孩子就是發現者?」我朝一旁被警察守著的孩子點點頭。兩男兩女,十五歲左右,一副很冷的模樣,全低著頭。

「是的,一群嚼大麻的小鬼。」

「一大清早就嗑藥助興?」

「很敬業吧?是不是?」她說:「可能是來找本月業績最好的藥頭或什麼鬼的,不到七點就來了——這個運動場顯然就是用來做這種事。兩、三年前才蓋好,原本沒啥用處,不過被當地人拿來做各種用途:午夜十二點到早上九點只開放給嚼大麻的;九點到十一點供當地幫派開會討論每日行程;十一點到午夜十二點讓人溜滑板或直排輪。」

「他們身上帶了什麼?」

「有個男孩帶了把小彈簧刀,很小,連隻小母鼠也嚇不走——不過是玩具。還有,四個人都有口嚼菸草,就這樣。」她聳聳肩。「毒品不在他們身上,我們是在牆邊發現的,但——」她又聳了肩,「——現場只有他們。」

她朝一個同事打了手勢,打開他拿過來的提袋,裡面有幾小束塗了大量樹脂的大麻。這玩意俗稱飛兒得,是阿拉伯茶❶的混種,裡面摻入菸草、咖啡因和較強的藥物,再加上玻璃纖維之類的東西。這是為了刮傷牙齦、讓毒品滲入血液之中。飛兒得這名稱有三種語言的三重含意:阿拉伯茶說明它的產地,而「貓」在我們的語言就叫飛兒得，阿拉伯茶發音又近似英文的「貓」。我聞了聞，發現是很差的劣等貨。那四個青少年穿著厚厚的羽絨夾克，渾身發抖。我朝他們走去。

「條子，怎樣？」男孩說的是帶貝澤爾口音的英文，有微微嘻哈腔調。他抬頭與我四目相對，臉色蒼白。他跟其他三人的臉色都不好看。這群孩子坐的地方其實看不到女子屍體，但他們甚至不敢朝那個方向望。

他們一定知道我們會搜出飛兒得，也知道我們曉得那東西是他們的。他們原本可以選擇保持沉默、直接逃離現場的。

「極重案組，」我說：「我是柏魯督察。」

我沒說「我是泰亞鐸」。這個年紀的孩子很難問話。要直呼名諱、甜言蜜語或拿玩具哄騙太幼稚，可他們年紀又沒有大到可以直接像成年人那樣訊問——至少法律規定得很清楚。「你叫什麼名字？」

男孩遲疑了一下，考慮要不要用自己的化名，最後做罷。

「維爾炎．巴力奇。」

「是你發現她的嗎？」他點頭，朋友也都跟著點，「說說事情經過吧。」

「我們來這裡是因為……因為……呃……」維爾炎停了一下。我並沒提到任何關於毒品的事。他低著頭。「我們看到床墊下有東西，就把它拉開，有些……」維爾炎吞吞吐吐，他的朋友都抬起了頭，顯然可能有某些迷信。

❶ 阿拉伯茶（Catha edulis），稱khat，是一種產於東非和阿拉伯半島地區的植物，咀嚼時，其中含有的興奮成分對人體中樞神經具有刺激作用，可使人上癮。

「狼嗎？」我說道。他們匆匆看了彼此一眼。

「對，老兄。有一小群髒兮兮的動物在那兒到處聞，而且……」

「所以我們就想……」

「那是你們到這裡多久以後？」我說。

維爾炎聳肩，「不知道。幾個小時吧？」

「附近有其他人嗎？」

「不久前有看到幾個傢伙在那邊。」

「毒販？」他又聳聳肩。

「有輛廂型車從草坪那兒開過來，停一下就開走了。我們沒跟任何人說話。」

「車子是什麼時候開過來的？」

「不知道。」

「天色還很暗。」其中一個女孩回答。

「好。維爾炎——各位——如果你們願意，我們會提供你們早餐和飲料。」

我對看守他們的員警做了個手勢。「連絡家長了嗎？」我問道。

「老大，他們都在路上了，除了她——」員警指著其中一個女孩，「——還沒連絡到。」

「那就繼續連絡。載他們回總部吧。」

四個青少年面面相覷。「老兄，搞屁啊。」說話的不是維爾炎，而是另一個男孩，語氣有些不安。

他知道，就政治正確的態度來說他不該聽我指示。不過他現在真心只想跟著我的屬下離開。比跟那塊翻開在黑暗草坪上、溼漉漉、沉甸甸的床墊，喝點紅茶、吃點麵包、做做筆錄，進偵訊室被強烈日光燈照一下，然後來段無聊的問話，意義可是大不相同。

史蒂潘．夏克曼和助手罕德．漢茲尼克剛到，我看了看手錶，夏克曼沒理我，只是氣喘吁吁地彎腰檢視屍體、確認死亡。他也說了一些自己對屍體的發現，漢茲尼克一一記錄下來。

「死亡時間？」我說。

「十二小時左右。」夏克曼用力壓了壓女子的一隻胳膊。她的身軀搖晃了幾下——因為有死後僵硬狀態，而且無法穩穩躺平在地，我想女子搞不好是在別處形成目前這個死亡姿態的。「這裡不是第一現場。」我聽很多人提過他有多厲害，不過目前只能說他還算稱職。

「好了嗎？」他問了一名犯罪現場技術人員，她又拍了兩張不同角度的照片，才點了頭。夏克曼在漢茲尼克協助下將女屍翻身，而女子則僵硬著一動也不動，以示反抗。翻到正面後，她的身體呈現很不合理的姿勢，像隻死蟲，背部貼地面仰躺，四肢彎曲收攏，身軀再次搖搖晃晃。透過飄動的瀏海，她仰望著我們，臉上凝結成一個受驚緊繃的神情：她永遠都只能這樣一臉驚恐了。女子很年輕，化著濃妝，但因為被狠揍過，臉上四處髒汙，實在難以描述她的長相。這景況看在認識她的人眼裡不知道會是怎樣。總之，要等到她被打理妥當我們才能進一步了解。女子的屍身正面覆滿黑黑髒髒的血跡；相機閃光燈閃個不停。

「好了，來瞧瞧致命傷吧。」夏克曼對著她胸部的傷口說。

女子下巴下方有一道彎彎的紅色長血痕，一路延伸到左胸，長度約為她臉的一半。這道傷口前段幾公分很平滑，像是畫筆揮過，沿著血肉精準留下刀痕。不過來到嘴脣下方靠近下巴處，刀痕則呈醜陋的鋸齒狀，還有一個看不出是收刀或落刀的深洞，直至骨頭下方的軟組織。她視若無睹地望著我。

「也要拍幾張沒閃光燈的照片。」我說。

夏克曼還在那兒喃喃自語，我跟其他幾人一樣移開了目光——我總覺得單是盯著她看也算褻瀆。身穿制服的現場調查人員被大家戲稱為「現場的」，他們持續擴大搜索範圍，翻開垃圾、仔細搜查，就連車輛開過留下的輪胎溝槽也不放過，各處一律放置相關參考標記，拍照存證。

「好了，」夏克曼起身，「把她搬走吧。」幾人把女屍搬到擔架上。

「唉，老天，」我說：「快把她蓋起來。」不知是誰找來了毯子，蓋上後才又朝夏克曼的車子移動。

「我下午會開始驗屍，」他說：「今天還會看到你嗎？」我含糊地搖了搖頭，朝寇葳走去。

「諾斯庭。」我叫道，在一個適當的位置停下，好讓寇葳聽到我們的談話。她瞥了我們一眼，稍稍走近。

「督察。」諾斯庭說。

「開始報告。」

他喝了一小口咖啡，緊張地注視著我。

「我猜可能是妓女？」他說：「督察，她給人的第一印象是妓女。畢竟在這個地方被發現，遭人痛毆、又沒穿衣服……是不是？而且……」他指指自己的臉，意指女屍化的誇張濃妝。「妓女無誤。」

「是跟嫖客起衝突嗎？」

「有可能，不過……如果單看身體的傷口……你知道的，可以猜想是女方不從指示之類，所以被痛打一頓。但這個嘛……」他不自在地又摸了一次臉，「就不太一樣了。」

「你覺得是變態嗎？」

他聳肩。「有可能。他用刀割她，殺害之後又棄屍不管，這凶手也是個太過自信的混蛋，根本不鳥我們會不會發現。」

「不是太自信就是太笨。」

「或兩者都是。」

「所以是個自信的笨蛋虐待狂。」我說，而他挑了挑眉。可能吧。

「好。」我說：「有這可能。徹底清查本地的女孩，問問熟悉本區的制服警員，看他們最近是不是辦什麼人辦得不大順利；把女子的照片發出去，也在芙拉娜．笛泰兒❷那兒建個檔。」這是無名女子的通稱。「首先，我要你去問那邊的巴力奇和他同伴的口供——巴多，態度好一點，畢竟他們是可以不報案的——好好把我的話聽進去。也帶雅絲潔克一起。」菈米拉．雅絲潔克可是問話高手呢。「今天下午可以電話回報吧？」等他走遠到聽不見我說話後，我才對寇葳說：「一樣是調查妓女謀殺，幾年前我們的人數還不到現在的一半吶。」

「因為現在進步很多了啊。」她的年紀沒比那名遇害女性大多少。

「我覺得諾斯庭不會喜歡被派來辦妓女的案子，但妳應該有發現他沒抱怨。」我說。

「我們真的是進步很多了。」她說。

「所以？」我挑起眉，朝諾斯庭的方向瞄了一眼，等寇葳接話。我記得她辦過舒爾班失蹤案。那案子比想像中還要複雜難解。

「我只是認為——你知道的，我們也該考慮其他可能性。」她說。

「妳就說吧。」

---

❷ 芙拉娜．笛泰兒（Fulana Detail），作者自創名詞，同Jane Doe，皆為「無名女屍」、「身分不明的女性」的統稱，其中Detail意指「細節、詳情」。

「她的妝——」她說：「都是大地和棕色系，對吧？雖然很濃卻不會——」她性感地噘起嘴，「而且你有沒有注意到她的頭髮？」我的確是注意到了。「沒染過。我可以開車帶你在甘特街繞繞——就在運動場附近，那是女孩聚集的地方之一——我打賭有三分之二是金髮，剩下三分之一不是黑色就是鮮紅之類的怪色。而且……」她用手指在半空中比畫，彷彿把空氣當成了頭髮。「她的頭髮是很髒沒錯，髮質卻比我好很多喔。」她拂過自己分岔的髮尾。

對於在貝澤爾街上拉客的大部分妓女（尤其是在類似這裡的地區），讓孩子吃飽穿暖是第一要務，接著是她們的飛兒得或快克，然後是她們自己的食物，最後才輪到日常生活用品——而潤髮乳通常排在清單很後面。我瞥了其他警察一眼，看到諾斯庭努力要打起精神繼續幹活。

「好，」我說：「這區妳熟嗎？」

「呃，」她說：「那跟這有關係嗎？說真格的，這裡根本不算貝澤爾耶。我的轄區在雷斯托夫，他們接到報案電話，從我們那區調了幾個警員過來支援。但我兩年前有借調過來服務過一期，對這裡算有點認識吧。」

雷斯托夫也幾乎算是郊區了，離市中心約六公里遠。我們現在正在市中心南方，過尤維克橋，差不多在布爾凱海灣和快到出海口的地區之間。嚴格來說，這是一座島，但離本土非常近，跟一些現已面目全非的工廠廢墟相連。寇德維納有住宅區、大賣場，還有幾間租金低廉，牆上連棉潦草塗鴉的酒窖。因為這兒離貝澤爾的心臟地帶很遠，跟市內貧民區不同，容易遭到遺忘。

「妳那時在這兒待了多久？」我說。

「規定是六個月。你能想到的爛事都碰過了：街頭竊案、嗑藥嗑過頭的小鬼互毆到屎尿齊飛，毒品啊拉客啊等等。」

「謀殺呢？」

「我那段時間碰過兩、三次，都跟毒品有關，但大多是查到這兒就停手。道上兄弟都很聰明，動用私刑時不會引來極重案組。」

「是有人在亂搞吧。」

「對，要不就是漠不關心。」

「好，」我說：「我要妳加入，妳目前手上有什麼在忙？」

「沒什麼緊急的。」

「妳先過來支援一段時間。這兒有熟人嗎？」但她噘嘴不語。「盡可能連絡幾個，不行就跟當地警察談談，看看他們的線人是誰。我要妳進行現場調查，多在這區繞繞、四處打聽——這裡叫什麼來著？」

「波科斯特村。」她笑出聲，只是不含一絲笑意。我揚起一邊眉毛。

「那就整村調查，」我說：「看看有什麼發現。」

「我家局長會不高興的。」

「我來擺平。巴沙金對吧？」

「擺平的意思是要暫時借調我嗎？」

「現在先別下定論。我只要妳先全力辦這個案子，並直接向我報告。」我把手機號碼和辦公室電話都給她。「晚點帶我去一些寇德維納這兒的好地方，還有……」我瞄了諾斯庭一眼，她也看到了。「妳盯緊一點。」

「老大，他也可能沒說錯啊。搞不好真是個自大虐待狂幹的。」

「或許吧，先弄清楚她為什麼髮質那麼好吧。」

警界其實有所謂的「直覺破案成績對照表」。大家都知道，克瑞凡局長還在第一線辦案時破了幾個不按牌理出牌的案件，但是總督察馬可柏格沒那麼好運。雖然依結果論他的紀錄還不錯，卻都是苦幹實幹掙來的。警方絕不會把無法解釋的一閃靈光說成「直覺」，怕會招來世人側目，但「直覺」確實存在。當周遭的人冒出「直覺」，我們就是會知道。比方看到一名警探親吻自己的手指、手觸胸口——理論上，瓦沙的墜飾應該就垂在那個位置——而瓦沙正是天外飛來的靈感的守護神。

夏希基爾和布萊爾米夫聽到我問起他們移動墊子的事，先是驚訝，然後立刻替自己解釋，最後變得不太高興。我在報告中參了他們一筆，要是他們願意道歉，我可能還會睜一隻眼、閉一隻眼。很不幸，現場老是會看到警方踩過的鞋印，而且還弄髒、破壞血跡和指紋，採集的樣本不是爛了就是不見。

封鎖線旁聚集了一小群記者，包括一個名叫彼特拉斯某某的傢伙；瓦迪爾．默利，還有個叫雷克豪斯的年輕人，以及其他幾人。

「督察！」「柏魯督察！」甚至有人喊著說：「泰亞鐸！」

多數媒體一向很有禮貌，對我表示最好隱而不談的部分都會照辦。但過去這幾年來，更腥羶色、更激進的新興報章雜誌崛起，在英國或北美老闆的煽動甚至控制下，便會大做文章。這種情形無可避免，誰叫我們本地媒體如此中規中矩、甚至令人感到乏味。可是真正麻煩的還不是一窩蜂報導轟動事件，甚至也不是新興媒體的年輕寫手那副愛找碴的態度，而是他們非常聽話地照著打從出生前就寫好的劇本唱大戲。為《真相週刊》寫稿的雷克豪斯就是一例。他纏著我要真相時其實早就知道我不會給，所以他試圖買通菜鳥警察——有幾次還真的讓他得逞！說真的，他實在不必老掛把那句話掛在嘴邊，什麼「大眾有知的權利」，最好是。

雷克豪斯第一次說那句話時，我甚至不太理解。「權利」二字在貝澤爾語中的意思之多，足以規避他精確指出的那個意思。我得先在腦海用我還算流暢的英文轉譯一遍，才能理解那個詞的意思。雷克豪斯過度堅持那些陳腔濫調，讓他完全忽略溝通的必要性。非得要我對他大聲咆哮、罵他死禿鷹、連死人骨頭都要啃，他才心滿意足。

「你們都知道我要說什麼。」我這麼跟記者說。那條拉長的封鎖線把我和他們隔開。

「今天下午在極重案組中心會召開記者會。」

「幾點？」他們拍我拍個不停。

「彼特拉斯，我們會通知你的。」

雷克豪斯說了些什麼，我假裝沒聽到。轉身離開時，我的視線穿過建築物邊緣，在骯髒的磚牆大樓間看到甘特街。垃圾隨風飛揚，可能飛到任何一個角落；一名老婦人步履蹣跚，緩緩從我身邊走過，然後轉頭看著我。我被她的舉動吸引，與她四目相接，心想她是不是有什麼話要告訴我。在這一眼中，我看清了她的穿著，還有行走、拄枴杖和看人的方式。

我嚇了一跳，才發現她根本不在甘特街，而我根本不該看到她。

我立刻慌張地別過頭，她也做了一樣的動作，速度跟我一樣快。我抬起頭，看向一架飛機，它正在做最後一次盤旋、準備降落。幾秒過後，我又回過頭，忽視腳步沉重離開的老婦人。我小心翼翼注視著附近幾棟建築物的外觀與甘特街，聚焦去看這貧困蕭條的地區，無視老婦人和她所在的異國街道。

2

我叫一名員警載我到雷斯托夫北部，尤維克橋附近。這區我不大熟。念書的時候我偶爾會來這座島和工廠廢墟，不過我的祕密基地另有他處。標示當地地名的路牌用螺絲拴在一間餡餅屋和小工廠的外牆。我依著路牌指示，走到一個位在漂亮廣場裡的電車站，前往一間有沙漏標誌的安養中心和瀰漫肉桂味的香料店中間等車。

電車進站時發出叮鈴聲，在軌道上晃動。即使車廂裡還有一半座位是空的，我依舊沒有坐下。我知道車子會一路往北、沿途載客，直到貝澤爾市中心。而我就站在窗邊，直勾勾地看著城市景色和陌生的街道。

那個女人用難看的姿勢蜷縮在老舊床墊下，還有狼群在一旁嗅聞。我用手機打給諾斯庭。

「床墊送去鑑識了嗎？」

「應該是吧。」

「確認一下。如果技術人員已在鑑識就算了，不過最終宣判時，布萊爾米夫和他伙伴的行為還是可能砸了一切。」或許她這次很快就被發現，但要是我們一個星期後才找到她，她的頭髮可能就要變成白金色了。

河邊那帶十分複雜，許多建築物都有百年之齡，甚至數百年歷史。電車軌道穿過多條小路，在行駛過程中，有大半時間貝澤爾都彷彿傾斜著朝我們逼近。電車顛簸減速，跟在當地或外地車輛後方，來到交疊區域。這裡的貝澤爾建築皆為古董店。這生意曾熱絡了幾年，就跟城裡其他商家一樣。很多人為了變賣求現、換成貝澤爾馬克，清空祖傳房產，將傳家寶送進古董店，成為光潔亮麗的商品。

有些社論家是樂觀主義者。當他們的老闆對著彼此無情叫囂，就跟當初在市政府時一樣，許多政黨新秀正攜手努力把貝澤爾的利益當作第一優先：每項外資——令人驚訝的是居然還真有外資！——都帶動經濟發展。最近甚至有兩家高科技公司進駐。雖然難以置信，卻呼應了貝澤爾近來華而不實的自我稱號——「矽口」。

我在維爾王的雕像那裡下車。市區人群熙攘，我走走停停，頻頻對本地市民或遊客說借過，一方面也小心地對「某些人」視而不見，一路如此，直到抵達極重案組中心那棟堅固的水泥大樓。此時正好有貝澤爾導遊在為兩群遊客導覽。我站在臺階上俯視烏羅帕街，試了幾次手機才有訊號。

「寇葳？」

「老大？」

「那區妳熟，我要問妳：這有沒有可能是違規跨界的案子？」

電話那頭沉默幾秒。

「不大可能。那區幾乎屬於完全地帶，波科斯特村的整個建案當然也是。」

「但是甘特街有部分地區……」

「是這樣沒錯，但最近的重疊區在數百公尺外，他們不可能……」不管是一個還是多個凶手，這風險都太高。「我想我們是可以做此假設。」她說道。

「好吧，有進展就通知我。我快進辦公室了。」

■

我還有其他案子的文書作業要跑。那些東西全都建檔一段時間了，卻還跟等降落的飛機一樣處於不上不下的狀態。有個女人被男友毆打致死，儘管在機場追蹤到他的名字和指紋，但還沒抓到人。有個叫史戴令的老人被毒蟲入侵家中，所以揮著扳手打算嚇嚇歹徒，卻反遭一擊斃命——那個案子結不了；有個名叫阿維·阿維的年輕男子，被種族歧視者重擊後腦，倒在路邊流血過多致死——他身後的牆面寫著「猶太髒鬼」。我和特別部門的沈瓦合作調查，他早在阿維的謀殺案發生前就到貝澤爾的極右派臥底。

我在座位上吃午餐時，菈米拉·雅絲潔克來電，「長官，剛剛問完那些孩子了。」

「結果？」

「他們對自己有什麼權利所知不多——你應該很高興吧。不然諾斯庭現在肯定挨告。」我揉揉眼睛，吞下已到嘴邊的難聽話。

「他幹了什麼事？」

「巴力奇的同伴——瑟格夫，他很愛頂嘴，所以諾斯庭一點也不留情，不斷逼問他，還指控他是主嫌。」我忍不住咒了一聲。「沒那麼麻煩啦，我就滿會好警察的。」我們把英文的好警察（gudcop）壞警察（badcop）拿來改成動詞用。訊問犯人時，諾斯庭是一不小心就會太嚴厲的人。這種方式對有些嫌犯很管用，而且必要時可以讓他們自己說漏嘴，但對嚼大麻的叛逆青少年卻行不通。

「反正沒有造成傷亡。」雅絲潔克說：「他們的口供沒破綻：四人一起外出，在樹叢中亂搞亂玩——可能有點過頭——他們在那裡至少待了幾小時，時間線大概是這樣，但別想問出更確切的數字，因為在『天色還暗』的情況下不可能知道得更詳細——一個女孩看到廂型車從草坪開到滑板場，當時沒想太多，反正不分日夜都有人會去那裡做生意，或是亂丟垃圾。廂型車四處繞了一下，開過滑板場又繞回來。一會兒後就疾駛離去。」

「疾駛？」

我草草寫在記事本上，同時試著用另一隻手從個人電腦接收電子郵件。我斷線好幾次，檔案太大，偏偏系統又爛。

「沒錯。急急忙忙的，懸吊系統被蹂躪得很慘，所以她才會發現它開走。」

「什麼樣的車？」

「她只說『灰色的』，不知道是什麼車款。」

「讓她看一些照片，看看能不能找出廠牌。」

「長官，我已經在進行了，會再告訴你結果。根據巴力奇的供詞，之後還有至少兩輛車子或廂型車開到那兒，可能是為了工作或其他原因。」

「輪胎痕跡可能會很難辨識。」

「這樣摸黑辦事大概過了一小時，那女孩有跟其他人提到廂型車，他們就想說那傢伙可能是在丟東西，所以前去查看。據說被丟在那裡的東西五花八門，有時還可以撿到舊音響、鞋子、書本等等。」

「——然後他們就發現她了。」有些郵件已經接收完畢，其中一封的寄件者是「現場的」，負責攝影。我開了信瀏覽他傳來的圖片。

「他們找到她了。」

蓋德能局長把我叫進他辦公室。他總愛以輕聲細語的方式說些很戲劇化的臺詞，裝出一副彬彬有禮的模樣，但又有點笨拙。不過他不太干涉我想做的事。我坐了下來，他正邊咒罵邊敲鍵盤。我看到電腦螢幕旁的紙片黏了個應該是資料庫密碼的東西。

「案發地點在哪？」他說：「那個住宅區嗎？」

「沒錯。」

「位置？」

「南部郊區。一名年輕女性被殺，屍體有刀傷。夏克曼正在驗屍。」

「妓女嗎？」

「可能。」

「可能——」他重複道。伸開一手、放在耳後，「你還沒說完吧？是我聽力有問題嗎？算了，你就憑直覺繼續查吧。等你想告訴我你為什麼『不說完』，再跟我說。你手下有誰？」

「諾斯庭。我還找了一名轄區警察來協助調查，是一級警員；她對那區很熟。」

「她的轄區在那裡嗎？」我點點頭——雖不中亦不遠矣。

「有什麼還沒解決？」

「我手頭上的案子嗎？」我問。局長點點頭。不過，即使還有其他案子要辦，他還是給了我餘裕去追查芙拉娜．笛泰兒。

「全程都看了嗎？」

現在快晚上十點，距離發現受害者屍體已過了四十多個小時。寇葳開著車，穿梭在甘特街的大街小巷——儘管我們提供她一般車輛，她也沒換掉身上的制服。我前一天很晚回家，早上才獨自走過這些街道，現在又舊地重遊。

大街上有重疊區，其他地方也有幾個，但遠處有一大塊完全屬於貝澤爾，那裡幾乎看不到古老的貝澤爾式建築，像是陡斜屋頂或玻璃窗格很多的窗戶；都是些經營不善的工廠和批發店，少說也有數十年歷史，而且通常都有破窗。開門營業時，架上也只放了一半貨品；建築物正面釘滿木板，雜貨店的店面則圍了鐵絲網。那些歷史更悠久的建築物正面走古典貝澤爾風格，但已破敗不堪。有些房屋被寄居者改為小禮拜堂和毒窟，有些則燒毀成碳化的程度，但仍保留原先骨架。

這區並不擁擠，但也絕對不算空曠。站在外頭的人看起來像某種地標，彷彿一直都在那兒，從未離開。那天早上人比較少，但也沒什麼值得特別注意的。

「夏克曼驗屍時你有在旁邊看嗎？」

「沒。」我看著地圖，對照開車經過的地方。「我到的時候他已經驗完了。」

「你是易吐體質嗎？」她說。

「不是。」

「好吧……」她邊笑邊將車子掉頭。「就算是你也不會承認吧。」

「是真的。」我說，不過其實是假的。

她指出我們經過的幾個地標，可是我沒跟她說我稍早也來了寇德維納，這些地方我都巡視過了。有些人看到我們可能會以為我們是要來騙人上鉤，而寇葳之所以沒有掩蓋警察裝扮，就是要讓他們知道我們意不在此。而我們沒開**瘀青車**——警察都把藍黑相間的警車暱稱為瘀青車——也是要讓他們知道我們不是來找麻煩的。滿貼心的吧！

周遭的人大多位於貝澤爾，所以我們能看見他們——一成不變又單調的剪裁與色調，是貝澤爾服飾永遠的特色——大家都說，這城市的時尚就是一點也不時尚，而這個特色又因貧窮而變了形貌。只有幾個例外，你只要瞥一眼就會知道他們不屬於貝澤爾，因此我們對他們視而不見。然而與父母輩相比，貝澤爾年輕人的打扮花樣更多，色彩也更加繽紛。

貝澤爾大半的人彷彿只是從這頭走到那頭。他們有的剛下夜班、有的離開家裡去到別人家，或去商店。但我們這樣沿途觀察監視，一下子就把這裡變成危險地帶。我們到處都能感受到窺視的眼神，幸好還不至於太誇張。

「今天早上我找了幾個以前連絡過的當地人，」寇葳說：「我問他們有沒有聽到什麼風聲。」她開車載我經過一個沒有燈光的地方。在這裡重疊區轉換了重心。我們保持沉默，直到周遭的路燈再度抽高，變回熟悉的裝飾、角度與風格，才敢出聲。在離我們很遠的一個轉彎處，能夠清楚看到目前行駛的路。有些女子站壁拉客，一臉提防地看著我們靠近。「運氣真背啊。」寇葳說。

她提前來調查時根本連一張照片都沒有。那天早上問到的人都是奉公守法的好市民：酒商員工、當地小教堂的教士、最後一個工人教士❸、二頭肌和前臂刺著鐮刀和耶穌十字架的年邁勇者——身後的架上還放著古提雷茲❹、饒申布士❺和巴拿納❻的貝澤爾語譯作，以及坐在家門臺階上納涼的人。所以寇葳只好問他們對波科斯特村發生的事知道多少。然而他們除了聽說過這起謀殺以外，其餘一無所知。

現在我們手上有一張照片了。那是夏克曼給我的。下車時，我揮舞著照片——我真的得用揮的那些女人才看得到我帶來的東西，並且了解我們不是要逮捕什麼人。

寇葳認識其中幾個。她們邊抽菸邊看著我們。天氣很冷，她們腿上只穿絲襪，我看到時就跟別人一樣滿心納悶。看來我們是影響到她們做生意了——許多當地人經過時抬眼看了我們，又移開目光。我看到一輛瘀青車經過時也減了速，車內的員警一定想說可以簡單地抓人交差。但他們一看到寇葳的制服，就致個意然後加速駛離，我也朝著後車燈揮手回禮。

「想幹麼？」一名女子問道。她腳上踩著廉價高跟長靴，我把照片拿給她看。芙拉娜．笛泰兒的臉已經清理乾淨，只剩一些傷痕（即使上了妝還是看得到）。法醫大可將照片上的傷痕完全修掉，但這些傷帶來的震撼與驚嚇對問話很有幫助。這照片是在剃髮前拍的。

她一臉煩躁，看起來有點不耐煩。

「我不認識這個女的。」「不認識啦。」依我看來，她們似乎不是急著假裝不熟。嫖客有點惶恐地在漆黑的邊緣徘徊不去，妓女則就著街燈的黯淡光芒圍在一起，傳閱照片。不論有沒有人發出同情的嘆息，似乎真的沒有人認識芙拉娜。

「發生什麼事了？」我把名片拿給跟我索取的女子。她膚色很深，可能是閃米特或土耳其人，說得一口字正腔圓的貝澤爾語。

「我們正在調查。」

「我們該擔心嗎？」

「我……」

我停頓了一會兒，而寇葳接過話。「賽拉，有需要的話我們會通知妳們。」

有群年輕男子在撞球館外頭喝烈酒，我們在他們附近停下。寇葳被他們罵了幾句下流話，然後照樣

---

❸工人教士（worker-priest），法國天主教會或英國國教會中，為了傳教而每週花一定時間在工廠工作的神職人員。

❹古提雷茲（Gustavo Gutierrez），解放神學之父。

❺饒申布士（Walter Rauschenbusch），美國社會福音之父。

❻巴拿納（Canaan Sodindo Banana），辛巴威第一任總統，原為牧師，因姓氏同「香蕉」常遭取笑，卸任後因被控為同性戀而入獄。

把照片給他們傳閱。

「為什麼來這裡？」我低聲詢問。

「老大，這些人都是低階流氓，」她跟我說：「可以觀察他們的反應。」但他們沒露出蛛絲馬跡，只是把照片還了回來，面無表情地收下我的名片。

我們在其他幾個聚眾地點重複這個動作。每次都在車裡等幾分鐘，車子也停得夠遠，然後期望會有神色不安的人先行從各團體告退，溜過來找我們，提供些不一樣的資訊。不論線索有多小，都可能讓我們對死者的身分和家人有更多了解——但沒人來。我只是給出更多張名片，在記事本上寫下寇葳覺得重要的幾個名字和敘述。

「我認識的人就這麼多了。」她說。有些人認出寇葳，但對搜查沒多大幫助。等到我們都覺得應該告一段落，早就半夜兩點了。天空中有一輪皎潔半月。最後一次問話結束後我們又停下車，雙雙站在路上。此時就連最後一批深夜常客都不見蹤影。

「她依舊是個大問號。」對於這個結果，寇葳很意外。

「我會在這一區張貼有死者照片的海報。」

「老大，你認真的嗎？局長會同意嗎？」我們低聲交談。我用手指纏著一處鐵絲網圍籬的網眼，圍籬裡頭只有混凝土和低矮灌木。

「會的，」我說：「他會同意的。這又不是什麼大事。」

「但這需要幾個制服警察花上幾小時，他不會——不會——」

「可是我們得找出死者身分啊——媽的，大不了我自己貼。」我會把照片送到城裡的每個分局，等到找出姓名——如果芙拉娜的身家背景跟我們目前的直覺一樣——那我們現在握有的資源就再也沒有意義了。

我們正在消耗本來就會悄悄流逝的優勢。

「老大，你作主就好。」

「也不是全都我說了算，但至少這方面我還能做到。」

「要走了嗎？」她指指車子。

「我走去搭電車就好。」

「真的假的？拜託，要坐很久耶。」但我向她揮手道別。這一路上，只有我自己的腳步聲與流浪狗發狂似的吠叫相伴。在我要去的地方，本地的灰色街燈已然消失。照亮我的是外地橘光。

比起真實世界，夏克曼還是在自己的研究室比較聽話。我前一天跟漢茲尼克通過電話，想看那群孩子做筆錄時的錄影，連絡我過去的是夏克曼。研究室內果然氣溫很低，瀰漫著化學藥劑的味道。沒有窗戶的寬敞房內擺著數量相當的深色變色木材和鋼鐵製品，牆上有布告欄，每一面都貼了滿滿的公告。

房間每個角落和電腦工作區的邊邊角角都有灰塵伺機而動。不過，我某次伸手順著外洩止流閘旁髒兮兮的溝槽摸過一遍後，它就變乾淨了。這些都是陳年汙漬。夏克曼正站在鐵製解剖檯前，上面躺的女子就是那位芙拉娜。她長相平凡，身上蓋著一塊稍微有點汙漬的白布。我們討論她的時候，她則凝視前方。

我看著漢茲尼克，猜想他只比死者大一點。他雙手交握，恭敬地站在一旁。不知道是不是巧合，他旁邊那塊備忘板上的眾多明信片和便條中，貼了一小塊顏色豐富的沙哈達❼。殺害阿維．阿維的凶手也把罕德．漢茲尼克貼上猶太人（ébru）的標籤。如今這個詞大多只有老派保守分子和種族歧視者會用；又或者，該詞原本指涉的對象也會反其道用在自己身上——反擊挑釁的意味頗為濃厚。有個知名的貝澤爾嘻哈團體就叫做Ébru W. A.。

當然，嚴格來說，被冠上這個詞的情況中至少有五成非常荒誕，而且也不算精確。但這詞可回溯至兩百年前，打從來自巴爾幹半島的難民逃到此地尋求庇護開始，此後這個城市的穆斯林人口迅速擴展。ébru在貝澤爾古語中即指「猶太人」，現在又被強迫召回，用來將這些新移民包括進去，最後ébru也成為泛指這兩種人的通稱。貝澤爾過去的猶太人貧民區正是穆斯林新移民落腳之地，甚至早在難民到來之前，貝澤爾本地的兩個少數族群就已習慣性進行結盟，原因可能是為了有趣——或因為恐懼——總之得看當時的政治情勢。我們有個傳統，會開愚蠢的老二玩笑。但現在幾乎沒有哪個平民百姓知道，這笑話源自貝澤爾猶太主祭司和總伊瑪目❽在幾百年前一段幽默的對話，內容關乎貝澤爾東正教有多放縱。兩人當時都同意，貝澤爾東正教非但不如最古老的亞伯拉罕裔的一神信仰智慧，也欠缺其近代後裔的活力。

貝澤爾建城至今，可說一直存在一種常見的經營型態：穆斯林和猶太人合開咖啡館。我們稱之為DöplirCaffé。穆斯林和猶太人承租的店面比鄰而立，各自擁有獨立的櫃臺和廚房，供應符合伊斯蘭教和猶太教教規的食物，更共用店名、招牌和隨處擺放的桌椅，店與店之間的牆壁也打掉了。各種族群的顧客都會來光顧，分別和兩個老闆打完招呼後坐在一起，從各自所屬的教派點自己能吃的餐點。至於思想自由的人則會大搖大擺地跟其中一邊點餐，或是兩邊都點。DöplirCaffé究竟是一家店或兩家店，要視問話者的身分而定：對於課徵財產稅的機關，DöplirCaffé永遠都是一家店。

這個貝澤爾貧民區目前僅有建築風格保存下來，不再是正式的政治性疆界。破敗不堪的老房子融合中產階級時髦新風貌，夾在風格截然不同又純粹的異地空間，自成一格。然而，那指的僅是城市本身，而非寓言或象徵。罕德．漢茲尼克求學時應該不會過得太愉快，而我對夏克曼的觀感則稍有提升：漢茲尼克這樣的年紀與個性，竟如此大方地展現自身信仰，我不能說不訝異。

夏克曼沒有掀開芙拉娜身上的白布，就這麼讓她躺在我們之間。他們一定動過一些手腳才有辦法讓她平靜地躺在那兒。

「我把報告寄給你了。」夏克曼說：「她是約莫二十四、五歲的女性，整體而言，除了掛了以外健康情況良好；死亡時間推估為前天半夜十二點左右，八九不離十。死因為胸部穿刺傷，共有四處，其中一個深及心臟；凶器應該是牆頭釘或鑽孔錐之類的，不是刀器。頭部也有一處重傷和零星幾處擦傷，」我抬起頭。「有些在頭髮底下，頭部的一側受到重擊。」他以慢動作揮動手臂，模擬當時情況。「擊中頭骨左側。凶手可說是往死裡打——要不也至少是想把她打到不省人事。總之，那個刺傷才是致命傷。」

「毆打頭部的凶器是什麼？」

「某種沉重的鈍器。也有可能是拳頭——我想是個很大的拳頭。但我抱持高度懷疑。」他拉開白布一角，巧妙地露出女子頭部。因為死後腫脹，膚色呈現可怕的青紫。「你瞧。」他要我靠近看她剃光頭髮後的頭皮。

我靠近後聞到防腐劑的味道。頭皮上的淡黑髮根中夾雜幾處小小的刺傷結痂。

「這些是什麼？」

---

❼ 沙哈達（shahada），指回教的「清真言」，在伊斯蘭教義裡，是指一種宣告或是信仰的告白——萬物非主，惟有真主，穆罕默德是主的使者。漢茲尼克的名Hamd為阿拉伯文，意為頌揚真主阿拉的詩歌或讚詞。

❽ 伊瑪目（imam），伊斯蘭教宗教領袖或學者的尊稱。

「不知道。」他說：「傷口不深，可能倒在什麼東西上了吧。傷口約為鉛筆芯刺進皮膚的大小，範圍大概有我手掌寬，不規則分布在頭皮。有幾個地方是連起來的，有幾公釐長，中間的傷口比前後都深。」

「有性交跡象嗎？」

「最近沒有。所以說，如果她真是妓女，可能是拒絕發生關係才被打得這麼慘。」我點點頭。他稍微停頓了一下。「我們把她清理過了，」他最後說：「但她身上都是汙泥和雜草漬。就她陳屍的地點，你想得到的髒東西都有——還有鐵鏽呢。」

「鐵鏽？」

「全身都是，很多擦傷、割傷、刮傷等等，大多是死後才有的，傷口上都沾了鐵鏽。」

我又點點頭，皺起眉。

「有防禦傷嗎？」

「沒有，這攻擊應該來得又急又狠、出其不意——又或者她被翻過面了。她身體正面有較多像是刮傷的傷口，」夏克曼指著皮膚上那些撕裂傷，「這跟拖行痕跡相符，是殺害過程中磨擦產生的傷口。」

漢茲尼克原本想說話，卻又閉口不語。我看了他一眼，他傷心地搖了搖頭：*沒事，沒事。*

3

海報公布了，主要張貼在受害者陳屍地點附近，不過幾條主要街道和購物街、凱左夫、托匹司薩之類的地區也貼了一些。就連我離開自家公寓時都看到了一張。

我住的地方離市中心有點距離，位於舊城東南方，是兀爾科夫街一棟六層樓公寓頂樓唯一的住戶。那條街是重度重疊區——建築物一棟嵌著一棟，緊緊相依，有些地方甚至家家戶戶交疊相連，唯有異地有所區隔。本市建築物會比別市高出一層或三層，所以貝澤爾就這麼懸在空中，一整片的屋頂景色幾乎有如堞口。

兀爾科夫街的盡頭是耶穌升天大教堂，窗戶有鐵絲網保護，但有些彩繪玻璃還是遭到破壞；而以大梁支撐的塔樓若形成陰影，會隱約投射到耶穌升天大教堂，產生條紋陰影。每隔幾天會有魚市。我總是邊聽攤販撥弄冰塊、上架活生生的軟體動物，一邊吃早餐。甚至，我也習於看著年輕女子身穿跟她們奶奶年紀相仿的衣服，站在攤子後面工作，散發懷舊照片的氛圍。那些女子用抹布色的頭巾紮起頭髮，圍巾則以灰色和紅色的線嵌縫而成。即使在去除魚內臟時濺到血跡也看不大出來。船上的男人總是直視遠方，有時會有誤導效果，讓人以為他們從靠岸到抵達我家樓下這條鵝卵石路之間不曾卸貨。貝澤爾的船夫會到處亂晃，對著漁貨又聞又戳。

早晨時分，我家窗外的高架鐵路會有火車駛過，但那不屬於我的城市，所以我當然視而不見——不過要是盯著車廂裡看，絕對能和裡頭的乘客對上眼——畢竟他們離我那麼近。

——而映入他們眼簾的，將會是一個穿著晨袍的瘦削男子，四十出頭，早餐吃著優格，喝著咖啡，坐在搖椅上看報紙——可能是Inkyistor，或Iy Déurnemor，要不就是油墨容易髒手的《貝澤爾日報》，努力練練英文。通常他會是獨自一人——有時還會看到與這男人年紀相仿的兩個女人之一（一個是貝澤爾大學的經濟史學家，另一個是藝術雜誌的作家。兩人都不知道彼此的存在，但就算知道也不會在意）。

我離開家門後，在前門附近看到一張海報，芙拉娜的臉與我面面相覷。雖然她雙眼緊閉，但因為照片經過裁切修整，所以看起來不像已逝，反而像在昏睡。上面寫著，**你認識這名女子嗎**？海報以黑白印刷，用的是雪面銅版紙。**請致電極重案組**——還印了我們的專線電話。這張海報能夠存在，或許可以證實本地警察的高效率。他們可能跑遍了整座市鎮——又或者因為知道我住在哪裡，為了讓我不要去煩他們所以要了些小手段，只為了讓我到處都能看見。

我家離極重案組總部只有幾公里，所以我都走路上班。我沿著磚砌橋拱走。橋上是另一國度的鐵路，而橋下屬於哪一邊就不一定了。我可以看見一些小店和畫上塗鴉的非法占用空屋。貝澤爾的這區很安靜，但街上充斥著另一邊的人事物。我裝作沒看見，但還是要花點時間才能通過。我走到維雅卡米爾街轉角前，雅絲潔克打手機給我。

「廂型車找到了。」

我招了一輛計程車，一路上走走停停。馬切斯橋的交通一向壅塞，本地外地皆然。朝西岸緩緩前進時，我好整以暇地看著骯髒的河流、煙霧和造船廠裡髒兮兮的船隻，個個被外地濱水區的玻璃帷幕大樓反射的光弄得閃閃發亮——那裡是令人稱羨的金融區。我該視而不見的水上計程車駛過，留下餘波蕩漾，貝澤爾拖船因之上下擺動；廂型車歪斜地停在建築物間。它不在停車位上，反而停在進出口公司廠房和辦公大樓之間的水道邊。這塊畸零地滿是垃圾和狼糞，連起兩條較大的路。犯罪現場封鎖線阻絕了兩端出入口——此舉不甚恰當。因為這條小巷雖然人煙罕至，卻是貨真價實的重疊區。所以在這種情況下，拉起封鎖線是明知不可為而為的權宜之計。我的同僚散在廂型車四周，有說有笑。

「老大。」說話的是雅絲潔克。

「寇葳在路上了嗎？」

「是的，我跟她說了。」我硬拉一個初級員警加入調查，雅絲潔克並沒置喙。她陪我走過去。那是輛福斯廂型車，老舊而且發不動，車況非常糟糕。原本應該是偏灰白而不是灰色，但因為太髒結果看起來顏色很深。

「採集指紋了嗎？」我邊問邊戴上橡膠手套。「現場的」點了點頭，在我附近勘驗現場。

「車門沒鎖。」雅絲潔克說。

我打開車門，戳了戳車椅表面裂開露出的填充物；儀表板上擺著一件小裝飾——一尊塑膠製的草裙舞天使。我拉開前座置物箱，看到垃圾和一本翻爛的導航地圖集。我展開書中的地圖，但找不到其他東西。這本地圖集可說是貝澤爾駕駛人手一本，但這個版本十分久遠，而且還是黑白的。

「你怎麼知道是這輛？」聞言，雅絲潔克帶我到後車廂，她打開車門。裡面又更髒亂了，聞起來潮溼——但不會太噁心。那是一種混合鏽蝕、霉味、尼龍繩和成堆垃圾的氣味。「這都是些什麼玩意兒？」

我戳了一下。全是些零零散散的小東西。一具不屬於這輛車的小型馬達正在晃動，有一臺壞掉的電視，還有看不出是什麼的碎片，螺旋狀的碎石，最下面墊著布和灰塵，底盤有層層剝落的鐵鏽和氧化物的殘留。

「看到那個了嗎？」雅絲潔克指著車底的汙漬。如果沒細看，我可能會以為是油汙。「辦公室有幾個人打電話來通報，說發現一輛廢棄廂型車。制服警察看到車門是打開的，不曉得是警戒心很高呢，還是調查未決案件很仔細，總之不管是哪一種，我們都算幸運。」是說，昨天早上理應對貝澤爾全體巡警發布一則命令：只要查到任何灰色車輛，都要回報，並通知極重案組。幸運的是，這些員警沒有直接通報將這輛車拖吊沒收。「他們看到車廂地板有血漬就送去化驗。雖然還沒證實，但應該跟芙拉娜的血型相符。正式檢查報告很快就會出來。」

我俯身觀察這堆廢物底下：那東西像是被壓在一大堆垃圾下的錢鼠。我小心撥動碎屑，將沒用的垃圾移到一邊，手抽起來後都變紅了。我一件一件檢視，每個都摸一摸、掂掂重量。那個像引擎的東西上有根管子：可能曾有人握著那根管子揮舞；底座很重，被打到的東西鐵定會破。然而這東西並沒有磨損的痕跡，也沒有沾到血跡或毛髮，所以我不認為這是凶器。

「還沒有什麼東西被拿走吧？」

「沒有，沒文件什麼都動不了——除了這個以外。裡面什麼都沒有，但結果一、兩天後會出來。」

「垃圾倒是很多。」我說。寇葳到了，小巷兩邊都有行人躊躇不前，看著「現場的」在那邊幹活兒。

「線索不夠不是什麼問題，線索太多才要煩惱咧。」

「的確如此。我們先假設：女子全身沾滿這裡的鏽，曾被放在這兒。」受害女子的臉和身體都很髒，雙手除外。表示她沒有設法撥開垃圾或保護自己的頭部。在廂型車內，她被這堆垃圾推來撞去，當時恐怕早已失去意識或死亡。

「他們載著這堆鬼東西到處跑是要搞什麼？」寇葳問道。當天下午前，我們就查出了廂型車車主的姓名和住址，隔天早上便證實此處的血跡的確屬於芙拉娜。

廂型車的車主是麥凱．庫魯什。他是這輛車的第三任車主，至少從官方資料看是如此。他有前科，曾因兩次傷害罪、一次竊盜罪入獄服刑，上次入獄是四年前。而且——寇葳還說：「快看。」——他也曾因買春被逮。當時跟他聯繫的人是個在應召站臥底的警察。「這樣也可以確定他是尋芳客了。」後來，他持續銷聲匿跡，但匆匆上網查過後發現，他在城裡許多市場販售零組件，一週有三天固定待在貝澤爾西區馬西林的一家店裡。

我們可以從這個人連結到廂型車，再連到芙拉娜——這種直接連結正是我們最想要的。我回辦公室查看留言。史戴令的案件中有些待辦事項是用來消磨時間的。總機留言說，有一個跟海報有關的最新消息和兩個疑問。這兩年電信局一直答應要幫我們升級成可以顯示來電號碼的電話機，可是都沒下文。

當然，還有很多人打來說他們認識芙拉娜，然而目前看來只有幾個值得後續追蹤。接電話的同仁都知道怎麼過濾錯誤或惡作劇電話，而且正確率出乎意料的高。整體判斷，受害者可能是蓋達爾鎮一個小型律師事務所的法律助理，她已失蹤多日——但也可能如某匿名者所堅稱：「她是妓女，叫做『臭臉蘿莘』，我只能透露這麼多！」制服警察正著手調查。

我跟蓋德能局長說我想去庫魯什家找他談談，請他自願提供指紋、唾液協助辦案，並探探他的反應；如果他不配合，我們就傳喚他到案說明，並派人監視他。

「好。」蓋德能說：「但別浪費太多時間。如果他不配合，直接提出半逮捕要求，把人帶回來隔離偵訊。」

然而，即使貝澤爾法律授予我們這種權利，我也不會那麼做。「半逮捕」代表我們可以強制將非自願的目擊證人或「關係人」拘留六小時，進行初步訊問。依正常程序，嫌犯如不合作或保持沉默，並不能當作物證，或據此妄下結論。針對證據不足無法逮捕的嫌犯，傳統做法是要先讓他招供。對於有潛逃之虞的嫌犯，這有時也不失為一種有效的拖延戰術，但陪審團和律師都反對這種做法。而遭到半逮捕的人如果不坦承犯案，之後通常會大興訴訟。因為我們警方就是一副恨不得快點破案的模樣。老派的蓋德能當然不管這個，但是我有我自己的優先順序。

庫魯什工作的地方經濟活動並不活絡，他做的也是不大賺錢的行業。老愛編藉口的當地警方確認過庫魯什的行蹤，我們就忙不迭地趕過去。

我們把他從辦公室裡拖出來。那間炎熱又滿是灰塵的辦公室位於店鋪樓上，文件櫃沿牆擺放，從櫃子之間露出的牆面貼有行事曆和褪色的修補貼片。我們把庫魯什帶走時，他的助理只是愣愣地瞪著我們，把桌上的東西拿起又放下。

在寇葳和其他制服警察出現在門口前，他就知道我的身分了——這人果然是老手——至少曾經是。除去我們的態度不談，他其實知道自己沒有被捕，也可以拒絕跟我們走，所以就只能照蓋德能的方法了。他看到我們時有一瞬間先是呆若木雞，似乎在考慮要不要逃跑。但能逃去哪兒呢？於是他隨我們走下建築物牆邊搖搖晃晃的鐵製階梯——這也是唯一的出入口。我對著無線電咕噥幾句，要等候在外頭的武裝員警撤退。他完全沒可能看到他們。

庫魯什身材胖壯，身穿格子襯衫，一副陰沉又灰敗的模樣，簡直跟他的辦公室牆壁沒兩樣。在偵訊室裡，他從桌子另一頭看著我。雅絲潔克坐著，寇葳則銜命不語，只站在一旁看；我則在踱步。這不算正式訊問，所以沒有錄音。

「麥凱，知道自己為什麼會在這裡嗎？」

「完全不知。」

「知道你的廂型車在哪裡嗎？」

他猛抬起頭瞪我，語調改變——突然充滿希望。

「原來是這件事啊？」最後他說：「廂型車？」他「哈」一聲笑了出來，稍微往後一坐。態度還是小心謹慎，但放鬆了些。「車子找到了嗎？那——」

「找到？」

「車子三天前被偷了啊！所以你們找到了嗎？老天，這是怎麼回事……車子在你們這兒嗎？我可以領回去嗎？出什麼事了？」

我看著雅絲潔克，她起身悄聲跟我說了幾句話，又坐下來注視庫魯什。

「是，我們是找到車了。是這樣的，麥凱，」我說：「我想問你：你覺得是怎麼回事？說老實話，其實跟你想的不一樣喔——麥凱，手不要指著我，我叫你說話你再說話。你原本想說什麼我沒興趣知道，但重點來了：像你這樣需要載貨的人明明很需要廂型車，卻沒有申報遺失。」我低下頭，迅速看了雅絲潔克一眼，確定嗎？而她點點頭。「你沒報警說車子遭竊，所以我知道了一件事：就算少了那輛爛車——沒錯，我得說那真是輛爛車——你也不會少一塊肉。至少就人類的角度並不會。但是我想知道，如果車子被偷，到底是什麼原因讓你沒去報警——還有通知你的保險公司？你沒有車又要怎麼工作？」

庫魯什聳聳肩。

「都怪我心情還沒整理好啦。我本來要弄的，但很忙……」

「我們知道你有多忙，小麥，但我還是要問：你為什麼不報失？」

「就還沒那心情啊。真的他媽的沒什麼可疑——」

「整整三天？」

「我的車到底找到沒？怎麼回事？車被人拿去做壞事了對吧？所以到底出了什麼事？」

「你認識這名女子嗎？小麥，星期二晚上你人在哪兒？」他盯著照片。

「老天爺。」他的臉色刷白——真的很白。「是有人被殺了嗎？老天！她被撞了嗎？肇事逃逸嗎？我的老天。」他拿出一臺有凹痕的PDA，還沒開機又抬起了頭。「星期二嗎？我在開會啊。星期二晚上對嗎？我對天發誓我那時真的在開會。」他發出緊張不安的聲音。「我那輛該死的廂型車在那晚被偷了。我人在開會，有二十個人可以作證。」

「什麼會？在哪裡開？」

「邁摩斯。」

「你沒有廂型車要怎麼去？」

「開我那輛該死的轎車啊！那輛車可沒被偷。我去參加匿名戒賭會，」我盯著他。「我天殺的還每週都去報到咧，四年來都沒缺過。」

「從你上回入獄後。」

「沒錯，從我被關進該死的窯子裡開始。老天，你以為我是犯什麼罪進去的？」

「傷害罪。」

「對，我打斷了賭場一個爛人的鼻子，因為我動作太慢，他威脅我。但你才懶得管，總之，我星期二晚上跟一屋子爛人在一起。」

「那樣的話……呃，頂多兩小時吧……」

「是沒錯，開完會後九點我們去了酒吧——我參加的是戒賭會，可不是戒酒會——我在那裡待到半夜十二點後，而且我不是單獨回家，我那組有個女的……反正他們都可以跟你們說啦。」

關於這點他猜錯了。戒賭會十八人中有十一人不願具名。會議召集人是個綁馬尾、身材結實的男人，自稱「豆豆」柴特。他不願透露與會者的姓名——不說是對的。我們大可逼他講，但何必呢？願意挺身作證的七人都證實了庫魯什的供詞，只是沒人承認自己是他說一起回家的女人，但有幾個人證實這人真的存在。我們可以去查，只不過還是一樣：這樣做要幹麼？「現場的」在無名女屍身上發現庫魯什的DNA，興奮得要命，但那不過是從女子皮膚上找到他微量的手毛。既然他很常搬東西進出廂型車，這種DNA證據證明不了什麼。

「那你為什麼不跟別人說車不見？」

「他有說，」雅絲潔克跟我說：「只是沒跟我們講。可是我跟那個祕書基斯托夫談過，庫魯什這幾天一直生氣地抱怨說車子不見了。」

「他是提不起勇氣來告訴我們嗎？他沒車是要怎麼幹活？」

「基斯托夫說他只是過個河，到另一頭四處找東西打發時間——特殊的進口商品，每次的數量很少。會典當到國外，也挑一些轉賣。都是些便宜衣服和騙人CD。」

「國外哪裡？」

「印度瓦爾納和羅馬尼亞布加勒斯特，偶爾土耳其——當然還有烏廓瑪。」

「所以他是因為這樣才遲遲無法報失？」

「長官，確實可能有這種事。」

不過，即便他是那麼殷殷期盼——儘管沒有報失，他依然很想快點把車拿回來——我們也不能把車還他。不過我們還是把他帶到汽車扣押場指認。

「沒錯，是我的。」我等著他抱怨車子怎麼被操得那麼慘，但很顯然那車平常就是這顏色。「我為什麼不能領？我很需要耶。」

「正如我先前不斷的重申：這輛車是犯罪現場證物，等告一段落就會還你——我問你，這是幹麼用的？」他聽了氣得吹鬍子瞪眼、埋怨連連，只能看著後車廂。我不讓他碰任何東西。

「你說這堆垃圾？我他媽的才不知道。」

「這個——我說的是這個。」我指指扯斷的尼龍繩和垃圾碎屑。

「噢，我不知道是什麼，又不是我放的——不要那樣看我——你說我幹麼要載這種垃圾？」

後來我在辦公室對寇葳說：「莉茲拜，如果妳有任何想法，隨時打斷我：目前我們知道受害者是一個可能是妓女、也可能不是妓女的女孩；沒人認識她，被棄置在公共場所，用偷來的廂型車載運，車內還考慮周到而且沒頭沒腦放了一堆垃圾，凶器則遍尋不著——這點我們非常確定。」我戳了戳桌上寫得一清二楚的報告。

「住宅區四處都是垃圾啊。」她說：「貝澤爾到處都是垃圾，他可能是從什麼地方撿來的。唔……也可能是『他們』。」

「撿起來、藏起來、丟掉；還有廂型車。」

寇葳坐得直挺挺，等我說話。而這堆垃圾的作用就是在女屍身上滾來滾去，讓她像舊鐵一樣生出鏽斑。

4

兩條線索都是假的。律師事務所的助理沒遞辭呈就離職了，我們在貝澤爾東部的拜亞斯埃立克找到她。因為造成我們的困擾，她似乎是覺得丟臉。「我沒有先提離職，」她不停地說：「都有那種老闆了，我才不要先提——以前從沒發生過這種情況，完全沒有。」而寇葳不費吹灰之力就找到「臭臉」蘿莘：她當時正在拉客。

「老大，她跟芙拉娜一點都不像。」寇葳給我看蘿莘搔首弄姿、一臉愉快的照片圖檔。現在我們追查不到當初斬釘截鐵、保證千真萬確，結果提供假消息的人，也無從得知為何有人把這兩個女子誤認為受害人。我已派人追蹤我們收到的其他消息，辦公室的電話有人留言，也有無聲訊息。

下雨了。我家前門外公用電話亭的芙拉娜照片海報也被雨淋得溼透，出現一條條水痕。有人在海報上方貼了一張巴爾幹高科技電音舞曲之夜的亮面傳單，蓋住她臉孔上半部。夜店字樣出現在女子的嘴唇和臉頰上。我撕下新傳單，但沒丟掉，只是移動了位置，再釘回去，讓芙拉娜能露臉見人。她閉起的雙眼就在新傳單旁，由DJ雷迪克❾和老虎克魯相伴，再加上什麼「快節奏」等字樣。我沒看過其他張尋人海報，雖然寇葳向我保證城裡其他地方真的都有貼。

想當然耳，廂型車中到處都能找到庫魯什的痕跡，而女屍身上的一些毛髮反而不是他的。無論如

---

❾ DJ Radic，肯亞DJ兼音樂製作人，在成音與錄音工程領域首屈一指。

何，我們先假設戒賭中的賭徒都會撒謊，嘗試問出他曾把車借給誰。他給了我們幾個名字，卻仍堅持車是被不認識的人偷走。

發現屍體後的那個星期一，我接到一通電話。

「我是柏魯。」停頓很久後，我又報了一次名字，電話那頭則複述了一次。

「柏魯督察。」

「能為你效勞嗎？」

「我不曉得你能幫我什麼，幾天前我本來還指望你能幫我，所以一直試圖連絡你；但說實在，應該是我能幫你的忙。」說話的男子操外國口音。

「什麼？抱歉，請大聲一點——線路收訊很糟。」

男子的聲音受到靜電干擾，聽起來有如拿著老機器在錄音。我無法確定延遲的聲音是受到線路影響，還是他真的必須花很多時間才有辦法回應我的話。他的貝澤爾語流利但怪怪的，有種復古的抑揚頓挫。我說：「你是誰？有何貴幹？」

「我有消息要告訴你。」

「你打過我們的服務專線嗎？」

「我不能打去那裡。」他是從國外打來的。貝澤爾的電話轉接服務非常落後，送出的回饋信號相當有特色。「這就是癥結所在。」

「你怎麼知道我的號碼？」

「柏魯，給我閉嘴。」我再一次希望電話能有來電顯示功能；我坐直了身子。「Google來的。報紙上有你的名字，你負責那女孩的調查。所以要透過助理拿到你的號碼並不難——你到底要不要我幫忙？」

我忍不住環視四周……誰也沒看到。「你從哪裡打來的？」我掀開百葉窗的葉片，想看街上是不是有人在監視我。結果當然是沒有。

「少來，柏魯。你明明知道我是從哪裡打給你。」

我做著筆記，我認得這種腔調。

他是從烏廓瑪打來的。

「既然知道我的所在位置，請勿詢問我的姓名。」

「跟我通話並不犯法。」

「那是因為你不知道我要跟你說什麼，你才會這麼說。事情是這樣——」他突然打住。我聽到他手摀話筒，喃喃自語了一會兒。「聽著，柏魯，我不知道你這話有何根據，但我認為從另一個國家打電話給你根本就是瘋子的行為，也可以算是羞辱。」

「我不談政治。聽著，如果你想說……」最後這句話我是用烏廓瑪的伊利坦語講的。

「好吧。」他打斷我——用帶著舊式伊利坦語字尾變化的貝澤爾語。「媽的，反正表面上不都是同一種語言麼？」我記下他這句話。「先閉嘴。你不想聽我的消息嗎？」

「當然想。」我站在那兒伸手翻找，設法找出追蹤這通電話的方法。我的電話沒有裝設追蹤裝置，而就算我能在跟他通話的同時連絡上電信局，透過貝澤爾電信局追蹤也可能得花上好幾個小時。

「那個女人，就你們正在……那個的……她死了對吧？她一定是死了。我認識她。」

「我很遺憾……」他沉默了幾秒，而我只吐得出這句話。

「我認識她……我是很久以前認識她的。柏魯，我想幫你，但不是因為你是條子——上天明鑑，我不承認你手上的權力——但是如果瑪爾雅是被……如果真的是他殺，我在乎的人可能就有危險了——當然了，我最在乎的人就是我自己。可是應該要有人替她……好吧，我知道的就是這樣了——

「她說她叫瑪爾雅，我是在這裡認識她的——在烏廓爾。我會盡可能把我知道的一切告訴你，但我知道的其實不多，因為這根本不關我事。她是個外國人，我因為政治活動和她搭上線，她非常狂熱——你懂嗎？她狂熱的事物跟我一開始的猜想不一樣。她這人學識豐富，是不太愛浪費時間的。」

「你聽著——」我說。

「我能說的都告訴你了：她住在這兒。」

「但她人在貝澤爾。」

「拜託喔，」他很生氣，「拜託，沒有官方許可她是去不了貝澤爾的。就算真的偷偷跑去，她還是歸烏廓瑪管。你去問問牢裡那些激進分子，會有人認識她的。她什麼地方都去過——所有地下組織——一定兩邊都有去過。她這樣無所不用其極，就只是為了把資訊全部搜遍——而她也真的做到了。以上。」

「那你怎麼知道她被殺死？」我聽到他發出「噓」聲。

「柏魯，你會問出這種問題就代表你很蠢，而我根本在浪費時間。我是看到照片才認出她的，柏魯。如果我覺得這通電話沒必要也不重要，我還會打嗎？不然你認為我是怎麼知道的？——當然是因為我看到那該死的海報啊。」

他逕自掛掉，而我的話筒還貼在耳邊沒有放下，心想他還會打來。

我看到海報。我低頭看著記事本。除了他提供的資料外，上面我只寫了胡扯、胡扯、胡扯。

■

我沒在辦公室多做停留。「泰亞鐸，還好嗎？」蓋德能說道。「你看起來……」我知道自己的臉色一定很糟。我在人行道上的咖啡攤喝了一杯濃咖啡，aj Tyrko，土耳其式的。這個決定大錯特錯。這玩意兒反而弄得我更焦慮。

那天回家途中我很難奉行邊界法則，也很難只看該看的東西，對不該看的全視而不見。然而對於這樣的一天來說或許也沒什麼好意外。圍繞在我身邊的都不是貝澤爾人。我緩緩走過明明人潮擁擠、就貝澤爾而言卻沒什麼人的地區，只是專心看著屬於我這邊的石砌建築——大教堂、酒吧、原本是學校的磚造建築——這裡是我生長的地方，而其他事物我一律視而不見——或說努力不去看。

那晚，我撥了電話給歷史學者莎芮思卡。她不僅床上功夫了得，有時也會就我辦的案子提出討論，而且見解精闢。我撥了兩次，但兩次都在接通之前掛斷。我不想把她拖下水的原因有二：其一是偵察期間不得洩漏案情，其二，我不想讓她成為違規跨界的共犯。

我又回到記事本上的胡扯、胡扯、胡扯，最後買了兩瓶酒回家慢慢喝，也吃了一點晚餐墊胃，像是橄欖、乳酪、香腸等，就這樣直到喝完。我做了很多沒用的筆記，還畫了晦澀難解的圖表，佯裝自己找到了可能的解決方法。但目前的情況（暨謎團）其實一清二楚：我或許是走霉運碰上一個毫無意義、只是硬拗的惡作劇電話——但看來又不大可能。打來的男子說的很可能是實話。

有人針對這件案子給了我關鍵線索，幫助我掌握芙拉娜／瑪爾雅密切相關的消息；有人告訴我該去哪裡、追蹤什麼人，以獲得進一步的消息。接下來的工作就是我的職責範圍了。然而，要是被人發現我的消息來源，那就更定不了罪。最麻煩的是，我追查這起案件的行為本身就已犯法，而比犯法更糟的是，我不僅會違反貝澤爾的法律，還很有可能違規跨界。

提供消息給我的人根本不該看到海報，因為海報並未出現在他的國家；他也不該告訴我，讓我淪為共犯。他提供的消息在貝澤爾等同恐怖的過敏原——單是將訊息傳入我腦中就已經造成創傷。我是共犯——木已成舟。（又或許是因為我喝醉了，沒想到他其實沒必要告訴我他得知消息的方式，也沒考慮到他這麼做必有箇中緣由。）

只要是人，應該都想把那次通話的筆記燒掉或丟入碎紙機銷毀，但我沒那麼做。我在廚房餐桌前坐到很晚，面對攤開的記事本，不時毫無建設性地重複寫道：胡扯、胡扯。我放起音樂；那是一張名為《小小火車小姐》的對唱專輯，收錄范．莫理森❿在一九八七年巡迴演唱時與可莎．雅科夫同臺合唱的曲子；後者素有貝澤爾鄔恩．考兒蓀⓫的美譽。我又多喝了幾杯，把瑪爾雅／芙拉娜／無名女屍／外國人／笛泰兒／違規跨界者的照片放在筆記旁邊。

沒有人認識她。老天若是有眼，搞不好她根本是非法進入貝澤爾。就算波科斯特村完全屬於貝澤爾，她也可能是被拖去那裡的。現在，發現屍體的孩子、整個調查過程，都可能違規跨界，我不該為了查案讓自己遭到牽連……或許我該做的就是不再參與調查，任她屍身腐爛，然後假裝自己得以暫時逃避現實，但到頭來，我還是會盡忠職守，儘管辦理此案意味會觸犯一條法規——一條存在於兩邊的協議。比起我身為警察執行的所有法律，那條協議更根深蒂固。

我們小時候都玩過「跨界鬼抓人」的遊戲。我從來不愛，但每次輪到我玩，我還是會偷偷跨過粉筆畫的界線，這麼一來，朋友就會張牙舞爪地來追我——如果換成我執法，我也會去追別人。小孩常玩的遊戲裡除了「跨界鬼抓人」，以及把土裡挖出來的樹枝和卵石當成貝澤爾魔法錢幣外，還有一種融合鬼抓人和捉迷藏的遊戲，叫「揪出神祕客⓬」。

如果宗教的教義太偏激，絕不可能看不出來。貝澤爾有一派人信奉跨界監察。考慮到牽涉其中的多方勢力，這種信仰雖然有些不像話，卻也不算出人意表。沒有法律可以制裁這派信眾，儘管此教的本質會讓所有人焦躁不安。熱愛腥羶色的電視節目也一直以此為主題，大談特談。

凌晨三點，我醉了，卻又非常清醒，並細細檢視貝澤爾的街道（但更多時候我看的是重疊區）。我可以聽到狗吠聲和一匹流浪的狼嚎叫了一、兩聲；桌上滿是報紙——內容充斥為了反對而反對的兩派意見。玻璃酒杯的環形光圈映著瑪爾雅的臉，也投射在寫滿「胡扯」的違法筆記上。

睡不著對我來說稀鬆平常。莎芮思卡或碧薩雅睡到一半走出臥房上廁所時，已經很習慣看到我坐在廚房餐桌前看書，猛嚼口香糖，嚼到舌頭都要長水泡了（但我絕不會重拾香菸）。要不然就是會看到我凝視著這座城市（以及另一座城市）的夜景。這是無可避免的。儘管嘴上說視而不見，卻又深受其燈火景色感動。

莎芮思卡曾笑我。「看看你這副模樣，」而她的語氣並非全然不帶感情。「坐在那兒像隻貓頭鷹，也像一臉憂鬱的石像鬼，你這多愁善感的傢伙……但你根本沒搞清楚。這只是因為現在是晚上，有些建築物開了燈——就這樣。」可是她也不是特地起床來尋我開心。任何想法我都來者不拒，就算是假的也好。我往窗外望去。

飛機飛過雲層上方，摩天大樓的玻璃帷幕外牆映出大教堂塔尖的鮮明倒影；邊界另一側的建築物狀似新月，向後彎折，可見到霓虹燈此起彼落地閃爍。我試著把電腦連上網路，好查些資料，但只有撥接

---

❿ 范・莫理森（Van Morrison），愛爾蘭知名歌手，曾自組名為Them的樂團，後以個人名義出道，代表作有Gloria、Brown Eyed Girl、Someone Like You等。

⓫ 鄔恩・考兒蓀（Umm Kalsoum），也常拼為Oum Kalsoum，是埃及天后級的史詩歌手，幼時隨家人出外走唱皆女扮男裝，直到被西方唱片公司發掘後才改回女裝。

⓬ Insile Hunt，insile在本書專指曾經犯過違規跨界卻能成功避開跨界監察的追捕，隱身在城與城之間的人。

可用。這也太令人洩氣了。我舉雙手放棄。

「細節容後稟述。」我想我確實大聲說出了這句話。我記下更多筆記，結果最後還是打了寇葳的分機，留言給她。

「莉茲拜，我有個想法。」每次說謊，我就會本能地說得太多，也說得太快。我盡量逼自己像沒事人一樣跟她說話，但她可不是笨蛋。

「時間不早了，我有件事要交代妳，因為我明天可能不會進來。我們雖然守著轄區，卻一直沒進展。我們原本以為有人會指認出她，這想法顯然錯了。我們已經把照片分發到各轄區。所以，如果她只是個離開自家周邊的街頭妓女，我們可能算走運，但我希望繼續查案的同時也能朝其他幾個方向調查。

「妳聽好，我想她並不在她所屬的區域，情況不對勁，我們又不能引起注意。我跟一個反對黨分隊的友人談過，他說他監視的人行事都很隱密，全是納粹和左派、統派分子之類的。總之，這勾起我的好奇心。我想知道到底是什麼人會隱藏自己的身分，我想在時間允許的狀況下追一下這條線索。我想——欸，等一下，我看一下我記的……好，就從統派分子開始好了。

「妳找奇人異事組談談，看看透過住址和分會能查到些什麼——這方面我知道的不多。你去沈瓦的辦公室找他，跟他說妳在幫我辦個案子。盡可能過濾每一個人，帶照片去，看有沒有人認得她——不用我說妳應該也清楚那些人的態度肯定會怪怪的——他們不會希望跟妳有接觸，所以盡力就好。我的手機不會關，我們隨時保持聯繫。然後如我剛才所說，我今天不進辦公室。明天再通電話。就這樣，再見。」

「真是有夠糟。」這句話我應該也說得很大聲。

說完後，我打電話留言給行政部的塔絲金·希若許。之前我請她協助過三、四個案子繁瑣的行政程序，因此特別記下她的分機，也一直跟她保持聯繫。她的工作表現完全沒話說。

「塔絲金，我是泰亞鐸．柏魯。請妳明天或是有空的時候打手機給我，我想知道：如果我想把案子交給監督委員會審理，得走什麼必要程序——再假設，如果我想把案子交給跨界監察審，又會怎樣？」我忍不住抖了一下，笑幾聲。「塔絲，先別張揚好嗎？謝啦。跟我說我該怎麼做。要是有什麼內行人才知道的訣竅，也請告訴我。謝了。」

那個態度惡劣但提供我線索的男子說詞並沒有多大問題。我照抄下來，並標出一些重點詞彙：

使用同個語言

是否承認我們的主權——否

城市兩邊

那麼這一切就都說得通了。包括他為什麼打給我、為什麼是這件案子，還有他看到了什麼——以及他居然能看到？雖然風險這麼高，卻阻止不了他打這通電話。他會出此下策，主要是因為恐懼；他怕瑪爾雅．芙拉娜的死可能會給他帶來什麼潛在影響。他說他在貝澤爾的同夥很可能見過瑪爾雅，以及她當時可能不奉行邊界守則。如果真有貝澤爾的麻煩鬼共謀犯下那種罪行、不顧那些禁忌，除了打電話給我的男子與他的同夥外，不會是別人。他們顯然都是統派的。

當我轉頭回顧燈火通明的夜晚城市，莎芮思卡正在我心中挖苦我。這次我則朝鄰城看去——就算違法，我還是看了。大家偶爾都會這麼做的吧？那兒有著我不該看見的加油站、懸著骨狀鐵框廣告招牌的律師事務所。街上至少有一個行人不是貝澤爾人——從穿著、膚色和走路方式就能看出來。我就這麼看著他。

後來我把視線轉向窗外幾公尺遠處的鐵道，靜靜等候，因為我知道會有一班晚班車進站。我看著它快速通過，車窗閃閃發亮；我也與幾名乘客四目相接，但只有極少數人回望我，而且嚇了一大跳。但他們的蹤影旋即消失在連綿的屋簷。我只是小小犯了個規，不是他們的錯。他們或許不會內疚太久，也可能不會記得這次凝望。

我一直都想住在可以看到外地列車的地方。

5

對不懂的人來說，伊利坦語和貝澤爾語聽起來大相逕庭。這兩種語言的字母當然也是完全不同。貝澤爾語自成一套系統，共三十四個字母，書寫方式是由左至右，發音都很清楚，音形一致；子音、母音和半母音會標上變音符號。常聽人說，貝澤爾文和西里爾字母極為相似——無論真假，但這種比喻很可能觸怒貝澤爾市民。伊利坦語則是晚近才開始使用羅馬文字書寫。

只要研讀二十世紀或更早之前的旅遊札記，伊利坦語手寫文字就會不斷被提及——由右至左書寫、詭異而優美，還有聽來刺耳不協調的發音。或多或少，每個人都讀過史騰⓭遊記上寫的這段文字：「在字母之國，阿拉伯文引起了梵文夫人的注意。由於他不顧穆罕默德的命令，醉得一塌糊塗，否則梵文夫人的年齡應會使他卻步）。九個月後，一個不受承認的孩子出世——這個私生子就是伊利坦語。它綜合荷米斯與愛芙羅黛蒂⓮父母雙方的優點，頗為俊美。然而，伊利坦語雖遺傳父母的美貌，那難聽的聲音卻承自撫養他長大的鳥類。」

原始的伊利坦語文字在一九二三年時一夕消失。亞・伊爾沙的改革於焉達到顛峰：模仿他的人是阿塔土克⓯。另有一派也很常見，但說法正好相反。現在就連在烏廓瑪，除去文史資料保存管理人員和激

⓭勞倫斯・史騰（Laurence Stern，1713-1768），十八世紀英國知名作家，代表作品有《項狄傳》、《感傷旅行》等。

⓮在希臘羅馬神話中，荷米斯和愛芙羅黛蒂產下一子，外表俊美非凡。

進分子，早已無人能閱讀原始的伊利坦語文字。

不論是原始或稍晚的書寫形式，伊利坦語和貝澤爾語都毫無相似處，發音亦然。然而，兩種語言其實沒有表面那麼不一樣。若是屏除刻意為之的文化隔閡、文法和音素（甚至主要的語音本身），這兩種語言其實緊密相繫——畢竟它們沿襲自相同的語源。時至今日，這種說法依然煽動性十足。

貝澤爾歷經過一段非常黑暗的時代，約為一千七百年至兩千年前，甫建城之際。位置就在海岸線的彎曲處。今日貝澤爾的心臟地帶仍保留多處當初殘存的遺跡。當時的貝澤爾還隱身於河流上游數公里處，是個躲避海盜沿岸劫掠的避風小港。可以確定的是，這個城市與另一個城市同時建成。目前遺跡分布在城內，或是某些相連的區域，如歷史悠久的機構。也有的埋藏於城市底下，更有歷史悠久的建築，像是尤傑浮公園的馬賽克遺址。我們認為這些羅馬式遺址的時間點早於貝澤爾，因此貝澤爾可能是建於古羅馬帝國逝者的遺骨之上。

就算時光倒流，不管我們當初建立的是不是貝澤爾，都會有人在同一片遺骨上建立烏廓瑪。或許當初建在遺址上的根本是單一個體，之後才分崩離析。又或許，貝澤爾的祖先當時還沒遇到鄰城的人，也沒有跟現在一樣相互糾結，卻又若即若離。總之，我不是學分裂的，但就算學過，我也依然一無所知。

「老大，」莉茲拜．寇葳打電話給我。「你太神了吧，你是怎麼知道的？到布達佩斯街六十八號跟我碰面。」

雖然已過中午，我還穿著睡衣。廚房桌上有各類報告文件堆疊，自成一片風景。政治學和歷史相關書籍在牛奶旁邊層層疊疊成一座巴別塔，我其實該讓筆電遠離那團混亂，卻沒時間整理。

我把記事本的可可粉掃到地上。我買的法國巧克力飲品商標上的黑人正在對我微笑。「妳在說啥？

那是哪裡的地址？」

「在邦德利亞。」她說。該處位於纜車公園西北方河邊一處工業預定地。「你是為了尋我開心才裝不知道的吧？我照你吩咐在附近問人，對當地的組成還有他們對彼此的想法稍微有了點認識……諸如此類的。我整個早上都在四處奔波、找人問話，先給他們來個下馬威。我不敢說這堆穿制服的混球對你有多尊敬，也不敢說我對這件事抱著多大希望。但我應該大概猜到什麼事是我們必須做卻還沒做到。總之我要再四處繞繞，了解一下這裡的政治……之類之類。這兒有個地方分會——我猜你會用這種說法。那分會的傢伙在那邊暗示東、暗示西。最初他不願承認，但我順著他的話尾，打蛇隨棍上……長官，你真是該死的天才……布達佩斯街六十八號就是統派分子的總部。」

寇葳已經敬佩到都要開始懷疑我了。她打來時我才剛搞定桌上那堆資料，如果她人在這裡，鐵定會更用力地瞪著我。我有幾本書翻到索引頁，折起來的地方正好在講統派分子的參考資料。但布達佩斯街的住址我還真不是瞎矇的。如果是典型的政治陳腔濫調，大概會說統派分子可分為許多支會，有些在貝澤爾和烏廓瑪屬於非法的姊妹組織。而有諸多史實證明，這類遭禁的組織都提倡以暴力統一兩個城市，將之變成專為神祉、命運、歷史或人民誕生的單一整體。部分組織多半笨拙地將苗頭對準國家主義知識分子，朝人家窗戶丟磚頭，或往門口潑糞等。這些人被控對難民或新移民進行祕密宣傳，而難民和新移民還不是很擅長看見、但視而不見，也不太會辨認某城的單一個體。因此，激進分子想將城中的不確定

⑮ 阿塔土克（Mustafa Kemal Atatürk, 1881-1938），阿塔土克的意義即「土耳其之父」，土耳其於一次大戰戰敗後，阿塔土克推動了多項改革，如人民擁有自己的姓氏、女性有投票權等，其中之一即改良文字，捨棄阿拉伯文，使用改良過的土耳其文，特色為以英文字母書寫，共二十九個字母等。

因素變成武器。

對於這些極端分子，渴望擁有遷徙和集會自由的人會以口頭撻伐。但他們那些祕密念頭以及彼此間的千絲萬縷，其實都隱而不現。根據未來城市統一後的願景，像是要用何種語言、如何命名城市等等，統派還可以細分出其他支派。不論在城市的哪個角落，就連這些合法的小組織也會全天候遭到監控，並由官方定期調查。「統派根本千瘡百孔。」那天早晨我與沈瓦談話時，他這麼說：「潛伏在統派分子中的線人和間諜搞不好比真民黨、納粹或其他爛組織還多。我不擔心他們，因為除非安全部點頭，不然他們可是一動都不敢動。」

再者，統派分子必定知道自己的所作所為都逃不過跨界監察的法眼，儘管他們一直不願面對。這也意味，就算我現在沒有受到跨界監察的監視，等到我去統派總部調查，也肯定擺脫不了。

如何穿越這個城市一直是問題所在。畢竟寇葳正在等我，我應該坐計程車過去。但我反而在凡塞拉司廣場換車，搭了兩班電車才到。列車搖搖晃晃從城鎮外牆的貝澤爾自治鎮民雕像和發條人偶底下駛過。對於這完全屬於「那邊」、也更為閃亮的外牆，我則刻意忽略，視而不見。

從布達佩斯街這頭走到那頭，隨處可見冬天的醉魚草在老舊建築物中叢生，活像在冒泡泡。醉魚草是貝澤爾固有的城市雜草，烏廓瑪並沒有，因此一旦醉魚草侵入，烏廓瑪人就會立刻除草。所以，布達佩斯街隸屬貝澤爾的重疊區中，尚未開花的灌木會從一、兩棟甚至三棟建築物中冒出來，恣意生長，但一到邊界，就像一片垂直平面切下來那樣陡然停止。

貝澤爾的建築物由磚塊和灰泥砌成，每棟都有一尊古羅馬家庭守護神拉爾（Lar）瞪著我瞧。拉爾是一種小型的怪異人像，很有男子氣概，上頭長了一堆醉魚草。數十年前，這些地方還沒如此破舊不堪，比現在更熱鬧。街上滿是穿著深色西裝的年輕店員和來巡視的工頭，北邊的建築物再過去是工業園區，接著是河彎。但原本熙來攘往的船塢如今只剩鐵片組成的殘垣，像座沉睡的墓園。

回溯過往，同在此地的烏廓瑪區域本來比較寧靜，現在則漸顯喧鬧。我們的鄰國進入經濟上的反相階段。當貝澤爾河畔工業蕭條，烏廓瑪的經濟則蒸蒸日上。今日那些走在交疊區磨損不堪的石子路的行人，外國人比貝澤爾本地人還多。過去的烏廓瑪人口集中區設有堞口，到處可見無產階級巴洛克建築風格，也曾一時頹圮不振（我沒有真的看見——我小心翼翼裝作沒看到，心中還是留下了一點印象——雖然這樣違法——但我至少可以對照片上看到的建築風格有印象吧？）現在原址已經改建完成，美術館和網路域名註冊為.ua（烏克蘭）的新公司到處林立。

我注視著本地建築物的門牌號碼。它們並非連號，也沒有秩序，其中可能參雜著完全不屬於本地的異地空間。在貝澤爾，此區無人居住，但跨過邊界就完全不同了。我必須視若無睹並閃身迴避許多年輕而聰明的男女商人。他們的聲音對我而言並不存在，或等同隨機雜訊。這種自動減弱聽覺的能力是在貝澤爾多年訓練而成。當我抵達漆有瀝青塗料的正門，寇葳和一名臉色不悅的男子已在那兒等候。我們一起站在貝澤爾城一處幾近荒廢的地點，假裝對四周熙來攘往的人聲聽而未聞。

「老大，這位是派爾．卓汀。」

卓汀是一名年近四十的高瘦男子，雙耳有數個耳環，皮夾克上別著代表各種軍隊和組織的身分佩章——我全都沒聽過，卓汀應該也不是真的擁有那些頭銜。他下半身搭的是一條髒兮兮卻異常時髦的長褲，一面抽著菸，不悅地看著我。

他並沒有遭到逮捕，寇葳沒把他押進車內。我對著她點頭招呼，慢慢轉了一百八十度，環視四周建築。當然，我的視線只集中在貝澤爾的建築。

「有跨界監察嗎？」我說。卓汀似乎吃了一驚，寇葳其實也嚇了一跳，卻佯裝鎮定。男人不吭聲，我便說：「難道你不認為有掌權人士正在監視我們嗎？」

「是……不對，應該說我們本來就被監視著。」他語帶不滿；這點我非常篤定。「當然、當然，我們應該要問的是：他們在哪裡？」這個問題其實算是毫無意義，但卻是貝澤爾人和烏廓瑪人避不了的問題。卓汀不看其他地方，只是直視我的雙眼。「看到對面的建築物了嗎？原本是火柴工廠的那棟？」牆面上有顏料斑駁的壁畫遺跡，將近百年歷史，繪了一頭在火焰光暈中微笑的沙羅曼達⑯。「那裡面有東西在動，看到了吧？你應該知道那是什麼，來去無蹤的，彷彿不存在。」

「所以你看得到他們？」他的臉色又開始不安。「你認為那是他們出沒的地方？」

「不，不是。這只是我用消去法做出的判斷。」

「卓汀，你先進去，我們一會兒就來。」寇葳說，點頭要他進門，他就這麼進去了。

「老大，你搞什麼東西？」

「有什麼問題嗎？」

「就是什麼跨界監察的鬼話啊。」講到跨界監察時，她壓低了聲音。「你到底在搞什麼啊？」但我沒吭聲。

「老大，我很努力要在這裡建立起正面的權力關係，而且這關係的端點是我，不是跨界監察，我可不想把它扯進來。你他媽的是從哪兒聽來那些鬼話？」

我還是一語不發。她只好搖搖頭，帶我進門。

貝澤廓瑪統一陣線沒有費太多工夫在裝潢上。裡面有兩個房間，勉強算兩間半，全堆著裝滿檔案和書籍的櫃子與書架。一個角落的牆面清空，像是要拿來當背景；有臺視訊網路攝影機對準那面牆和一把空椅子。

「那是用來廣播的。」卓汀說，他看到我正在注視那方向。「網路廣播。」他說了一個網站位址，我搖頭表示沒聽過。

「我進來時其他人都已經走了。」寇葳跟我說。

卓汀進入靠裡面的小房間，在一張桌後坐下。這裡還有兩把空椅子，他沒請我們坐，但我和寇葳還是逕自坐下。裡頭的書更亂，還有一臺髒兮兮的電腦；牆上掛著一幅大比例尺的貝澤爾和烏廓瑪地圖。為了避免遭到起訴，地圖以線條陰影劃分不同區域——完全地帶、異地，還有重疊區——不過不同的灰階區塊呈現出的細微差異頗有誇大意味。我們坐在那兒互看了一會兒。

「聽著，」卓汀開口，「我……你們知道我不習慣這樣。你們不喜歡我，這也無妨，我完全可以理解。」我們都沒說話。而他把玩著桌上的東西。「但我也不是大嘴巴。」

「老天，卓汀，」寇葳說：「要懺悔去找神父。」但他還是繼續說。

「只不過……如果這個案子和她熱中的事情有關，你們一定都會以為我們也跟那事兒有關——而且搞不好還真是那樣。可是我絕不會讓任何人有藉口找我們麻煩。你懂嗎？懂不懂？」

「好了，夠了，」寇葳說：「別再廢話。」她環顧房間。「我知道你自以為聰明，可是我認真跟你說：你知道我看到多少條小罪名嗎？先是你這地圖——你覺得自己算小心，但就算是個沒有特別愛國的檢察官，要是他真要讓你吃牢飯，還是有辦法刻意解讀成別樣。還有什麼呢？你要我一本一本查看你的

⓰ 沙羅曼達（salamander），又譯沙拉曼達、火蜥蜴、火蠑螈、沙羅曼蛇，中世紀歐洲著名煉金術士帕拉塞爾蘇斯提出的地、水、火、風四大元素中，沙羅曼達即代表火元素的精靈，常出現在奇幻小說、遊戲、電影之中，通常有三種面貌：喜愛火焰、神祕、具有魔力。

書嗎？會有多少本出現在禁書名單上呢？要我逐份看你的報告嗎？這地方觸犯侮辱貝澤爾主權的二級重罪根本超明顯，閃亮得像霓虹燈一樣。」

「就像烏廓瑪的夜店區，」我說：「烏廓瑪特有的霓虹燈可是很亮的。卓汀，你喜歡嗎？

「所以呢，卓汀先生，目前我們還是很感激你提供協助，但你究竟為何這麼做……我們就不要自欺欺人了。」

「你們不懂，」他喃喃說道：「我必須保護我的人。外面有些莫名其妙的爛事……在發生。」

「好好好，」寇葳說：「隨便你，卓汀，所以到底是怎樣？」她拿出無名女屍的照片放在他面前。「把你剛剛告訴我的跟我老大說。」

「好，」他說：「那女人就是她沒錯。」我和寇葳同時傾身向前，默契正好。

我說：「她叫什麼名字？」

「我只知道她自稱拜拉．瑪爾。」卓汀聳肩。「這是她的自我介紹。我知道很假，但我也只能這樣告訴你。」

這顯然是假名，而且巧妙運用了雙關。拜拉在貝澤爾語中是不分男女都可使用的名字；瑪爾當姓氏還算合理，而且連起的音素念起來也很接近「拜、拉、瑪」，字面上的意思為「只、是、餌」，在釣魚用語中表示「不值得注意」。

「這很常見。我們很多連絡人或成員都用化名啊。」

「*Noms*，」我說：「*de unification* ⑰。」我不確定他聽不聽得懂。「說說拜拉的事吧。」

一下拜拉、一下芙拉娜、瑪爾雅的，名字真是越來越多了。

「她差不多三年前來到這兒……又好像沒那麼久？總之從那之後我就沒見過她了。她顯然是外國人。」

「烏廓瑪？」

「不是。她的伊利坦語還可以，不算流利。她會用貝澤爾語或伊利坦語說話——或者呃……同個語源的話。除了這個我沒聽她說過其他語言——她也不會告訴我她來自哪裡。從她的口音判斷，我猜是她是美國人——也可能是英國；我不知道她在做什麼，那個……打探做這行的隱私不大禮貌。」

「那是怎樣？她是來參加會議的嗎？她是籌備人之一嗎？」寇葳轉身面對著我，連控制音量都懶。「老大，我甚至弄不懂這些混蛋在搞什麼，竟然連要問啥都不知道。」卓汀看著她，已經不像我們剛到時那麼有敵意了。

「就像我剛才說的，她在幾年前出現，想使用我們的圖書館。我們有……這兩個城市的小冊子和舊書，還有很多別的地方沒有的資訊。」

「老大，我們應該看一下，」寇葳說：「確保沒有什麼不正當的物品。」

「見鬼！我現在是在幫你們欸？妳想用禁書當理由逮捕我是吧？這裡沒有第一級書，我們收藏的第二級書該死的上網就看得到啊。」

「好了，好——沒事。」我示意他繼續說。

「她來這兒跟我談了很多，沒在這裡停留太久——大概一、兩個星期吧。但你不要問我她還做了什麼這種問題，因為我不知道。我只知道她每天會利用時間過來看看書，跟我談談我們的歷史，還有這些城市的歷史，也會說到時事，像是我們辦的活動之類的。」

---

⑰ 法文，意為「統派分子的名字」。

「什麼樣的活動？」

「我們的兄弟姊妹都被關在這裡跟烏廓瑪的監牢裡。原因沒有別的，就只是因為他們的信念——國際特赦組織也支持我們——就大概是與連絡人對話、教育、幫助新移民、示威有關的活動。」在貝澤爾，統派的示威是屬於難以處理又危險的小活動。本地的國家主義者會明目張膽地衝出來將隊伍衝散，像對待賣國賊一樣地對遊行者咆哮。一般來說，不關心政治的本地人也不大同情他們，而烏廓瑪的情況也沒好到哪裡去。雖說那裡的人獲得集會許可的機會更小——這鐵定是造成群情激憤的原因之一——不過也的確讓烏廓瑪的統派少受些皮肉之苦。

「她的外表呢？很會打扮嗎？個性怎麼樣？」

「嗯，她很會穿衣服，打扮又俐落，幾乎可以說時尚，你瞭嗎？這讓她在這裡顯得很吸睛。」他甚至還開了點玩笑。「而且她又很聰明。你知道嗎？我剛開始真的挺喜歡她的，也覺得很興奮……我是說剛開始啦。」

他頻頻停頓，想要我們接話，才不會一副好像由他主導的模樣。「所以呢？」我說：「之後發生了什麼事？」

「我們起了爭執——其實我只跟她吵過一次，因為她的言論惹怒了一些同志。不管是進圖書館或是下樓，到處都有不認識的人對她大吼大叫。她從沒大聲過，都很輕聲細語，這簡直要把他們逼瘋。最後我只得叫她離開，她……她很危險。」又是一陣沉默。我和寇葳面面相覷。「我沒有誇大。」他說：「她不也把你們引來這兒了嗎？我就跟你們說她很危險了。」

他拿起照片細看，臉上掠過遺憾、氣憤、厭惡、恐懼等情緒……不管是哪種，恐懼肯定是有的。他起身沿著桌子繞圈——此舉相當滑稽，因為這房間小到根本不太能走動，但他盡力了。

「問題在於……」他走到小窗往外望，轉身面對我們；城市的天際線映照在他身後，我分不出是貝澤爾或烏廓瑪還是兩城交疊。

「她淨問一些荒誕愚蠢、暗地流傳的屁話，都是無稽之談、流言蜚語、都市傳說，或一時流行的說法。我沒想太多，因為類似的鬼話我們聽多了，而她明顯比那些愛八卦的鄉巴佬聰明。所以我發現她只是在試探地在問消息，想了解情況。」

「你不好奇嗎？」

「當然好奇啊。對這種聰明、神祕又熱情的年輕外國女孩，誰不好奇？」他對自己的用詞開玩笑，逕自點了點頭。「我當然會好奇，我對所有來這裡的人都好奇。有些人只會鬼扯，有些則不然。但我如果是那種會四處打探八卦的人，就不會當上這個支部的頭。有另一個女人也會來這兒，她年紀大我很多……長達十五年來，我斷斷續續見過她。我不知道她的真名，也不清楚跟她有關的事……好吧，這可能不是什麼好例子，因為我十分確定她是你們那邊的——她是個探員。但你剛剛說到了重點，因為我什麼都不會問。」

「她——就是那個拜拉．瑪爾——到底對什麼感興趣？你為什麼趕她走？」

「你聽好，重點來了。我先說，對這件事感興趣的是你……」我感到寇葳身體一僵，似乎打算打斷他，直接激他快講重點。我碰了碰寇葳，示意她稍安勿躁，讓他自己說下去。他注視著那幅相當有煽動性的城市地圖，沒留意我們的動作。「你想知道的事，就是你一直以來都避免接觸的渾水。你知道的，違背常理、不守規矩，就會搞出大麻煩——把你的人弄來這裡就是麻煩的開始。我們要是打錯一通電話，就可能會害烏廓瑪的弟兄惹得一身腥，被烏廓瑪的條子抓走。或者——或者更糟。」說完後，他看著我們。「她不能留下，她會引來跨界監察，讓我們被一網打盡，或是引起這類的鳥事。

「她感興趣的事——不對，不只是感興趣——她根本就對歐辛伊瘋狂著迷。」我看到他正小心地觀察我的反應，所以我不動聲色，只瞇起了眼。但我其實非常驚訝。

寇葳完全沒有動靜，所以我判斷她根本沒聽過歐辛伊三個字。查到這個地步可能會害到她。我還在猶豫該如何反應時，他就開始解釋了。

歐辛伊是個童話。他是這麼說的。

「歐辛伊是第三個城市，是位於其他兩城之間的*dissensi*——爭議地區——也就是貝澤爾認為隸屬烏廓瑪、烏廓瑪卻覺得屬於貝澤爾的區域。舊行政區分裂時並非乾乾淨淨一分為二，而是一分為三——而歐辛伊是實質上操控這一切的祕密城市。」

——如果分裂這件事不是謠傳的話。歷史最初的記載隱晦不明，少有人知——對於兩邊來說，該紀錄已遭抹滅長達一世紀。當時不論發生任何事都是可能的。在那段相當晦澀的短暫時期之後，緊接而來的是一連串的混亂，包含我們後來的物質史、無政府年代，還有那些錯置遺跡的胡亂湊對，在在讓研究人員又愛又怕。我們只聽過俄羅斯大草原上的游牧民族，接著數百年的暗潮洶湧。有許多電影、故事與遊戲，以這段時期的兩城為題應運而生——這讓審查人員多少有點頭大——然後歷史再次復活，貝澤爾和烏廓瑪出現。然而，城市究竟是分裂還是合併了呢？

彷彿覺得這段歷史還不夠神祕，兩個交疊共存的國家還不夠，吟遊詩人又創造假想存在的第三城市：歐辛伊。它在頂樓，在可以忽略的羅馬式排屋，穿插第一批木骨泥牆住宅建築中。它占據相連與不相連的雜亂空間，支配或分裂或凝結在兩邊。第三小城歐辛伊隱於兩個自以為是的城邦中。有好多故事描述一群想像出來的最高統治者，也許他們遭貝澤爾或烏廓瑪流放，但仍暗中操弄時局走向，以詭祕且絕對的權力統治歐辛伊，而歐辛伊就是光明會[18]的所在地……大概不脫類似情節。

若在幾十年前，這種事根本沒必要解釋。歐辛伊的故事是孩童的標準讀物，與冒險犯難的《夏維爾王和入港的海怪》齊名。但現在比較受歡迎的是哈利波特和金剛戰士，已經很少有小孩知道這些古老故事了。但那也無妨。

「你是在說什麼鬼啊？」我打斷他。「你是要說拜拉是研究民俗學的人嗎？所以她是對老故事感興趣？」他聳聳肩，不願正視我。我再一次試圖理解他的意思，並說出他的弦外之音。可是他只是聳聳肩。

「她為什麼跟你說到這個？」我說：「她究竟是為了什麼來到這兒？」

「我不知道。我們有歐辛伊的相關資料，也會討論。你知道嗎，烏廓瑪也流傳歐辛伊的故事。我們並非只是——怎麼說呢——只保存我們有興趣的資料。我們認識我們的歷史，全都保存下來……」他的音量逐漸變小。「我最後發現她感興趣的並不是我們，你懂嗎？」

跟所有反對黨一樣，他們都是神經質的檔案保管員。無論是贊成、反對，沒興趣或過度著迷他們敘述的歷史，都不能說他們沒根據註釋或其研究結果來佐證結果。為求自保，他們的圖書館館藏一定包羅萬象，甚至連城市邊界模糊化的資料也包括在內。她來這裡要找的資料跟所謂的統一無關——這應該很容易看得出來——她要找的是歐辛伊。當他們體認到她那詭異的研究並不只是調查習慣的小小怪癖，而是她整個研究的重點——而且她不大在乎他們組織有什麼計畫。這會讓他們有多惱怒，其實可想而知。

「所以她只是浪費了你們的時間嗎？」

---

⑱ 光明會（Illuminati）：是啟蒙運動時期的一個巴伐利亞秘密組織，成立於一七七六年。光明會常被描述為其成員試圖陰謀幕後控制全世界。光明會有時也當作「新世界秩序」的同義語。

「不是，老兄，我說過了，她是危險人物——真的很危險。她會給我們帶來麻煩。但反正她說她不會逗留太久。」他面無表情地聳肩。

「她為什麼危險？」我傾身靠近他。「卓汀，她是不是違法跨界了？」

「老天——我不這麼認為。就算她有，我也什麼屁都不知道。」他舉起雙手。「靠，你應該知道我們被監視得多嚴吧？」他猛然指向街道。「你們不時會監視我們這區，而烏廓瑪的條子顯然不能這麼做，但他們可以監視我們在那邊的同伴。更重要的是，在某處監視我們的……你知道……就是跨界監察啊。」

那瞬間我們都沉默片刻，不約而同覺得受到監視。

「你看過跨界監察嗎？」

「當然沒有——拜託，我看起來像是會犯那種罪的人嗎？有誰親眼看過？但我們知道它就在某處看著，只要隨便一個理由我們就會消失不見。你是……」他搖搖頭，回看我的眼神充滿憤怒——或許還夾雜幾分憎恨。「你知道我有多少朋友被抓走再也見不到面嗎？我們比任何人都小心謹慎。」

他說的沒錯。這是一種政治面的反諷。一心想要打破貝澤爾與烏廓瑪間藩籬的人，必定也最守法。如果我或朋友想要短暫收起視而不見的能力（誰沒有過呢？誰沒有原本不打算看、卻不幸失敗的時候呢？）只要不是為了誇耀，或不慎玩上癮，應該就不會身陷險境。如果我只是想多看一、兩秒路過的美麗烏廓瑪女子、同時悄悄欣賞兩城的天際線，或不慎被烏廓瑪列車的噪音惹火，是不會被抓走的。

儘管在這棟建築，不只我的同僚，連跨界監察的勢力都相當強大，一如舊約聖經的權威人士。他們是如此強大，那令人敬畏的存在隨時可能出現，讓某個統派分子消失。就算他只是不小心撞到開到一半熄火的烏廓瑪汽車，犯下單純的身體違規跨界，也是一樣。如果拜拉或芙拉娜真的違規跨界，勢必會把跨界監察扯進來。所以毫無疑問，卓汀怕的就是那個特定的組織。

「或許她……」他抬頭看向窗外的兩個城市。「因為某樣東西……早已把跨界監察帶到我們眼前了。」

「等等，」寇葳說：「你說她當時快要離開……」

「她說過要越過邊界去烏廓瑪——以官方承認的身分過去，」我暫時從潦草凌亂的筆記中分神，看著寇葳，她也回看我。「在那之後我就沒再看過她了。有人聽說她走了，而且他們也不願讓她回來這裡。」他聳聳肩。「我不知道消息來源是否正確。如果是真的，我也不知道原因。但那只是早晚的問題吧……她一直遊走在危險地帶，讓我有不好的預感。」

「你這話還沒說完對吧？」我說：「還有呢？」

他瞪著我看。

「老兄，我不知道。她是麻煩人物，非常危險。在她對感興趣的事窮追不捨時，你會忍不住覺得毛骨悚然、緊張不安。」他又看向窗外，搖了搖頭。

「我很遺憾她死了，」他說：「也很遺憾她是被人謀殺。但我不能說很驚訝。」

不論你覺得自己多麼憤世嫉俗或冷血無情，各種影射與謎團的惡臭都會緊跟著你不放。離開時，我看到寇葳抬眼，四處查看倉庫廠房破舊不堪的正面。她一定察覺到有某家店是屬於烏廓瑪，但仍舊朝那方向看得有點久。她覺得有人在監視自己，我們都這麼覺得。這種感覺千真萬確，令我們坐立難安。

驅車離去後，我帶寇葳——我承認這是存心挑釁，但我的目標不是她。就某種程度而言，我是衝著全宇宙——到貝澤爾的小烏廓瑪鎮吃午餐。小烏廓瑪鎮位於公園南方，店面獨特的顏色和印刷字體以及建築物的外觀，總會讓來貝澤爾的遊客以為自己看到的是烏廓瑪，然後匆忙且誇張地別開視線（就跟外國人剛開始學習視而不見時差不多）。如果觀察得更入微，而且更有經驗，你會注意到建築設計上不易發覺的低劣作品，大概算是一種低姿態的東施效顰吧。另外你也可以看到裝飾品的顏色為貝澤爾藍，這種顏色在烏廓瑪是不合法的。這些東西都是本地所有。

有幾條街道——混血街名，伊利坦語加貝澤爾語——像是玉聖街、立利吉街等等。有一小群現居貝澤爾的烏廓瑪移民以此為文化中樞。這些人移居本地的原因很多：政治迫害、改善經濟狀況（當初為了這個理由費盡千辛萬苦移民過來的先驅，現在一定後悔莫及）、一時興起，或是為了愛。年紀在四十歲以下的移民大多是移民第二代或第三代，他們在家說伊利坦語，在外則說一口毫無腔調的貝澤爾語；他們的穿著仍受烏廓瑪影響，本地惡霸或更壞的傢伙屢次打破他們家的窗戶，或是當街毆打他們。

思鄉的烏廓瑪遊子會來這裡吃家鄉味的餡餅和糖炒豌豆。貝澤爾的烏廓瑪鎮散發出混淆視聽的氣味。我們會本能對此嗅而不覺，然而它們會飄越邊界，就像無禮的雨水。（正如一句諺語所說：「能同時住在兩個城市的，只有雨與燃木煙。」烏廓瑪也有類似說法，只是把雨或燃木煙換成「霧」。偶爾也聽過換成其他天氣現象的說法。勇敢的人、容易受騙的傻瓜，或是逞凶鬥狠的傢伙，甚至會改成垃圾和汙水。）但氣味都聚集在貝澤爾。雖然罕見，還是會有年輕烏廓瑪人因為不知道自己的城市與小烏廓瑪鎮交疊，而向烏廓瑪裔的貝澤爾居民問路，並因為誤將他們當成同胞，無意中鑄下大錯。這種錯誤很快就會被發現。然而，像這種並非刻意打破「視而不見」潛規則的事件沒必要拉響警報。跨界監察通常都是很寬容的。

「老大。」寇葳喊我。我們坐在轉角的咖啡館，由於我是這裡的常客，便大剌剌地直呼老闆名諱，就跟他大部分的貝澤爾顧客一樣。他很有可能滿討厭我的。「媽的，我們來這兒幹麼？」

「別這樣嘛，」我說：「來吃烏廓瑪料理啊，妳一定想吃一下的吧。」我想幫她倒加了肉桂扁豆的濃甜茶，她婉拒了。「我們來這兒是因為——」我說：「我想浸淫在這種氣氛裡；我想要盡可能了解烏廓瑪……該死，寇葳，妳這麼聰明，我要講的東西妳早就知道了，幫個忙吧。」我開始扳手指。「她——那個女孩來到這裡——那個叫芙拉娜或拜拉的女孩。」我差點把瑪爾雅三個字說出來。「三年前她來到這裡，動機不明；她接近本地那些躲躲藏藏的政治分子，要找的卻是別的東西，某個他們無法幫她拿到手的東西，連他們都覺得太危險、應該迴避的東西；然後她就離開。」我頓了一下，繼續說：「說要去烏廓瑪。」我咒了一聲，寇葳也跟我一起罵。

「她在做某些研究，」我說：「她去了那兒。」

「我們是這麼推論的。」

「對，我們是這麼推論——然後她又突然回來。」

「變成一具屍體回來。」

「變成一具屍體回來。」

「幹。」寇葳傾身拿走我一塊餡餅，若有所思地吃著，塞了滿嘴。很長一段時間我們都沒開口說話。

「沒錯，這是他媽的違規跨界吧？」寇葳最後說。

「……我認為情況很像——對，我覺得是違規跨界。」

「如果不是先去那邊再回來這裡，那她被棄屍在哪裡？或者說在哪裡被殺、然後棄屍？」

「之類、之類的。」我說。

「得先排除她是合法跨界，又或者她一直待在這裡兩個選項。畢竟卓汀很久沒看過她……」

我回想起那通電話，做出一個充滿懷疑的「或許吧」鬼臉。「有可能，畢竟他似乎十分篤定。但反正他也有嫌疑。」

「嗯……」

「好吧。我們就認定這是違規跨界吧，沒關係。」

「你說什麼鬼話，就真的是啊！」

「不，妳聽著，」我說：「如果真的是，就代表這不會是我們的問題——又或者至少……如果我們能說服監督委員會。我可能會先開始跑流程。」

她怒目瞪我。「他們才不會鳥你，我聽說他們要——」

「我們得出示證據。目前這些都是間接的，不過可能已經足以當作呈堂證供。」

「我聽到的可不是這樣。」她看向別處，又回來看我。「老大，你確定要這麼做？」

「我靠，對啦，沒錯。妳聽著，我明白妳想藉此立大功，但聽我說一句：如果我們猜對了……違規跨界這種事不是妳能調查的案子。這個名叫拜拉·芙拉娜、慘遭殺害的外國女孩需要別人來替她申冤。」我閉起嘴巴，等寇葳的視線回到我身上。「寇葳，我們不是最佳人選，應該讓比我們更適合的人來幫她。沒人可以像跨界監察那樣為她伸張正義。唉，老天，還會有誰能把跨界監察召喚出來抓凶手呢？」

「是不多。」

「是啊。所以我們必須將案子移交出去。委員會知道大家都在盡力讓一切順利，就是因為這樣，他們才這麼讓人心服口服、唯命是從。」不過她一臉懷疑地看著我，我繼續說：「我們沒有證據，也不了解詳情，所以接下來幾天得努力加強搜查，至少求一個完美收尾——或證明我們搞錯了。現在呢，先看看我們手頭上關於她的個人資料。我們最後查到的資料完整得不得了——她兩、三年前從貝澤爾消失，現在死亡。也許卓汀說的沒錯：她光明正大去了烏廓瑪。我要妳打電話連絡這邊和那邊的幾個地方。妳知道我們目前有什麼線索：外國人、研究人員之類的。查出她的身分。如果有人唬弄妳，就暗示他們這案件與跨界監察有關。」

回辦公室時，我經過塔絲金的座位。

「柏魯，你有接到我的電話嗎？」

「希若許小姐，妳為了跟我調情勉強編出的藉口越來越沒說服力了呢。」

「我一收到你的留言就開始進行了——柏魯，別一副會跟我私奔到天崖海角的模樣，因為你注定要心碎——我跟你說，要見委員會可能得等上一陣子。」

「我該怎麼做？」

「你上次申請是什麼時候？幾年前吧。聽好，我知道你認為自己一定能成功上籃——不要那個眼神，不然你擅長什麼？拳擊嗎？我知道你以為他們一定得依法請求跨界監察協助——」她的語氣漸趨嚴肅，「——而且是立刻馬上。但他們不會這麼做，你必須耐心等待。這可能要幾天吧。」

「我還以為——」

「是，他們以前會選擇先放下手上的一切，但現在時機微妙，而且問題主要是在我們這邊。任何一方的代表碰到這種事都不會太高興。老實說，你目前面對的問題其實不是烏廓瑪。自從賽德的人進委員會大吼大叫，說什麼國家積弱，政府就開始擔心是不是太急著要找跨界監察協助，因此他們不會倉促行動。他們已經引導輿論去質疑難民營，絕不可能放棄這個獲取政治利益的大好機會。」

「老天，這是在開什麼玩笑？他們還在那邊為幾個可憐蟲抓狂嗎？」總會有些難民成功逃去另外一個城市，但這些人如果沒有受過移民訓練，幾乎都免不了違規跨界。我們的邊界管制很嚴，鋌而走險、初來乍到者要是誤踩濱海沿岸交疊的巡邏區域，有個不成文的規定：哪一邊給他們進行邊境檢查，就先關進該城的海岸拘留所。你想，那些一心想去烏廓瑪、最後卻在貝澤爾落腳的人，這樣情何以堪？」

「隨你怎麼說。」塔絲金表示。「還有一件事——這可以賺到一次掌聲鼓勵：他們不會像以前那樣停止商業交流等活動了。」

「為了賺到美金，出賣身體也是甘願。」

「不要講這種話。如果可以讓美金流來這兒，對我來說就夠了。但他們不會只為了你加快動作——不管有沒有死人——所以是有人死了嗎？」

寇葳沒多久就把我派她去找的答案查出來了。翌日深夜，她帶著一個檔案夾進我辦公室。

「剛剛收到烏廓瑪那兒來的傳真，」她說道：「我一直循線追查。一旦知道從哪裡開始著手，就沒那麼困難了。我們是對的。」

出現了——我們的被害者。她的個人檔案和照片，我們雖用她的臉製成的頭部模型，但這樣冷不防看見她在世的照片令人不禁透不過氣。因為是傳真過來，照片是黑白的，還髒兮兮，然而我們這位死去的女子就在那兒微笑、吸菸、張著嘴，好像話講到一半。經過評估判斷，我們針對她寫下的潦草筆記和那些相關細節，如今都得用紅字稍做修改了。與她有關的事實已經坐實，在那五花八門的假名後頭，真名呼之欲出。

6

「瑪哈莉亞．吉理。」

桌邊有四十二人（而這張桌子當然是古董桌，還要多問嗎？）加上我。那四十二人都坐著，前方放了文件夾；我則是站著。房間一角有兩名會議記錄，在各自的崗位上振筆疾書。我可以看到桌上的麥克風和坐在附近的翻譯人員。

「瑪哈莉亞．吉理，二十四歲，美國人。各位，這些資料全是我的屬下寇葳警員的功勞。」我送來的文件中包含所有細節。但不是每個人都在翻看文件，有些人甚至沒有打開。

「美國人？」有人說。

這二十一位貝澤爾代表我並不是都認得，只知道幾位。其中一位是中年女性，頂著一頭跟臭鼬一樣黑白相間的嚴肅髮型，看起來像個教電影研究的大學教授。她叫蘇拉．卡春雅，擔任國務大臣，受人敬重——但已失勢；麥可．布歷斯代表在野的社會民主黨，他年輕有為，又極富野心，意圖橫跨一個以上的委員會（如安全、商業和藝術等等）；極右派的全國聯盟領袖尤吉．賽德少校——首相蓋亞狄茲因為和他攜手合作，引起不小爭議——因為該少校惡名在外，橫行霸道而且不適任；亞維．奈瑟姆身兼首相底下的文化大臣與委員會主席。剩下的人都很面熟，只要再努力一下就能想起更多人名。另一邊的烏廓瑪代表我就一個都不認識了。我沒有在密切注意國外的政治圈。

烏廓瑪大部分代表都迅速翻閱了我準備的資料，只有三個人頭戴翻譯耳機，絕大部分烏廓瑪人的貝澤爾語都很流利，至少足夠了解我說的話。面對這些穿著正式烏廓瑪服飾的人，我卻沒有視而不見，感覺起來很不習慣。烏廓瑪男性都著無領襯衫與暗色無領夾克，有些女性穿著螺紋半包覆式洋裝，洋裝的色調在貝爾澤都是被禁用的。但話說回來，我現在又不在貝澤爾。

監督委員會開會的地點是一棟巴洛克風格的大型競技場式建築，以混凝土材料修建過，位處貝澤爾舊城和烏廓瑪舊城中心，是極少數被兩城以同個名稱來稱呼的建築物——柯普拉廳。因為嚴格來說，它並非交錯重疊的建築物，也沒有清楚劃分為完全地帶或異地——例如某層樓或某個房間全屬貝澤爾、另一層樓或另一個房間屬於烏廓瑪。單看外觀，它的確是同時位於兩座城市，而建築物內大部分的空間也同時存在於兩個都市——或者兩者皆非。全體人員——該區二十一名委員，加上他們的助理，以及我——都聚集在這個接合點。這是一處空隙，一個建在另一邊界上的類邊界。

對我而言，另一個組織彷彿也在場：他們才是我們來此開會的理由。或許房內也有其他人覺得受到監視。

委員忙著看文件時，我再次感謝他們接見我，滔滔不絕地說了頗有政治意味的一席話。監督委員會討論的議程是固定的，但為了見他們，我等了好幾天。儘管塔絲金給過我警告，我還是盡力連絡委員，想要破例召開一次臨時會，目的在於盡快移交瑪哈莉亞．吉理一案的相關責任——誰想要跨越界線、思考殺她的人是誰？這可是一次能把責任釐清的絕佳機會。但在沒有內戰或重大災難這種世紀危機等級的急迫情況下，根本不可能召開臨時會。

那改為召開人數沒那麼多的會議呢？這樣如何？少一些人的話當然……但還是不行。馬上有人告訴我，這麼做會引起巨大的不滿。塔絲金警告過我，而且她說的也完全正確。在開會之前，隨著日子一天天過去，我也越來越沒耐性。塔絲金把她最好的連絡人介紹給我。這人是委員會一名大臣的機要祕書，他跟我解釋貝澤爾商業會和國外企業舉辦了一場貿易展。這類商展日益頻繁，一切全賴布歷斯、奈瑟姆，甚至是賽德的支持，而布歷斯有過幾次監督這類大型會議的成功經驗。目前排定的會議都是神聖而不容更改的。像是卡春雅和外交官的那幾場會，還有一次絕不能改期的會議，與會人士有烏廓瑪證券交易所所長胡瑞安，以及烏廓瑪衛生部部長一千人等，所以不會再召開所謂的臨時會。儘管這麼做不妥，但這名過世的年輕女子會再由我們調查一段時間，直至會議召開。開會當天也必須進行其他議程——對於必須進行的商業判決，討論是否有意見分歧之處；另外還有企業管理的共享資源，包括較大的電力線網路、排水設備、專用汙水下水道、非常複雜的交錯重疊建築物，等等。夾在這些議程間，我有二十分鐘的時間報告，證明自己的訴求合情合理。

或許有人知道這些限制規章的枝微末節，但監督委員會究竟密謀策畫了些什麼，本就不曾引人注意。我以前跟他們報告過兩次，但那是很久以前了。委員會早已歷經多次人事更迭。那兩次報告時，貝澤爾、烏廓瑪兩造幾乎大打出手。兩邊的關係還有更糟的時候，例如在二次大戰（那實在不是烏廓瑪最光榮的時期），即使我們分屬衝突兩方非直接的參戰盟友，監督委員會也必須召開會議。那些場合肯定讓人如坐針氈。然而，我回想以前上課講到的兩次短暫而慘烈的公開交戰——那時從沒開過什麼會。無論如何，如今兩國反而要以誇張的方式努力恢復某種程度的友好。

我以前報告過的兩個案子都沒有這次那麼急迫。第一次是違禁品的走私，大部分前例都屬此類。貝澤爾西部有一幫歹徒，他們從烏廓瑪的藥品中提煉出毒品，進而開始販毒。他們在城郊附近進貨，靠近東西向鐵路幹線的十字交叉盡頭——那條十字將烏廓瑪均分為四個象限——烏廓瑪方的連絡人負責從火車上把盒子丟下來，貝澤爾北部有一小段鐵道和烏廓瑪交疊，兩邊都能共用。數英里長的北向鐵路也一樣，從兩個城邦延伸而出，連結起我們與北邊山窪地的鄰居。到了我們的邊界，就法律上而言就變成單線鐵路了——而實際情況其實也是這樣。但在到達各自的國境前，就法律層面，這鐵軌算兩條鐵路。在那些重疊處常有盒裝醫療物品在烏廓瑪被丟下，堆放在低矮灌木叢生的廢棄軌道旁——然而撿貨卻是在貝澤爾，這就構成了違規跨界。

雖不曾親眼目睹罪犯撿貨，但我們會呈上證據，證明那是唯一可能的來源。之後，委員會同意請跨界監察出面協助，毒品交易因而停止。街上再也見不到供貨商的蹤影。

第二起案件與殺害妻子的丈夫有關。我們包圍犯人時，他嚇壞了，因此違規跨界——他進入貝澤爾一間店裡變裝，然後現身在烏廓瑪。那次他本有機會脫逃成功，但我們很快就察覺其意圖，而他當時處於不上不下的狀態。我們和烏廓瑪警方都沒辦法接近他，即使我們知道他逃逸後藏在烏廓瑪一家民宿。最後是跨界監察將他帶走，那人從此人間蒸發。

這次是我暌違已久首次提出申請。面對烏廓瑪和貝澤爾的諸位代表，我提出了證據，也有禮地盡量陳述己見——報告對象當然也沒漏掉那股肯定藏在某處監看一切的無形力量。

「她住在烏廓瑪，而非貝澤爾。一知道這個事實我們就查明她的身分了——確切來說，查出這件事的是寇葳。被害女子在烏廓瑪居住逾兩年，正在攻讀博士學位。」

「她專攻哪一科？」布歷斯說。

「她是考古學家，研究早期歷史，隸屬某個考古挖掘現場。文件裡都有載明。」貝澤爾和烏廓瑪代表群中輕輕傳來此起彼落的議論聲。「就是因為這樣，即使道路封鎖她還是可以進入貝澤爾境內。」分隔兩城的規範之間畢竟存在一些漏洞和例外，如教育、文化相關的網路連結。

烏廓瑪的考古研究一直都是持續的，有各種研究計畫在進行。就獨特的分裂前時期古物領域，烏廓瑪的土地就比貝澤爾豐饒得多。書籍和研討會總是沒完沒了地爭論，探討這種現象究竟單純是古物分布上的巧合，還是證明了烏廓瑪的某種獨特性。（烏廓瑪民族主義者肯定會堅決支持後者。）瑪哈莉亞・吉理一直都是烏廓瑪西部博爾耶安考古挖掘現場的成員。博爾耶安遺址與特諾奇提特蘭⑲和蘇頓胡⑳同等重要，近百年前發掘後就一直活躍至今。

對歷史學家同胞來說，遺址若為重疊區真是再好不過。但雖然遺址所在的公園也有交疊處，卻只有一小塊。在這塊充滿寶藏、被仔細挖掘過的土地附近，甚至有一條完全屬於貝澤爾的狹長地帶，綿延隔開烏廓瑪屬地內的許多區域，不過位於公園邊陲的遺址本身並沒有交疊之處。

有一派貝澤爾人說這種不平等也算好事一樁，因為如果貝澤爾的地底有烏廓瑪這富含歷史遺跡的地層一半豐饒——不管蘊藏其中的是樣貌各異的裸女喜拉㉑、古代計時工具、馬賽克瓷器碎片、斧刃，還是難解的羊皮紙碎片（上面還有著敗德行為以及一些誇張效果，因而被視為聖物）——我們一定會馬上挖來賣錢。雖然烏廓瑪對於歷史那道貌岸然的態度讓人翻白眼（我認為是他們自知理虧，想要彌補烏廓瑪的急遽變遷，以及近來多項發展造成的粗俗氣息），但它的國家文史資料保存管理人員和出口限制，或多或少保護了過往的歷史。

「博爾耶安由一群加拿大威爾斯王子大學的考古學家負責管理，吉理就是那所大學的學生。她的指導教授名叫伊莎貝爾・南西，多年來不定期居住在烏廓瑪。那群教授中有幾個都住在烏廓瑪，偶爾舉辦

⑲特諾奇提特蘭（Tenochtitla）：墨西哥特斯科科湖中島嶼上的古都遺址，據說阿茲特克人一三二五年在神指定的地方建立特諾奇提特蘭，即今日墨西哥城的前身。

⑳蘇頓胡（Sutton Hoo）：一九三九年在英國東部索夫克所發現的沉船寶藏。

㉑裸女喜拉（sheila-na-gigs）：常以誇張展現陰部的裸女形象出現，為一種象徵性的雕刻，在愛爾蘭和英國的教堂或城堡特別常見。

統籌會議，甚至每隔幾月會跑到貝澤爾來辦。」我想這對這塊連個古代遺跡都找不到的不毛之地而言，也算一種安慰獎吧。「前陣子才開過一次大會，因為他們又新發現一個藏了古文物的地方。我相信大家一定記得。」對，而且還因此登上國際新聞版面呢。那次的展很快就出名了，但我不太記得。展品包括星盤，以及一件極其複雜精細的齒輪裝置，就跟安提基瑟拉儀[22]一樣，精確到令人痴迷又不符其時代技術，因此引發眾多幻想與臆測。而該儀器的效用，同樣至今無人能再現。

「好吧，這女孩是什麼來歷？」一個烏廓瑪代表開口。他是個五十多歲的肥胖男子，身上襯衫的漸層色連在貝澤爾都不知道合不合法。

「為了進行研究，她有好幾個月都以烏廓瑪為家。」我說道：「三年前，她去烏廓瑪前先來貝澤爾參加研討會。大家應該記得，當時有一場大型展覽，展出借自烏廓瑪的古文物，約有一至兩個星期，一直都在召開會議。學者來自歐洲、北美、烏廓瑪各地，四面八方都有人潮湧入參觀。」

「我們當然記得，」奈瑟姆說道：「我們也有很多人躬逢其盛。」這點無庸置疑。多個官方和半官方委員會與機構都受到邀請，不論執政黨或在野黨官員都去參加。當時由首相宣布議程開始，奈瑟姆在博物館為展覽正式揭幕，所有重要政治人物必定到場。

「既然她也有出席，諸位說不定見過她——她顯然引起了一點紛爭，被控藐視會場。當時她在簡報中發表了一些關於歐辛伊的不當言論，差點被轟出去。」有幾個人——布歷斯和卡春雅一定有，可能奈瑟姆也有——看起來彷彿想起了什麼，而且至少還有另一個烏廓瑪人也深深陷入回憶中。

「後來她看起來又恢復低調，完成碩士學位後開始攻讀博士，也獲准進入烏廓瑪——這次以考古現場人員的身分進行研究——我認為，自從那次鬧事之後，她就沒有再回到貝澤爾了。而且老實說，她能進入烏廓瑪我也很驚訝——除了連續假期外，她一直沒離開。考古挖掘現場有個學生宿舍，她幾個星期前失蹤，最後出現在貝澤爾波科斯特村的一處住宅區。你們應該都記得吧？那裡完全屬於貝澤爾，對烏廓瑪來說算是異地——而且現在她死了。諸位代表，資料中都有詳細說明。」

「你沒提出違規跨界的證據吧？至少沒有明確指出來。」尤吉．賽德的語氣和緩，我本來以為身為軍人的他會更強硬。他對面坐著幾名烏廓瑪國會議員，正以伊利坦語低聲交談。他的插話引發更熱烈的討論。我注視著他。坐在他附近的布歷斯不耐地翻了白眼，也知道我有看到他的小動作。

「代表，請務必見諒，」我終於開口。「關於那件事，我不知道該說什麼才好。這名年輕女子住在烏廓瑪——我的意思是，她的身分在那裡受到官方認可，我們也有相關紀錄。可是她失蹤再出現，卻成了貝澤爾的一具屍體。」我皺起眉。「我不太確定……都這樣了，您還希望我們出示什麼證據？」

「那些都是間接的——我的意思是——你去外交部確認過了嗎？比方說，你有沒有找到證據證明吉理小姐離開烏廓瑪，是要去布達佩斯之類的地方參加活動？有沒有可能她是去別處參加活動，然後再來貝澤爾？柏魯督察，她的資料中幾乎有兩個星期行蹤一片空白。」

我瞪大眼睛。「誠如我所說，她不可能在鬧出那次風波後再回貝澤爾……」

他露出接近遺憾的神情，打斷我的話。「跨界監察是……外來勢力。」委員會成員中，有幾名貝澤爾人和部分烏廓瑪人一臉震驚。「大家都知道這個事實，」賽德說：「姑且不論承認這件事是否失禮。我再次重申：跨界監察是外來勢力。把主權交給他們有風險。我們一遇到棘手事件就收手不管，直接交給——若有冒犯，請見諒——一道我們無法控制的陰影。不過是想讓我們的日子過得更輕鬆。」

㉒ Antikythera mechanism：兩千多年前古希臘發明的天文機械，由許多齒輪精巧地組合而成，可以精準預測各星球運行。這個神奇的儀器殘骸於希臘安提基特拉島海岸外的沉船發現，科學家利用X光探索其中奧祕，才得以了解其功能。

「您是在開玩笑吧？」有人說。

「我受夠了！」布歷斯開始發飆。

「不要只想著討好敵人。」賽德說。

「主席，」布歷斯大吼，「您允許這種造謠中傷嗎？這簡直是無法無天……」我看著他——看著我在報上看過的那個無黨籍政壇新星。

「只要有讓跨界監察介入的必要，我當然舉雙手贊成轉移此案。」賽德說：「但距離我的黨提出主張已經有一段時日……我們不要再百依百順地蓋章同意、將主權交付給有相當權威的跨界監察了，好嗎？督察，你實際上做了多少調查？你跟她的父母朋友聊過了嗎？對這名可憐的年輕女性，我們到底知道多少？」

針對這種情形，我應該做更多心理準備才對。但我確實沒有料到。

以前，我曾經在頃刻間看過跨界監察——誰沒看過？我知道它掌控一切。絕大多數違規跨界都來得又急又快，然後跨界監察會介入處理。我還不習慣用請求的方式找這種神祕人員來執法。由於我們十分依賴跨界監察——雖然不該這樣——但即使我們人在貝澤爾，若發現烏廓瑪扒手行竊，或強盜行搶，也逐漸養成只聽不見、不主動提起的習慣。因為一旦違規跨界，我們犯下的罪可比那些人還重上幾倍。

我十四歲時第一次親眼目睹跨界監察，而原因隨處可見——交通事故。有輛四四方方的烏廓瑪廂型車（那已經超過三十年前了，當時烏廓瑪路上行駛的車輛還沒有現在這麼引人注目）開在重疊路上打滑；那區有三分之一的車屬於貝澤爾。

如果那輛廂型車最後恢復正常，貝澤爾駕駛人就會按照傳統，無視這種不慎亂闖的外來障礙物，而這也是住在重疊城市避無可避的難處。在烏廓瑪的烏廓瑪人不小心撞到在貝澤爾的貝澤爾人、烏廓瑪的狗衝上前對貝澤爾路人聞聞嗅嗅，或是烏廓瑪的某扇窗戶破裂，玻璃碎片散落在貝澤爾人行道——在上述案例中，貝澤爾人（或易地而處的烏廓瑪人）會在不承認事件發生的前提下，盡可能避免接觸外來麻煩——非不得已還是得碰，但不碰為上策。這種客氣禮貌、高度自制的「無感」是「*protubs*㉓」的標準應對方式。在貝澤爾語中，這是用來形容「他城異物」。伊利坦語也有一個專有名詞，但我不知道是什麼。而棄置已久的垃圾例外。那些橫亙交疊人行道之上，或從丟棄處被風吹到異地的東西，一開始還是他城異物，但當垃圾上的伊利坦文或貝澤爾文因髒汙而漸漸難以辨識，或經強光照射褪色，隨著時間逐漸消失，並與別的垃圾（其中也包括另一城市的垃圾）混在一起，就只是垃圾。就像霧、雨和煙，它們不理會邊界的限制，隨意飄過邊界。

然而那次看到的廂型車司機沒有回到正軌，不得不打斜停在柏油路上——我不知道那條街在烏廓瑪叫什麼，但它在貝澤爾叫庫尼街——最後「砰」一聲撞上貝澤爾古董店牆面，以及當時在那裡閒逛的行人。一名貝澤爾男子慘遭撞死，烏廓瑪司機則身受重傷；兩城的居民都放聲尖叫。我沒有目睹撞擊的那刻，在我聽到旁觀民眾的鼓譟前，母親因為親眼目擊整個過程緊抓著我的手不放。我痛得大叫。

貝澤爾孩童（烏廓瑪孩童想必也一樣）從小就大量接收各種暗示，很快學會分辨衣服款式、合法顏色，還有走路和站姿。差不多八歲後，大人才覺得我們可以信任，不會犯下難堪又違法的違規跨界。在那之前，孩童若要上街，分分秒秒都得有許可證。

看見那次違規跨界的血腥事故時，我已過了八歲。我記得自己想起了那種種神祕的「視而不見」，心中清楚那全是鬼話。在那個當下，我、我母親，還有在場所有貝澤爾人，都不得不看見烏廓瑪的這起

㉓法文，有毒瘤、隆起、突起物的意思。

車禍，剛學會的各種謹慎的視而不見技巧都被拋到腦後。

跨界監察旋即趕到。他們就是一些模糊的人影，有些應該是本來就在的，卻仍像是從車禍煙霧瀰漫的空隙中凝聚起來，動作迅速，似乎清楚可見，舉手投足間散發絕對的權威與權力，迅速且從容地控制住非法入侵的區域。想要看清楚跨界監察幾乎是不可能的——表面上而言。在緊急區域的邊緣聚集了貝澤爾和烏廓瑪的警方，而我還是沒辦法把後者當成沒看到。警方推開各自城內的好奇民眾，現場圍起黃色封鎖帶，把無關人士隔絕在外。跨界監察也在封鎖區中，雖然動作迅速，但還是能看見——儘管當時我年紀還小，怕得不敢看他們怎樣各司其職、焚毀證據，隨後又將一切恢復原狀。

在這種罕見的情況下（如意外發生或越界的大災難），你或許就能瞥見跨界監察執行勤務。像是一九二六年發生過一次地震引發的大火……啊，也有一次，我公寓附近的共有分治區發生火災，火勢被控制在一間房子裡，但不是貝澤爾的，所以我對它視而不見，反而看著本地電視臺轉播烏廓瑪傳來的火災畫面，然而在那同時，閃爍的紅色火舌也照亮了我家客廳的窗戶。當時一名烏廓瑪旁觀者被貝澤爾的流彈擊中身亡……但是你很難把這些緊急事件跟與我目前經歷的繁文縟節想在一起。

我的眼神失了焦，漫無目的地環顧室內。凡是請求跨界監察行動的相關人等，都必須說明自己的行動內容，但這對我們許多人來說都不構成什麼阻礙。

「你和她的同事談過了嗎？」賽德說：「你進行到什麼程度了？」

「沒有，我沒有跟他們談，但我手下的警員為了查明事實，肯定找他們談過。」

「那跟她的父母親談過了嗎？你似乎很積極地想跟這次調查劃清界限。」為了壓過桌子兩邊窸窸窣窣的說話聲，所以我多等了一會兒才開口。

「寇葳通知他們了，他們正在搭機趕來的途中。少校，我不確定您是否了解我們現在的處境——

是，我的確挺積極的——可是難道您不想親眼看到殺害瑪哈莉亞的凶手被逮嗎？」

「好了——夠了，」奈瑟姆出聲，手指飛快地在桌上移動。「督察，你最好不要用那種口氣說話。我們原本可以選擇不這麼做，現在卻硬是交給跨界監察來處理，代表會有這種擔憂也是很合理——而且他們越來越憂慮。再說，那麼做是很危險的，甚至可能被看作背叛行為。」他停了一會兒，直到他的要求被清清楚楚地聽進去。我發出一聲算是道歉的咕噥。「但是，」他繼續說：「少校，你也最好考慮一下，是不是真的要那麼好辯跟胡來。看在老天分上——那名年輕女性是在烏廓瑪失蹤，在貝澤爾被發現死亡。我覺得不會有哪件案子能比此案更明確。我們要簽署將此案引渡給跨界監察處理。」他的雙手在空中比劃，賽德則開始碎念。

卡春雅點頭稱是。「這是明辨事理。」布歷斯也出口稱讚。烏廓瑪人以前顯然就看過這些內部爭吵——拜我們的光輝民主所賜。但他們自己無疑也有意見不合的時候。

「我想就先到此為止吧，督察。」他壓過提高嗓門說話的少校。「你的申請已被受理，謝謝。接待員會帶你出去。我們很快會通知你結果。」

幾百年來，柯普拉廳屹立不搖，扮演貝澤爾與烏廓瑪生活與政治的中心，因此該走廊逐步演變成現今獨樹一格的樣貌：古典，充滿上流社會的尊貴感，但風格總是曖昧，很難給個明確的定義。沿走廊的油畫作品均是精心繪製而成，不過來歷不明、沒有生命；分屬貝澤爾與烏廓瑪的員工在廳內中間走廊來來去去，整個空間毫無通力合作的氣氛，反而給人一種虛無空洞的感受。

有少數幾件兩城分裂前時期的文物，陳列在設有警報與監視系統的鐘型玻璃罩內，強調出其所在的走道是如何與眾不同。這些文物都很獨特，卻又令人費解。離開時，我走馬看花掃過幾座：一尊胸部下垂的維納斯，過去上頭可能有些齒輪或把手，但如今僅剩凸槽殘跡；一隻作工粗陋的金屬黃蜂，歷經數百年後色澤褪去；還有一個玄武岩印模，文物下方的簡介只有各種揣測。

賽德的干預令人難以置信——我覺得他應該早早做好了決定，打算在下次請願送上議事桌時立刻表態，結果卻不幸碰上我提出的申請——一起一翻兩瞪眼的案子。而且他的動機也很可疑，我如果參政，也絕不會應他的聲。不過，他的警告其實是有道理的。

跨界監察的權限幾乎可說無邊無際，令人生畏。他們唯一的限制在於權力只能用在非常特定的情況。兩城都必須採取此安全措施：若走到動用跨界監察的情況，絕對要受到嚴格監督。

也是因為這樣，貝澤爾、烏廓瑪和跨界監察彼此間會有無數晦澀難解的審核和平衡機制。除了各類嚴重且確實的違規跨界，例如犯罪、意外或天災人禍（化學物質外洩、瓦斯爆炸、精神失常者跨界攻擊）以外，委員會將權衡所有需請求跨界監察協助的情況。畢竟，到頭來不論出了什麼事，只要你請出跨界監察，就等於剝奪貝澤爾和烏廓瑪的一切權力。

如果發生的是正常人都無法提出反論的嚴重事件，委員會的兩城代表便會審慎評估委託跨界監察辦理的案件，並回溯當初決定引渡的理由。嚴格來說，他們可能會對每一項都提出質疑：這樣做雖很荒謬，但委員會不會願意在沒有審查過重要議案的情況下，任憑自己的權威受損。

這兩座城市都需要跨界監察，但若不尊重彼此領土的完整性，跨界監察又有何存在必要？

寇葳正在等我。「結果怎樣？」她把咖啡給我。「他們怎麼說？」

「嗯，查案權會轉交出去，但是他們要我先賣命調查。」我們朝警車走去。柯普拉廳周圍的街道都是重疊的，我們必須經過一群烏廓瑪人，並視而不見，才能往寇葳停車的地點前進。「妳認識賽德嗎？」

「那個法西斯蠢貨嗎？當然認識。」

「他好像不想把案子交給跨界監察，還試圖從中作梗。這很怪。」

「全國聯盟那幫人不是討厭跨界監察嗎？」

「就是這樣才怪，那簡直等同討厭自己呼吸的空氣一樣。他既然是全國聯盟的人，怎麼會不知道沒有跨界監察等於沒有貝澤爾，也沒有家。」

「很複雜吧，」她說：「我們雖然需要跨界監察，但那是因為我們依賴成性。反正全國聯盟也分裂成權力平衡和必勝主義兩派了。我想他可能是後者吧。必勝主義分子認為跨界監察保護的是烏廓瑪，它們是唯一可以阻止貝澤爾接管烏廓瑪的絆腳石。」

「他們想要接管烏廓瑪？如果他們覺得貝澤爾會贏，就是沒見過世面。」寇葳看了我一眼，我們都很清楚事實。「反正也只是假設。我覺得他只是裝腔作勢啦。」

「他真是該死的白痴。我是說，同為法西斯主義者，他就是不夠機靈。所以我們什麼時候能得到許可？」

「再一、兩天吧，我猜。他們會針對今日呈上的每一項議案進行投票，我是這麼認為啦。」但其實，我並不知道整個程序是怎麼運作的。

「這段時間要幹麼？」她說話一向簡明扼要。

「那好吧，妳手上也有很多其他案子要辦，這事交給我，怎麼樣？畢竟妳手上也不是只有這個案子。」車子行駛時，我看著她。

我們的車駛過柯普拉廳。那個巨大入口就跟世上每個人造石窟一樣。柯普拉廳比大教堂和古羅馬競技場還要大，東西兩側開放；地面層有一條半封閉的主要通道，單第一層就挑高到約莫五十英尺，以梁柱做間隔。內牆區隔開了車流，若遇檢查站，必須停下受檢。行人車輛來來去去，汽車與廂型車開進靠近我們的入口，前往最東邊的檢查站，等候查驗護照和相關文件；摩托車騎士獲准（有時則不准）離開貝澤爾。車流穩定，再往前開數英里，過大廳圓頂下的內部檢查站的間隙後，須在建築物西側門口再次等候進入烏廓瑪。而其他車道的順序正好相反。

接著，車輛會帶著蓋過章的通行許可證，出現在跟進入時相反的另一端，駛進外國城市。他們通常會在貝澤爾舊城或烏廓瑪舊城的重疊街道，循原路折回數分鐘前等候的那個地方，不過，此時他們已身在另一個城市。

如果有人要去隔壁鄰居家，但鄰居家實際上位於另一城，那麼這房子就等同位在屬於敵國政權的另一條路上。很少有外國人能理解這點：一個貝澤爾居民只是走幾步路，到隔壁位於異地的鄰居家，就必定構成違規跨界。

但只要穿越柯普拉廳，貝澤爾人就能夠離開貝澤爾，抵達大廳盡頭時又回到他們（的身軀）剛剛所在的位置——不過等同來到另一個城市，搖身一變成為觀光客，甚至凡事都新鮮驚奇的訪客——明明是在一個和自家地址經緯度相同的街道，卻是以前從未造訪過的地方，對原本街上的建築也一概視若無睹，就這麼來到自家建築隔壁，距離卻等同一城之遙的那些烏廓瑪房屋。而既然來到了另一邊，他們也就看不見原本自己的家，並在跨界監察的全程監視再回到家中。

柯普拉廳如沙漏的腰部是兩座城市的進出口，也是中心所在。這巨大的建築本體形如漏斗，將來自一個城市的旅客吞吐至另一城，反之亦然。

貝澤爾有些地方不屬於重疊區，但被一塊細長的烏廓瑪土地阻隔。在父母師長嚴格的訓練下，我們小時候都謹守對烏廓瑪視而不見的規則。（以前，就算和烏廓瑪同齡的小孩在接近共享分治區的地方，也會假裝沒注意到彼此存在。這行為之刻意虛假，令人難忘。）我們小時候還會把石頭扔過細長的異地，然後在貝澤爾繞一大圈路，把石頭撿回來，一邊爭論自己算不算做錯事——跨界監察當然不曾出面。我們也會把石頭換成本地抓到的蜥蜴，當我們走去撿回蜥蜴時，牠們往往已經死了，然後我們就會說牠們是被飛越烏廓瑪的空中之旅害死的。當然啦，摔落地面也可能是死因之一。

「這很快就不是輪我們管的問題了。」我說，看著幾個烏廓瑪旅客現身在貝澤爾。「瑪哈莉亞、拜拉、芙拉娜．笛泰兒。」

7

從美國東岸飛到貝澤爾至少要轉一次機，這是最佳路徑。飛往貝澤爾的航線向來複雜。雅典、史可普列、布達佩斯與貝澤爾都有直航，其中史可普列可能是美國人最好的選擇。技術上來說，因為有封鎖，美國人要去烏廓瑪就更困難，但他們只要先到加拿大就可以從那裡直飛。另外，還有許多其他交通方式可抵達新蒼狼㉔。

吉理夫婦早上十點會抵達貝澤爾哈維克。我已命寇葳先電話告知他們女兒過世的不幸消息。我跟她說我會護送他們去認屍，她想的話也可以一起去，而她也的確來了。

我們在貝澤爾機場等候，以免班機提前抵達。我們喝著航廈大廳裡像是星巴克會賣的難喝咖啡，寇葳又問了我監督委員會的運作方式，我則問她有沒有離開過貝澤爾。

「當然有啊，」她說：「我去過羅馬尼亞，也去過保加利亞。」

「土耳其呢？」

「沒，你呢？」

「去過，我還去過倫敦和莫斯科。很久以前還去過一次巴黎和柏林——事實上我去的是西柏林，在東西德合併之前。」

「柏林？」她說。機場沒什麼人，應該主要是返回貝澤爾的乘客，加一些觀光客和東歐商務旅客。要到貝澤爾旅行很困難，烏廓瑪亦然——畢竟，有多少度假勝地會在旅客入境前設下層層檢查關卡？不過，儘管我沒去過烏廓瑪，好歹也看過影片中新蓋好的烏廓瑪機場。該機場位於東南方十六、七英里處，就在雷斯托夫的布爾凱海灣對面，交通流量也比我們繁忙許多，而且到訪細則的繁複程度不亞於我們。幾年前重建時，烏廓瑪機場歷經數月瘋狂趕工，從原本比我們航廈還小的規模變成大上許多。若從空中俯視，可以看見所有航廈由一整片半月形玻璃帷幕相連而成，應該是由福斯特㉕或與之齊名的建築師設計。

從衣著判斷，來幫那群外國猶太正教徒接機的人，應該是他們較不虔誠的本地親戚。有個胖胖的保安主任正晃動著槍，搔搔臉頰。剛入境的稀客中有一、兩個穿著挺嚇人的高級主管。他們沒搭私人專機，也沒有乘直升機降落在專屬機場；我們這些握有最高科技的新朋友（說不定還是美國人）反而在機場大廳探頭探腦，尋找手舉牌子的司機。牌子上分別寫著西珥寇爾、山德納、佛爾科技等等公司名稱，歡迎董事來訪。寇葳看見我在讀那些牌子。

「為什麼會有白痴來這裡投資啊？」她說：「你想他們會記得自己同意把錢灑到這兒嗎？他們來公費考察時，政府還光明正大塞強姦藥丸給他們耶。」

「警員，這可是標準貝澤爾失敗主義者才會說的話——就是因為這樣，我們的國家才會每況越下。我們委託布歷斯、奈瑟姆和賽德代表做的正是這種工作。」布歷斯和奈瑟姆完全是合理人選，但賽德竟會參與籌辦貿易展，這真的令人跌破眼鏡。背後鐵定有人情因素。有外來者就代表還有些小小成就，而

㉔ 即烏廓瑪。

㉕ 諾曼．福斯特（Norman Foster），英國國寶級建築大師，代表作品包括大英博物館玻璃天幕、倫敦市政廳、香港匯豐總行大廈、瑞士再保保險大樓等。

這些小小成就更是耐人尋味。

「沒錯。」她說：「認真說起來，這些傢伙走出來時——我敢發誓他們眼中閃著恐慌。你有看過他們被車子載著、去遊覽城裡的風景名勝和交疊區嗎？『觀光！』沒錯，那些可憐的王八蛋也在努力找活路。」我指著螢幕：飛機降落了。

「妳跟瑪哈莉亞的指導教授談過了嗎？」我說：「我打過幾次電話找她，都找不到人。他們也不給我她的手機。」

「不久前談過。」寇蕨說：「我是在中心找到她的。一個像研究中心的地方，隸屬烏廓瑪的一個考古挖掘區。南西教授是學術界紅牌之一，門下學生無數……總之，我打電話請她確認瑪哈莉亞是不是她的學生，還說有陣子沒人看過她等等。我跟她說我們合理相信……反正就那樣。然後再傳一張照片過去。她非常訝異。」

「是嗎？」

「是。她……她一直說瑪哈莉亞有多棒，她有多麼不敢置信，到底發生什麼事之類的。喔對，既然你去過柏林，那你會說德文嗎？」

「以前會，」我說：「*Ein bisschen*（一點點）。」

「你為什麼去那裡？」

「當時我年紀還很輕，是去開會的，要『維持分裂城市的治安』。會議地點包括布達佩斯、耶路撒冷、柏林、貝澤爾、烏廓瑪等等。」

「幹，什麼鬼啊！」

「我懂、我懂，不過我們當時真的是那麼說的。完全搞錯重點。」

「分裂城市？學界居然放過了你，我好驚訝。」

「我知道，我本來覺得，那次免費出差鐵定會因為其他人強烈的愛國情操而慘遭取消。我的上司說，那種會議不僅是對我們地位的誤解，也是對貝澤爾的侮辱。而我覺得他說的沒錯。但是那次出國政府有補助，我怎麼會拒絕呢？我甚至還說服他讓我去。我至少因此生平第一次認識了烏廓瑪人，他們顯然也在設法壓下那方對會議的憤慨。尤其我記得在大會舞廳遇到一個烏廓瑪人，我們都盡力緩解因〈九十九個氣球〉㉖引發的緊繃國際關係。」寇葳哼了一聲。旅客開始陸續出關，我們的表情恢復鎮定；至少要在吉理夫婦出現時表現出恭敬有禮的模樣。

護送他們的移民署官員看到我們，向他們輕輕點頭致意，隨後離去。吉理夫婦本人模樣和美國警方寄給我們的照片很像，所以能認出來，但就算沒有我也認得出。只有在承受喪子之慟的父母臉上才會看到那種表情。哀戚之情、精疲力竭溢於言表。他們拖著沉重的腳步，緩緩走進機場大廳，彷彿比實際年齡蒼老十五至二十歲。

「吉理先生和吉理太太嗎？」我一直都有練習英文。

「噢，」女方開口，她伸出了手，「……你是……寇葳先生對吧？那位——」

「不是，吉理太太。我是貝澤爾極重案組的泰亞鐸．柏魯督察。」我握住她的手，也握了她丈夫的手。「這位是莉茲拜．寇葳警員。吉理先生和吉理太太，我——你們失去至親，我們深感遺憾。」

他們兩人像動物似的瞇起眼睛，點點頭，張開了嘴，卻說不出一個字。喪女的傷慟讓他們雙眼呆

㉖ 八〇年代的德文抗議歌曲，旋律輕快，歌詞敘述冷戰時期有兩個小孩把九十九個氣球放上天，東德政府卻把氣球當武器，並因此嚴陣以待。

滯。這世界實在殘酷。

「我載你們去飯店好嗎？」

「不用了，督察，謝謝。」吉理先生說。我瞥了寇葳一眼，她竟然有辦法加入我們的對話——畢竟她理解力很強。「我們想……完成來此的目的。」吉理太太緊抓著包包，然後又放開。「我們想看看她。」

「當然，這邊請。」我帶他們上車。

「我們會去見南西教授嗎？」寇葳開車載我們，吉理先生開口問道：「還有小瑪的朋友？」

「不，吉理先生，」我說：「我們恐怕不能去見他們。他們在烏廓瑪，不在貝澤爾。」

「你不是知道嗎，約翰，你應該很清楚這裡的模式。」他的妻子說。

「啊對對，」他對著我說話（彷彿剛剛開口的是我）：「我很抱歉，我可不可以……我只是想跟她的朋友談談。」

「其實是可以安排的，吉理先生、吉理太太，」我說：「我們會處理手機裡的來電，而且……」我思忖著穿越柯普拉廳所需的通行證件，「我們在這裡辦完相關手續後，一定會找人護送你們去烏廓瑪。」

吉理太太看著丈夫。他凝視窗外擁擠的街道與車輛。我們正駛近烏廓瑪的一些天橋，但我很確定他不會逼自己別去看。就算他知道不該看，也不會在乎。沿途還會經過烏廓瑪那些誇張華麗的經濟區，街道充滿粗糙卻巨大的公共藝術作品，一旦看了，就將觸犯違規跨界罪。吉理夫婦都佩戴了貝澤爾色的旅客標記，因為護照上蓋的是罕見的酌情入境章，所以他們不必接受旅客訓練，也不用將本地的邊界政治放在心上。因為失親之慟，他們反應遲緩，不慎違規跨界的風險極高，我們得保護他們，讓他們不致無意犯下被驅逐出境的行為。而在此案移交給跨界監察的命令正式生效前，我們都得善盡這保姆的職責。

除非吉理夫婦就寢，否則我們必須寸步不離。

寇葳沒看我；我們得全神貫注。如果吉理夫婦只是普通旅客，為了獲得簽證，就要強制接受訓練，並通過嚴格的入境測驗，測驗內容包括理論和實際的角色扮演。這樣他們至少會有些初步概念，學會區分貝澤爾與烏廓瑪兩座城市，及其市民的各種重點特徵，包含建築、衣著、字母與書寫發音方法、非法的顏色，還有姿態，以及必備的細節常識。另外的小地方取決於他們的貝澤爾老師，他們會教授存在於假想中的雙邊人民面相學差異，也會對跨界監察有些微的認識（我們本地人知道的也沒多到哪裡去）。最重要的是，他們將有足夠的認知，避免犯下明顯的違規跨界罪。

但就算上過兩週（或不論多長）的課程，大家都認為旅客不可能融會貫通，跳脫論述，培養出對貝澤爾與烏廓瑪邊界深奧的直覺，進而學會視而不見的基本功。然而，我們確實會堅持旅客就要有旅客的樣子。我們與烏廓瑪當局都認為旅客理應恪守公開禮節，亦即完全不能與交疊相鄰的城邦有所互動，也不能對其有任何明顯確切的關注。

就因為對於違規跨界的制裁相當嚴厲（兩城都嚴格執行），反倒不會時時懷疑旅客是否違規。畢竟我們早已是視而不見的專家，對於旅客的能力其實都抱著懷疑。例如旅客要是來舊貝澤爾貧民窟，肯定會偷偷注意烏廓瑪玻璃覆頂的亞珥伊朗橋——該兩處在地形學上直接毗鄰相連。當他們抬眼欣賞貝澤爾風能日遊行絲帶飄揚的氣球，必定無法裝出看不見烏廓瑪宮殿區高聳淚滴形塔樓的模樣（但我們可以）；雖然就在旁邊，卻距離一國之遙。只要旅客不指指點點、大呼小叫——所以除了極少數例外，未滿十八歲的外國人士都無法拿到入境許可——相關人等姑且不需擔心觸犯違規跨界。簽證核發前的訓練教的是限制本身，而非本地人嚴格執行的無視能力。大多數學生都很聰明，也能夠理解。跨界監察暨我國全體，在可接受的情況下都會對旅客採取寧可姑息、不能錯抓的政策。

我從後視鏡看到吉理先生注視著一輛呼嘯而過的卡車。我裝沒看到，因為它開在烏廓瑪的路上。

他和太太時而低聲交談。我英文不夠好，聽力也不怎麼樣，所以聽不清楚他們在說什麼。然而大多時候他們只是靜靜分坐兩側，望著窗外。

夏克曼不在研究室。他可能有自知之明，知道自己在來認屍的人眼中是什麼模樣，而我也不想在這種情況之下碰到他。漢茲尼克帶我們來到停屍間。吉理夫婦一看到白布下的人形，馬上發出哀鳴。漢茲尼克恭敬地靜候一旁，直到他們做好心理準備。吉理太太點頭後，他才掀開白布，讓瑪哈莉亞的臉露出來。

「噢……是她沒錯。」吉理先生說完這句，哭了出聲，「是她沒錯，是我的女兒。」他的語氣就好像我們詢問他正式的認屍結果，但並不是這樣。他們只是一心一意想看看她。我點點頭，像是表示他的話對我們有所幫助，然後看了漢茲尼克一眼。當他把白布恢復原狀、在那邊找事瞎忙，我們便把瑪哈莉亞的父母帶出停屍間。

「我真的很想**去**烏廓瑪。」吉理先生說。聽到外國人在說動詞時稍微加強語氣，我已經很習慣了。他似乎覺得這麼說真的很奇怪。「抱歉，我知道要安排這件事可能會很難，但我想去看看她……」

「當然可以——」我說。

「當然可以。」寇葳與我異口同聲。她的英文一直都還過得去，偶爾也會說個幾句。我們和吉理夫婦在捷吉兒皇后飯店吃午餐。這間飯店相當舒適，貝澤爾警方長年與他們合作。飯店員工在看守、保護這些不及格旅客的經驗老到，簡直媲美祕密監禁。

詹姆斯．塞克是美國大使館的重要官員，年約二十八、九歲，他與我們共進午餐，時而以流利的貝澤爾語和寇葳交談。從飯廳看出去會看到胡斯塔夫島北端，內河船隻來來往往（而且兩城都有）。吉理夫婦只吃了一點點胡椒魚。

「我們猜想你們可能想去參觀令嬡工作的地點。」我說：「我們一直跟塞克先生及烏廓瑪對口的官員研議申辦相關文件的事宜，好讓你們可以通過柯普拉廳。我想只需要一、兩天時間。」只是接洽的對象當然不是烏廓瑪大使館，而是臉很臭的美國利益代表處。

「嗯……你說這個案子……現在是交給跨界監察來辦對吧？」吉理太太說：「調查此案的不是烏廓瑪警方，而會交給這個跨界監察，對吧？」她以極度懷疑的眼神盯著我，「那麼我們什麼時候要跟他們談？」

我瞥了塞克一眼。「沒有那個必要，」我說：「跨界監察跟我們不一樣。」

吉理太太瞪著我。「『我們』？……是指貝澤爾警方嗎？」她說。

「我不——」

「柏魯督察，我很樂意解釋。」塞克囁嚅著，希望我先離開。如果要在我面前進行任何解釋，勢必得對我保持適度禮貌。如果能單獨與美國人在一起，可能會跟他們強調這兩座城市有多荒謬難搞，發生在貝澤爾的犯罪是如何導致辦案的複雜度大增，他與同僚又是多麼遺憾，諸如此類一堆廢話，而且可以恣意含沙射影，表示和跨界監察這種政治立場不同的勢力打交道不僅令人難堪，還得費工夫互相抗衡。

「吉理先生、吉理太太，不曉得你們對跨界監察了解多少。這個組織呢……跟其他政權不同。對於它的能耐……你們有某種程度的認知嗎？跨界監察擁有獨一無二的權力，而且……呃，極度神祕。我們的大使館跟任何一位跨界監察代表都沒有接觸——我知道這話聽起來有多怪，但是，我可以向你們保證，跨界監察在起訴罪犯方面很——怎麼說呢——毫不手軟，相當令人敬畏。我們接下來會收到進一步的消息，了解目前進度，還有他們會怎麼處置該為此案付出代價的人。」

「那是不是代表……」吉理先生說：「這裡是有死刑的吧？」

「烏廓瑪也有嗎？」他太太問道。

「當然，」塞克答道：「不過我們沒必要討論。吉理先生、吉理太太，我們在貝澤爾和烏廓瑪當局的朋友，現已準備依法請求跨界監察出面，查辦令嫒的謀殺案，因此討論貝澤爾和烏廓瑪的法律其實沒有意義；跨界監察可以採取的制裁方法完全沒有限制。」

「依法請求？」吉理太太問道。

「跨界監察表態接手處理前我們已經先提出申請了，」我說：「有些既定程序要跑。」

吉理先生說：「那審判呢？」

「審理程序不公開，」我說：「跨界監察的審判……」我腦海中閃過一些字眼，像是「獨裁」或「黑箱」。「……是祕密進行。」

「我們不會出庭作證嗎？也看不到審判？」吉理先生似乎嚇壞了。但這些東西應該都跟他們解釋過了，不是嗎？可是吉理太太只是憤怒地搖著頭，沒像丈夫那麼驚訝。

「恐怕不會，」塞克說：「這次的情況前所未見。不過我可以向你們拍胸脯保證，不論凶手是誰，一定會被緝捕到案——而且還會受到嚴峻的制裁——搞不好還會有人同情殺死瑪哈莉亞的凶手呢……但我可不會。」

「可是這也太——」

「我懂的，吉理太太，我衷心感到抱歉、覺得遺憾。的確沒有其他公家單位是這樣的。烏廓瑪、貝澤爾、跨界監察……都是這裡特有的制度啊。」

「噢，我的天……你也知道的，這一切……都是瑪哈莉亞的熱情所在。」吉理先生說：「這座城……那座城，還有另一座城，這個**貝塞爾**——」他把貝澤爾說成貝塞爾了。「——烏廓瑪，還有奧西伊特。」最後四個字我有點聽不懂。

「歐辛伊。」吉理太太說，我抬起眼神。「親愛的，不是奧西伊特，是歐辛伊。」

塞克噘著嘴，客氣地表示自己的不解，一臉疑惑地搖著頭。

「那是什麼，吉理太太？」我說。她在包包裡胡亂翻找一陣，寇葳靜靜拿出一本記事本。

「這就是瑪哈莉亞在鑽研的學問。」吉理太太說：「她研究的也是這個；她想成為這個領域的博士。」吉理先生扮了個鬼臉笑出來，表情裡有寵暱、有驕傲，還有一點困惑。「她一直做得很好。她跟我們提過一點，歐辛伊聽起來跟跨界監察很像。」

「從她第一次來到這裡，」吉理先生說：「這就是她一直想做的事。」

「沒錯，她先來這兒——呃，我是指這裡……這個地方……貝澤爾對吧？她先來這裡，後來就說要去烏廓瑪。我必須老實跟你說，督察，我認為烏廓瑪跟這裡根本就差不多。我知道我這想法不對，因為她必須拿到特別的許可證才能去那裡，可是她是學生——不對，應該說她生前是學生——所以最後能留在那裡完成研究。」

「歐辛伊……比較像個民間傳說。」我對塞克說。瑪哈莉亞的母親點點頭，父親則看向別處，「它跟跨界監察其實不像，吉理太太，跨界監察是真實存在的，它是一種權力機構，但歐辛伊是……」我猶豫著不知道該怎麼接下去。

「——第三個城市。」寇葳用貝澤爾語對塞克說，但他還是皺著臉，依舊不懂。寇葳接著說：「歐辛伊是個祕密，也是童話故事，位於兩城之間。」但他搖搖頭，似乎不感興趣，是喔。

「她愛著這個地方，」吉理太太眼神充滿渴望，「抱歉——我是指烏廓瑪。我們離她住的地方近嗎？」如果就純粹物理性及共有分治區的角度——沒錯，我們離她的住處很近。共有分治區的概念屬貝澤爾和烏爾廓瑪獨有，在別的地方都像空話。我和寇葳都沒有回答，因為這個問題很複雜。「她研究歐辛伊很多年了。一開始是先看關於這些城市的書；她的教授好像一直認為她表現很優秀。」

「妳喜歡那些教授嗎？」

「唉，我從沒見過他們，但她給我看過他們正在進行的一些研究，也給我看了一個關於該計畫的網站，還有她工作的地點。」

「有提到南西教授？」

「有，瑪哈莉亞的指導教授，她很喜歡她。」

「她們共事愉快嗎？」我問這問題時，寇葳盯著我看。

「我不知道耶。」吉理太太甚至笑出聲，「瑪哈莉亞好像常跟她爭執。她們似乎沒有太多共識，但每次我問：『那這樣好嗎？』她都說還好。她說她們兩人就是喜歡辯論，也說這樣能學到更多。」

「妳清楚令嬡的研究進度嗎？」我說：「妳會讀她的論文嗎？她有跟妳聊過烏廓瑪的朋友嗎？」寇葳在座位上動了一下。吉理太太搖搖頭。

「沒有耶。」她說。

「督察。」塞克出聲。

「柏魯先生，她的工作並不是我可以……並不是我很有興趣的那種。我的意思是，既然她都親自來到這裡了……跟以前比起來，我們當然會比較注意烏廓瑪的新聞，我當然會關注，但只要瑪哈莉亞快樂，我……我們也就開心。你知道的，因為她能做自己喜歡的事。」

「督察，你覺得我們什麼時候可以收到烏廓瑪的轉境文件？」塞克說。

「我猜應該很快。所以，她很快樂嗎？」

「嗯，我想她……」吉理太太說：「你知道的，其實經歷了不少挺戲劇化的發展。」

「沒錯。」她的父親說道。

「先前也是。」吉理太太說。

「怎麼說？」我說。

「這……先前她壓力有點大。我跟她說可以回家度個假——我知道回家跟度假根本是兩回事，但你懂的。可是她說，現在終於有點實際進展了；好像研究上有所突破。」

「有些人因此不太爽。」吉理先生說。

「親愛的——」

「我沒說錯啊，是她跟我們說的。」

寇葳看著我，一臉茫然。「吉理先生、吉理太太……」塞克說話的時候，我很快用貝澤爾語跟寇葳說明一遍。「『不爽』的意思不是醉了——他們是美國人，這是『生氣』的意思——所以是誰不爽？」我問他們，「她那些教授嗎？」

「不是，」吉理先生說：「該死——我問你，你覺得是誰幹的？」

「約翰……拜託一下，求求你……」

「該死……第一廓瑪到底是什麼鬼？」吉理先生說：「你們甚至沒問我們覺得是誰幹的？——連問都沒問，你們就這麼肯定我們不知道嗎？」

「她到底說過什麼？」我說。然後塞克站起來替大家搧風，大家冷靜點啊。

「有次開會，一些混帳跟她說她的研究犯了天殺的叛國罪……她第一次來這裡時還有人對她開槍。」

「約翰，住口，你搞錯了。那個男的第一次說那種話是她在『這裡』的時候——是這裡！這裡！貝澤爾！不是烏廓瑪。而且你剛剛說第一廓瑪也說錯了，那是其他組織，這裡的國家主義者還是什麼真民黨之類的，你還記得……」

「等等，什麼？」我說：「第一廓瑪？還有她在貝澤爾的時候誰對她說了什麼？什麼時候的事？」

「老大，先等一下，那個……」寇葳用貝澤爾語飛快說道。

「——我認為大家都需要休息一下。」塞克說。

他安撫吉理夫婦，一副他們受到天大委屈的模樣；我也向他們道歉，表現出錯怪了他們的姿態。他們很清楚我們希望他們待在飯店，不過我還是在樓下安插兩個警員，確保他們乖乖的。同時也說，一旦他們前往烏廓瑪的文件核發，一定會立刻通知他們，還說我們隔天會再來。如果他們有任何需要，或想知道什麼訊息——我把手機號碼留給他們。

「凶手是逃不了的，」我們要離開前，寇葳對他們說：「跨界監察一定會抓到幹這件事的人，這我可以跟你們保證。」但等到外頭她才對我說：「是說，應該是廓瑪第一，不是第一廓瑪。而這個廓瑪第一只存在於烏廓瑪，就像是真民黨，是只有貝澤爾才有的。根據各種坊間流傳的說法，廓瑪第一和我們的人一樣，和和氣氣——但更神祕。他媽的真是謝天謝地，還好該傷腦筋的不是我們。」

真民黨遊行時老是穿著類似制服的衣服，熱愛發表駭人言論。他們對貝澤爾的愛甚至比賽德的全國聯盟更激進。雖算合法，但也只能說遊走在邊緣。我們一直找不到證據證明真民黨涉嫌攻擊貝澤爾的烏廓瑪鎮、烏廓瑪大使館、清真寺、猶太教堂、左派書店，還有本地一小群外來移民。我們（這裡當然是指貝澤爾警方）不只一次逮到行凶者，而且都是真民黨黨員，但黨中央否認與恐怖攻擊事件有關連，而且剛好——就這麼剛好——至今沒有法官查禁過他們。

「結果瑪哈莉亞又把兩邊人馬都得罪光……」

「她爸是那樣說沒錯，可是他並不知道……」

「我們都知道她肯定在很久以前就成功把這裡的統派逼瘋。但之後她面對那兒的國家主義分子也是如法炮製嗎？還有哪些極端分子沒被她惹毛？」我們一面開著車。「你知道嗎？」我說：「那場監督委員會的會議有點古怪。有人說了一些事……」

「賽德嗎？」

「賽德當然也是其中之一。我覺得他們當時有些不知所云。可能得對政治涉入更深一點才能理解吧。我可能會慢慢嘗試接觸，」一陣沉默後，我說：「或許我們應該四處問問。」

「搞什麼？老大？」寇葳在座位上轉過身看我。她似乎沒有生氣，但一臉不解。「你剛剛為什麼要那樣盤問他們？反正那些大人物一、兩天後就會找該死的跨界監察全權處理這個爛案子。不管幹掉瑪哈莉亞的傢伙是誰，他都要倒大楣了。你知道吧？所以就算我們現在真的找到什麼線索，也隨時都得準備撤出此案。我們只要等就好了啊。」

「的確是。」我說。為了閃開一輛烏廓瑪的計程車，我突然轉向，還要盡可能假裝自己什麼也沒看見。「儘管如此，可以惹火這麼多瘋子，還是讓人挺印象深刻的。而且那些人都是會彼此攻訐、恨不得置對方於死地的瘋子──貝澤爾全國聯盟、烏廓瑪全國聯盟、反全國聯盟……」

「就交給跨界監察處理吧，你說的沒錯，老大，她的案子完全夠格請出跨界監察。所以就讓跨界監察去發揮吧。」

「她這案子的確夠嗆，跨界監察也一定會出手。」我手指前方，繼續開車，「*Avanti!*（前進！）接下來這短短的時間就先由我們來罩她吧。」

8

要不是蓋德能局長擁有掐對時機的超能力，就是他叫資訊部的在他電腦系統裝了厲害的作弊程式：只要我一進辦公室，收件匣的第一封信一定是他寄的。

好，他最新寄來的電子郵件上寫著：我把吉理夫婦安置在飯店了。我不希望你花好幾天忙著寫報告，（這點你一定同意吧？）所以呢，在正式手續完成前，你只要提供他們禮貌性的護送就好。全都搞定。

不論我們手上握有什麼消息，時間一到就都必須全部移交，所以不必沒事找事做——蓋德能的意思就是這樣。沒必要因為我一人把時間花在這個案子上，弄得組裡少一個人力；他要我別埋著頭向前衝。我記下筆記、細細研讀。這些內容對別人來說像是天書，就算我自己，一小時後大概也會看不懂。儘管我會將筆記分門別類、保存妥當——這是我一貫的做事方式。我又重讀了幾次蓋德能傳來的郵件，翻了白眼——搞不好還有旁若無人地大聲抱怨幾句。

我花了一點時間追蹤電話號碼——透過網路及電話那端的真人接線生，並撥出一通跨越多國、需等候轉接而且雜訊很多的電話。「博爾耶安辦公室您好。」我以前打過兩次，但都直接進入自動語音系統；這還是頭一次有人接起電話。那人的伊利坦語很流利，但有北美口音，所以我回以英文。「午安，我想找南西教授。我在她的語音信箱留了言，但——」

「請問尊姓大名？」

「我是貝澤爾極重案組的泰亞鐸．柏魯督察。」

「噢──噢，」對方的語調變得很不一樣，「跟瑪哈莉亞有關對吧？督察，我……請稍候一下，我會設法連絡到伊絲。」接著一段長長的空白，然後──「我是伊莎貝爾．南西。」另一頭的語調聽起來很焦慮，而且跟語音信箱裡的聲音不大一樣。要不是我知道她是多倫多人，一定會猜她來自美國。

「南西教授，我是貝澤爾警方極重案組的泰亞鐸．柏魯。我想妳已經跟我的同僚寇葳警員談過了吧？有收到我的留言嗎？」

「督察，是的，我……請接受我的道歉。我應該要回電給你，但情況似乎……我很抱歉。」

她是交替使用英文和流利的貝澤爾語在講話。

「我懂的，教授，對於吉理小姐的遭遇我也很遺憾。我知道妳和所有同仁一定都很難過。」

「我……我們這裡的人都很震驚，督察，非常震驚。我不知道要怎麼形容，但瑪哈莉亞是個很優秀的女孩，而且──」

「我不懷疑。」

「你人在哪裡？……在這裡嗎？我們是否該見面談？」

「教授，很不巧，我是打國際電話給妳。我人還在貝澤爾。」

「了解。那麼……督察，我該怎麼幫你？有什麼問題？我是說除了這案子以外的問題，我……」我聽到她吐了口氣。「瑪哈莉亞的父母隨時會到。」

「嗯，其實我才跟他們見過面。這裡的大使館正在幫他們提出申請文件，他們應該很快就能去找妳了──但其實，我打給妳是因為想多了解瑪哈莉亞一點，還有她在從事什麼工作。」

「柏魯督察，請你見諒，但我以為這起犯罪……你不是已經訴請跨界監察了嗎？我想說……」她再次冷靜下來，轉成純貝澤爾語。於是我還是放棄說英文，反正我英文也沒有她的貝澤爾語好。

「沒錯，監督委員會……抱歉，教授，我不知道妳對這些事情知道多少，但妳說的沒錯，此案會移交出去。妳應該了解這對案情會有多大幫助吧？」

「我想我應該了解。」

「好，所以我現在只是在做最後收尾，我很好奇──只是這樣而已。我們聽說了一些瑪哈莉亞的消息，都很值得關注，我想了解一下她的研究，能請妳幫忙嗎？妳是她的指導教授對吧？有時間跟我聊聊她研究些什麼嗎？」

「當然可以，督察，我讓你等很久了，只是我不清楚──」

「──我想知道她在研究什麼，還有她和妳合作的情形，另外也包括加入這個計畫的狀態──噢，還要請妳說明一下博爾耶安。就我所知，她在研究歐辛伊。」

「什麼？」伊莎貝爾．南西吃了一驚。「歐辛伊？絕對沒有，我們可是考古所。」

「請見諒……但是妳為什麼要說『我們可是考古所』？」

「我的意思是，如果她研究的是歐辛伊──或許她的確有很多合理的原因，會想朝那個方向走──但這樣的話她應該要攻讀民俗學、人類學──甚至可能是比較文學的博士學位。就算學問的界線已漸趨模糊，又或者瑪哈莉亞追隨一些年輕考古學家，與其像戈登．柴爾德㉗那樣拿抹刀挖古物，更想做傅柯㉘及布希亞那樣的事。」她的語氣不帶憤怒，卻有些許悲傷與自我解嘲的意味。「但如果她的博士論文跟真正的考古學無關，我們是不會收她的。」

「那她研究的是什麼？」

「督察，博爾耶安是很古老的考古挖掘現場。」

「請您再說清楚一點。」

「我相信你也很清楚那些跟此區早期古文物有關的紛擾，督察。博爾耶安還沒挖出的部分至少有一、兩千年歷史。不論你上分裂學時贊成分裂或統一，我們在找的是所謂根源——早於博爾耶安，也比烏廓瑪和貝澤爾的歷史更悠久。」

「那一定相當驚人。」

「當然，而且也相當難以理解。我們對於衍生出當今文化的根源幾乎一無所知，你知道這件事嗎？」

「我知道。就是因為這樣，才有那麼多人樂此不疲，不是嗎？」

「呃……沒錯。可是除此之外，還有你們這種特殊的共存方式。瑪哈莉亞試圖從器具等古物的分布來解析，誠如其計畫名稱：『身分認同詮釋學』。」

「我有聽沒有懂。」

「這就表示她做得不錯。博士生最大的目標就是確保兩年之後沒人知道自己在幹麼，包含指導教授——我開玩笑的，但我想你懂的。她研究的東西會使兩個城市的相關理論產生分歧——就是關於兩個城市的發源地。她一直守口如瓶，所以就這樣月復一月，我一直弄不清楚她對這個議題抱持什麼立場。不過她還有一、兩年可以決定論文方向，至少得做出點東西。」

「所以她有協助實際的考古挖掘事務嗎？」

「那是當然的。我們大多研究生都有協助。有人是為了第一手研究資料，有人是因為獎學金計畫的規定，也有人兩種理由都有——還有人想來拍我們馬屁。瑪哈莉亞有拿到一點獎學金，不過主要還是為

㉗ 戈登・柴爾德（V. Gordon Childe, 1892-1957）：澳洲考古學家，創造「新石器革命」一詞。

㉘ 傅科（Michel Foucault, 1926-1984）：法國哲學家，布希亞（Jean Baudrillard, 1929-2007）：法國哲學家、社會學家。

了研究，她必須親自接觸這些古文物。」

「我懂了，教授。抱歉，我一直以為她研究的是歐辛伊……」

「她曾經對那地方很感興趣。幾年前她第一次去貝澤爾，就是為了參加一個研討會。」

「是，我聽說過那件事。」

「好吧……總之，那次她引發了一些糾紛。因為她當時熱中研究歐辛伊，幾乎可說全心投入——她算是個飽登信徒，況且她發表的論文又不大受青睞。那次也引發了一些抗議。我佩服她的勇氣，但她研究的那個主題根本沒有成功的希望。當她申請博士班——老實說，我很驚訝她會來找我當指導教授——我必須先確定她知道什麼事情可做、什麼事情不能做。但我要說，我只知道她寫了些什麼，不知道她私底下讀了什麼。就我收到她申請的博士班資料，一切都……沒什麼問題。」

「都沒問題？」我說：「但妳的語氣實在不像……」

她躊躇不語。

「嗯……老實說我有點……有點失望。她很聰明，我也清楚她聰明，因為你要知道，她在研討會等場合都表現得相當出色，而且她十分努力。她是所謂的『用功學生』——」這是英文的說法，「——總是泡在圖書館，但她交上來的章節都……」

「很差？」

「只是低空飛過。真的。她要拿到博士學位其實沒有問題，只是無法得到什麼注意，那論文就是沒什麼看頭，你理解嗎？跟她投注的心力與時間相比顯得有些薄弱。她列出的參考書目和文獻也一樣。我跟她談過，而她也承諾說她會努力改善。」

「可以讓我看看嗎？」

「當然可以。」她愣了一下，「我想應該可以吧，但……我不知道。我想得先看看學術倫理上有沒有問題。我手上有她給我的一些章節，但都還沒潤飾完成，她還想多下一點工夫。如果完成的話論文就可以公開，不會有任何問題。但是現在還沒……我可以之後再跟你連絡嗎？其實她早該把其中幾篇發表到期刊上了，那樣做其實是天經地義——但她沒有。這點我們也談過，她說她會想個辦法解決。」

「教授，『鮑登信徒』是什麼意思？」

「噢，那個啊，」她笑出聲，「抱歉——就是跟歐辛伊有關的消息的來源。可憐的大衛，他聽到我用這個詞應該會不太高興。這是用來稱呼受到大衛．鮑登早期作品啟發的人。你聽過他的作品嗎？」

「……沒有。」

「他幾年前寫了一本書，叫《城與城之間》，想起來了嗎？這本書對後來的花派嬉皮㉙造成重大影響。對那個世代的人來說非常驚世駭俗，因為這是第一次有人認真看待歐辛伊——不過你沒看過也很正常。它在貝澤爾和烏廓瑪都是禁書，連大學圖書館也找不到。就某方面來說，它算是佳作。他做的一些文本分析也非常了不起，還發現了一些類比和關連，相當值得參考——不過內容也很瘋狂，讓人摸不著頭緒。」

「怎說？」

「因為他相信這地方真的存在啊！他把所有參考資料整理起來，也發現了一些新的資料，之後再彙整成某種傳說，接著重新詮釋成某種祕密與掩飾手段。他這人……好吧，督察，講到這個地方我最好謹

㉙嬉皮以「愛與和平」做為反越戰的精神口號，也認為「花」是愛的最佳象徵，當時凡是參與這個運動或認同嬉皮思想的年輕人都可稱為花派嬉皮。

慎一些，因為老實說，我向來覺得他根本不是真的相信，完全不信——我總以為那是某種玩笑。但書上說他相信。他來烏廓瑪，又從烏廓瑪去到貝澤爾，以我猜不透的方法設法遊走在兩城之間，而且是好幾次。我跟你保證這過程全都合法，而且他聲稱自己發現歐辛伊的蹤跡。他還進一步指出，打從烏廓瑪和貝澤爾建城、合併或分裂——我忘記他對於分裂議題是持何種立場了——歐辛伊就不只是存在兩城之間的過往縫隙。他說它現在還在。」

「歐辛伊嗎？」

「沒錯。它是個祕密殖民地，位於兩城之間的城市，居民就住在你我眼前。」

「什麼？他們在搞什麼？這是怎麼辦到的？」

「總有辦法。就像烏廓瑪人和貝澤爾人對待彼此一樣。他們可以走在路上不被發現，又同時監視著兩城居民；他們不在跨界監察管轄範圍，至於他們在搞什麼……誰知道？反正總有某些祕密計畫吧。我相信陰謀論網站上永遠會有人為此爭辯不休。大衛說過他要進入歐辛伊，然後消失無蹤。」

「哇噢。」

「沒錯，這種時候真的只能說『哇噢』。歐辛伊聲名狼藉，你去Google查一下就知道了。總之，我們第一次見到瑪哈莉亞時，她的腦筋還是轉不過來。我喜歡她是因為她很有膽量、活力充沛。她或許是個鮑登信徒，卻還是自信滿滿，又很懂得生存的智慧。可是這整件事是一樁笑話，你理解嗎？我甚至懷疑她到底知不知道這件事，又或者她真的只是在開玩笑。」

「但她不是沒有繼續研究下去了嗎？」

「聲譽良好的教授都不會指導鮑登信徒。她註冊入學時我就跟她說過重話了。但她竟然笑了出來，還說她早已把那些想法拋諸腦後。如我所說，我很驚訝她來找我，我的研究沒她那麼前衛。」

「傅柯和紀傑克㉚的理論也非妳所好？」

「我當然很尊敬他們，但——」

「難道沒有——該怎麼說呢——沒有什麼理論類型是她可以採用的嗎？」

「有是有，但她跟我說想要多碰些實質的東西。我是研究古文物的學者，而我其他更哲學取向的同僚……唔，我實在不太放心讓那些人來撢古希臘羅馬雙耳細頸瓶的塵土。」

我聞言大笑。

「所以，我猜她覺得我說的有道理，也在學習處理那方面的知識上展現了毅力。我很驚訝，也很高興。督察，你知道這些碎片有多獨特嗎？」

「我知道，當然也聽過那些傳言。」

「你是指它們的神奇力量嗎？我也希望啊。但即便如此，這些考古挖掘現場還是無人能及，這樣的物質文明根本超出了我們能解釋的範圍，世上沒有任何地方可以挖出這樣的銅器——美麗、複雜，看似近古最先進的器物，卻又融合如假包換的新石器時代元素，而地層中的岩石成分卻好像隨著它一起消失殆盡。它還被當成哈里斯層位關係圖的證據——雖然有些誤差，但還是可以追尋其根源。就是因為這樣，年輕考古學家才喜歡挖掘現場——我連鄉野傳奇都還沒提到呢。但光是這樣就已經有研究員想方設法來此親眼目睹，擋都擋不住。說到底，我還是覺得瑪哈莉亞原本是想找大衛當指導教授，只是不得對方眼緣。」

「大衛——鮑登？他還活著嗎？他是老師？」

㉚紀傑克（Slavoj Žižek）：斯洛維尼亞哲學家與文化評論家。

「他當然還活著啊。不過，就算是在瑪哈莉亞還熱中此道那時候，她也請不動他。我跟你打賭，她剛開始調查時一定找他談過，而且肯定熱臉貼了冷屁股。他幾年前就斷然拒絕這類請託，也因此毀了自己的生涯。你可以去問他那段年少輕狂——他永遠都甩不掉的——此後他再也沒發表過什麼值得一提的東西。他剩下的考古生涯恐怕都要緊抓著歐辛伊人的生活哲學不放了。要是你問他，他一定會這樣親口告訴你。」

「我會考慮一下。妳認識他嗎？」

「他跟我算同行。分裂前考古學的圈子並不大，他也在威爾斯王子大學教書——至少有兼課。他住在這兒，住在烏廓瑪。」

今年她有幾個月住在烏廓瑪大學校區內的公寓。威爾斯王子大學和加拿大其他公共機構都很樂意享受美國政府抵制烏廓瑪帶來的好處。現在因為種種理由，美國那邊甚至連大多右派人士都覺得抵制很尷尬。結果，積極與烏廓瑪機構建立學術、經濟交流合作關係的反而是加拿大。貝澤爾當然也是加拿大與美國的盟友。兩國原本懷抱熱情，攜手加入我們顢頇不穩的市場，卻又因加拿大亟欲討好靠攏他們所謂的新蒼狼經濟㉛，結果熱情消退。我們就像在街頭流浪的雜種狗，或是瘦巴巴、奶水不足的母鼠。大多數害蟲都在夾縫中求生存，而貝澤爾牆縫中那些害羞、適合寒冷氣候的蜥蜴，就只能在貝澤爾生存。這說法難以查證，畢竟大家都說這種蜥蜴被送到烏廓瑪就死定了，就算運送過程比孩童丟蜥蜴的力道更輕柔、更小心也一樣。可是，要是被綁在貝澤爾還是難逃一死。鴿子、老鼠、狼、蝙蝠，這些動物在兩城都能活，屬於跨界共通的動物。不過根據無須解釋的傳統，大多本地狼群都被籠統歸類為貝澤爾狼。牠們凶狠、骨瘦如柴，早就適應在都市叢林的垃圾中覓食求生存。在這個脈絡下，恐怕只有極少數體型可觀、不那麼邪惡猥瑣的狼才能算是烏廓瑪狼。這種按類別畫線的動作非常多餘而且毫無根據。所以許多貝澤爾市民為了避免不慎跨界，只好絕口不提「狼」這個字。

我曾經嚇跑過兩隻狼。當時牠們在我家大樓庭院裡翻垃圾，我朝牠們丟東西（牠們看起來很乾淨），不只一個鄰居嚇壞，以為我違規跨界。

南西說自己是烏廓瑪主義者，而多數烏廓瑪主義者都跟她一樣，可以同時出現在兩地——她解釋這件事時語氣帶有罪惡感，一再強調一定是因為某種歷史變革，才導致豐饒的考古遺蹟都出現在烏廓瑪區，或烏廓瑪占地較多的重度交疊區。威爾斯王子大學和幾所烏廓瑪大專院校簽訂互惠協定，而大衛·鮑登一年之中住在烏廓瑪的時間比加拿大還久——而他現在就在烏廓瑪。南西還透露他沒幾個學生，也不大教書，但我撥打她給我的號碼，還是連絡不上鮑登。

我又上網查了一下。要確認伊莎貝爾·南西說的話是否屬實並不難，大半內容都能查到。我發現有個網頁列出瑪哈莉亞的博士頭銜（網站還沒撤掉她的名字，也沒建立線上回憶社群，不過我想也快了），找到了南西和鮑登的著作。鮑登的著作包括南西提到的書，一九七五年出版。另外，我也找到兩篇大約同年發表的文章，還有一篇一九八五的，剩下多是期刊論文，有些還集結成冊。我還找到一個網站：fracturedcity.org，這網站專研雙子城邦城市學，那些迷戀烏廓瑪與貝澤爾的怪咖主要都在這個論壇交流。這裡把兩個城市合為單一研究個體，可能會觸犯兩邊的人心中對禮節的標準。不過從留言判斷，兩城居民通常必須稍稍犯點法才能進入這網站。網站上貼了一些連結——非常明目張膽，顯然十分信任貝澤爾和烏廓瑪審查官的仁慈與無能。很多連結的網域名稱都是.uq和.zb，因此我得以下載《城與城之間》的幾個段落。

㉛ New Wolf econmy，作者自創專有名詞，形容崛起不久、經濟形勢一片看好的國家。

文章讀起來的感覺跟南西說的一模一樣。

手機鈴聲嚇了我一跳，此時我才發現天色暗了。已經過七點。

「我是柏魯。」我邊說邊往椅背靠。

「督察嗎？唉呦糟了，長官，大事不好。我是賽科左瑞亞。」阿吉・賽科左瑞亞，他是派駐在飯店保護瑪哈莉亞雙親的警員之一。我揉揉眼睛，掃視一遍電子郵件，看看是否漏掉了哪封來信。話筒那端有人在旁邊吵吵鬧鬧。「長官，吉理先生他……無故逃跑，而且他還該死的違規跨界了。」

「什麼？」

「他從房間逃了出去，長官。」他後頭傳來一個女人的聲音，她正在大吼大叫。

「究竟是怎麼回事？」

「長官，我也不知道他是怎麼躲過我們的視線，我完全沒注意到。不過幸好他沒有跑遠。」

「那你又怎麼知道他逃走？你怎麼抓到人的？」

他又咒罵一聲。

「不是我們抓到的，是跨界監察。我現在在車上，長官，我們正在去機場的路上，跨界監察在某處……護送我們。他們指示我們該做什麼，你應該有聽到女人吵鬧的聲音吧？那是吉理太太。因為吉理先生必須離開，而且是立刻、馬上！」

寇葳不見人影，也沒接電話。我開走組裡一輛沒有任何警用標示的公務車，但還是在行進間打開了警笛，讓它發出歇斯底里的「喔咿喔咿」，這樣才不用理會交通規則——我只需要遵守貝澤爾的法律，也只能夠忽略貝澤爾的法律。不過交通法規屬折衷區的範疇，監督委員會必須確保貝澤爾與烏廓瑪兩地的交通規則高度相似，儘管習慣不盡相同。然而，為了因應對外國的交通狀況，以及行人和車輛都視而不見的行為模式，兩地駕駛人在行駛時必須用相同的方式，還有相當的速度。另外，我們也都學會了如何巧妙避開兩城的緊急救援車輛。

這幾個小時內都沒有出境班機，但吉理夫婦還是會遭到隔離，跨界監察也會隱身在某處，從他們登機、確認人在機上、乃至起飛，都會全程監看。我們駐美國的大使館和烏廓瑪代表都已收到消息，他們的名字在兩地系統中都被標為無簽證，一出貝澤爾就回不來了。我穿過貝澤爾機場，跑到貝澤爾警察局，出示警徽。

「吉理夫婦在哪裡？」

「長官，關在拘留所。」

你知道他們經歷了什麼嗎？不管他們做出什麼舉動，畢竟這兩人才剛痛失愛女啊。對於我將面對的情景，我早就準備好了說詞——但最後證明無此必要。警察提供他們食物和飲料，以禮相待。賽科左瑞亞和他們一起在小房間，他正用簡單的英文低聲和吉理太太說話。

她淚眼婆娑地看著我。當我看到她丈夫的模樣，思索半晌。我本來猜他是睡死在床鋪上，但他真的像死了一樣一動也不動，我突然想到別的事。

「督察。」賽科左瑞亞叫我。

「他怎麼了？」

「他……是跨界監察下的手，長官，他應該沒事，等一下就會醒了。我不清楚狀況，也不知道他們到底幹了什麼事。」

吉理太太說道：「你們對我老公下毒……」

「吉理太太，請冷靜點。」賽科左瑞亞起身靠近我。即使他是說貝澤爾語，依舊壓低了音量，「長官，我們的人對這件事一無所知。那時外面有點吵，有人走進我們當時所在的飯店大廳。」旁邊的吉理太太對著失去意識的丈夫邊哭邊說話。「吉理突然身子一傾，就這麼昏了過去。飯店警衛衝向他們，卻只看到人影——吉理背後的大廳走道上有人。警衛停步等候，然後我就聽到一個聲音說：『你知道我代表誰，吉理先生違規跨界，驅逐他。』」賽科左瑞亞無可奈何地搖搖頭，「然後我還是什麼都看不清楚，但說話的人就這麼不見了。」

「怎麼會……？」

「督察，我他媽什麼都不知道啊。我……我願意負起責任，長官，畢竟吉理是躲過我們才跑出去的。」

我瞪著他。「難道我還要賞你一塊餅乾嗎？你當然要負責。那人做了什麼事？」

「我不知道。在我還來不及開口說話前，跨界監察就不見了。」

「那……」我朝吉理太太點點頭。

「她沒有被驅逐出境，她什麼都沒做。」他低聲說道：「當我跟她說我們必須帶走她丈夫，她說也要一起走，不想獨自留在這裡。」

「柏魯督察，」吉理太太力圖冷靜，「既然你們在講我，就應該當著我的面說。你知道他們對我丈夫做了什麼嗎？」

「吉理太太，我非常抱歉。」

「你的確應該抱歉……」

「吉理太太，這不是我、也不是賽科左瑞亞做的；我們全體警員都跟這件事無關。妳了解嗎？」

「對對對，跨界監察、跨界監察，都是跨界監察……」

「吉理太太，妳先生犯了嚴重的罪行——非常嚴重。」她陷入沉默，呼吸聲變得沉重。「妳懂我的意思嗎？我們有說錯嗎？在說明貝澤爾與烏廓瑪相互制衡的制度時，有沒說清楚的地方嗎？妳了解嗎？吉理先生會被驅除出境與我們無關，而我們也完全沒有插手的餘地。聽我說，他只是被驅逐出境——妳知道這個處置已經算非常走運了嗎？」她一言不發。「在車上的時候，我一直以為妳先生不了解這裡的模式，那吉理太太，換妳告訴我是哪裡出問題？他是不是誤解了我們的建議？我的手下怎麼會沒看到他離開？他想要去哪裡？」

她還是一副泫然欲泣的模樣，看了一眼躺在床上的丈夫，換個姿勢，站得更直，悄悄地對丈夫說話。我聽不清楚。吉理太太又轉回來看著我。

「他當過空軍，」她說：「你一定覺得眼前這男人是個又老又胖的傢伙吧？」她碰了碰他，「督察，你從沒問過我們覺得凶手可能是誰，我不知道要怎麼看待你這個人，我真的不知道。就像我先生說的，你真以為我們不知道這是誰幹的嗎？」她抓著一張紙，折起又攤開，眼神卻不在紙上。她把紙從包包側袋拿出來，又放回去。「你以為我們的女兒沒跟我們說過嗎？——第一廓瑪、真民黨、全國聯盟……瑪哈莉亞很害怕，督察。

「我們還想不出到底誰是凶手，也不知道動機，所以你覺得他會去哪兒？他要去找答案。我告訴過他這樣行不通——畢竟他不會說當地語言也不會讀——但他有我們在網路上找到的住址和一本旅行會話手冊。我該阻止他嗎？我要叫他別去嗎？我以他為榮。好幾年了，那些人一直很討厭瑪哈莉亞，打從她第一次來這裡開始。」

「那是從網路上印下來的嗎？」

「這裡，貝澤爾，她來參加研討會的時候拿的。不過她在烏廓瑪的人際關係也一樣糟，所以你還要告訴我這兩者沒有關連嗎？她知道自己樹了敵，也這樣告訴過我們。她調查歐辛伊時也樹了敵，查得越深，敵人越多。因為她在做的事還有她知道的一切，他們都厭惡她。」

「誰厭惡她？」

「所有人。」

「她知道些什麼？」

她搖搖頭，情緒十分低落。「我先生就是要去調查這件事啊。」

吉理先生爬出一樓洗手間的窗戶，避開警員監視，跑了幾步路過馬路，原本只是違反了我們為他設的規定，但他在慌亂中跑出交疊區，誤打誤撞進了異地，跑到一個完全屬於烏廓瑪的院子。想當然耳，跨界監察全程監看，最後決定出手逮人——希望他們沒有下手太重。但就算是這樣，我也十分肯定貝澤爾沒有一個醫生能判斷出他受傷的原因。關於這一切，我還能說什麼？

「對於這一切我很遺憾，吉理太太。妳先生千不該、萬不該試圖逃過跨界監察的法眼。我……我們真的是站在你們這邊的。」

她小心翼翼地看著我。

終於，她低聲對我說：「那就放我們走吧，幫幫我們。我們可以自己走回城裡，我們身上有錢。我們……我先生都快瘋了。他必須求證，他會回來的。我們會途經匈牙利，或是走土耳其或亞美利亞——你知道我們有很多門路可以去那個地方……我們要找出凶手。」

「吉理太太，跨界監察正在監視我們——現在也一樣。」我張開手，慢慢舉起，感到雙手中盛滿空氣。「你們根本連十公尺都跑不了。妳覺得你們能做些什麼呢？不會說貝澤爾語，也不會說伊利坦語，吉理太太，妳交給我吧。為了你們，我至少會盡到警察的本分。」

準備登機時，吉理先生還沒恢復意識。吉理太太看著我，眼神帶著指責與期望。我再次試圖跟她解釋我有多無能為力，而吉理先生是咎由自取。

乘客並不多。我很想知道跨界監察到底在哪裡。機門一旦關上，這次移交就算告一段落。吉理先生癱在我們用來移動他的擔架上，用吉理太太的手充當枕頭。在機艙口，客艙服務員將吉理夫婦帶到座位上，我則對其中一位出示警徽。

「請好好對待他們。」

「你說這些被驅逐出境的人嗎？」

「對。我很認真地拜託你。」他挑起眉，但還是點了頭。

我走到吉理夫婦的座位。吉理太太凝視著我，我蹲低身體。

「吉理太太，請代我向妳先生道歉，雖然他真的不該那樣做，但我可以理解。」我猶豫了一會兒，「妳要知道，如果他可以對貝澤爾多一點了解，或許就能避免誤入烏廓瑪，跨界監察也就不會出面阻止他。」而她只是望著我。「我來吧。」我起身接過她的包包，放到上頭的行李艙。「當然，只要我們了解情況，或是一有任何線索或消息，就會通知你們。」她還是沒有作聲，但嘴巴動了動，似乎還沒決定要懇求或指責我；而我以老派的方式微微躬身，轉身離開飛機，也離開他們兩人。

回到航廈後，我掏出從吉理太太包包側袋拿到的紙條，看著上面的文字。那是一個組織的名稱——「真民黨」。網路上抄下來的。吉理先生的女兒告訴過他這個組織跟她有仇，吉理先生本來也打算單槍匹馬按自己的方向展開調查。

紙條上有個地址。

9

寇葳滿腹牢騷，聽起來比較像是責任感所致，而非對辦案的熱情。「老大，現在是什麼情況？」她說：「他們不是隨時會讓跨界監察接手嗎？」

「沒錯，事實上他們也在慢慢進行了，不然現在早該定案。但不知道是什麼拖到了進度。」

「靠咧，老大，那我們何必急著查？跨界監察很快就會去追捕殺害瑪哈莉亞的凶手，不是嗎？」我繼續開車。「我靠，你是不是不想移交？」

「哎，不是這樣啦。」

「那是怎樣？」

「我只是想利用這段意外獲得的時間先調查一些別的。」

抵達真民黨總部後，她終於不再瞪我。我先打過電話請人幫我確認住址是否正確：和吉理太太紙條上寫的完全一致。同時，我也設法連絡認識的臥底沈瓦，卻找不到人。所以只好靠我對真民黨既有的認識，外加快速瀏覽一些相關資料。寇葳站在我旁邊，我看到她手撫槍柄。總部大門經過強化處理，窗戶都被封死，但房屋本身應是民宅（或曾經是），而街上其他建築物仍舊維持純住宅區的樣貌——不知道有沒有人試圖控告真民黨違反土地使用分區管制法令？整條街的連棟和獨棟住宅間規格不一，簡直會讓人誤會這裡是重疊區，但其實不然；這裡完全隸屬貝澤爾。所謂外觀風格差異只是建築技巧的小花招，即使這裡離高度交疊區只有一個轉角的距離。

我聽自由主義者說過，此處的地理位置不單是諷刺，與烏廓瑪比鄰而居反而讓真民黨有機會威嚇敵人。總之，不論兩城的居民如何對彼此視而不見，就物理位置而言烏廓瑪人靠得那麼近，總是會有意無意注意到準軍事力量㉜的制服——像是「貝澤爾第一」的袖章。這幾乎算違規跨界了，但事實上又不盡然。

我們靠近時，有一群人正在閒晃打發時間，又是抽菸喝酒，又是高聲談笑，宣示主權的意圖再明顯不過，要是可以，他們搞不好還會像狗一樣撒尿劃地盤。那群人中只有一個女性，其他全是男性，他們的視線都定在我們身上。一陣交頭接耳後，大多數人從容走進屋內，門口只留下幾個。儘管天氣很冷，有個男人上身卻只穿無袖背心，恰如其分地展露出他的身材優勢。那人的穿衣風格為皮革混搭丹寧，他瞪著我們；健美先生身旁有幾個短髮男子，其中一個頂著古老貝澤爾貴族的髮型，有如過分裝飾的鯡魚。他倚著一根球棒站在那兒——棒球不是貝澤爾流行的運動，不過拿著這玩意兒還不至於被控「持有攻擊性武器，並意圖不明」。另一個男人對鯡魚頭竊竊私語後，很快講了個手機再掛掉。路上行人並不多，全都是貝澤爾居民。因為他們看得到我們，因此直盯著我們和真民黨成員猛瞧。不過大多數人都迅速別開視線。

「準備上場？」我說。

「閃一邊去啦，老大。」寇葳低聲回嗆。鯡魚頭一派悠閒地揮著球棒。當我們走到這些恭候大駕的人幾米遠處，我放大音量講起無線電。「按照預定，現在位置在真民黨總部，蓋達街四十一號，一小時

㉜準軍事力量（paramilitary）：類似專業軍事武力的功能和組織的武裝力量，但是其地位與正式建制部隊略有區別，如北愛爾蘭的非法武裝團體、游擊隊等。

後回報。警戒狀態；準備支援。」我搶在接線生以大家都能聽到的音量回答「柏魯你到底在說什麼鬼」之前，飛快用拇指按掉無線電。

那個大塊頭說：「警官，需要幫忙嗎？」他的一個同伴上下打量寇葳，發出嘖嘖聲，很像小鳥啁啾。

「需要。我們來是想問幾個問題的。」

「我可不這麼認為。」鯡魚頭微笑，而說話的是大塊頭肌肉男。

「真的，你們應該清楚。」

「我們知道的並不多。」這次出聲的是打手機的男人。他留著一頭絨毛般柔軟的金色短髮，硬是擠到高壯同伴前方。「有搜索狀嗎？沒？那就不能進去。」

我換了個姿勢。「如果沒什麼見不得人的地方，何必將我們拒於門外？」寇葳說：「我們有幾個問題……」但肌肉男和鯡魚頭都笑了出來。

「拜託喔，」鯡魚頭邊說邊搖頭。「我說，你們到底以為自己在跟誰說話？」

有個短髮男子打手勢要他住口。「好了，別鬧。」他說。

「你們對拜拉．瑪爾知道多少？」我問。但他們似乎並不知情，或是不確定我指的是誰。「瑪哈莉亞．吉理？」這次他們就曉得了。手機男「啊」了一聲，鯡魚頭則小聲地跟大塊頭說話。

「那個吉理啊，」健美先生說：「我們看到報紙了。」他聳聳肩。該來的總是會來。「我們認識，她不就是個活生生、血淋淋的教訓嗎？有些事情真的不要做。」

「此話怎講？」我一派友好地靠著門柱，逼得鯡魚頭不得不退後一、兩步。他又去跟朋友竊竊私語，但我聽不到說話內容。

「惡意襲擊他人是絕對不能原諒的，但吉理小姐──」手機男用誇張的美式口音說出她的名字，站到我們和他其他同伴的中間。「──有前科，而且在愛國人士之中名聲響亮。我們有好一陣子沒她消息──真的。我是希望她比較明辨事理了，但看來似乎不大可能。」他聳聳肩。「膽敢抵毀貝澤爾，終將遭到反噬。」

「她詆毀了什麼？」寇葳問道：「你們對她了解多少？」

「警官，少裝了！看她幹了什麼好事！她根本就不是站在貝澤爾這邊的。」

「夠了，」金髮男說道：「她應該是個統派──或者更糟──她是間諜。」我看著寇葳，她也看著我。

「什麼？」我說：「所以到底是哪個？」

「她不……」寇葳想接話，但我們兩個都遲疑了。

門口的男人甚至懶得跟我們繼續爭執。鯡魚頭似乎頗想回應我的挑釁，但健美先生冒出一句：「算了，凱宙斯。」他就立刻閉嘴，只是站在壯碩的同伴背後看著我們。另一個剛剛有開口的男人輕聲告誡其他人，因此他們都退後了幾英尺，但眼神沒有離開。我試著連絡沈瓦，但他還是沒接這支保密號碼──我甚至覺得他可能就在我眼前這棟建築物裡（有人知道他肩負什麼任務，但這些人之中沒有我）。

「柏魯督察。」話聲來自我們身後。一輛時髦的黑車在我們身後停下，有個男人朝我們走來，沒有費心關上駕駛座門。我猜他年約五十，很胖，精明的臉上長了皺紋。他一身體面西裝，可是沒打領帶；男子禿頭，頂上殘存的灰白髮剪得很短。「督察，」他又叫了一聲，「你該走了。」

我詫異地挑挑眉。「是，我是該走了。」我說：「如有冒犯，請多包涵。但是……以聖母之名，請問貴姓？」

「我是哈凱．高斯茲，貝澤爾真民黨的出庭律師。」聞言，那幾個外表凶惡的男人似乎相當驚訝。「了不起。」寇葳低語。我單是看一眼就知道高斯茲是什麼來頭：他百分之百是受過高等教育的富家子弟。

「順道過來打招呼嗎？」我說：「還是接到電話才來的？」我對著手機男使眼色，他聳聳肩。我只好先禮而後兵。「我相信這群驢蛋並不是直接打給你，而是透過誰傳話，對吧？他們是先傳話給賽德嗎？打給你的人會是誰呢？」

他挑起眉。「督察，讓我猜猜你來此的目的吧。」

「高斯茲，先等等……你怎麼知道我的身分？」

「我猜一下：你是來這裡問瑪哈莉亞．吉理的事。」

「完全正確。還好你這群嘍囉對於她的死沒有太刻薄，甚至對她一無所知——有夠可悲。他們全都以為她是統派分子的一員，這種說法恐怕會笑掉統派的大牙。你沒聽說過歐辛伊嗎？我再問一遍：你怎麼知道我名字的？」

「督察，你真的要浪費在場人的時間嗎？還歐辛伊咧？不論吉理想怎麼編故事、讓自己看起來多笨，還是想在論文裡放什麼愚蠢註釋——怎樣都好。但她所做的一切都是為了要破壞貝澤爾，督察，這個國家可不是她的玩具，你懂嗎？吉理要嘛是個笨蛋，只會把時間浪費在無意義又侮辱人的無稽之談；要嘛她一點也不笨，在那邊鑽研貝澤爾這些無用的祕密，只為證明一個截然不同的論點。說到底，烏廓瑪似乎比較適合她，你不認為嗎？」

「你開我玩笑嗎？你到底想說什麼？你認為瑪哈莉亞假裝自己在研究歐辛伊嗎？所以她是貝澤爾的仇敵？還是烏廓瑪的特務？什麼跟什麼啊……」

高斯茲走到我身邊，朝真民黨成員打了手勢，他們全都走回總部那棟戒備森嚴的碉堡屋，門虛掩著，他們在屋內等候、監看我們。

「督察，你沒有搜索狀，所以請離開。如果你堅持硬闖，我們職責所在必須宣讀以下說明：你若要持續這種態度與做法，我會向你的各級主管投訴，說你擾民。我們現在就來檢視一下你幹了什麼好事；我們可是合法立案的貝澤爾真民黨。」我暫且按兵不動，因為看來他還有話要說。「你自己思考一下：你推測有一個人來到貝澤爾，研究一個長久以來，被許多重要學者忽略的議題——而且這麼做合情合理——基於貝澤爾的軟弱與無用做出的定論。而且毫無意外，那人在每個環節都跟人唱反調，然後又離開貝澤爾，直奔烏廓瑪。但接下來這件事你顯然不知道：那人不動聲色地放棄原本超級沒說服力的研究——她好幾年沒研究歐辛伊了，或許她終於看在老天分上承認那全是煙霧彈！然後她工作的地點又是烏廓瑪上世紀最具爭議的專業考古挖掘現場之一……督察，你覺得我有沒有理由懷疑她的動機呢？當然是有的。」

寇葳目瞪口呆地看著他，驚訝得嘴都闔不攏。「見鬼，老大，你說得一點都沒錯，」她沒有降低音量，「他們真的是蠻橫又不講道理耶。」

他冷冷地看著寇葳。

「高斯茲先生，那你又是怎麼知道她所做的一切？」我問道。

「你是指她的研究嗎？拜託，柏魯，就算沒有報社四處挖消息，博士論文題目和研討會論文又不是國家機密。有種東西叫做網路喔，你應該試試。」

「那麼……」

「去吧，」他說：「代我問候蓋德能。督察，你想留著這工作嗎？——我不是要威脅你，我是在問你——你想留著工作嗎？你想保住目前這份差事嗎？督察，你真心想問我是怎麼知道你名字的嗎？」他放聲大笑。「你以為——」他指著眼前的建築物，「——查到這裡就能結束嗎？」

「沒有，」我說：「你接到誰的電話？」

「馬上給我離開。」

「你看的是哪家報紙？」我提高音量，視線沒有離開高斯茲，同時又轉頭讓門口那些人知道我在跟他們說話。「大塊頭？鯡魚頭？是哪家報紙？」

「真是夠了，」小平頭男發難，肌肉男也開口。「到底什麼鬼？」

「你說在報紙上看到她的新聞。是哪一家報的？就我所知，報紙目前都還沒提到她的真名，我看上頭登的都還是芙拉娜．笛泰兒，顯然我看的報紙不夠厲害。我應該改看哪一份報呢？」有個人低聲笑了起來。

「我看了很多。」高斯茲沒叫那男的閉嘴。「誰曉得我是從哪裡知道的呢？」針對這點，我不能逼得太緊；資料的確洩漏得很快，據信一些可靠的團體也包含在內。雖然我還沒親眼目睹，但她的名字可能已經外流，甚至公布在某處——就算現在還沒，也快了。「至於你該看哪一報——當然是《長矛之呼喚》呀！」他揮著一份真民黨的報紙。

「這真是太刺激了。」我說：「你們的消息都很靈通，我真是有夠傻，也有夠可悲，把案子移交出去肯定能讓我解脫，但我不可能一直辦這個案子。誠如你所說，我看的報紙不對，問的問題也不對，而跨界監察肯定不需要報紙。他們想問任何人、任何事都可以。」

這席話讓他們都靜下來。我看著他們——肌肉男、鯡魚頭、手機男和律師——又多看了好幾秒才離開，寇葳則緊跟在後。

■

「真是一群惹人厭的混蛋。」

「哎，」我說：「我們是去探口風的。雖然這樣是有點厚臉皮，但我也沒料到最後會落得這種下場，簡直像個頑皮鬼被打屁股那樣難堪。」

「那到底是怎麼回事？他怎麼知道你是誰？還有他威脅你講的那些……」

「我也不知道，也許是真的吧。如果我繼續逼問，他可能不會讓我好過。反正就快不關我的事了。」

「我想我有聽過這些事，」她說：「就是他們的結盟。我要說的是，大家都知道真民黨是全國聯盟的街頭敢死隊，所以他一定認識賽德。就像你說的，那可能是一種連鎖效應——他們打給賽德、賽德又打給他。」我安安靜靜沒說話。「有可能，但也有可能是從賽德那裡聽說瑪哈莉亞的事。但賽德真的會蠢到把我們丟去餵真民黨嗎？」

「妳自己也說過他很蠢的。」

「好吧我承認，但他為什麼要這麼做？」

「他是恃強欺弱的惡霸。」

「沒錯，他們全都一個樣——政治運作就是這樣的，你懂嗎？所以沒錯，或許就是同一種模式；他們用恐嚇脅迫的手段把你嚇跑。」

「要讓我跑到哪裡？」

「我的意思是說他們單純是要嚇唬你，而不是要讓你跑去什麼地方啦。他們那些人天生暴力。」

「這有誰知道？說不定他有自己堅持的風格，又或許沒有。我得說我真的很想看到移交來臨的那一刻，看跨界監察天涯海角地追捕他和他的人馬。」

「我還以為你……因為我們還是在繼續追查，我覺得你想要……其實我沒料到我們還得繼續查這個案子。我……我以為我們只要等消息就好，就是等委員會——」

「是沒錯，」我說：「嗯，妳也知道。」我看著她，又別過頭。「直接放棄不查當然可以，她需要的是跨界監察，但我們現在還不能放棄。知道的越多，我覺得幫助會越大……」雖然這點還有待商榷。

深呼吸一口氣後，我停下車，回總部前先在一家新開的店買了兩杯咖啡——而且是寇葳非常厭惡的美式。

「我還以為你喜歡土耳其咖啡。」她嗅著氣味。

「我是喜歡，但比起愛土耳其咖啡，更重要的是我其實不在乎喝什麼口味的咖啡。」

10

翌日早晨，我很早就進了辦公室。但屁股都還沒坐熱，內勤的楚拉就對我說：「泰德，*El jefeeh*（老大）找你。」

「靠，」我說：「他到了？」我一手掩面，小聲地說：「妳轉過去、頭轉過去，楚拉，那個——我進來時妳剛好去洗手間。妳沒看到我。」

「泰德，你真是的。」她揮手要我走開，還矇住了眼睛。但是我桌上有張紙條。立刻來見我。我翻了翻白眼。真是隻老狐狸。他要是寫電子郵件給我，或在語音信箱留言，我就有幾個小時的時間可以謊稱沒注意到。但現在……我根本躲不掉。

「長官？」我敲了門，在門邊探頭探腦。我編了幾個去找真民黨的理由。要是寇葳也得挨罵，希望她不要忠心或正直過頭沒把我供出來。「你找我？」

蓋德能從杯緣上方看著我，他招手示意我坐下。「我聽說吉理夫婦的事了，」他說：「到底怎麼回事？」

「是，長官，那天……那天真是一團亂。」我還沒連絡他們，也不清楚吉理太太會不會發現她的紙條不見。「我認為他們……那個……他們只是急昏頭才會做出愚蠢的行為……」

「而且是精心計畫過的愚蠢行為。這真是我聽過最有組織、最自發性的愚蠢行為了。他們要提出申訴嗎？美國大使館會不會用措辭強烈的言語向我抗議？」

「不知道。他們要是真那麼做，就有點太厚臉皮了；他們站不住腳的。」吉理夫婦犯的罪可是違規跨界。儘管可悲，卻再清楚不過了。他點頭嘆氣，朝我伸出兩隻緊握的拳頭。

「想先聽好消息還是壞消息？」他說。

「呃……壞的。」

「不行，先給你聽好消息。」他搖搖左拳，然後突然很戲劇化地攤開手掌，一副宣判刑期的法官似的。「好消息是，我有個非常有意思的新案子要交給你。」我等著他繼續說：「至於壞消息呢，」他張開右手，猛地拍打一下桌面。看來他真的生氣了。「柏魯督察，壞消息是：所謂新案子就是你現在手上正在辦的案子。」

「……長官？我不太明白……」

「哎，督察，你不用明白，我們又有誰真的明白？老天有把理解力送給我們這些可憐的平凡人嗎？這案子還是你的。」他打開一封信對我揮了揮。我看到圖章，還有壓在內文上的鋼印。「這是監督委員會寄來的官方回應。你應該記得這包含在正式手續中吧？他們不會把瑪哈莉亞．吉理的案子移交出去，也拒絕請求跨界監察協助。」

我重重坐回椅子上。「什麼？什麼鬼？究竟是為什麼……？」

他的語調變得平淡。「奈瑟姆代表委員會通知我們，他們審閱過我們呈上的證據後，判定證據不足，無法假設有任何違規跨界的情事發生。」

「胡說八道。」我站起身。「長官，你看過我準備的檔案，也知道我提供給他們什麼證據——這絕對是違規跨界啊。他們還說了什麼？理由呢？有投票統計嗎？這封信是由誰署名？」

「他們沒必要說明理由。」他搖搖頭，一臉嫌惡地看著信，像夾子一樣用兩指指尖捏住信紙。

「該死，一定有人在搞鬼。長官，這太荒謬了，我們得請求跨界監察來處理。他們是唯一可以……你說我該怎麼去查這個大爛案？我只是區區一個貝澤爾小警察。大事不妙了。」

「好吧，柏魯，我說過他們沒有必要說明理由，但他們肯定料到我們會基於禮貌，表達某種程度的驚訝之情——其實他們還附上一張紙條和一個附件。根據這封傲慢而簡短的信，問題並非出在你的報告，不論你有多蠢笨，或多或少還是說服了他們這是一起違規跨界的案子。他們解釋說，問題出在他們進行了部分『例行調查』。」他像鳥一樣舉起雙手的指頭，像鳥爪一樣嚇人地比出引號，「也就是說，現在有更多消息曝光了。」

他輕拍桌上一包不知道是包裹還是垃圾的東西，然後扔給我。那是一支錄影帶。他對我比了比辦公室角落那臺VCR錄影機電視——但播出來的影像只是慘不忍睹的黑色背景配雜訊斑點。沒有聲音；車輛出現在角落的日期與時間上方，沿著對角線緩緩駛過螢幕，穿梭在建築物的柱子和牆面。路上的交通狀況穩定，沒有塞車。

「這是什麼？」我看見時間是一、兩週前的凌晨，也就是發現瑪哈莉亞．吉理屍體的前一天晚上。

「這是什麼？」

少數幾輛車加速，像甲蟲般以大動作急速來回穿梭。蓋德能按著遙控器上的快轉鍵，彷彿把遙控器當警棍似的暴躁地揮來揮去。影帶時間一分一分快轉。

「這是哪兒？畫質爛透了。」

「如果是我們的就不會那麼爛——但這不是重點——到了。」他說：「深夜時分。柏魯，我們在哪兒呢？警探，看右邊。」

畫面上開過一輛紅車、一輛灰車、一輛舊卡車、接著——「嘿！找到了！」蓋德能大喊——那是一輛骯髒的白色廂型車，從螢幕右下方緩緩開到左上方的一處隧道，暫停了一會兒，可能有一個我們看不到的交通號誌。接著白車離開螢幕範圍，也離開了我們的視線。

我看著他，急迫地想知道答案。「來找壞人吧。」他說，繼續快轉，小車再度在畫面上飛舞。「他們剪掉有我們的一小段畫面，大約一個小時後——再等一下就會有動靜了。瞧！」他按了播放鍵，又開過一輛、兩輛、三輛車後，那輛白色廂型車——一定是同一輛——再度出現，回到來時路——但方向相反。這次小相機所在的角度剛好拍到了前車牌。

白色廂型車開得太快，我看不清楚。我按了內嵌ＶＣＲ錄影機的按鍵，把廂型車快速倒轉回來，然後又讓車子往前走幾公尺，最後按下暫停。這不是ＤＶＤ，暫停的畫面上都是讓人看了很不爽的線條和裂紋，廂型車並非完全靜止，比較像是跳針，或出了問題的電子，在兩個位置之間抖動不停。我看清楚了車牌上的號碼，但就車牌上可見的大半面積研判，我似乎拼湊出了其中一、兩種可能——vye或bye、zsec或kho；有個數字是7或1，諸如此類。我拿出記事本翻找。

「他找到方向了，」蓋德能喃喃地在那邊實況轉播。「他應該有了什麼大發現——各位先生女士，他找到答案了！」我繼續往前翻了幾頁、幾天，停了手。「我看到了！他頭頂上的燈泡亮起來，千呼萬喚始出來啊！情況即將明朗……」

「幹。」我說。

「真的是很幹。」

「沒錯，那是庫魯什的廂型車。」

「沒錯，你說的沒錯，那是麥凱・庫魯什的廂型車。」這輛車載著瑪哈莉亞的屍體並且棄屍——我看著定格畫面上的時間。在我看著那輛廂型車的同時，也幾乎確定了車內載有死去的瑪哈莉亞。

「老天——這是誰發現的？那又是什麼鬼？」我說。蓋德能嘆了口氣，揉揉眼睛。「等等。」我舉起手，看著監督委員會寄來的信，蓋德能正拿著它朝臉部搧風。「那裡是柯普拉廳的轉角，」我說：「見鬼，原來是柯普拉廳。庫魯什的車就是利用那地方合法往返貝澤爾和烏廓瑪的啊。」

「叮咚，」蓋德能發出遊戲節目常聽到令人厭煩的答題聲響，「叮咚叮咚、去你媽的叮咚。」

依據請求跨界監察介入的規定，事發當晚的閉路電視畫面已經過調查。有人向我們提出報告，我也告訴蓋德能我們將做出回應。但那件事根本站不住腳，這分明就是違規跨界的案子，花大把時間檢查錄影帶實在沒道理。況且，柯普拉廳靠貝澤爾那側的老古董監視器拍到的畫面根本模糊不清，無法辨識車輛，要不是一名調查人員向柯普拉廳外面的私人銀行強制調閱保全系統，根本沒有畫面可看。

> 有了柏魯督察及其小組提供的照片佐證，我們得知，在穿越柯普拉廳某官方檢查站、打算從貝澤爾進入烏廓瑪後再折返的車輛中，有一輛證實載有受害者的屍體。因此，如此罪大惡極的犯罪必須即刻進行調查。雖然此案看似凶手先在烏廓瑪殺人，而後棄屍貝澤爾，但凶手離開第一現場後的屍體運送路線其實並未違規跨界，往來兩城之間的過程也完全合法，據此申請跨界監察接手此案並不合理。因為其中並無任何違規跨界情事。

外行人對這類法律案件會慌了手腳，完全可以理解。舉例來說，他們原本堅稱是走私，而走私就是典型的違規跨界……是這樣吧？其實不然。

跨界監察的力量遠超我們想像，不過判定是否違規的標準卻十分精確。他們看的並非從一城到另一城的路線（夾帶違禁品亦然），而是看通過時的行為：從這輛貝澤爾車的後車窗將飛兒得、古柯鹼或槍械丟到烏廓瑪某處院子裡，供接頭的人去撿——就算是違規跨界，跨界監察會出動抓人，就算丟的只是麵包或羽毛也一樣。竊取核子武器並偷偷帶在身上越過邊界——不過，如果是從官方路線通過邊界，這又怎麼算？這個行為的確觸犯許多罪責，其中卻不包括違規跨界。

雖然許多人都為了偷渡走私而違規跨界，但走私本身不等於違規跨界。頂尖的走私販一定會以正確無誤的方式通過柯普拉廳，遵守兩城的邊界與出入口，所以即使被捕，也只須面臨兩城或其中一城的法律，而不是跨界監察這般至高無上的權威。一旦有人違規跨界，跨界監察或許會將其餘罪行的細節一併考慮進去，包括發生在烏廓瑪、貝澤爾或兩城的違法行徑。但即使如此，他們也只會考慮一次，而且那些罪行還必須是因違規跨界而起，跨界監察唯一會處罰的，是對兩城邊界的藐視。

在貝澤爾偷竊廂型車並棄屍是違法的，而發生在烏廓瑪的可怕謀殺更是如此。但我們當初歸納出的特定違法條件並不存在。通行過程顯示一切合法，出示的也是經公家機關正式核發的證明文件——但就算許可證明是偽造的，通過柯普拉廳準備越界時牽涉到的也只是非法入境，而非違規跨界。每個國家都有像非法入侵這樣的罪，卻沒有違規跨界這種事。

「實在太瞎了。」

我來回踱步，眼神在蓋德能的辦公桌和定格在運送受害女子的車子的畫面來回。「太瞎了，我們麻煩大了。」

「他說太瞎了！」蓋德能好像要昭告天下。「他說我們麻煩大了。」

「長官，我們麻煩大了。這事非得跨界監察出馬不可。不然這個案子是要怎麼辦下去？照現在的情況，鐵定有人想私底下讓此案停滯不前。」

「他又說了一次我們麻煩大了，我發現他對我說話時好像覺得我跟他唱反調。我先前是有露出這樣的表情沒錯，但我不是真的要和他唱反調。」

「你認真點，現在是要怎麼……」

「事實上，我是百分之百同意他的看法，我們當然是麻煩大了，柏魯——不要像隻喝醉的狗一樣原地打轉。不然你希望我說什麼？對對對，這一切完全是在亂來；的確有人故意把我們推往火坑。那你希望我怎麼做呢？」

「想想辦法啊！一定有辦法的。我們可以上訴……」

「聽著，泰亞鐸。」他兩手指尖相觸，拱成一個尖塔。「對於眼前發生的事，我們都有相同感觸。你搞成這樣還得繼續辦，我們都很不爽——雖然理由可能不盡相同，但是——」他揮手換了個話題，「有個癥結點你沒注意到：我們當然一致同意影帶在這個時間點出現，裡面肯定大有文章。對不懷好意的政壇老狐狸而言，我們起不到任何嚇阻作用——一點也沒錯。但柏魯，他們握有這個證據，而且做出了正確的決定。」

「跟邊界警衛確認過了嗎？」

「確認過了，但一無所獲——難道你以為他們會存檔所有自己揮手示意、放任通過的人嗎？他們只要有看到『好像合法』的通行證就夠了，這點你無法否認。」他對電視揮揮手。

他說的沒錯；我搖搖頭。

「正如那個畫面顯示的，」他說：「廂型車沒有違規跨界，所以我們憑什麼上訴？這個案子不能請跨界監察處理，老實說，也不應該申請。」

「那現在怎麼辦？」

「現在你繼續調查。是你開始的，就由你來結束。」

「可是那是在……」

「……我知道是在烏廓瑪沒錯，所以你得去那裡。」

「什麼？」

「這已經演變成跨國調查了。當情況擺明得交由跨界監察管理時，烏廓瑪警方不會插手，但現在這是他們必須要辦的謀殺調查。而根據有力的證據顯示，案子發生在他們的領土。接下來你就會感受到跨國合作的樂趣。他們已請求我們這邊的協助——而且是到場協助。你要以烏廓瑪警方邀請的客人之姿前往烏廓瑪，去那裡跟對方的謀殺組成員交換意見，因為沒人比你更了解本案的調查狀況。」

「太誇張了吧，我只要寄份報告給他們……」

「柏魯，別發脾氣。這件案子也跨越了我們的邊界。給報告有什麼用？他們需要的不只是幾張紙。這起案子已經比陀螺還會繞圈圈了。目前我們需要兩地合作調查，而你是最佳人選。過去跟他們仔細討論案情吧，也他媽的順便觀光一下。等他們找到凶手，我們這裡也會提出竊盜、棄屍等告訴——難道你不知道現在已經進入跨國攜手保治安、令人興奮新時代嗎？」這是我們以前更新電腦設備時收到的小冊子裡的標語。

「現在要找到凶手的機率大幅降低了；我們需要跨界監察。」

「這還要你說？我很同意，所以去幫我們增加點勝算吧。」

「我要在那裡待多久？」

「每兩天跟我回報一次，到時看看狀況如何。如果需要待超過一、兩週，我們再來評估——光是想到很長一段時間沒你這得力助手幫忙，我真是心痛不已啊。」

「那就不要派我過去啊。」而他一臉嘲諷地看著我。表示我還有別的選擇嗎？「我希望寇葳可以跟我一起去。」

他很沒禮貌地發出噓聲。「我知道你會想帶她，但別說傻話了。」

我耙過頭髮。「局長，我需要她的協助，這案子有些地方她比我還了解。她從一開始就是調查本案不可或缺的成員，如果我必須跨界把案子帶去那裡……」

「柏魯，你不用帶任何東西去任何地方，你只是去我們鄰居家作個客——難道還想帶你的華生去逛大街嗎？接下來還要我讓你帶誰過去？按摩師？會計？你給我搞清楚：在那裡，你只是個助手。老天，你把她強拉進這個案子就已經夠糟了，我拜託你，你是以為自己有什麼權限？我建議你把你們共度的美好時光留在心裡就好，不要淨想著自己失去了什麼。」

「你——」

「沒錯，不用提醒我。督察，你想知道最瞎的是什麼嗎？」他拿遙控器指著我，一副可以按個鈕讓我停止或倒轉的模樣。「最瞎的是貝澤爾極重案組的高級警官，竟然帶著他偷偷抓來當個人助理的警員，未經批准去跟一群背後有高層撐腰的惡棍對抗。這根本是多此一舉，而且一點幫助都沒有。」

「……好吧。看來你知道了，是律師告訴你的嗎？」

「你說的是哪個律師？好心告訴我這件事的是早上打電話來的賽德代表。」

「賽德親自打給你？媽的——啊，抱歉，長官，我只是太驚訝了。他說了什麼？要我別再去煩他們嗎？我想協議中應該有要求他絕對不能公開他與真民黨的關係，就是因為這樣他才派人去叫律師。那些粗人跟那個律師根本就是不同世界的。」

「柏魯，我只知道賽德聽說了前一日的密談，並且很驚訝自己的名字被提及，於是氣急敗壞地打給我，然後強調只要我們在這類事件中再提到一次他的名字，就等同毀謗。他也放話說會想盡辦法給你制裁，大概就是諸如此類的威脅。我不清楚，也不想知道調查究竟為何陷入絕境，不過柏魯，你或許可以捫心自問，想想這是巧合的機率有多高：在你公然和一群愛國分子進行一場精采絕倫、效率非凡的爭執，無巧不巧監視器畫面就蹦出來，然後跨界監察也被取消？我也不知道那代表什麼意義——不過這個發現很有意思吧？」

「柏魯，不要問我。」我打電話給塔絲金時，她這麼回覆，「我什麼都不曉得。我剛剛才發現我知道的一切都是謠言。奈瑟姆對這些事情很不高興，布歷斯勃然大怒，卡春雅不解，賽德則一副心花怒放。至於是誰洩密、又洩了什麼密、誰又得罪了誰，我一概不知。很抱歉。」

我要她繼續幫我留意。我還有一、兩天可以準備。蓋德能把我的資料送到貝澤爾各相關處室，以及我到烏廓瑪後要連絡的單位。「記得回覆那些該死的留言。」他說。我的通行證和行前訓練課程都會安排妥當。我回家看著衣服，把舊行李箱放在床上，挑了一些書，但又放回去。

其中有一本是新貨。我那天早上剛收到包裹，因為要求快速到貨所以多付了運費。我是在fracturedcity.org網站的一個連結上訂購的。

我買到的這本《城與城之間》很破舊，雖然沒有缺頁，但封面對折過，書頁上有很多汙漬，還有至少兩個人寫的眉批。儘管有一大堆瑕疵，我還是付了天價才入手。儘管這本書在貝澤爾是禁書，但我本人名列買家名單其實沒什麼風險。對我而言，這本書在我心中的定位沒什麼疑慮。至少，它在貝澤爾代表一種不上不下的落後觀念，不是現在流行的煽動性言論。貝澤爾絕大部分的違法書籍都處於模糊不清的灰色地帶，很少依法予以制裁，連審查官員也甚少關切。

出版這本書的是一家早就倒閉的無政府主義嬉皮出版社。從前幾頁的口氣研判，相較於讓人聯想到毒品的華麗封面，書的內容實在枯燥乏味。內頁的印刷品質從頭到尾都很不穩定，而最讓我失望的是沒附索引。

我躺在床上打電話跟我交往的兩名女性，告訴她們我要啟程去烏廓瑪。當記者的碧薩雅說：「太好了，那你一定要去汶來美術館，現在有庫內利斯㉝特展。幫我買張明信片。」歷史學家莎芮思卡比較驚訝，而且我不知道這一去要去多久，所以她有些消沉。

「妳讀過《城與城之間》嗎？」我說。

「念大學的時候讀過；只是封面上的書名是《國富論》。」六〇與七〇年代期間，有些遭禁的文學作品會裝上合法平裝本的書籍封面。「那本書怎麼了？」

「妳對那本書有什麼看法？」

「老兄，那本書當年很厲害耶。再說，我可是鼓足了勇氣才敢找來看——看了以後覺得很荒謬。泰亞鐸，所以你終於熬過青春期長大了嗎？」

「可能吧——世上沒人懂我，又不是我叫爸媽把我生下來的。」具體而言，她對那本書沒什麼印象了。

「我真他媽不敢置信。」我打電話跟寇葳說這件事時，她這麼回答——而且還一直重複這句話。

「我懂。我也這樣跟蓋德能說。」

「他們要我撤出此案？」

㉝庫內利斯（Jannis Kounellis）：義大利貧窮藝術（Arte Povera）大師。

「我不認為有所謂的『他們』，不過很不幸：是的，妳不能一起來。」

「就這樣？我就這樣被拔掉？」

「抱歉。」

「太賤了。但問題是——」沉默片刻後，她繼續說：「影片畫面是誰流出來的？——不對，問題在於他們是怎麼找到影片的？又是出於什麼原因？這該死的帶子總共有多長？監視器有幾臺？他們啥時有時間一一過濾畫面？又為什麼是這個案子？」

「我不必立刻動身。我是在想……我後天才開始受訓……」

「然後？」

「嗯——」

「怎樣啦？」

「抱歉，我反覆思考了好幾次，依舊覺得那支影片只是敲了我們一記悶棍。妳想要最後再做個小調查嗎？打幾通電話，做一、兩次查訪。尤其有件事我一定要在簽證那些東西下來之前釐清——我一直在想那輛繞了一大圈開到外國領土的廂型車——但這可能會讓妳惹上麻煩。」我以開玩笑的語氣說出最後一句話，自以為有趣。「當然，這個案子現在不關妳事，所以要妳做的話的確有點越權。」不過事實並非如此，她不會有任何危險。我完全可以批准她的行動，而且可能會惹上麻煩的是我，不是她。

「幹——好，」她說：「如果權力有負於人，人也只能越權了。」

11

「有事嗎？」麥凱．庫魯什從他那間破爛辦公室的門後看著我，比上次審慎許多。「督察，是你啊，你有什麼事……呃，你好嗎？」

「庫魯什先生，我還有點小問題要請你補充。」

「先生，請讓我們進去。」寇葳說。因為要打量她，他把門開大了一點，也嘆了一口氣，打開門跟我們面對面。

「有我能幫的忙嗎？」他雙手緊握，然後又放開。

「沒了廂型車你工作還順利嗎？」

「很頭大，還好有朋友幫忙。」

「你朋友人真好。」

「我也覺得。」庫魯什說。

「庫魯什先生，你是什麼時候給你的廂型車申請AQD㉞簽證的？」我說。

「我——什麼？你說什麼？」他說：「我沒有啊，我沒有——」

「看你支支吾吾真是有趣。」我說。而他的反應證實了我的猜測無誤。

㉞ Any Qualified Driver，多次出入境簽證。

「你還不至於笨到全盤否認吧？因為通行證都有紀錄可查。你知道我們要問你什麼嗎？為什麼不乾脆直接點，老實回答呢？這問題本身有什麼問題嗎？」

「庫魯什先生，我們可以看一下你的通行證嗎？」

他看了寇葳好幾秒。

「不在這兒，在我家。不然——」

「不能給我們看嗎？」我說：「我認為你說謊。我們對你有禮貌，只是想給你最後一次機會，而你卻浪費了這個大好機會。你沒有通行證——沒有進出烏廓瑪所需的東西：合格駕駛者多次出入境簽證，也就是AQD——對吧？我會說你沒有，是因為它被偷了，跟你的廂型車一起被偷。你的廂型車被偷時，通行證其實在車上，跟你那張街道地圖放在一起。」

「欸，」他說：「我說過我不在場，我也沒有地圖，我的手機有裝GPS，我什麼都不知道——」

「不對，你唯一說對的只有一件事：你的不在場證明確實可以成立。你搞懂了嗎？這裡的人都不認為你有殺人，也不覺得棄屍的凶手是你。我們不是因為這樣而火大的。」

「我們在乎的是，」寇葳說：「你從沒跟我們提過通行證。問題在於到底是誰拿走證件，還有你得到了什麼好處。」他臉上血色盡失。

「老天。」他說，嘴巴動了動，一屁股坐了下來，「我的天——等一下，這跟我一點關係都沒有，我什麼都沒做……」

我反覆看過閉路監視器畫面：廂型車行駛在柯普拉廳那層層守衛的官方路線上，連一絲遲疑都沒有。駕駛非但沒有違規跨界、沒有悄悄溜過重疊區街道，也沒因持有假通行證必須換車牌——他一定向邊界警衛出示了不會引發懷疑的文件證明，而只有一種通行證可以讓這趟路程如此簡單順利。

「你是不是在幫誰的忙？」我說：「有什麼拒絕不了的提議還是敲詐？所以你才把證件放在汽車前座置物箱，因為你要是毫不知情，他們會比較好辦事？」

「到底什麼原因讓你證件掉了卻不肯告訴我們？」寇葳說道。

「你現在只剩一次機會了，」我說：「快點，真相到底是什麼？」

「我的老天——你聽著，」庫魯什用求救的眼神環視四周，「拜託你，我知道我不該把證件留在車上，我平常都會帶走的——我跟你發誓，那次我一定是忘了——就是車子被偷的時候。」

「所以你才絕口不提車子為什麼被偷嗎？」我說：「你從沒跟我們說過廂型車遭竊，因為你知道自己遲早得提到證件，所以只能祈禱船到橋頭自然直？」

「我的天——」

來貝澤爾的烏廓瑪車輛通常可以輕易被看出非屬本地，從它們特定的通行權、牌照號碼、窗貼，以及車體現代化的設計可見一斑；而貝澤爾的車來到烏廓瑪也是一樣顯眼。通行證，以及對我們的鄰國而言已顯老舊的車身線條即可判斷。車輛的通行證件——尤其是AQD多次出入境簽證——不但所費不貲、很難申請，還附帶層層條件與規定。其中一條就是：在沒有防盜措施的情況下，車子的簽證絕對不能直接放在車內，畢竟走私真的太容易了。然而，犯下錯誤——或說罪行——也就是把證件放在置物箱或座位下的人，其實不在少數。庫魯什知道自己至少必須面臨高額罰款，前往烏廓瑪的權利也將永久遭到撤銷。

「麥凱，你把車子給了誰？」

「督察，我對主耶穌發誓——我沒有給誰。我不知道是誰偷走的，真的完全不知道。」

「你的意思是這只是單純巧合？就這麼恰好，在有人得把屍體運出烏廓瑪的時候，就這麼剛好偷到一輛放了通行證件等他來用的廂型車？也太天時地利人和了。」

「督察，我以生命擔保，我什麼都不知道。搞不好是偷車賊發現證件後轉賣給別人也說不定……」

「你是說恰好有個偷車賊，正好在當晚遇到需要跨城運輸的人？哇，真是史上最幸運的偷車賊。」

庫魯什瞬間垂頭喪氣。「我求求你，」他說：「你可以檢查我的銀行帳戶和皮夾，老兄，沒人給過我一毛錢。從車子被偷到現在——媽的——我一直閒著，完全沒生意可做，都不知道該怎麼辦了……」

「噢噢，我都要哭了呢。」寇葳說。而他無力地望著她。

「我以生命發誓。」他說。

「我們查過你的紀錄了，麥凱，」我說：「我不是指你的前科——那個我們上次就查過了。我指的是你在貝澤爾邊境巡邏隊的紀錄。幾年前，你第一次拿到通行證，然後幾個月後就被隨機抽檢。我們看到有幾項紀錄註明是初次警告，但目前為止最嚴重的違規就是把證件留在車內。你那時開的是轎車對吧？你把證件放在車內的置物箱。那次是怎麼掩人耳目的？他們竟然沒有立刻吊銷你的證件，我還挺訝異的。」

「因為我拚了命地哀求他們，」他解釋道：「我希望他們念在我是初犯，放我一馬。抓到我的其中一個傢伙說會跟同僚談談，減輕罪刑，只要對我提出正式警告就好。」

「你有賄賂他嗎？」

「當然有——我是說我有給他點好處，但我不記得多少錢了。」

「何必特別去記呢？我是說，你這證件不也是花錢買來的嗎？根本沒必要放心上。」

現場陷入一陣長長的沉默。ＡＱＤ簽證登廣告招攬生意的公司規模，通常鎖定在比庫魯什那家不成氣候的小公司更多員工的企業。不過，小規模的營業者為了申請，往往會花點美金疏通——貝澤爾馬克不大可能打動貝澤爾的中間人，或烏廓瑪使館負責核發簽證的官員。

「以防萬一，」他絕望地說：「我總會有需要別人幫我買貨的時候啊。我姪子通過了考試，還有幾個伙伴也可能用這輛車幫我一些事情……這沒辦法太肯定的啦。」

「督察？」寇葳看著我。我才發現她可能叫我不只一次了。「督察？」她看了庫魯什一眼，我們現在到底在幹麼？

「抱歉。」我對她說：「我只是在想事情。」我示意她跟我走到房間角落，食指指著庫魯什，警告他留在原地、不要亂動。

「我會突破他的心防，」我小聲說道：「但……妳看看他。我必須找出方法、對症下藥。聽著，我得麻煩妳去追查一個東西，越快越好，因為我明天就得去那個該死的行前訓練了，所以我覺得今晚將會相當漫長。妳可以嗎？我想要當晚所有通報失竊的廂型車清單，並附上每件報案的詳細資料。」

「全部嗎……？」

「別慌。要清查的車輛一定很多，但妳把範圍縮小，只查跟麥凱的車差不多尺寸的廂型車，應該就可以負擔。盡可能蒐集每輛車的資訊、帶來給我，包含所有相關文件，可以嗎？越快越好。」

「你要做什麼？」

「看我能不能讓這個低級混球吐出點實話。」

靠著美色、高超話術和使用電腦的功力，寇葳不出幾個小時就掌握必要資訊。她竟然只用了這麼短的時間，甚至加快公家單位辦事的速度，簡直就像施了魔法。

在她去調查的前一、兩個小時，我和庫魯什一起坐在牢房，想盡各種方式、搭配幾種不同技巧問他話，誰開走你的廂型車？誰拿走你的通行證？他抱怨連天，要求見律師，我跟他說就快了、就快了。期間他有兩次差點大動肝火，但大多時候只是喃喃跳針，說他什麼都不知道，還有說車子和證件失竊卻沒有報警只是怕惹禍上身。「他們上次都特別警告過我了，不是嗎？」

這天下班後，我跟寇葳一起在我的辦公室進行最後努力。我又提醒了她一次，今晚將會相當漫長。

「你用什麼理由羈押庫魯什？」

「現階段是以涉嫌『通行證保管不當』和『知情不報』，其他要看我們今晚還有什麼發現，或許可以再加『共謀殺害』，但我總覺得——」

「你覺得他沒有涉案對吧？」

「他實在沒有犯罪天分，妳不覺得嗎？」

「老大，我沒有暗示他有無密謀，又或是他其實知道具體案情。但你真的認為他不知道誰偷了他的車嗎？還有他對犯人的意圖一無所知？」

我搖搖頭。「妳沒親眼看到他那副模樣。」我從口袋拿出他的偵訊錄音帶。「有空的話可以聽聽看。」

她用我的電腦把她找到的資料鍵入各個空白表格，轉譯我喃喃自語時說的模糊概念、打成圖表。

「這叫**資料探勘**。」最後四個字她是用英文說的。

「誰是我們裡面的抓耙子呢？」我說道。她沒有回答，只是一逕打著字，喝著濃咖啡，不時吼出「該死，給我正常一點。」還咕噥抱怨我的軟體很爛。

「好了，結論出來了。」目前已過半夜兩點，我持續望著辦公室窗外的貝澤爾夜景。寇葳把印出來的資料整理好，窗外傳來貓頭鷹微弱的叫聲，還有深夜車輛的輕語呢喃。我在椅子上動來動去。喝了含咖啡因的飲料，我實在得動一動。

「那晚報失的廂型車共有十三輛。」她的指尖滑過紙張，瀏覽上頭的資料。「其中三輛發現時已被燒毀，或是以某種手法遭到破壞。」

「偷車去兜風嗎？」

「是，偷車去兜風。所以剩十輛。」

「過了多久才報警？」

「包括看守所裡那個帥哥，有三人沒報警，其他都有。失竊隔天下班前就報了。」

「了解。紀錄在哪兒呢……有幾輛擁有烏廓瑪通行證件……」她細看了一下。「三輛。」

「比率聽來頗高的——十三輛中有三輛。」

「整體來看，廂型車的比率會比一般車輛高，因為載運進出口貨物。」

「是嗎？那整體而言，這兩個城市的統計數字是多少？」

「什麼，你說有通行證件的廂型車嗎？我找不到啦。」她緊盯螢幕打了一會兒字，又說：「但一定有辦法可找，只是我還想不到。」

「好吧，有時間的話我們應該可以挖出正確數據。但我跟妳賭，十三輛中一定不到三輛。」

「你……這比率聽起來的確是偏高。」

「好，那我這樣問好了：那三輛有通行證件的失竊車中，有幾位車主之前曾因違規接過警告？」

她細看了資料，又抬眼看我。「三輛都有——靠！三輛都犯過保管不當——靠！」

「沒錯。這聽起來就不大尋常了吧？——就數據來說。那其他兩輛沒報失竊的車情況如何？」

「它們都……等等。車主是高傑．費德和莎爾雅．安．馬穆，他們的車隔天早上就發現了，犯人棄車逃逸。」

「有少什麼嗎？」

「車子都有被砸的痕跡：費德的車少了幾捲錄音帶和一些零錢，馬穆的車掉了一臺iPod。」

「我看一下日期——應該無法證明哪一輛先被偷的吧？這兩輛車的證件還在不在？這妳知道嗎？」

「還沒查，但明天就可以知道了。」

「可以的話就去查，不過我跟妳賭一定都還在。車子是在哪裡被偷的？」

「尤斯拉夫斯亞和布洛夫普洛茲，庫魯什的車則是在馬西林。」

「發現的地點呢？」

「費德的在……布洛夫普洛茲……老天，馬穆的在馬西林，就在波斯貝街。」

「再過四條街就是庫魯什的辦公室了。」

「欸靠，」她靠上椅背，「你說吧，老大。」

「三輛廂型車都是那天晚上被偷、都有通行證件、都有把證件放在前座置物箱沒拿的紀錄。」

「偷車賊知道？」

「有人正好需要通行證，而且握有在入境管局查看紀錄的密碼。他們需要穿越柯普拉廳的交通工具，精確掌握誰有證件，又因為怕麻煩而沒隨身攜帶——妳看看這些位置。」我在貝澤爾的簡略地圖上隨手做了記號。「最先被偷的是費德的車，幸好費德先生和他的員工學乖，現在都把證件帶在身上。偷車賊發現這點後把車開到這裡，到接近馬穆小姐停車的地點。他們快手快腳地又把車偷走，但馬穆小姐現在也把證件放在公司，所以他們偽裝成偷車案，把車開走，棄置在名單中下一輛車附近，繼續犯案。」

「下個是庫魯什的車。」

「而這人依然故我，將證件放在車上，所以犯人得手後就把車開到柯普拉廳，進入烏廓瑪。」一瞬間，我們陷入沉默。

「這什麼鬼？」

「就……很詭計多端吧，而且也的確如此。這肯定是內神通外鬼——但是什麼樣的內神，就不得而知了。總之應該是握有密碼可以偷看紀錄的人。」

「那我們到底要怎麼做？又該做什麼？」講完後她又重複一遍，因為我沉默太久了。

「我不知道。」

「我們得跟別人談談……」

「跟誰？又要談什麼？我們什麼證據都沒有。」

「你是在……」她差點就要說出「開玩笑」三字，但識時務地閉上了嘴。

「查出其中關連對我們來說或許就很夠了，但妳也知道，我們還是沒有證據——至少還不足以採取任何行動，」我們看著彼此，「無論如何，不管是什麼案子——不論凶手是誰——」我看著資料。

「——他們都有辦法接觸到那些資料。」寇葳說。

「我們必須謹慎行事。」我說。她與我四目相接，我們又陷入另一段漫長的沉默，兩人不發一語，只是緩緩環顧辦公室。我不知道我們在找什麼，但我猜她也感覺到了——她突然發現、看見、聽到的那瞬間——她的表情說明了一切。

「那我們要做什麼？」寇葳說。她聲音中的驚恐令人惶惶不安。

「我想，就做我們一直在做的事情吧：繼續調查。」我很慢地聳了聳肩，「還有案子要破呢。」

「老大，但我們不知道跟誰談話才安全——再也不知道了。」

「的確。」我突然一時語塞，「那就不要跟任何人說話，除了我以外。」

「他們已經把我踢出這件案子，我要怎麼——」

「記得接電話就好。我有任務要交代時會打給妳。」

「這案子會怎麼發展？」

寇葳的問題在那當下並沒有什麼特殊意義，只是為了填滿幾近無聲的辦公室；蓋過那些可疑又邪惡的聲響——塑膠製品滴答、嘎軋，代表電子耳正在即時回報狀況；建築物上傳來細微的落地聲，代表有不速之客正在移動位置。

「我真心希望——」她說：「——能請跨界監察出面。去他的凶手！如果能叫跨界監察去抓他們就真的太棒了。唉，如果不是我們的案子該有多好。」但就是因為這種想法……不管什麼案子都丟給跨界監察去揪出凶手、為死者報仇雪恨……「瑪哈莉亞……她一定發現了什麼。」

只要談到跟跨界監察有關的想法，就覺得他們好像永遠正確無誤。可是我突然間想起吉理太太臉上的表情。跨界監察總在城與城之間虎視眈眈，卻無人知道他們究竟了解些什麼。

「是啊，也許吧。」

「難道不是這樣嗎？」

「當然是這樣，只是我們不能……總之，我們必須設法靠自己集中火力、試圖辦案。」

「我們？老大，你說我們嗎？我們都不知道現在該死的到底是什麼情況啊！」

寇葳最後這句話幾乎像在喃喃自語。跨界監察不受我們控制，也不是我們能夠理解。不管現在是什麼情況或什麼局面，不論瑪哈莉亞．吉理發生了什麼事，只有我們兩個在調查這個案子，我們也只能信任彼此。但不要多久她就得孤軍奮鬥，我也一樣——只是我會在異鄉異城。

II 烏廓瑪

12

警車窗外可以看到柯普拉的內部道路。車速不快，也沒開警笛，但警燈不停閃爍，雖然朦朧卻十分高調，照在四周的水泥建築上，斷斷續續反射出藍色光芒。我看到開車的戴吉斯坦警員在偷瞄我；我以前沒看過他。

我甚至沒能讓寇葳送我一程。

車子開到立體高架橋下，穿過貝澤爾舊城，來到柯普拉廳外圍的環形車道，一直往下開，最後進入柯普拉廳內部的範疇。我們經過一片立著女像柱的建築物外牆，柱子上雕刻的女人和貝澤爾的歷史人物有幾分相像，但走近一看就會發現，她們走的其實是烏廓瑪風格。進入大廳本體內部，會見到一條寬廣大道，在透過窗戶照進來的灰濛光線下顯得過度明亮。貝澤爾這端排著長長人龍，準備申請單日入境簽證；遠處閃著紅色車尾燈再過去，迎面而來烏廓瑪車輛的黑底大燈，光比我們的更亮。

「長官，您去過烏廓瑪嗎？」

「很久以前去過。」

邊界出入口映入眼簾，戴吉斯坦又開口發問：「他們以前也是這樣嗎？」他年紀似乎很輕。

「差不多。」

我們的警車開在官方車道上，前面排著一列進口賓士黑頭車，乘客應該是以考察團名義出訪的政治人物或企業家；遠處則有一排引擎正轟隆作響的廉價車，裡頭坐著一般旅客——也就是觀光客和遊手好閘的人。

「泰亞鐸．柏魯督察？」警衛看著我的證件說道。

「是的。」

他逐字逐段仔細檢查。如果我只是想要單日簽的觀光客或商人，通關速度就快多了，警衛問話也會比較簡略。但因為我是公務員，要放行就沒那麼簡單。官僚政治諷刺的一面可是天天都在上演。

「兩個人？」

「巡佐，這裡有寫，只有我要過去。這位警員是我的司機，送我過來後會原車折返——事實上如果你有仔細看，應該會看到我去烏廓瑪要跟什麼單位合作。」

在那獨特的交會位置，我們能見到一條簡樸的實體界線，並觀察到我們鄰居的動態。再過去一點、越過那不屬於任何國家的土地、背對我們的烏廓瑪檢查站，再穿過一小群烏廓瑪警察——那裡停著一輛公家車，車燈跟我們一樣閃爍著耀眼光芒，但顏色不同，而且車體結構也更現代化。烏廓瑪的警示燈是紅色和深藍色，比貝澤爾的鈷藍色更藍；那輛車款是深灰色、流線型的雷諾。我還記得他們當年開的那輛難看的國產雅達吉斯小車，比我們的車還要四四方方。

那名警衛轉頭瞥了我們一眼。「我們約定的時間快到了。」我這麼跟他說。

烏廓瑪警方距離我們太遠，完全看不清楚狀況，我只知道他們在等。那名警衛當然好整以暇地放慢了動作——就算你是貝澤爾警察，也不能享有特權，我們守護的可是邊境呢。他一直等到再沒有藉口留我，才戲謔地行了個禮。閘門升起，他還對我們示意可以通過了。開出貝澤爾道路後，約有一百公尺的三不管地帶，只是輪胎駛過時並沒有什麼不同；接著我們通過第二道門，穿著制服的烏廓瑪警察朝我們走來。現在，我們到另一邊了。

汽車換檔、猛踩油門的引擎聲傳來，剛剛停下來的車突然在朝我們走來的警察面前加速急轉，響亮的警笛聲短而急促，有名男子一邊戴上警帽一邊下車。他年紀比我略小，體格粗壯、肌肉發達，走動時散發俐落而權威的氣場。男子一身正式的灰色警察制服，上面有表示警階的佩章（我努力回想那到底是什麼警銜）。他舉起一手，連邊界警衛都訝異地停下動作，

「可以了。」他大喊著揮手要他們退下。「換我接手——柏魯督察嗎？」他說伊利坦語。我跟戴吉斯坦下了車；他沒理他，只對著我說：「泰亞鐸．柏魯督察，極重案組——對吧？」他大力和我握手，指了指車；車內坐著他的專屬司機。「請。我是高級警探庫錫．達特。有收到我的留言嗎？督察？歡迎蒞臨烏廓瑪。」

柯普拉廳已矗立在此數百年，依其不同歷史階段的重要元素，由監督委員會進行設計，因此孕育出這棟融合多種特色的建築。它占地寬廣，橫跨兩城；內部充滿繁複廊道，大多始於貝澤爾或烏廓瑪的完全地帶，延伸後進入交疊區。沿途隨處可見其中一城的房間，還有那些奇怪內室與區域的號碼，隸屬兩城——或兩城皆非。這種光景可說是柯普拉廳限定，而監督委員會及其組織是此處唯一的管理單位。建築物內部的配置圖很漂亮，但這錯綜複雜、顏色豐富的網絡則令人望而卻步。

地面層是一條寬廣大道，一路延伸至第一道閘門與鐵絲網。貝澤爾邊境巡邏隊在此指揮，示意入境旅客在不同線道停下，這樣一來通關就簡單多了——行人、手推車、動物拉的拖車、四方形的貝澤爾車輛、廂型車，各有其支線供持有不同通行證件的旅客通過。他們移動速度不一，一個階段、一個階段地經過檢查，閘門時而升起、時而放下。柯普拉廳通往貝澤爾的出入口有個民營古老市集，在閘門旁就能看到，雖不合法，但也沒人取締。到處可以看到街頭小販沿著等候車陣，叫賣烤堅果和紙製玩具。

在貝澤爾層層閘門的另一邊，柯普拉廳主體下有一塊無主土地；柏油碎石路面沒有上漆。這條幹線

不屬於貝澤爾或烏廓瑪，也不知道該用哪種道路標記法。過了柯普拉廳另一端，出現第二道閘門，維護得比我們這邊好，周邊有揮舞武器的烏廓瑪警衛在監視，其中絕大多數都在離我們很遠的旅客專用道上。他們指揮前來貝澤爾的旅客，效率比我們高上許多。就連在貝澤爾這一邊的人都忍不住想偷看。

烏廓瑪邊界警衛不隸屬任何政府單位，跟貝爾澤邊界警衛不同——他們是*militsya*——即烏廓瑪警方。就像我們貝澤爾，將警方稱作*policzai*。

雖然柯普拉廳比羅馬競技場還大，但它的出入境大廳並不複雜——那只是被古代遺物圍起的一片空地。從貝澤爾這一頭，可以看到民眾與緩慢行駛的車輛朝烏廓瑪射來的日光前進；也可以觀察到萬頭鑽動的烏廓瑪旅客，或是逐漸靠近的返鄉同胞；越過檢查站之間的空地，大廳正中央再過去則是脊狀的尖刺金屬網，屬於烏廓瑪。當你穿過數百公尺外的龐大通道，烏廓瑪的建築便一目了然。

在去那裡的路上，我請司機繞一大圈，掉頭回貝澤爾入口，改走能接上卡恩街的路線。司機一臉驚訝。在貝澤爾，那條街是舊城很不起眼的購物街，然而地處交疊區，烏廓瑪占的比重似乎較大，多數建築物都屬烏廓瑪所有。對我們的鄰居而言，卡恩街的分身是一條具有重大歷史意義的知名道路，通往柯普拉廳，稱作烏麥汀大道。我們裝出一副碰巧經過柯普拉廳通往烏廓瑪出入口的模樣。

走卡恩街時我對它視而不見——至少表面。但我們都或多或少都看得見：烏廓瑪人正排隊入境，同一空間也有戴著訪客徽章的貝澤爾人，三三兩兩，他們可能已在這裡晃了一小時，但仍訝異地環顧四周的烏廓瑪建築。光是看著這些建築可能就算違規跨界了。

靠近烏廓瑪出口處的是永光寺，我看過很多次照片。雖然開車經過時會盡責地視而不見，但我非常清楚它的垛口有多壯麗，還差點脫口對戴吉斯坦說自己很期待快點看到。現在，柯普拉廳發出光芒，那道異地之光在我高速離開柯普拉廳之際將我吞沒。我坐在達特車子後座，轉頭凝望那座寺院，驀然驚覺自己已與它位於同一個城市。

「第一次來烏廓瑪嗎？」

「不是，但睽違已久。」

我第一次接受這些測驗已是好多年前：那本失效的護照裡蓋的是早就過期的入境戳章。這回我參加了為期兩天的行前速成訓練，受訓學生只有我一個，其餘是各科講師，都是烏廓瑪駐貝澤爾大使館的人。訓練內容包括伊利坦語密集課程、各種烏廓瑪歷史與地理的文件資料、與當地法律相關的重大議題等。一般來說，其實和我們那邊的同類型課程一樣。這些訓練是希望協助貝澤爾市民承受可能出現的精神創傷。一旦你身處烏廓瑪，就得將心理狀態完全顛倒，對我們住了一輩子的熟悉環境視而不見，只看我們花了數十年小心不去注意，但其實就在身邊的建築物。

「適應環境的教學因為電腦大幅改進。」一名年輕女講師說道。她對我的伊利坦語讚不絕口。「我們現在處理事情的手法細緻多了，還跟神經科學家合作。」我是因為警察的身分才能享有特殊待遇。一般旅客接受的訓練比較傳統普通，而且需要長時間才能合格。

他們要我坐進一個名為「烏廓瑪模擬訓練裝置」的小房間，內牆裝有螢幕，他們會投射貝澤爾的影像和影片，利用燈光和焦距技巧，將貝澤爾建築物重點標示出來，毗鄰的烏廓瑪地區則盡量淡化處理。一段時間後，同一畫面的視覺焦點轉換，改為模糊貝澤爾、凸顯烏廓瑪。

然而，我們怎麼可能不去想起那些從小聽到大的故事？烏廓瑪人肯定也是聽同樣故事長大。某烏廓瑪男子和某貝澤爾少女在柯普拉廳中間邂逅，各自回到住處，卻發現兩人在共有分治區比鄰而居，各自過著周而復始的生活；每天同一時間起床、像戀人般並肩走在交疊區的街道上。他們在各自的城市裡，從未違規跨界，也從未穿越那道界線，互相觸碰或交談。民間也有傳說，談論違規跨界的叛徒躲過跨界監察的耳目，持續生活在兩城之間，透過巧妙的可忽略性躲過司法審判與處罰。他們沒有流亡在外，而是隱身在城與城之間。帕拉尼克的小說《跨界監察也抓不到的逃亡者日記》在貝澤爾是禁書，我敢肯定在烏廓瑪一定也是。但就跟大多數人一樣，我也大略瀏覽過盜版的。

我做了測驗，以最快速度拿滑鼠游標指出一座烏廓瑪寺廟、一名烏廓瑪市民、一輛載著蔬菜的烏廓瑪貨車等等。該測驗實在有點侮辱意味，主要是想看我有沒有不慎看見貝澤爾。我第一次上這類課程時並沒有這樣的測驗。不久前，貝澤爾的測驗會問烏廓瑪不同的民族性格，以及從各式各樣刻板的人物肖像中判斷出誰是烏廓瑪人、誰是貝澤爾人——或者誰是「其他人」——猶太人、穆斯林、俄國人、希臘人，端看當時哪一族群最讓人不安。

「看到那座廟了嗎？」達特說：「那裡曾有一所大學；那些則是公寓大樓。」他用手指戳了戳我們經過的建築物，叫他的司機走不同路線。他沒把我介紹給司機認識。

「感覺很怪吧？」他對我說：「我想一定很怪。」

的確。我注視著達特要我看的地方，當然視而不見，但路過類似共有分治區這樣熟悉的地方時，我實在無法假裝看不見。我在貝澤爾時常走這些街道，現在卻在另個世界。我常去的幾家咖啡館現在也位於另一座城市了。而今我必須把它們都當成背景，幾乎就跟我在貝澤爾看到的烏廓瑪一樣模糊不清。我屏住呼吸：我正在無視貝澤爾，而我早就忘記這種感覺了。我有試著去想像，卻不得其門而入。此時此刻，我「看見」的是烏廓瑪。

現在是白天，光從冷冽多雲的天空灑落。我沒看見講述鄰城的節目常見的七彩霓虹燈——製作人顯然覺得鮮豔誇張的夜生活比較容易被接受。不過，灰白日光在這裡照出的鮮豔顏色還是比我熟悉的貝澤爾多。如今的烏廓瑪舊城至少有一半都成了金融區；木製拱卷屋頂緊鄰玻璃帷幕鋼骨結構建築，當地的街頭小販穿著長袍、補釘襯衫與長褲，在大樓的門口對著時髦的男女叫賣米和肉串（經過那些人時，我那些打扮單調的同胞正前往貝澤爾更為寧靜的區域，而我設法對他們視而不見）。

繼聯合國教科文組織提出溫和譴責，並接收到部分歐資反對後，烏廓瑪最近通過土地使用分區管制法令，以遏止經濟起飛引發的建築破壞，還有隨之而來的問題。近來有些難看至極的建築也都拆除，不過烏廓瑪文化遺址的傳統巴洛克花飾，早被這個年輕強國弄得不倫不類。我跟貝澤爾全體居民一樣，早已習慣在國外各種成功企業的陰影下購物。在這個地方到處都聽得到伊利坦語，不論是達特恍若連珠砲的各種評論、小販叫賣，或是計程車司機與其他車輛的當街對罵。我突然領悟，當我走在家鄉交錯重疊的街道時，沒聽進耳的難聽話還真不少。世上每一座城市都有自己的一套道路規則，現在我們還沒真正進入完全屬於烏廓瑪的區域，所以這些街道都有我熟悉的特點與樣貌。但每一回急轉彎，都讓我覺得眼前景物更是錯綜複雜。身在烏廓瑪的感覺跟我想像的一樣怪——包含那些真正看見和視而不見的一切。我們開過的一些狹窄小路在貝澤爾不是罕有人煙，就是行人專用。（貝澤爾算是荒廢的地方，在烏廓瑪卻是熙來攘往。）車上的警笛聲更是不曾間斷。

「去飯店嗎？」達特說：「你應該會想梳洗一下、吃點東西吧？要去哪裡呢？柏魯，我知道你有自己的意見，畢竟你的伊利坦語說得很好——比我的貝澤爾語要好。」他大笑。

「關於要去哪裡我倒是有幾個想法。」我拿起記事本，「有收到我寄的資料嗎？」

「當然有，柏魯，一大份呢。你們目前的進度就到這兒？我會再告訴你我們目前在做些什麼，不過——」他舉起雙手，打趣似的假裝投降，「但說實話我們沒那麼多東西可以告訴你，因為我們以為跨界監察會接手——你為什麼不把案子交給他們呢？你是不是凡事喜歡自幹？」他大笑著說：「不管怎樣，我前兩天才被派來處理這件案子，所以不要太期待——不過我們已經著手在辦了。」

「你知道她被殺害的地點嗎？」

「不大確定。我們只有那輛廂型車通過柯普拉廳來這裡的監視器畫面，也不知道它接下來到底去了哪裡，更沒有線索。總之現在情況……」

一般人可能會以為來自貝澤爾的廂型車在烏廓瑪應該很顯眼，就跟烏廓瑪的車要是開到貝澤爾街上一樣。不過，要是你沒看到擋風玻璃上的標誌，一般來說只會以為那是一輛不屬於自己城市的外國車，所以會無視它的存在。因此潛在目擊者通常不知道自己目擊到了什麼。

「我主要也是想追查那部分。」

「這是當然的，泰亞鐸——泰德？——你比較喜歡人家怎麼叫？」

「我想跟她的指導教授和朋友談談。能帶我去博爾耶安嗎？」

「——你叫我達特或阿庫都可以。聽著，我只是想先說清楚、避免誤會。我知道貴局長跟你說過——」他細細咀嚼著「局長」這個外來詞。「但你待在這裡的期間，案子歸烏廓瑪管，你在這裡不能行使任何警察的權力——請不要誤解我的意思。對於這次兩方攜手合作，我們衷心感激，我們會找出最好的合作模式——可是我認為，在這裡我的角色是警察，而你是顧問。」

「這是當然。」

「抱歉，我知道搬出什麼地盤根本是鬼扯淡。我上司告訴我——你跟他談過了嗎？就毛熙上校？——對了，他希望我們合作前都不要有任何心結。毋庸置疑，你是我們烏廓瑪警方的貴賓……」

「我沒有被限制……所以我能去觀光嗎？」

「你有許可證，也蓋了章，所以萬事具備。」不過，我拿的是要每月更新的單次入境簽證。「如果你堅持，想花一、兩天觀光當然可以，但獨自一人的時候就只是個單純的觀光客。這樣可以吧？如果能避一下的話會比較好……反正我是要說，你想做什麼沒人會阻攔你，但跨國來這地方，沒導遊的話很麻煩，你可能會無意違規跨界，之後的下場就不用我告訴你了。」

「那，你下一步要做什麼？」

「嘿，你聽著，」達特在座位上轉頭看我，「我們很快就會到飯店……就跟我剛剛想跟你說明的一樣，現在情況越來越……我想你還沒聽說過另一件事吧？啊不對，我們甚至還不知道有沒有那件事呢。總之現在只能自己到處搜查。我得跟你說，情況可能會很複雜。」

「什麼？你到底想說什麼？」

「長官，飯店到了。」司機說。我往外看，但人還坐在車上。車子停在艾尚的希爾頓飯店，就在烏廓瑪舊城外圍。飯店坐落於一條完全屬於烏廓瑪的街上。那兒林立新穎的混凝土低樓層住宅，附近就是貝澤爾磚牆聯排屋，以及烏廓瑪仿東方的塔樓；兩處中間有座難看的噴泉。我沒來過這裡。邊緣的建築物和人行道屬交疊區，但中央的廣場卻完全屬於烏廓瑪。

「我們也還不確定。我們去過那個考古挖掘現場，和伊莉莎白・南西以及她所有指導教授和同學談過：他們什麼都不知道，還以為她只是該死的消失個一、兩天，到後來才知道發生什麼事。

「無論如何，重點在於我們跟幾個學生談過後，接到其中一人的電話——昨天的事。跟吉理最好的朋友有關——我們那天去通知他們噩耗時見過。她叫尤蘭達・羅迪格茲。聽到消息時，她十分震驚。可是我們從她那兒什麼都問不出來，她完全崩潰了，整個人無精打采，一直說她要離開。我問她需不需要幫忙，她說會有人照顧她，其他學生插嘴說是這裡的男生。一旦你去過烏廓瑪……」他伸手幫我開車門，但我還是沒下車。

「是她打電話給你們？」

「不是，我正要說——打電話來的小子不願透露姓名，但他是要說羅迪格茲的事。他也說他不確定，可能也不算什麼之類的。反正，他說大家有一段時間沒看到羅迪格茲了，電話也打不通。」

「她失蹤了嗎？」

「泰德，拜託，這又不是什麼灑狗血的八點檔，她可能只是生病，手機關機不接電話——我不是說我們就不去找，只是可以先不要驚慌好不好？我們根本不確定她是不是失蹤……」

「當然可以確定。無論發生什麼事，也不管她到底怎麼了，總之沒有人連絡得上她。事實不是擺在眼前嗎？她失蹤了。」

我透過後照鏡看到達特先後瞥了我和司機一眼。

「好吧，督察，」他說：「尤蘭達．羅迪格茲是失蹤了。」

13

「老大，那裡怎樣？」要是用飯店電話打去貝澤爾，會出現聲音延遲現象。我和寇葳通話都斷斷續續，只能試圖不蓋過彼此。

「現在下定論還太早，但在這裡感覺好怪。」

「看到她的房間了嗎？」

「沒找到什麼有幫助的東西。就是學生公寓，住了很多學生。」

「她的房間裡都沒找到什麼嗎？」

「只找到一、兩幅廉價版畫、幾本在空白處寫滿潦草筆記的書，其中有些註解挺有意思。還有一些衣服、一臺電腦——不是加密技術優良，就是沒什麼重要資料——而我不得不說，比起貝澤爾，烏廓瑪的電腦玩家更值得信任。那電腦裡只找到一堆『嗨，媽，我愛妳』之類的電子郵件和幾篇論文，她可能用了代理伺服器和線上清除工具，因為快取內根本找不到值得注意的玩意兒。」

「老大，你是不是根本不知道自己在說什麼？」

「才不是。我可是請高科技專家幫我連發音都寫下來了。」總有一天，我們可以跟「柏魯不會用網路」的笑話劃清界限。「她搬到烏廓瑪後就沒更新過 MySpace。」

「那麼你就還沒查出她所有底細，對吧？」

「很可惜——沒有。原力沒有與我同在。」她的房間真是乏味得出乎意料，而且沒有任何可用線索。我們也看了尤蘭達的房間，不過一個走道之隔，裡面的樣子就天差地遠：滿滿的流行公仔、小說和ＤＶＤ，還有花俏程度中等的鞋子。她的電腦則不見蹤影。

我仔細察看瑪哈莉亞的房間，一面比對烏廓瑪警方剛進去時拍下的房間原貌。照片中的書籍和部分東西都還沒上標籤，房間已封鎖，警察不准任何學生接近。不過我往門外瞥了一眼，越過一小堆花圈，看到走廊兩端有繫著蝴蝶結的學生（他們是瑪哈莉亞的同學），還有在衣服上慎重別著小小訪客徽章的年輕男女。他們都在低聲交頭接耳；不只一個人在哭。

我們沒找到筆記本和日記。我要求影印瑪哈莉亞的課本，達特默許。她似乎喜歡一邊讀書一邊在課本留下大量註解。影本就放在我桌上，但我想影印的人一定很匆忙，因為印刷字體和手寫字都歪歪斜斜的。

我和寇葳通話時看了瑪哈莉亞寫在《烏廓瑪人民史》上的一些簡潔文字，是她的自辯自答。

「你的連絡人怎麼樣？」寇葳問：「就像在烏廓瑪的另一個我嗎？」

「老實說，我覺得我才是烏廓瑪的妳。」我沒有多考慮用字，不過她笑了出來。

「他們的辦公室呢？」

「跟我們很像，文具比較高級；我的槍被拿走了。」

事實上，烏廓瑪的警察局和我們有天壤之別：設備比較好，寬敞，而且是開放空間設計；掛著許多白板，隔間那頭有警察在吵架。儘管我很肯定當地烏廓瑪警察一定大半都知道我要過來，但在我跟著達特經過他的辦公室（達特的警階竟然高到能擁有一間專屬的小辦公室），準備到隔壁的毛熙上校辦公室，還是引來許多毫不遮掩的好奇目光。

毛熙上校無精打采地問候我，說了一些「這是兩國關係改善的跡象」、「預告未來的合作」、「有需要就儘管說」的話之後，直接命我交出武器。這跟原本的協議不同，我試圖據理力爭，卻很快繳械投降——比酸臭變質的食物還快。

向毛熙上校告退後，等著我們的是填滿整個空間的不友善瞪視。「達特。」某人路過時用鋒利得會刺人的口氣打了招呼。

「我應該沒惹到他們吧？」我問達特，而他回答：「你是貝澤爾人欸，不然你以為會怎樣？」

「王八蛋！」寇葳說：「他們不會真的那樣對你吧。」

「反正我沒有合法的烏廓瑪證件，在這裡只是顧問角色，諸如此類。」我找過床頭櫃，甚至連一本基甸聖經也沒有。不知道是因為烏廓瑪人都不信教，還是因為早已垮臺卻備受敬重的勒克斯聖殿騎士團遊說成功。

「一群王八蛋。沒有別的了嗎？」

「我再跟妳說。」我瀏覽著之前約定的代碼清單：我想念貝澤爾餃子＝麻煩大了；要證實一個理論＝知道是誰做的。但目前還完全不適用。

「我真他媽的覺得自己好蠢。」當初在思考代碼時，她這麼說。

「我也這麼覺得。」我說：「而且我現在還是這麼覺得。」儘管如此，我們不能假設我跟她的對話沒有遭到某一勢力監聽。該勢力曾在貝澤爾以奸險手段擊敗過我們。所以你認為哪種想法更愚蠢、更幼稚呢？有陰謀？還是沒陰謀？

「這裡的天氣跟家鄉一樣。」我說，而她笑了。我們講好，要是有人開始陳腔濫調，那就代表沒重要事說了。

「接下來做什麼？」她說。

「我們要去博爾耶安。」

「什麼？現在嗎？」

「不是——真可惜。我今天稍早想去，但他們還沒做好準備；可是現在又太晚了。」我沖過澡、吃過飯，在這個單調的小房間東晃西晃，心想著要是看到竊聽器不知道認不認得出來。接下來我打了達特給我的電話，三次才接通。

「泰亞鐸，」他說道：「抱歉，你剛剛是不是有打給我？我被一些收尾搞得快累死了。有事嗎？」

「雖然時間晚了，但我想去看看那個考古挖掘現場。」

「靠，對耶——但泰亞鐸，我們今天不過去了。」

「你沒通知那裡的人我們要去嗎？」

「我是跟他們說我們可能會去。那個，可以準時下班他們一定會很高興。我們明天一大早去。」

「那那個什麼羅迪格茲呢？」

「我還是不相信她有……不對，我不能透露這件事，你知道的。我不相信她的失蹤有什麼可疑之處。這樣說好了，就算她真的失蹤，時間也不算很久，不過如果明天還是找不到人，電子郵件或留言等也都沒回，代表情況變糟，我就會同意你的要求，我們也會追查失蹤人士這塊。」

「所以——」

「所以你聽我說，我今晚不大可能過去你那裡。你可不可以……自己找點事做？不好意思，我正準備送些東西過去，像是我們筆記的影本、你要的跟博爾耶安和大學校園有關的資料。是說，你有電腦嗎？可以上網嗎？你有電腦可以上網嗎？」

「有是有啦……」我有一臺部門用的筆電，飯店的有線上網——一晚要價十第納爾㉟。

「那就好。我相信飯店也有隨選視訊系統可以看，這樣你就不會寂寞了。」他大笑。

我只看了一會兒《城與城之間》就放棄。該書的內容融合文本和歷史細節，以及偏某種主義的「結論」，讀起來非常累人。我改看烏廓瑪的電視節目。他們劇情片的選擇似乎比貝澤爾多，綜藝節目也是，而且五花八門，隨便轉都可以看到新聞主播細數烏邁克總統的成就，以及新改革配套措施的節目。例如訪問中國與土耳其、出使歐洲的貿易代表團、國際貨幣基金組織某些成員的讚詞、華府又在不爽什麼——烏廓瑪人真的很迷經濟。但誰又能怪他們？

「有何不可呢……寇葳？」我拿著一張地圖，確認所有文件、貝澤爾警察證、護照、簽證都放進內袋。我把旅客徽章別在翻領上，走進寒夜的街頭。

街上霓虹燈都已亮起，光線在四周纏繞盤旋，遠處家鄉的微弱燈光相形失色，耳邊傳來生氣勃勃的伊利坦語咕噥。烏廓瑪的夜晚比貝澤爾熱鬧，我現在終於能大方注視在黑暗中做生意的人。以往他們都只是看不見的陰影。現在我也能看著在街旁小巷休息的流浪漢。過去在貝澤爾時，必須習慣把這些烏廓瑪的街頭遊民當作路上的障礙物，挑戰視而不見的技能。

過了瓦西德橋，左邊有一列火車駛過，我俯視橋下的河流。它在這裡被稱為沙加—埃因。底下流動的河水——是自成交疊區嗎？我如果身在貝澤爾，一如那些現在被我無視的路人，會稱它為科立寧河。從希爾頓到博爾耶安的距離頗遠，沿著邦宜道要走上一小時。我知道自己必須東躲西閃，避免走到熟悉的貝澤爾街道，它們的外觀多半與其烏廓瑪的分身大相逕庭。雖然我必須無視前者，但我知道通往烏廓瑪莫得拉司街的巷弄只存在於貝澤爾，也知道鬼鬼祟祟進出那些巷弄的男子都是貝澤爾廉價妓女的恩客。要是我沒對那些妓女的存在視而不見，可能會以為她們是貝澤爾那片黑暗中身穿迷你裙的鬼魅。烏廓瑪的妓院是靠貝澤爾的哪裡呢？

甫踏入警界，我曾被派往一場音樂祭維持秩序，地點在一處交疊的公園，不少參加的民眾嗑藥過頭，竟當眾性交。而烏廓瑪路人故作從容，跨過那些做愛中的情侶，好像什麼都沒看到。而我跟當時的搭檔則是努力無視這些烏廓瑪路人。這景象實在令人想笑。

我考慮過搭地鐵——畢竟我從沒搭過——貝澤爾沒有類似的交通工具。不過走路也挺不錯的，可以藉由傳入耳中的對話測試我的伊利坦語。我發現烏廓瑪人會先因為我的穿著和走路方式對我視而不見，但看到我的訪客徽章後才恍然大悟、正眼看我。吵鬧的遊樂場外頭聚集一群群年輕烏廓瑪人。我看著充氣室——而且是直視。那些小型軟式飛船直立起來，停放在縱梁的包圍中。數十年前，這裡本來是市區中烏鴉用來抵禦外襲的巢，現已成為懷舊復古又帶些庸俗的建築作品，最近則用來吊掛廣告。

一輛貝澤爾警車鳴著笛呼嘯而過，我聽而不聞，轉而將注意力放在當地人身上。他們則面無表情、快步走開，讓路給它。在城市中，這是最最突兀的景象。我在地圖上的博爾耶安做了記號。來烏廓瑪前，我本來想去博爾耶安的分身——也就是它實際對應貝澤爾的地區——看有沒有辦法「無意」瞄到那個看不得的考古挖掘現場。但我還是沒有以身犯險，甚至連它的邊緣地帶也沒去，那個遺址和公園只有極小部分延伸至貝澤爾領土，一點也不吸引人，大家都這麼說道，就跟我們大多古老遺址一樣。畢竟偉大的遺跡幾乎都集中在烏廓瑪。

經過一棟歐式風格的烏廓瑪舊大樓時（這是事先規畫好的路線），我俯視著跟泰安烏瑪街長度相仿的一道斜坡，聽到遠處電車通過貝澤爾街道發出的鈴聲（因為它跨過了邊界，我沒來得及假裝聽不

㉟ 第納爾（dinar）：一種貨幣單位，目前世界上有包括伊拉克、科威特等數十國使用，十第納爾約為臺幣一千元。

見），就在前面半里迴盪，也就是我出生的國家；我看到街道盡頭在半弦月的夜空下進行填土墊高工程，也看到公共用地——還有博爾耶安遺跡。

四周環繞廣告牆。因為我站在高處，可以往下看到牆內光景。那是一片高低起伏、栽花植木的公園，有些地方較為原始，有些則經過修剪整理。第一眼看到公園北端，你會以為此處還未經開墾，不過遺址確確實實就在這兒：低矮灌木叢中有頹圮廟宇的古老石材，帆布覆蓋的走道連結大天幕，以及充當辦公區域的組合屋；屋內仍有燈光。地面可見挖掘過的痕跡，而多數出土文物都收藏在厚帳篷裡。點點燈火照在快枯萎的冬日草地上，有些燈故障了，黯淡無光，徒然擴大陰影的範圍。我看到走動的人影，都是保全人員，守護著這些已被人遺忘，爾後又再憶起的記憶。

公園的一部分和考古現場旁邊是瓦礫堆與灌木，緊鄰在某些建築物後方，主要是烏廓瑪建築（但有部分不是），感覺彷彿近身推擠著考古遺址，與歷史相互較勁。在被烏廓瑪迫切的經濟發展摧毀之前，博爾耶安考古挖掘現場的大限大概還有一年。屆時，金錢會越過硬紙板與波浪鐵皮堆成的界線，並在官方表示遺憾、但語重心長地說這是必然趨勢時，平地而起一個商辦大樓區——貝澤爾只會是其中的一個小小標點符號。

我按圖索驥，走在博爾耶安和烏廓瑪大學出借威爾斯王子大學考古用的辦公室之間，沿著小徑前行。「嘿。」一名烏廓瑪警察叫住我，手按著槍托；他的搭檔在他後面約一步左右。

「你在做什麼？」他們盯著我瞧。「嘿！」後方那名警察指著我的訪客徽章。

「你在做什麼？」

「我對考古學很感興趣。」

「你他媽最好是啦。你是誰？」警察彈了一下手指，要求看我的證件。有些無視我們存在的貝澤爾行人無意識經過我們，就這麼過了街。發生在身邊的異國麻煩是最令人不安的。夜已深暗，但有些烏廓瑪人靠得夠近，能聽到我們談話——而且是毫不掩飾、光明正大地聽。有些人則是駐足圍觀。

「我只是在……」我把證件交給他們。

「泰艾多爾．柏羅。」

「就算你念對吧。」

「警察？」他們全都一臉不解地盯著我。

「我是來協助烏廓瑪警方進行跨國調查的，你們可以跟謀殺組的達特高級警探確認。」

「媽的。」他們以我聽不見的音量開始討論。其中一人拿無線電連絡。天色太黑，我沒辦法用手機拍下博爾耶安。周圍街坊小吃濃厚的氣味撲鼻而來，烏廓瑪具代表性的味道越來越明顯。

「好了，柏魯督察。」其中一位警察把證件還給我。

「剛才不好意思。」他的搭檔說道。

「沒關係。」他們似乎不太高興，等著我繼續說下去。「反正我要回飯店了，警官。」

「我們會護送你回去，督察。」看來他們不想善罷干休。

隔天早上，達特來接我時淨扯些輕鬆有趣的話題。他進餐廳找我時，我正在品嘗佐甜奶油和不大討喜的香料的「烏廓瑪傳統茶」。然後他問了我房間的狀況，等我終於上了他的車，他突然一個打斜，轉彎駛離路邊，比前一天開車的那個警察更快更猛，然後才說：「我真希望你昨晚沒做那件事。」

威爾斯王子大學裡有參與烏廓瑪考古計畫的工作人員和學生，大多都在博爾耶安。不到十二個小時之內，我二度造訪此處。

「我沒有先預約，」達特說：「我跟計畫負責人羅神布教授談過，他知道我們會來。但我想其他人就要碰運氣了。」

我在前一天晚上還能遠遠觀望，現在距離近了，圍牆反將我的視線擋在考古遺址之外。烏廓瑪警方在牆外定點站崗，保全則在牆內。因為達特的警徽，我們得以快速進入小型臨時辦公室區。我手上有一張工作人員和學生名單，我們兩人先去了伯納・羅神布的辦公室。羅神布身材精瘦，大約長我十五歲，他的伊利坦語有濃濃的魁北克腔。

「我們全都嚇到了，」他告訴我們。「我並不認識那個女孩，你了解嗎？我們只在師生公共休息室見過，知道有這個人。」他的辦公室位在組合屋內，臨時組裝的書架上擺滿檔案夾與書籍，以及他在許多挖掘現場的照片。外頭有些年輕人走過、傳來談天的聲音。「你問我們能不能提供協助？當然可以。可是有許多學生我自己都不大認識，我現在帶三個博士班。一個人在加拿大，我想另外兩個就在那兒。」他指著主要挖掘現場的方向。「那些人——我才比較認識。」

「羅迪格茲呢？」他看著我，一臉疑問。「尤蘭達？是你的學生嗎？你看過她嗎？」

「督察，她不是那三個博士班的一員，我能告訴你的恐怕不多。我們已經……她失蹤了嗎？」

「是。你對她有什麼了解？」

「我的天……她失蹤了嗎？但我對她一無所知。我當然聽過瑪哈莉亞・吉理的『名聲』，但除了幾個月前在新生歡迎派對上打過招呼，我們從沒交談過。」

「不只是幾個月前吧。」達特說。羅神布瞪了他一眼。

「——時光真是不知不覺流逝呢，你說是不是？關於她的一切，我能說的你們也早就知道了。她的指導教授才是真正能協助你們的人。你們見過伊莎貝爾了嗎？」

他要祕書印出一張工作人員和學生名單，不過我沒告訴他我們已經有了。達特沒有要拿給我的意思，我便自己伸手拿了過來。從姓名判斷，名單上有兩名考古學家是烏廓瑪人，這也符合法律規定。

「吉理的案子他有不在場證明。」離開時，達特說：「他是少數幾個有不在場證明的人，大多數人都沒有。你知道的，三更半夜很難找到人作證，所以，至少在不在場證明上他們全都沒過關。而他在吉理被殺害的時間前後，因為時差，正在跟一名同事進行電話會議。這我們確認過了。」

我們在找伊莎貝爾．南西的辦公室時，有人叫了我的名字：那是一名穿著整齊的男子，年約六十出頭，蓄灰白絡腮鬍、戴眼鏡，穿越臨時辦公室匆匆朝我們走來。「柏魯督察嗎？」他瞥了達特一眼，看到他的烏廓瑪警徽，又回頭看著我。「我聽說你可能會來，很高興見到你。我是大衛．鮑登。」

「鮑登教授，」我與他握手。「我正在拜讀你的大作。」

他明顯嚇了一跳，立刻搖搖頭。「我就當你讀的是我的第一本書。畢竟沒人敢承認自己讀的是第二本。」他鬆開我的手，「督察，你會因此被捕的。」

達特驚訝地看著我。

「教授，你的辦公室在哪裡？我是高級警探達特。有事想跟你談談。」

「我沒有辦公室，達特高級警探。我一星期只有一天在這裡，而且我不是教授，只是博士——不然你們叫我大衛就好。」

「博士，你今天早上會在這裡待多久？」我問：「可以跟你談談嗎？」

「我……當然可以，督察，如果你想。但正如我所說，我沒有辦公室。我通常都在自己的公寓跟學生會談。」他給了我一張名片。於是達特揚起眉毛，他才也給他一張。「上頭有我的電話。要是你們想談，我會在附近等你們。或許我們可以找個地方聊聊。」

「你不是特別進來找我們的嗎？」我說。

「不是，這純屬巧合。我平常不會在今天進來，但我的學生昨天沒出現，所以我想來這裡可能找得到她。」

「你的指導學生？」達特問道。

「是的，他們只願意讓我帶這個學生，」他露出微笑，「所以我才沒有辦公室。」

「你要找哪一個人？」

「高級警探，這個人叫尤蘭達——尤蘭達．羅迪格茲。」

當我們告訴他尤蘭達失連，他驚恐萬分，想說些什麼卻結結巴巴。

「她不見了嗎？先是瑪哈莉亞，現在換尤蘭達？我的老天，警官，你們——」

「我們正在深入調查，」達特說：「不要妄下定論。」

鮑登似乎受到很大打擊，他的同事也有類似反應。我們接連拜訪現場，找到四名學者，包括兩名烏廓瑪人。其中較資深的陶第是個沉默寡言的年輕男子，另外一位則是伊莎貝爾．南西，她打扮入時，脖子上的項鍊懸著兩副度數不同的眼鏡，只有她知道尤蘭達失蹤的事。

「督察、高級警探，真高興見到你們。」她和我們握手。我看過她的筆錄，她聲稱瑪哈莉亞被謀殺那晚自己在家中，卻無法證實。「有我能幫忙的地方就儘管說。」她反覆表示。

「那跟我們談談瑪哈莉亞吧。因為妳老闆的關係，我忍不住覺得她在這兒很有名。」

「現在沒那麼有名了，」南西說：「在某個時期也許是這樣吧。羅神布說自己不認識她嗎？那實在不太誠實呢……她的確是惹毛了幾個人。」

「在貝澤爾，」我說：「開研討會的時候。」

「沒錯，那時我們一路南下。他、我、大衛、馬可斯和阿席納都有出席。她不只一次在開會時語出驚人，詢問一些關於爭議地區、跨界監察的問題——沒有明確違法，但有點無禮——就是那種好萊塢電影裡才看得到的畫面。她問的東西跟烏廓瑪、分裂前時期、甚至貝澤爾的研究細節都沒關係。當時來致詞和參加開幕儀式的政商名流對她一臉提防，最後她還針對歐辛伊在那邊高談闊論。大衛當然很沒面子，大學這邊也十分難堪，她差點被退學——現場有些貝澤爾代表則吵得不可開交。」

「但她最後沒有被退學嗎？」達特說。

「我想大家都認為這是她太年輕氣盛才會犯錯，但一定有人責備她，因為她最後還是冷靜下來了。當時也有烏廓瑪代表在，我還記得，我當時心想，他們一定很同情貝澤爾代表受到這種誇張的干擾。後來我發現她回來念博士——學校居然允許她入學？我真是訝異。畢竟她發表過那些可疑言論，但後來她似乎洗心革面……這些我在筆錄中都說過了。現在你告訴我，你們知道尤蘭達出什麼事了嗎？」

我跟達特面面相覷。「現在還無法確定，」達特說：「我們還在深入調查。」

「搞不好沒什麼事。」她一再重複。「但我平常都會看到她的，已經好些天了吧，我忍不住覺得——我應該有說過瑪哈莉亞被發現前……也失蹤了一段時間吧？」

「她跟瑪哈莉亞認識嗎？」我問。

「她們是好友。」

「有沒有人知道得更詳細一點？」

「她在跟一個當地男孩交往——我是說尤蘭達。有聽過這個八卦，但我不知道男方是誰。」

「這樣是可以的嗎？」我問道。

「督察、達特高級警探，他們都是成年人了。雖然年紀還輕，但我們不能阻止他們談戀愛。我們當然會讓他們知道生活在烏廓瑪會遇到什麼風險和困難，談戀愛就更不用說。不過他們在這裡什麼行為才適當……」她聳聳肩。

我跟她說話的同時，達特在一旁用腳打拍子。「我想跟他們談談。」他說。

有些人在臨時搭建的小型圖書館裡閱讀文章，南西終於帶我們去主要挖掘現場。在那個洞壁陡直的深洞裡，幾個人或坐或站地在那邊工作；地面投射出一片陰影，岩壁上的條痕仍清晰可辨，他們就在那下方抬頭仰望我們。那條深色線——是古時候生火的餘燼嗎？另外那條白色又是什麼玩意兒？

遮蓬外緣處，野生灌木、薊草和雜草蔓延叢生，出沒在一堆倒塌建築物之間。這個挖掘現場的面積幾乎等於一座足球場，用繩子劃分成一塊塊方形區域。其基底深淺不一，但都是平的。壓實的土壤表面形狀不規則，還有些外來客的足印。碎裂的罐子、做工粗糙或精細的小雕像、銅鏽斑斑的機器。學生在自己的位置抬頭往上看，每個人旁邊都仔細標有各種深度的標籤；他們穿梭在繩子分出的許多界線之間，手裡抓著尖泥刀與軟刷。有幾個男孩和一個女孩顯然是哥德族，不管是烏廓瑪或他們來自的國家，跟貝澤爾比起來，哥德族都是少數族群，因此他們一定很引人注目。在具有數百年歷史的線條與腐殖土的洞穴裡，這些人抬頭仰望，對著我跟達特露出親切的微笑。

「你們現在看到啦，」南西說。我們站在離出土文物很遠的地方，我一面俯視層狀土壤上做的諸多記號，「你們看懂這裡的狀況了嗎？」在地底下，我們什麼都可能發現。

她的音量很低，儘管她的學生一定知道我們在說什麼，也不可能聽清楚確切內容。

「我們從沒發現兩城分裂前時期傳下來的文字紀錄，只能透過一些詩句片段了解狀況——聽過迦勒默弗立族嗎？分裂前時期文物第一次出土之際。排除考古學家犯錯的可能後——」她笑著說：「他們為了解釋挖出來的東西，居然編造出這個種族。我們這麼假設吧，如果早在烏廓瑪和貝澤爾出現之前，有個文明有計畫地挖出該區所有古董文物——從數千年前到祖父母那一代，全不放過——然後弄亂那些文物、再埋回土裡——或乾脆扔掉。」

南西見我盯著她，便說：「他們根本不存在。」她消除了我的疑慮，「現在我們都有這個共識，至少大多數考古學家都認同。而這個地方——」她指著我們眼前的洞穴，「——並沒有混雜多種文化，只是一個物質文明的遺跡。我們目前對它還不大了解，所以必須學習，盡量不要刻意去找既定先後次序來套入，只要用心觀察，這樣就可以了。」

看起來是跨時代的古物，其實都是同一時期。沒有任何一個文化確實提過分裂前的風土民情，只有少之又少但曖昧得誘人的描述。這些男男女女、這些來自巫術世界的住民，傳說他們會對自己丟棄的東西下咒；使用占星盤的技巧純熟，就算阿爾札切爾㊱或中古時代的人也不會蒙羞——還有不知多少代前的平眉祖先製作的乾泥壺、石斧、器具，繁複的蟲形壓鑄玩具等等。烏廓瑪之下到處藏有這樣的遺跡，貝澤爾則只有一小部分。

「這兩位是烏廓瑪警方的達特高級警探，還有貝澤爾警方的柏魯督察，」南西對洞穴裡的學生介紹我們。「柏魯督察之所以會來這裡，有部分是為了調查……瑪哈莉亞。」

其中幾名學生倒抽一口氣。學生逐一到師生休息室與我們談話，而我學達特，逐一刪掉名單上的名字。這些學生先前都問過了，不過他們依舊像小羊一樣，乖巧且不厭其煩地回答我們的問題。

「聽到你們是為瑪哈莉亞而來，我鬆了一口氣，」哥德女說：「我知道說這種話很不好，但我本來以為你們已經找到尤蘭達，而且她一定發生了什麼不好的事……」她叫蕾貝嘉．史密斯—戴維斯，一年

㊱ Arzachel，1028-1087：中古時期的阿拉伯數學家暨天文學家。

級生，負責壺罐等器具的修復重建。一提到兩名死去與失蹤的好友，她眼眶就有淚光。「我還以為你們終於找到她了，而且她已經被……」

「我們尚未確定羅迪格茲是否失蹤。」達特立刻說。

「那是你們的說法，但你心知肚明——瑪哈莉亞和最近發生的事就說明了一切。」她搖搖頭，「她們一直對奇怪的東西很著迷。」

「歐辛伊嗎？」我問。

「沒錯。還有其他的，不過就是歐辛伊沒錯。尤蘭達比瑪哈莉亞還要熱中。大家都說瑪哈莉亞剛開始栽進去時還非常投入，但我猜現在應該退燒了。」

學生和教授不同的地方在於，因為年紀較輕，所以晚上玩比較晚。有幾名學生在瑪哈莉亞死亡當晚有不在場證明。基於某種莫名的理由，達特突然認定尤蘭達是失蹤人口，所以問的問題也更精確，記下更多重點。但這並沒有任何幫助。沒有學生能確定自己最後一次看到她是什麼時候，只知道她有好幾天不見人影。

「你知道瑪哈莉亞可能出了什麼事嗎？」達特問了每個學生這個問題，但每個人都回說不知道。

「我對陰謀論沒興趣，」有個男孩說：「現在發生的這些……實在太可怕了，令人難以置信。但是你也知道，關於什麼這裡有重大祕密的說法……」他搖搖頭，嘆了口氣，「瑪哈莉亞總有本事激怒別人。會出那種意外，都是因為她在烏廓瑪和錯的人去了錯的地方。」達特邊聽邊振筆疾書。

「不知道，」一個女孩說：「沒人真的認識她。就算有人認為自己認識，但之後就會發現她都在做些不為人知的祕密行動。我想我是有點怕她。我雖然喜歡她——真的——但她實在有點極端，又很聰明。或許她在跟某人交往吧，當地的某個瘋子。她……反正她就很迷一些怪東西。我老是在圖書館看到她——是說，你知道我們有類似大學圖書館筆記卡的東西嗎？——總之她會在書上寫下很多註解。」她抽筋似的做出寫字的動作，還搖了搖頭，希望我們也覺得這東西很怪。

「什麼怪東西嘛？」達特問道。

「噢，你知道的啊，有人在傳。」

「她惹火了某人呀，」這名年輕女子說話既快又吵，「大概是那群瘋子中的某個瘋子吧。你有聽說她第一次來這兩個城市的情況嗎？就是在貝澤爾？她幾乎要跟教授和政客吵起來，就在一場考古研討會上。要做到那種程度很不容易的啊，她還能回來念書真是令人跌破眼鏡。」

「——歐辛伊。」

「歐辛伊？」達特問。

「嗯。」

最後一名男學生很瘦，身穿一件印了某兒童節目人物的髒T恤，一派拘謹。他叫羅伯特，並眼神哀戚地看著我們，死命眨眼，不大會說伊利坦語。

「我可以用英文跟他談嗎？」我對達特說。

「請。」他答道。一名男子在門邊探頭盯著我們。

「你們繼續，」達特對我說：「我待會兒回來。」他離開，隨手帶上門。

「那位是？」我問那名男孩。

「屋璜博士。」他說。屋璜博士是挖掘現場的另一名教授。「你們會抓到凶手嗎？」於是我跟他說些制式回答和無意義的保證，他聽了似乎大受打擊，咬緊了嘴脣，死盯著我。「請繼續。」他說。

「你提到歐辛伊的意思是？」我終於問出口。

「我的意思是……」他搖著頭，「我也不知道，我只是沒辦法不去想，你明白嗎？它讓人不安。我知道那很蠢，但瑪哈莉亞過去曾對它非常著迷，而尤蘭達則是越來越無法自拔——我們都曾氣得對她破口大罵，你知道嗎？——結果她們都失蹤了……」他看著地面，一手遮眼，好像連眨眼的力氣都失去了。「打電話跟警方申報尤蘭達的人是我，因為那時我找不到她……我不知道，」他說：「總之這一切就是讓人摸不著頭緒。」他說到最後語塞了。

「有進展了。」達特說。走出博爾耶安的路上，他帶著我穿梭在辦公室間的走道，一邊看著他記的眾多筆記，把一大堆凌亂的名片和電話號碼分類放好。「我還不知道會有什麼發現，但我們真的有進展了——或許啦，幹。」

「屋墳說了什麼？」我說。

「什麼？沒啊。」他看了我一眼。「大部分跟南西的說詞符合。」

「有意思。你知道我們為什麼至今什麼都問不出來嗎？」我說。

「呃？我不太懂。」達特說：「我真的不懂，柏魯。」快到門口時，他說：「你什麼意思？」

「那群孩子來自加拿大對吧……」

「大部分，還有一個德國人和一個老美。」

「他們全是英裔或歐裔的美國人，總之我們就別自欺欺人了——或許這樣說對我們自己有點失禮，但我們都知道待在貝澤爾和烏廓瑪的外國人最迷什麼——你有沒有注意到，有個東西他們都沒提到？——一個都沒有，好像完全不認為那東西跟案件有關？」

「你在說……」達特說到一半打住。「跨界監察。」

「沒有一個人提到跨界監察——他們好像都很緊張。但你跟我都很清楚，外國人通常第一個想知道——也是唯一有興趣的東西是什麼。就算這裡的人比其他外國人更能融入本地，這種狀況還是很怪。」我們對幫忙打開大門的保全揮手致謝，走了出去。達特謹慎地點點頭。「如果我們自己認識的人就這麼無緣無故消失，又該死的一點線索也沒有，那麼，就算百般不願，第一個會冒出來的念頭應該就是那個了吧？」我說：「更何況是他們——跟我們比起來，要避免違規跨界對他們來說可是難上加難。」

「警官！」一名保全叫住我們。他是個有運動員氣息的年輕男子，長得很像足球生涯中期還留龐克頭的貝克漢。這人的年紀比他大部分同事要小。

「警官，可以請你們留步嗎？」他朝我們小跑步過來。

「我只是想知道——」他說：「你們正在調查瑪哈莉亞．吉理的謀殺案對吧？我想知道……我想知道你們有沒有查到任何線索，有沒有進展……凶手會不會早就逃走了？」

「為什麼這麼問？」達特最後問：「你是誰？」

「我誰也不是啦。只是……這件事很令人難過，也很可怕。我們全部——就是我跟其他保全——都很不舒服，想知道到底是誰幹的。到底是誰……」

「我是柏魯，」我說：「你的名字是？」

「艾堪——艾堪．崔。」

「你是她們的朋友嗎？」

「我嗎？當然是有點交情，但也算不上朋友。不過我認識她，點頭之交。我只是想知道調查有沒有進展。」

「艾堪，就算有，我們也不能透露。」達特說。

「至少現在不行，」我說，達特瞥了我一眼。「你明白的，有些事情必須先釐清……不過我們可不可以問你幾個問題？」他一聽，臉上掠過驚恐的神色。

「要問問題當然可以，但我什麼都不知道。我擔心凶手可能早就躲過烏廓瑪警方的耳目、逃出這座城市了——如果他有辦法的話——他會有嗎？」

他回到檢查站前，我要他把電話號碼留在我的記事本上。我跟達特注視著他的背影。

「盤問過保全了嗎？」我邊問邊目送他離去。

「當然，不過沒什麼值得注意的。他們只是保全。只是這個考古遺址畢竟受內閣保護，所以檢查得比一般更嚴格。大多人在瑪哈莉亞死亡當晚都有不在場證明。」

「那他呢？」

「我會再確認，不過我記得他的名字旁並沒有特別註記，所以他應該也有。」

艾堪在門口轉過身，看到我們的目光，有些遲疑地舉手道別。

14

我請達特到一間咖啡館坐坐——其實應該說是茶館，因為我們現在在烏廓瑪。向來精力旺盛的達特有點沒勁。他依舊以一種我學不來的複雜節奏不停用手指敲著桌緣，但他這次有正眼看我，也沒不安地變換坐姿。達特認真傾聽，並針對接下來可能的發展方向提出認真的建議；他偏頭看著我的筆記，也記下來自總部的訊息——說真的——他把看我不順眼的情緒掩飾得滿好的。

「我認為應該針對訊問流程討論一個共識，」剛坐下時，他這麼對我說：「畢竟人多嘴雜。」我因此喃喃地說了一些算是表達歉意的話。

茶館員工不收達特的錢，他也沒非常堅持要付。「這是給烏廓瑪警察的招待。」女服務生說。店裡高朋滿座。達特盯著前窗旁一張高高的桌子，直到坐在那裡的男士注意到他的視線、起身離開，讓位給我們。這個位置可以俯瞰地鐵站，附近牆面張貼許多海報，我看到他們對其中一張視而不見——應該不是我印出來協助指認瑪哈莉亞的那張，但我不大確定。我不知道自己這樣想對不對，也不知道那面牆對我而言算不算異地；我不知道那裡是完全屬貝澤爾，還是屬於交疊區，僅是由來自不同城市的資訊拼湊而成。

烏廓瑪的居民鑽出地鐵站，冷得直打哆嗦，縮在羊毛大衣裡。我知道貝澤爾人會穿皮草，而我試圖無視正從高架化的楊捷勒斯轉運站下來的貝澤爾市民。那裡距離烏廓瑪一處地下化的站牌恰好只有數公尺遠。我認為在烏廓瑪的人群中還夾雜著亞洲人、阿拉伯人，甚至還有幾個非洲人。這裡的外來面孔比貝澤爾多很多。

「門戶開放政策？」

「不是，」達特說：「烏廓瑪的確是需要人，但你舉目所見的市民全都經過縝密調查、通過了測驗，也了解實際情況，而且有些人即將要有下一代，烏廓瑪的幼苗！」他的笑聲愉悅，「我們人比你們多，並不是因為我們規定鬆散。」然而他說得也對，誰想搬去貝澤爾？

「沒通過檢測的人怎麼辦呢？」

「噢，我們跟你們一樣，在郊區各處設有拘留營。聯合國對此不大高興，國際特赦組織也是——他們也有針對拘留營的環境找你們碴嗎？欸，想抽根菸嗎？」離咖啡館入口幾公尺遠處有個香菸攤，但我沒意識到自己一直盯著那兒瞧。

「還好。但的確有點想試試看——純粹好奇。我沒想過自己有抽烏廓瑪菸的一天。」

「你等我一下——」

「不用不用，別起來，我已經戒了，不抽了。」

「少來，你就想成是在體驗另外一種文化就好啦，況且你現在不在自己的國家……啊，抱歉，我閉嘴，其實我也討厭別人這樣。」

「做什麼？」

「慫恿戒掉某種習慣的人破戒。再說，我根本不抽菸。」他放聲大笑，啜了一口飲料。「我剛那樣說，可能是對戒菸成功的你有某種程度的嫉妒——大概真的很羨慕你的吧，我真是個不懷好意的小惡魔。」他再度大笑。

「那個，這麼突然地來加入你們，我很抱歉……」

「沒有的事，我只是覺得我們需要有些共識，我不希望你覺得——」

「謝了。」

「好吧，別放在心上。接下來就交給我，好嗎？」他說。而我打量著烏廓瑪。現在雲層太厚，天氣反而沒那麼冷。

「你說那個姓崔的傢伙有不在場證明？」

「沒錯，他們打電話跟我說了。大多數保全已婚，有太太作證，雖然這種證詞根本是個屁。但是，除了在走廊上跟吉理點頭致意之外，我們實在找不到他們之中誰和她有關係。那個姓崔的當晚倒是有和一群學生出去玩。畢竟他年紀輕，比較能跟學生打成一片。」

「理由正當，但也不尋常。」

「的確。不過他跟任何人事物都沒有交集——那孩子才十九歲而已——欸，你跟我說說廂型車的事吧。」於是我從頭說明一次。「哇，看來是我要跟你一起回去了，是嗎？」他說：「我們要找的似乎是貝澤爾的人吶。」

「——是某個在貝澤爾開著廂型車跨越邊界的人。不過我們知道吉理是在烏廓瑪遇害，所以，除非兇手先把她做掉、飛車到貝澤爾偷一輛廂型車、又飛車回到這兒載她的屍體、再飛車到貝澤爾棄屍——但何必搞得這麼麻煩？另外，我們或許必須再思考一個問題：兇手棄屍的地點就是這裡嗎？我們目前只有一通來提供協助的跨界電話，那表示兇手至少有兩個。」

「——或者是違規跨界。」

我動了一下身子。

「沒錯，」我說：「有可能是違規跨界，但就我們所知，有人為了避免違規跨界大費周章，而且還很明確地讓我們知道這件事。」

「你說那段惡名昭彰的畫面到底是怎麼出現的……實在令人玩味……」

我看著他的表情──不像挖苦。「不是這樣嗎？」

「泰亞鐸，少來了。難道你真的很驚訝嗎？不論這件案子是誰幹的，都非常聰明地避免在邊界栽跟斗，還打電話跟你們那裡的一個朋友爆料。現在他怕跨界監察出手，嚇到都要便祕──畢竟跨界監察出手那他不就白忙了？所以那人還在柯普拉廳或交通部之類的地方找了幫手，偷偷放出他們何時會開車通過的消息。如果貝澤爾那些當官的都很清白，就不會是現在這樣了。」

「他們並不清白。」

「那就對啦。你看看，你現在不是開心多了嗎？」

如果真是那樣，相較於其他曖昧不明的可能性，這個陰謀似乎沒那麼嚴重了。有人早就知道該注意哪輛廂型車，還細心準備了一堆監視器錄影帶──然後呢？那天氣溫雖低，但很晴朗，烏廓瑪的繽紛色彩因寒冷的氣候變得柔和。這時候無論想在任何一隅看到歐辛伊的都很難，實在不可能。

「重新整理一遍吧，」他說：「繼續追查那個該死的廂型車司機根本沒用，希望你們的人有在查。除了那輛廂型車的外型描述，我們什麼都不知道。而且先不論是否拿得到那裡的許可，也不管有哪個烏廓瑪人會承認自己可能看到一輛貝澤爾廂型車。我們從頭開始：案子的轉折點是什麼？」我看著他，小心翼翼地注視，仔細回想事件發生的順序。「她是什麼時候擺脫傳說中的無名屍身分？是在什麼契機之下？」

我的飯店房內有訊問吉理夫婦時記下的重點，記事本內也有她的電子郵件和電話號碼。吉理夫婦沒帶走女兒的屍體，也無法再去領回。瑪哈莉亞．吉理還躺在殯儀館冰櫃裡。她在等我——我想我應該可以這麼說。

「始於一通電話。」

「是嗎？是密報嗎？」

「……可以這麼說吧。就是因為那通電話提供的線索，我才查到卓汀。」我看他應該是想起了那份檔案，只是敘述和我現在說的有出入。

「你在說啥……那誰啊？」

「不管怎樣，事情是這樣——」我停頓許久，最後看向桌面，用濺出來的茶開始畫圖。「我不是很確定……不過那通電話是從這裡打給我的。」

「烏廓瑪？」他說。我點頭稱是，「搞什麼鬼啊？誰打的？」

「不知道。」

「為什麼要打給你？」

「他們看到我們貼的尋人海報。對了——他們看到的是貼在貝澤爾的海報。」

達特傾身。「那些傢伙真該死，所以到底是誰？」

「你應該知道這會讓我陷入——」

「我知道，」他很急，說話速度很快，「我當然知道。拜託，你是警察耶，我會害你嗎？我們現在說的這些只會你知我知啦。那人是誰？」

這事非同小可。要是我被認定為違規跨界的共犯，那他就是共犯的共犯。可是他似乎一點也不緊張。「我猜是統派分子之一——你聽過吧——就是促進兩城統一的團體。」

「他們告訴你的嗎？」

「不是，但是從說話的內容和方式，我覺得應該是。總之，我知道這個行為是大錯特錯，但我也是拜其所賜才找到正確的偵察方向……怎樣？」達特的身子靠向椅背，手指敲得更快，而且沒正眼看我。

「靠，我們終於有進展了，但我他媽的真不敢相信你之前竟然什麼都沒說。」

「稍安勿躁好嗎？達特？」

「好，我稍安勿躁——我知道這會讓你陷入什麼情況。」

「我對那人的身分毫無頭緒。」

「現在還有時間，可能還來得及往上呈報，可以說明你只是有點耽擱了……」

「往上呈報什麼？我們什麼都沒有啊。」

「我們這兒有個統派的混蛋，他正好知道一些我們需要的資訊……走吧。」他起身，搖搖車鑰匙。

「去哪？」

「他媽的——去查案啊！」

「這不是廢話嗎。」達特說道。他在烏廓瑪街頭橫衝直撞，警笛好像上氣不接下氣地斷續響著。他一個轉彎，對著急忙閃開的烏廓瑪市民破口大罵，然後突然一語不發地轉了個彎，閃過貝澤爾的行人與車輛，屬於外國的緊急狀況讓他冷著一張臉，焦慮地加快車速。要是我們撞到外地行人或車輛，將會造成一場官僚政治等級的災難，現在如果再加違規跨界，對整體情況根本是幫倒忙。

「亞歷，我是達特，」他對著手機大吼，「你知道現在統派的議員在不在辦公室嗎？太好了，謝啦。」他用力掛掉手機。

「看來至少有點人在。我知道你跟貝澤爾的統派分子談過——對，因為我讀過你的報告，但我真是有夠蠢——」他用掌根狠敲自己額頭兩下。「——我怎麼就沒想到去找在地的談一談呢？那些混球明明就比其他派的混球更常互通有無啊——泰德，我們這邊也算貢獻了數量可觀的混球，我知道他們都在哪裡出沒。」

「我們要去找他們嗎？」

「我實在很討厭那些混帳，我希望……說實話，我這輩子也是認識不少很棒的貝澤爾人。」他瞥了我一眼。「我對貝澤爾並不反感，也希望有一天能去看看，況且我們這陣子合作都滿順的，你也知道，總是比過去的經驗來得好嘛。過去那堆鳥事到底他媽的有何建樹？不過我身為烏廓瑪人，如果有二心是絕對不行的——你有想過如果統一會怎樣嗎？」他放聲大笑，「會帶來一場該死的大災難啊！烏廓瑪那些統派飯桶說，統一是有好處的。我聽過他們說什麼混種會使動物變得更強壯，什麼鬼！要是我們身上同時有烏廓瑪人的時間觀外加貝澤爾人的樂天，那該怎麼辦咧？」

我被他逗笑。我們經過路旁古老斑駁的石柱。因為我看過照片，所以認得出來，可是我卻忘了自己應該只能看路的東側——東側屬烏廓瑪所有，另一側則是貝澤爾。難怪大多數人會說這裡是兩城備受爭議的所在地。我實在沒辦法完全視而不見。這裡的貝澤爾建築都一派莊重、井然有序；反觀烏廓瑪建築則是一片衰敗。經過運河時，有一瞬間我分不清它們分屬哪座城市，或者屬於兩城。在一個雜草叢生、冒出一大片蕁麻的空地旁，有輛久未發動、長得像氣墊船氣囊的雪鐵龍。達特煞車踩得更用力了，我甚至還來不及解開安全帶，他就下了車。

「以前有過那段時期，」達特說：「我可以把這些混球全關起來。」他大步走向一扇破敗不堪的大門。烏廓瑪沒有所謂的合法統派，也沒有合法的社會黨、法西斯黨或宗教團體。近百年前的銀色維新以降，在當時伊爾沙將軍的監督與保護下，烏廓瑪一直只有人民國家黨獨大。許多年代較久遠的政府機關與機構仍掛著亞・伊爾沙的肖像，位置通常高於「伊爾沙的兄弟」阿塔士克與狄托。有一個古老說法是這樣的：年代較久遠的政府機關內所掛的兩兄弟肖像中間，總有一塊褪色痕跡——據說從前那裡掛了毛澤東同志笑容滿面的肖像。

然而現在是二十一世紀了，烏邁克總統就跟前任總統巫博一樣（若是老闆夠諂媚，絕對會在自家公司掛起他的肖像），並且宣布他們不是要完全拋棄國家奉行的道路，只是要進一步發展，並終結過於狹窄的思考模式。烏廓瑪的知識分子還創造出一個可怕的名詞——「開放重建」。他們表示，現在販售CD與DVD的商家、新興軟體公司、美術館與畫廊林立，烏廓瑪金融市場呈多頭格局，再加上第納爾升值，隨之而來的是新型態政治。這派人士對至今仍相當危險的各種異議抱持開放態度，像在作秀。但這並不代表激進團體就能合法，更甭提開放各種黨派或是集會結社，但他們的想法與觀念時不時依舊能獲得認可。只要他們在集會和勸人更改信仰時能冷靜一點，自我克制，就可以暫時獲得縱容——聽說是這樣的。

「開門！」達特猛敲著門。「這裡是統派的地盤。」他對我說：「他們一直跟貝澤爾的統派保持通話——像是某種協議，對吧？」

「他們都是些什麼人？」

「你會發現他們都說自己只是一群偶爾見面聊天的朋友。這些人也不笨，不會有會員證那種東西。當然，如果我們真想這麼做，連該死的獵犬都不必出動，立刻可以搜出一堆違禁品。但這不是我來這裡真正的目的。」

「那我們來這兒做什麼？」我環顧四周破舊的烏廓瑪建築物。到處都是亂畫亂塗的伊利坦語塗鴉，例如叫某某滾出去，或某某某愛吸老二。跨界監察一定監視著這地方。他盯著我的雙眼。「不管打那通電話給你的人是誰，肯定屬於這地方——或是常出入這裡——我跟你打包票。我非常想問問這些愛搧風點火的同胞到底知道些什麼——快開門！」最後一句是對著門喊的。「千萬別被他們那什麼『啊，你說我們嗎？』這種鬼話給耍了。他們最愛把引用反統派溫和言論的人揍得屁滾尿流——欸，給我開門。」

大門這次乖順地打開。門縫裡有一名年輕嬌小的女子，她的頭髮兩側剃光，上頭紋著魚，還有一些古老字體刺青。

「誰……？有事嗎？」

派個這麼嬌小的女生來應門，可能是希望讓人不好意思下手，可是達特偏不吃這一套。他用力撞開門，女子踉蹌著退到骯髒的玄關大廳裡。

「全部到這裡集合。」他大喊著，大步走過走廊，越過那名衣衫不整、頭髮亂七八糟的龐克女孩。在這陣混亂後，屋裡的人腦海一定先閃過「快逃」的念頭，但不要多久就會自動抹消，最後有五個人來廚房集合，在那些達特指定的搖搖欲墜的椅子上坐下，視線完全沒有飄向我們。達特站在桌子前端，傾身靠近。

「好，」他說：「事情是這樣：有人打了電話給我這位高貴的同事，他很想回個電，我們都想知道那位提供我們很多幫助的人是誰。我不會傻傻認為你們會有人自願承認，那太浪費大家的時間，所以呢，我們會繞桌子走一圈，然後你們每個都得說一次『督察，我有事要告訴你。』」

那些人全瞪大眼睛看著他。

達特露齒一笑，揮手示意他們開始講話，但他們沒有乖乖照做。因此達特把離他最近的男子銬上手銬，接下來——他的舉動令男子的同伴大喊出聲，男子也痛得哇哇大叫，我則是驚呼了一下。等男子慢慢抬起頭，他的額上多了一塊之後肯定瘀青的腫包。

「說『督察，我有事要告訴你。』」達特重申，「沒有找到我們要的人之前，剛剛這場戲會一再上演。」他瞄了我一眼——這傢伙根本忘了要徵詢我的意見。「跟條子打交道就是這樣的。」他抬起手，作勢往後，朝同一個男子臉上揮拳。我搖搖頭，微微舉起雙手；桌旁的統派分子此起彼落發出悶哼。被達特威脅的男子努力要起身，但達特一手拽住他的肩膀，強押他坐回椅子。

「尤漢，你就說啊！」龐克女孩大喊。

「督察，我有事要告訴你。」

接下來，桌邊的人輪流說出「督察，我有事要告訴你。」

有個男的一開始說得非常慢，聽起來有種挑釁感。達特對他挑起眉，又呼了他朋友一巴掌——這次力道沒先前重，但見血了。

「搞屁啊！」

我在門邊遲遲沒有動作，達特要他們都再說一次那句話，並報上名字。

「怎麼樣？」他對我說。

打電話給我的不可能是那兩個女的。至於其餘男性……有一個聲音很細，而且我猜他說伊利坦語的腔調來自我不熟悉的烏廓瑪某地，所以剩下兩人之一。特別是其中一個——年紀比較輕，自稱達哈爾·賈瑞司——不是被達特痛毆的那個。他穿著破牛仔夾克，上頭印著「不就是不」，我懷疑那不是什麼宣導短語，而是某個樂團的名字。他的聲音很耳熟，如果能聽他說出跟通話時一模一樣的字句，或是使用上回聽到的那種早已消失的語言，或許會比較容易確定。達特見我注視著他，便指著賈瑞司，作勢詢問。我搖搖頭。

「再說一次。」達特對他說道。

「沒那個必要。」我說，但賈瑞司已快速而含糊地念出同樣的句子。「有人會說古伊利坦語或貝澤爾語嗎？語幹那些的？」我說。他們面面相覷。「好，好，」我繼續說：「我懂，不說伊利坦語，也不說貝澤爾語。但有人會嗎？」

「我們都會。」年紀較大的男子說。他沒有抹掉脣邊的血跡。「我們住在這個城市，就說這個城市的語言。」

「小心點，」達特說：「我是可以起訴你的。是這個人沒錯吧？」他再次指著賈瑞司。

「算了。」我說。

「有誰認識瑪哈莉亞．吉理？」達特問道：「或拜拉．瑪爾？」

「瑪爾雅，」我說：「她有時候也叫這名字。」達特在口袋裡翻找她的照片。

「不是這五個。」我說。我倚著門框，作勢走出房間。「算了，不是這些人。走吧——走了啦。」他靠近我，表情充滿疑惑。「什麼？」他小聲地問。我只是直搖頭。「你說清楚點，泰亞鐸。」最後他緊抿雙脣，轉身走向那些統派分子。「照子給我放亮點。」他撂下這句話後邁步離開。他們瞪著他的背影，五張臉孔都嚇壞了，不知所措（而且其中一人還在淌血）。我猜我的表情大概很淡定，但那都是因為我拚了命地憋著。

「柏魯，我被你搞糊塗了。」回程時，他開車速度放慢許多。「剛剛怎麼回事？你就這樣退縮閃人，放掉大好線索來源。我能想到唯一的合理解釋是你擔心他們串供。當然，如果你接到一通電話就按照對方指示去做，把他們告訴你的消息照單全收，很顯然是違規跨界。可是柏魯，沒人會把你怎麼樣，那只是小小犯規，你我都清楚。如果能有重大突破，他們一定會睜一隻眼、閉一隻眼。」

「我不懂烏廓瑪的遊戲規則，」我說：「但是在貝澤爾，違規跨界就是違規跨界。」

「屁啦，那有什麼意義嗎？這件案子就算違規跨界？是這樣嗎？」他跟在一列貝澤爾電車後頭，減速行駛。我們在重疊區的外國鐵軌上顛簸前進。「去你的泰亞鐸，我們可以解開謎底的，一定可以找出些什麼，而且不會有任何問題。你擔心的是這個嗎？」

「不是。」

「他媽的我還真希望就是我說的那樣，我真心希望。你還有什麼牢騷嗎？聽好了，你不會因此被告或者——」

「不是那樣。那五個都不是打電話給我的人，我也不確定電話是不是來自國外——也就是這裡——我現在什麼都不確定；那也有可能是惡作劇電話。」

「好吧。」他讓我在飯店前下車，自己留在車上。「我還有報告要寫，」他說：「我相信你也一樣，大概得花上一、兩個小時吧。我們應該再去找南西教授一趟，我也想再跟鮑登談談。同意我的提議嗎？開車去找他們問幾個問題——這個做法你接受嗎？」

試了幾次，我終於跟寇葳通上話。一開始我們還很遵守原訂的暗號，但並沒有維持多久。

「老大，抱歉，我一向很擅長資料蒐集——但我根本不可能從烏廓瑪警方那裡弄到達特的個人檔案，這會演變成該死的國際事件啦！是說，先不管這些，你到底想知道什麼？」

「我只是想了解他的背景。」

「你信任他嗎？」

「誰知道？這裡的人都很老派。」

「是這樣嗎？」

「他們會刑求、逼供。」

「我會轉告諾斯庭的，他一定愛死了，然後不如你們兩個交換……老大，你好像有點激動。」

「妳幫我就對了，不管什麼消息都行，好嗎？」掛電話後，我拿起《城與城之間》——但很快又放了回去。

15

「還是沒有廂型車的消息？」我問。

「我們找到的所有監視器都沒出現，」達特說：「也沒目擊證人。從你們那兒穿越柯普拉廳後，那輛車就變成一團霧。」話是這麼說，但我們都心知肚明。由於那輛車的樣式與貝澤爾的車牌，烏廓瑪人瞥到十之八九會認定是貝澤爾的車，而且立刻視而不見。這樣當然也不會注意到通行證。

達特在地圖上指出鮑登的住所離車站有多近，我建議搭大眾交通工具過去。我搭過巴黎、莫斯科和倫敦的地鐵，烏廓瑪的公共運輸系統曾經是世上最沒人情味的——雖然效率極高，在某些品味上令人印象深刻，但硬體非常不近人情。逾十年前，烏廓瑪至少將所有重點區域的車站都整修翻新，每個車站都由一名藝術家或設計師負責設計規畫，而且得到允許，不必擔心經費問題。儘管這個說法實屬誇大，因為預算並沒有想像中那麼多。

最後完成的作品毫無一致性。有些壯麗輝煌，色彩繽紛，令人眼花撩亂。而離我的飯店最近的一站是新藝術風格的俗氣仿製品。列車車體乾淨快速，班班客滿。某幾條路線採無人駕駛系統——包含這條。烏宜爾站的設計風格融合構成主義的線條與康丁斯基的用色。不過設計師其實來自貝澤爾。地鐵站離鮑登家只有幾個路口。那個社區雖然舒適，但也乏味得要命。

「鮑登知道我們要來嗎？」

達特舉起一手，要我稍候。我們從地鐵往上直達路面，他把手機湊到耳邊聽取留言。

「知道，」過了一會兒，他掛掉手機。「他正在等我們。」

大衛．鮑登住在一棟狹長公寓的二樓，整層樓都歸他所有；屋內堆滿藝術品、古代遺物與古器物，各來自兩邊城市，還有比兩城歷史更悠久的古城。然而我是個十足的門外漢，完全是霧裡看花。鮑登告訴我們，三樓住著一名護士，還有她的兒子，一樓住的是一名來自孟加拉的醫師，住在烏廓瑪的時間比他更久。

「有兩個前黑豹黨㊲黨員住在同一棟樓。」我說。

「並非巧合，」他說：「以前也有過。樓上住過一個前黑豹黨黨員，不過她過世了。」我們聽了都瞪大眼睛，「她在弗雷德．漢普敦㊳遭殺害後活著逃出美國。中國、古巴和烏廓瑪都曾是她逃亡的目的地。我搬來這裡的那個年代，要是一有空屋，貴國政府的連絡官員就會通知有需要的人遷入，所以我們住的大樓要是沒住滿外國人才叫奇怪。總之，無論我們在家鄉失去什麼，現在都可以一起哀悼。你聽過馬麥酵母醬嗎？——沒有？但你們肯定沒碰過遭放逐的英國間諜。」他自動自發替我與達特的玻璃杯斟滿紅酒；我們以伊利坦語交談。「我說的是很多年前的情況了——你懂吧？當年的烏廓瑪非常貧窮，連尿壺也沒有，因此住房率是一定要考慮的。每棟大樓一定會住一個烏廓瑪人，並把幾名外國人集中起來，居住在同一個地點，就算只有一個人也能方便看管。」

達特與他眼神相交，一副誰鳥你，這些事才嚇唬不了我。他的表情如是說。鮑登有些局促地微笑。

「不會有點侮辱人嗎？」我說：「貴賓、友好人士也會受到那樣的監視嗎？」

㊲ Black Panther Party：美國極左派激進黑人團體。

㊳ Fred Hampton，曾為黑豹黨領袖之一，一九六九年於自宅遭警方擊斃。

「有些人可能會，」鮑登說：「菲爾比派是親烏廓瑪的同路人，他們大概寧願被驅逐出境吧。不過他們的忍耐力也是最高。而我從來沒有特別反對監視，反正他們不信任我也算是照子有放亮。」他啜著飲料，說：「督察，《城與城之間》讀起來怎麼樣？」

鮑登家的牆壁是米黃色加棕色，看來都需要重漆了；房裡滿滿的書架書籍、烏廓瑪及貝澤爾風格的民間藝術品、兩城的古地圖；地板上放著小型雕像與陶器碎片，外表像小型機械發條的裝置；客廳本就不大，這樣堆滿東西更顯擁擠。

「瑪哈莉亞遇害時你正好在家對吧？」達特說。

「我沒有不在場證明——你想說的是這個，對不對？我的鄰居或許有聽到我在家裡閒晃發出的聲音，可以去問她，但我也不確定她有沒有聽到。」

「你住在這裡多久了？」我問。達特不高興地噘著嘴，沒看我。

「天啊——有好幾年了。」

「為什麼選擇這裡？」

「我不明白你想問什麼。」

「截至目前為止，我注意到你手頭上貝澤爾的物品跟烏廓瑪一樣多。」我指著那堆古老貝澤爾聖像（或聖像複製品）。「你最後選擇在此落腳——而非貝澤爾或是其他地方——有什麼特別原因嗎？」

鮑登把手翻過來，掌心朝天。

「我是考古學家——我不知道你對這個領域了解多少，但大多數有價值的古文物都在烏廓瑪，我們面前這堆看似出自貝澤爾工匠的也一樣。情況一直都是如此。再說，貝澤爾人又太蠢，只要有人出價，就開開心心把所有出土的遺產拱手讓人——再小都不放過。真是雪上加霜……烏廓瑪在這方面就聰明多了。」

「像博爾耶安這種考古挖掘現場也算嗎？」

「你的意思是放外國人去管嗎？當然，嚴格來說加拿大人並沒有所有權，只有操作使用與編目記錄的權力，再加上撰寫相關文章博得的美名和正面利益。當然，還有到各地博物館展出的權力——而且相信我，美國要是被封鎖，加拿大人肯定跟賴瑞一樣開心。想親眼目睹那鮮明的綠意嗎？只要跟美國考古學家說你在烏廓瑪工作就可以了。你看過烏廓瑪的古文物出口相關法律嗎？」他緊握雙手，像捕獸夾一樣緊扣手指。「想在烏廓瑪或貝澤爾工作的人——先不論那些熱中兩城分裂前時期的傢伙——只要有機會，他們最終都會選擇烏廓瑪。」

「瑪哈莉亞就是美國考古學家。」達特說道。

「是學生，」鮑登說：「她完成博士學業後要留下來恐怕難上加難。」

我站在那裡看了一眼他的書房。「我可不可以……」我指著書房裡頭。

「……沒問題。」因為地方很小，他有些尷尬。那間書房比堆滿古物的客廳更擁擠，桌上有考古文獻、電腦線、用了好幾年的破舊烏廓瑪導航地圖；一堆堆凌亂文件中更有幾張是以古老且怪異的文字寫成。並非伊利坦語，也不是貝澤爾語，而是分裂前的某種語言。我一個字也看不懂。

「這是什麼？」

「噢……」他翻了翻白眼。「昨天早上才收到的。《城市》那本書出版後，我到現在仍會收到恐嚇信，還有人會寄一堆有的沒的來給我，聲稱是用歐辛伊古文字寫的，他們認為我本來就該幫他們解碼。這些可憐蟲好像真以為自己挖到寶似的。」

「那你能翻譯嗎？」

「開什麼玩笑？當然不行，那根本毫無意義。」他關上門。「還是沒有尤蘭達的消息嗎？」他問道，「真的太令人擔心了。」

「恐怕沒有。」達特說：「失蹤人口調查小組已在調查，裡頭的成員都非常優秀。我們也跟他們保持密切合作關係。」

「警官，請你們務必要找到人。我……這對我很重要。」

「有誰對尤蘭達不滿嗎？」

「尤蘭達嗎？老天——絕對沒有，那孩子非常貼心，我想不出誰會這樣。瑪哈莉亞就不大一樣了……瑪哈莉亞……她的遭遇十分駭人，非常可怕。她很聰明——聰明又堅持己見，而且勇往直前。她沒有那麼……我是說，我可以想像瑪哈莉亞會怎樣激怒別人——而她也確實激怒了不少人。她就是那個個性，這其實是對她的一種讚美。不過我們很擔心瑪哈莉亞有朝一日會惹錯人。」

「她可能招惹到誰？」

「高級警探，我並沒有在暗示誰。這件事我不清楚。我們——我跟瑪哈莉亞並沒有時常連絡，我幾乎可以說不認識她。」

「這裡的校地很小，」我說：「你應該認識每一個人。」

「沒錯。但老實說，我會避開跟她的一切接觸，我們交談的時間不長，一開始並不愉快。不過我倒是認識尤蘭達，她完全不是那樣的。她或許沒有瑪哈莉亞那麼聰明，但我也想不出有誰會討厭她或對她不利。大家真的嚇壞了，在那裡工作的本地人也一樣。」

「他們對瑪哈莉亞的遭遇也很震驚嗎？」我說。

「老實說，我其實挺懷疑有人認識瑪哈莉亞。」

「博爾耶安有個保全好像認識她，還特地跟我們打聽她的消息——我是指瑪哈莉亞。我以為那男的可能是她的男友之類的。」

「區區保全？絕對不可能——抱歉，這樣說好像有點武斷。我是覺得，如果真是這樣，我一定會很驚訝——就我對瑪哈莉亞的認識啦。」

「但你不是說跟她不熟？」

「的確是這樣。不過你要知道，老師是會注意每個學生的情形的——就是他們的近況。有些學生會跟烏廓瑪的師生員工來往，尤蘭達也包括在內，但瑪哈莉亞絕對不可能。總之，你們有尤蘭達的消息時會通知我嗎？請務必要找到她。就算只是推論出她的所在處也拜託告訴我一聲。唉，這真的是太糟糕了。」

「你是尤蘭達的指導教授嗎？」我說：「她博士論文的題目是什麼？」

「噢，」他揮揮手，「『再現兩城分裂前時期古文物的性別與他者』。我還是比較喜歡『分歧』而非『分裂』。但是『分歧』有雙關含意，所以現在普遍愛用後者。」

「你覺得她不夠聰明？」

「我沒那樣說。她絕對算是聰慧，已經很不錯了。只是……不管是在什麼研究領域，都很少有研究生能勝過瑪哈莉亞。」

「那你為什麼不當她的指導教授？」

他瞪著我，彷彿覺得我是在挖苦他。

「督察——因為她滿口胡言亂語啊。」最後他還是說出口了。他站在那兒，轉過身背對我們，似乎想來回踱個步。然而這裡空間太小了。「是啊，我們遇到的情況相當詭譎。」他背對我們。「達特高級警探、柏魯督察，你們知道我一人帶幾個博士生嗎？就她一個。因為其他教授都不想帶她，可憐！我在博爾耶安沒有研究室，沒有終身職，拿的也不是做滿幾年即可獲得終身職的聘書。你們知道我在威爾斯王子大學的正式職稱是什麼嗎？協同講師。不要問我那個職位是什麼意思。我大可告訴你——那意味我們是全球研究烏廓瑪、貝澤爾與兩城統一時期最頂尖的學術單位，我們不能漏掉手頭上任何一個名字。也許我們會慫恿某些有錢傻瓜加入某個你也名列其中的研究計畫，但絕對不會笨到給你一份真正的工作。」

「都是那本書害的嗎？」

「都是因為寫了《城與城之間》。當年我是個瘋瘋癲癲、喜愛神祕事物的年輕人，指導教授又懶得把我導回正途。就算後來我改邪歸正，自白說『我錯了，我錯得一塌糊塗，根本沒有歐辛伊，請接受我的道歉。』——就算該研究有高達八成五的比例證明屬實，至今仍有人引用。但我告訴你，不管再怎麼努力，我都永世不得翻身。這個命運會跟著我一輩子，怎麼掙扎都沒用。

「反正，她依照慣例來找我，告訴我那本書該死的真是棒透了，所以她想跟我一起研究——瑪哈莉亞去貝澤爾參加研討會時就是這樣跟我說的，那也是我第一次見到她本人。由於那本書太過離經叛道，所以在兩個城市仍是禁書。而她跟我站在同一邊……總之，你知道她第一次來這裡時不僅偷帶走一本《城與城之間》回貝澤爾，還說要奉主耶穌之名，把書放在大學圖書館的歷史區。搞什麼？是想讓大家找來看嗎？反正她很驕傲地說出那番話，我聽了馬上要她打消念頭，否則我會報警叫貝澤爾警方抓她。所以一句話：沒錯，她的言論讓我勃然大怒。

「參加研討會時我幾乎都會見到那些人，我向他們承認自己犯的錯誤，他們都認為我要不是被某政府或勢力收買，就是擔心自己的性命安全，再不然就是被機器人之類的玩意兒取代了。」

「尤蘭達有提過瑪哈莉亞嗎？她不難過嗎？她是她最好的朋友，你竟然做出那種反應。」

「哪種反應？那根本不算什麼，督察，我對她講得清楚明白，說我不會當她的指導教授。結果她反過來說我什麼膽小鬼、舉白旗投降等一連串罪名，多到我都記不清了——反正最後一個是舉白旗投降沒錯。我本來猜她會參與計畫幾年，然後就閉口不談。我心想很好啊，隨著年紀增長，她會慢慢懂事、放棄。以上就是一切的經過。我還聽說她聰明伶俐呢。」

「我以為南西教授對她有點失望。」

「或許吧，但我不清楚。總之她不會是第一個在寫論文時感到失望的人，況且她名聲依舊不錯。」

「尤蘭達對歐辛伊不敢興趣嗎？難道她不是因為這樣才選你當指導教授的嗎？」

結果他嘆口氣，又坐了下來。他的情緒起伏不大，也不太起眼。

「我當時不是這麼認為的。如果是，我就不會答應指導她。而且一開始她真的沒有對歐辛伊表現出什麼特別的興趣……但是她最近提到歐辛伊，也談到爭議地區，還有住在那裡的可能是什麼樣的人。她很了解我的感受，所以努力把一切都說得好像只是假設。說來荒謬，但我真的沒想到這可能是瑪哈莉亞帶來的影響。她是不是跟她說過這件事？她跟尤蘭達談過歐辛伊嗎？這你們知道嗎？」

「請說明一下爭議地區的部分，」達特說：「你知道在哪兒嗎？」

他聳肩。「高級警探，你也知道其中幾個，很多早已不是祕密了。例如離這裡很近的一個後院、那邊的一棟廢棄建築物；斛處公園中間五公尺左右的範圍好像也是。這裡到處都有爭議地區。烏廓瑪和貝澤爾都聲稱那屬於自己的領土。當兩城吵起來，爭議地區實際上根本交錯重疊，或在兩城有效管轄之外，所以也沒有那麼刺激。」

「請把那些地方寫給我。」

「你要的話是沒什麼問題，不過透過你自己的部門會比較快拿到。再說，我知道的可能都是二十年前的地點了。它們時不時會不見，也會出現新的。而且，你或許早聽說過所謂的『祕密爭議地區』。」

「不管怎樣，我還是想要一份詳細清單……等等，你剛剛說『祕密』？如果是祕密的話要怎麼引起爭議？」

「的確……但達特高級警探，有地方會在『私底下』祕密引起爭議啊。你得把想法調到對的頻率才能聽得懂這種蠢話。」

「鮑登博士……」我說：「你是否有什麼理由認為有人、或有哪些原因可能遭到反對？」

「為什麼這麼問？」他倏地一驚，「你聽到什麼風聲嗎？」

「沒有，我只是……」我欲言又止，「有人推測，要是去調查歐辛伊，就可能成為攻擊目標。」達特沒有阻止我繼續說。「你可能還是小心點比較好。」

「什麼？我現在沒在研究歐辛伊了啊，我好幾年前就放棄了……」

「誠如你自己所說，博士，一旦開始就很難收手……不論你願不願意，你恐怕都還是這個領域的第一把交椅。有收過任何威脅或恐嚇的物品嗎？」

「沒有……」

「幾星期前，」這次達特插話，「你家遭闖空門。」我和鮑登都望著他。雖然我大吃一驚，但達特並沒有因此尷尬。鮑登開口：

「但那天晚上只是單純的闖空門啊，」他說：「根本沒有東西被偷……」

「沒錯，因為竊賊一定是看見你的收藏就傻眼了；我們當時是這麼想的，」達特說：「搞不好他們的目的本來就不是要偷東西。」

鮑登環視房間各個角落，我也不著痕跡地跟著偷偷打量。好像隨時會有不懷好意的女孩——或是戴著耳機的神祕人、或拿著反對標語的危險人士——突然跳出來。

「高級警探、督察，這實在是太荒唐了，歐辛伊根本不存在……」

「但是，」達特說：「所謂的瘋子還是有的。」

「因為某些理由，」我說：「有些人對你、羅迪格茲小姐和吉理小姐探討的某些觀念很感興趣。」

「我不認為她們有研究出什麼概念……」

「隨便你，」達特說道：「重點在於她們引起了某些人注意——雖然我們還不確定原因，甚至不知道有沒有這個原因。」

鮑登不禁瞠目結舌。

16

達特拿了鮑登列出的地點，派了個屬下補充查證後發現，那些都是廢棄建築、路邊的畸零地、河濱散步場所之類的地方。他又派警察到現場仔細走訪，並前往那些實質上有交錯而且有爭議的轄區一探究竟。當晚我再次跟寇葳通電話（她打趣地說希望這電話沒被監聽），但我們沒能交換對彼此有用的情報。

南西教授印了瑪哈莉亞的論文寄到飯店給我。有兩章大致完成，另兩章還是初稿，我沒看多久就放棄，改看有她註解的教科書影本。這兩個東西有著明顯的差異，前者內容嚴肅，筆觸有點沉悶，後者則採用許多驚嘆號與隨手寫下的感嘆詞，瑪哈莉亞甚至打臉過去的自己還有教科書。這些旁註文字讀來格外有趣，讀者可以恣意解讀。最後，我終於放下這些註解，回頭看鮑登的著作。

《城與城之間》是有偏見的。你只要讀了就能理解。書中提到貝澤爾與烏廓瑪的祕密，而這些祕密眾所皆知：都已經是祕密，根本不需要再強調它是祕密。然後他又搬出那些古老的故事、馬賽克藝術、淺浮雕等等。不過這本書提及的文物就某方面而言相當令人驚豔。年輕的鮑登解讀分裂前時期作品中至今仍未解的謎團時，見解精闢，甚至頗有說服力。他主張的理由很簡單：他認為那些複雜難解的機械——以比較委婉的行話叫做「時鐘」——其實根本不是什麼裝置，只是有一格格隔間的精細容器，設計用來裝載齒輪。不過他為什麼話鋒一轉突然跳到這個地方？果然腦子不太正常。他自己也承認了。

對來到這個城市的旅客而言，偏執與妄想的成分當然是有的。當地人會暗中觀察，我也會被跨界監察看著。他們那緊迫盯人的目光對我來說是前所未有的體驗。

稍晚我睡著時手機響起，是我在貝澤爾的號碼。螢幕顯示是國際電話。

「我是柏魯。」我說。

「督察……」是伊利坦口音。

「你哪位？」

「柏魯，我不知道你為什麼……但我不能講太久。我……我要謝謝你。」

「賈瑞司。」我坐起來，雙腳落地。是那個年輕的統派分子。「你……」

「你知道的，我們該死的根本不算同伴。」這回他沒有說古伊利坦語，而是說一般慣用的語言。

「我們怎麼可能是同伴？」

「的確。我不能講太久。」

「了解。」

「你知道是我對吧？就是上次打給你、而且說貝澤爾語的那個人？」

「我無法百分之百確定。」

「好。那就當你從沒接過這通該死的電話。」我保持安靜，「那天謝了，」他說：「謝謝你沒說出來。我是在瑪爾雅來這裡時認識她的。」打從達特訊問過那些統派分子，我已經有段時間沒用那個名字稱呼她了。「她說她認識我們在邊界另一頭的同伴，而且跟他們共事過。可是你要知道，她不是我們的同伴。」

「這我知道。在貝澤爾多虧你提醒我該朝那個方向調查。」

「拜託別說了……一開始我以為她是我們的同伴，但她問的那些……她熱中的那些玩意兒是連你都沒聽過的——」但我不打算幫他接話。「歐辛伊。」他一定認為我會沉默是因為不敢說。「她根本不鳥什麼統一。她為了使用我們的圖書館和取得連絡名單，害所有人都身陷險境……我原本很喜歡她，但她真的是個麻煩人物。她只在乎歐辛伊。

「而且柏魯——媽的——還真讓她找到了。

「柏魯，你還在嗎？你知道我在說什麼嗎？她找到了……」

「你怎麼曉得？」

「她告訴我的，其他人都不知道。當我們了解她有多……危險後，她就被禁止出席所有會議。他們認為她的身分應該是間諜之類的，但她不是。」

「可是你一直跟她保持連絡。」他沉默了，「為什麼，如果她那麼……」

「我……她……」

「你為什麼要打給我？——而且還用貝澤爾語？」

「……比起葬在公墓，她值得在更好的地方安息。」

我很驚訝他會用「公墓」這個詞。「賈瑞司，你們是不是在交往？」我問。

「我幾乎對她一無所知，也從沒開口問過她，沒見過她的朋友，我們都很低調。不過她告訴我歐辛伊的事，還給我看了她所有筆記。她……柏魯，你聽我說，我知道你不會信，但她成功接上線了。有些地方——」

「爭議地區嗎？」

「不是，別傻了。那些地方不是爭議地區，而是烏廓瑪人認為屬於貝澤爾、貝澤爾人認為屬於烏廓瑪——但其實不屬於這兩個城市的地方：那就是歐辛伊。她找到了，還說她正在協助他們。」

「是什麼樣的協助？」他安靜太久，逼得我只好開口。

「我也不大清楚。總之她要拯救他們，那些人想要某樣東西——她說過類似這樣的話。但我有次問她『妳怎麼知道歐辛伊是站在我們這邊？』而她只是大笑著說：『我才不曉得，而且他們也沒想站在哪一邊。』她不會跟我透露太多，我也不想知道。她不大談跟它有關的事，我認為她可能已跨越了其中幾個地方，但是……」

「你最後一次看到她是什麼時候？」

「不記得了。她被……那個的幾天前吧。聽著，柏魯，我要你知道的是接下來的事：她知道自己有麻煩了。每次我說到歐辛伊她就氣急敗壞，而不管她說什麼我都很難理解。她說她不知道自己是在物歸原主還是犯下重罪……就是類似這樣的話。」

「這什麼意思？」

「不知道。她說跨界監察什麼都不是——這把我嚇死了。你能想像嗎？她也說，只要是知道歐辛伊真相的人都有危險。這些人雖然不多，但知道真相的人根本不知道自己踩到了什麼地雷，也不會真心相信。所以我就問她『那我也是嗎？』她回答說：『或許吧，搞不好我也讓你知道太多了。』」

「你覺得她是什麼意思？」

「——柏魯，你對歐辛伊有多少認識？為什麼會有人以為跟歐辛伊扯上關係不會怎樣？要是你得躲躲藏藏數百年，你會怎麼想？盡可能和平共處嗎？拜託喔！總之，我認為事情是這樣的：她因為某種原因必須替歐辛伊做事。他們應該就像寄生蟲，讓她誤以為自己是在幫助他們，直到她發現了某個真相。可是在她恍然大悟的瞬間就被他們幹掉了。」他努力打起精神，「她後來都隨身攜帶刀子自衛，以防遭到歐辛伊滅口。」他悽悽然地笑了。「柏魯，是他們殺了她——而且他們會殺死每個可能妨礙到他們、或引起他們注意的人。」

「那你怎麼辦？」

「我只有死路一條。她消失，代表我也會消失——操他的烏廓瑪，還有貝澤爾，還有該死的歐辛伊。這就是我的臨別贈言。你聽到輪胎的聲音了嗎？等我們互相道別完，這支電話就會被丟出窗外。這次通話是我代她送給你最後的禮物。這一切都是為了她。」

他低聲吐出最後幾個字。等我回過神來，電話已經掛了。我試圖回撥，他的號碼卻已封鎖。

我揉了好一會兒眼睛——揉太久了。我甚至在飯店便條紙上隨手亂寫，字跡亂到我自己都不願再看一次。我得先好好整理思緒。我把人名都列出來，注視著時鐘、算著時差，然後用飯店電話打了一通長途電話。

「吉理太太嗎？」

「哪位？」

「吉理太太，我是泰亞鐸．柏魯，隸屬貝澤爾警方。」她不發一語。「我們……我可以請問吉理先生現在怎麼樣嗎？」我光著腳走到窗邊。

「他很好，」吉理太太終於出聲，「但很憤怒。」她十分謹慎，還無法確定我是敵是友。我將厚重的窗簾稍微拉起，望向窗外。儘管現在是三更半夜，還是可以看到街上有行人——街上總是有行人，只有偶爾有車輛駛過，而天色太暗，要分辨是本地人還是白天看不得的外國人，更是難上加難。那些服裝的顏色在街燈照射下變得朦朧不清，夜裡的行人縮著身子、快步行走，很難辨識他們的肢體動作。

「對於這一切，我再次致上深深的歉意；我想確定你們都安好無恙。」

「有事要跟我說嗎？」

「妳是指殺害令嬡的凶手是否落網嗎？很抱歉，吉理太太，目前還沒有。但我是想問妳……」我躊躇停頓，她雖沒有掛斷，卻也默不作聲。「瑪哈莉亞有跟妳提過她在這裡交往的人嗎？」

她只發出了某種聲音。我停了幾秒，繼續說：「妳認識尤蘭達．羅迪格茲嗎？我想問你，吉理先生想違規跨界去找國家主義分子時，為什麼去貝澤爾？瑪哈莉亞明明住在烏廓瑪。」

她又發出聲音，這次我聽出來了：是哭聲。我張口欲言，卻只能靜靜聽她啜泣。但我突然領悟自己應該用另一支電話打給吉理太太——如果我跟寇葳的懷疑是正確的——雖然現在為時已晚。吉理太太沒有掛電話，過了一會兒，我又喊了一次她的名字。

「你為什麼要問我尤蘭達的事？」她終於出聲答話，也終於能表達意見。「我當然認識她，她是瑪哈莉亞的朋友。她怎麼了嗎？」

「我們只是想連絡她；我們……」

「我的天啊——她失蹤了對不對？瑪哈莉亞什麼祕密和心事都會跟她說，是因為這樣嗎……？她是不是……？」

「吉理太太，妳冷靜一點，我可以保證目前還沒找到任何不利的證據。她可能只是去散個幾天的心，所以請妳先別驚慌。」她的確又有點慌，但這次壓抑住了。

「搭機回來時他們什麼都沒跟我們說，」她說：「飛機快降落的時候，我丈夫恢復意識，也知道了一切。」

「吉理太太，瑪哈莉亞跟這裡的任何人有牽扯嗎？就妳知道的範圍——有嗎？我是說在烏廓瑪？」

「沒有。」她嘆氣，「我想你現在一定覺得『她老媽怎麼會知道呢？』但我就是知道。她沒有告訴我詳細情況，不過……」她鼓起勇氣，「她有跟一個人來往，但不是因為喜歡。她的個性很複雜。」

「那人叫什麼名字？」

「我如果知道還會藏著不告訴你嗎？我不知道。我想她應該是透過政治管道認識那個男的。」

「妳有提過廓瑪第一。」

「對，我女兒把他們都惹毛了。」她笑出來。「她激怒各個領域的人，連統一黨也是——你們是這樣稱呼的沒錯吧？麥可說要去會會他們每個人，因為查他們貝澤爾的名字和住址比較容易，所以我們先去了那裡。他要去把他們一個個找出來、問清楚——一個一個來，他想把每一個都找到，因為……因為一定是他們的人下的手。」

我答應了她要我做的每一件事，擦了擦額頭，凝視著烏廓瑪的剪影。

接著我被達特的電話吵醒，完全睡不夠。

「你他媽的還在賴床？起床了啦。」

「你到底是多早……」不，已經早上了，而且時間並不算早。

「我在樓下，動作給我快一點。有人寄了個炸彈來。」

17

在博爾耶安小型臨時收發室外頭，可以見到烏廓瑪拆彈組的人在那兒懶洋洋閒晃，並跟幾個驚魂未定的保安談話，嘴裡還嚼著口香糖，身穿防護衣蹲在地上。每個人都把面罩掀到額頭。

「你是達特嗎？太好了，高級警探，」某人瞥見達特的佩章後說：「你可以進去了。」然後他一邊打量我一邊開門，門後可見一個碗櫥大小的房間。

「是誰收到的？」達特問。

「一名年輕警衛，非常機警，叫艾堪·崔——什麼？你說什麼？」但我們什麼都沒說，於是他聳聳肩。「據說他收到包裹時有不祥的預感，所以跑出去找烏廓瑪警方，請他們來檢查。」

整面牆都是一格格的文件櫃，角落放著拆過或未拆的大型棕色紙箱，桌面上有塑膠容器；房間正中央的一張腳凳上有個已拆的包裹，炸彈的內部構造就像電線纏繞而成的花朵雄蕊，往外探出。

「這個就是炸彈裝置。」那名男子說道。我看著他身上那件克維拉纖維㊴衣的伊利坦文：**太羅**。他在跟達特說話，不是跟我。他用小型雷射筆投射出的紅點指向他說的地方。「兩層外殼。」紅點在紙上到處飛舞。「第一層什麼都沒有，裡面還有第二層，再打開後……」他彈了一下手指，指著那堆電線。「製作精良，典型炸彈。」

㊴克維拉纖維（Kevlar）：美國杜邦公司生產的一種纖維，耐高溫、高抗拉、高硬度，可以防彈、防燃。

「老式設計嗎？」

「不是，只是不花俏，但製作精良。這可不只是要弄出精采的聲光效果；它不是嚇唬人的玩意，而是殺人的工具。另外我再告訴你一件事：看到這個沒有？顯然是經過高人指點，直接連接貨籤。」紙上還可看到拆過的殘骸，內包裝上有一條紅帶子，印了一行貝澤爾文字：**請拉這裡開啟**。

「拉開的人將承受炸彈迎面炸開的威力，然後就直接上天堂。除非你運氣真的很背，要不然站身旁的人只要換個新髮型就沒事。這種爆炸方式肯定是有人指點。」

「拆除了嗎？」我問太羅，「可以碰嗎？」他沒看我，而是看達特，達特點頭，表示可以回答。

「會留下指紋。」太羅說，但聳聳肩。我從架上拿了一枝圓珠筆。為了不留下痕跡，我把筆芯拿掉，輕輕戳了包裝紙，再順著內包裝往下滑動。儘管東西已經被拆彈人員劃上刻線、完全打開，還是可以輕易看到上面的收件人姓名：大衛．鮑登。

「看這個。」太羅說。他小心地翻找。包裹下方，外包裝內側，有人用潦草的伊利坦文寫著：**狼之心**。這詞很眼熟，我卻想不起在哪兒看過。於是太羅唱了出來，並露齒而笑。

「家鄉的一首老歌。」達特說道。

「那顆炸彈既非恐嚇，也不是一般犯罪，」達特悄聲對我說。我們坐在強行徵收來的辦公室，對面坐著努力保持禮貌，避免偷聽談話的艾堪。「這玩意兒想要的是一爆斃命——現在到底是在搞什麼？」

「上面寫伊利坦文，寄件地點是貝澤爾。」我說。

他們沒有採到指紋，兩層包裝都亂寫了一堆，外包裝上寫地址，內包裝寫鮑登的全名；字跡潦草雜亂，包裹從貝澤爾一個郵局寄出，那裡是共有分治區，離這個考古挖掘現場不遠——當然，這個包裹也是大老遠通過柯普拉廳送過來的。

「我們會找專業鑑識人員來處理。」達特說：「看看可不可以倒推回去、找出凶手。現在還沒有證據指向任何可疑人物，你們的人或許會有所發現。」要想重現炸彈經兩地郵政服務寄送到此的過程，機率低得不能再低，幾乎是零。

「聽我說，」確定艾堪聽不到後，我才說：「我們都知道瑪哈莉亞一定惹毛了貝澤爾某些狂熱國家主義者，我現在都懂了：烏廓瑪不可能會有這類組織，但要是因為某些不為人知的疏失，導致這裡也有這類組織存在……那她勢必也會惹火他們——懂了嗎？她可能是捲入某個蓄意激怒兩方的陰謀，比方動搖烏廓瑪國本、祕密組織、邊界的漏洞……之類之類。」

他面無表情地看著我，好不容易才擠出個回答。「是。」

「對歐辛伊有特殊興趣的兩個學生都失蹤，現在又有一包炸彈要寄給這位專門研究兩城關係的先生。」我們面面相覷。

過了一會兒，我大聲說：「幹得好啊艾堪，真了不起。」

「艾堪，你以前拿過炸彈嗎？」達特問。

「長官？沒有。」

「服兵役的時候也沒有嗎？」

「我還沒當兵，警官。」

「那你怎麼知道是炸彈？」

他回我一個聳肩。「我不知道，真的不知道，我只是……覺得不太對勁。那包裹太重了。」

「我打賭這裡一定很常收到寄來的書籍，」我說：「也有可能是電腦之類的東西啊。這些東西都很重，你怎麼知道這次的包裹有問題？」

「……那種重不一樣。這次的感覺比較硬，摸得出來不是紙張，很像金屬類的東西。」

「你的工作實際上包括檢查郵件嗎？」我說。

「沒有，但我那時人剛好在收發室，想說可以把包裹帶過去。後來我摸到那個……就覺得有點問題。」

「你的直覺很準。」

「謝謝。」

「有想過自己先打開嗎？」

「沒有！收件人不是我。」

「包裹是寄給誰的？」

「沒指明。」外包裝上沒有註明收件人，只有寫考古挖掘現場的名稱。「這就是另一個原因，所以我才仔細看了一下。當時我覺得沒寫收件人很怪。」

我們討論了一會兒。「好，艾堪，」達特說：「以防之後還需要再跟你連絡，可以把住址留給另一個警官嗎？出去後麻煩請你的長官和南西教授進來。」

他在門口躊躇，「有吉理的消息嗎？知道事情真相了嗎？凶手是誰？」但我們給了他否定的答案。

凱・布哲和伊莎貝爾・南西一起走進來。布哲擔任保全組長，是個五十歲左右的壯漢，我猜可能是陸軍退役；南西跟羅神布教授截然不同，她一直盡可能提供協助。教授正在揉眼睛。

「鮑登呢？」我對達特說：「他知道嗎？」

「拆彈組打開外包裝、看到他的名字，南西教授就打給他了。」他向南西點頭致意，「她聽到他們念出他的名字。現在有人去接他了，南西教授，」她抬眼。「鮑登在這裡常收到郵件嗎？」

「不常，他甚至沒有自己的辦公室。不過還是會收到一些。會寄東西給他的多半是外國人，另外則是想請他當指導教授的學生，還有不知道他家在哪、或以為他辦公室在這裡的人。」

「妳會把郵件轉寄給他嗎？」

「不會，他每隔幾天會來拿，絕大部分我會丟掉。」

「是真的，」我悄聲對達特說，猶豫著自己的措辭，「真的有人試圖躲避我們灑下的網，而且也清楚我們會怎麼做。」由於發生了一連串事件，鮑登現在可能會對寄到家裡的包裹提高警覺。如果丟掉蓋了外國郵戳的外包裝，只有內包裝寫鮑登的名字，他可能會以為是同事寄來的內部交流資訊，就這麼扯開。「——簡直就像有人事先警告，叫他凡事小心為上。」我停了一會兒，繼續說下去。「他們會帶他過來嗎？」達特點頭。

「布哲先生，」達特說道：「你們以前遇過類似的狀況嗎？」

「沒碰過這種。當然，我們也收過一些蠢蛋寄來的信——不好意思。」他瞥了冷靜自持的南西一眼。「但也收過一些警告，來自那些崇尚『逝者已矣』的傢伙、說我們背叛烏廓瑪之類鬼話的人，還有幽浮信徒和毒販。不過這種貨真價實的……炸彈？沒。」他搖搖頭。

「不對，」南西出聲反駁，我們都盯著她。「以前也發生過類似事件。不在這裡，不過都是衝著鮑登來。以前就有人盯上他。」

「誰？」我問。

「沒查出來，不過他的書出版後確實惹毛很多人，像是右翼分子和認為他大不敬的人。」

「國家主義者。」達特說。

「我忘記是來自哪個城市了，但兩邊都對他懷恨在心，這可能也是兩方唯一的共識。可是那已經是好幾年前了。」

「有人還沒忘了他。」我跟達特面面相覷，他把我拉到一邊。

「是從貝澤爾寄來的，」他說：「上面用伊利坦文寫了『去你媽的』幾個小字。」他舉起雙手，「有沒有想到什麼？」

「那個組織叫什麼？」一陣沉默後，我說：「廓瑪第一？」

他嚇得目瞪口呆。「什麼？廓瑪第一？」他說：「可是那是從貝澤爾寄來這裡的耶！」

「這裡也可能有同夥啊。」

「你說間諜嗎？烏廓瑪國家主義者？潛伏在貝澤爾境內？」

「沒錯。欸，別這樣——沒那麼難以置信好不好？他們從那裡寄是為了掩人耳目，不是嗎？」

達特搖頭，卻沒有表態是否贊同。「好吧……」他說：「現在還有一堆鳥事要釐清，而你還沒——」

「他們一直不喜歡鮑登。或許他們是認為，要是追殺他的風聲傳到他耳裡，他可能會有所警惕。不過一個來自貝澤爾的包裹意義就不太一樣了。」我說。

「我懂你意思。」他說

「廓瑪第一都在哪裡出沒？」我說：「我這樣稱呼對嗎？我們或許該去找——」

「我一直想跟你說的就是這件事，」他說道：「我們哪裡都不會去；『廓瑪第一』並不存在——至少不是那種形式。我是不清楚它在貝澤爾的情況，但在這裡呢……」

「——如果是在貝澤爾，警方向來清楚我們那邊的那些傢伙在哪兒出沒。我跟屬下最近才去過那地方。」

「那還真是恭喜你們了呢。但這裡的情況不同，這裡不會有拿著小小會員證的傢伙住在同一棟房子裡。他們不是統派分子，也不是什麼頑童合唱團。」

「你不會要告訴我你們沒有極端國家主義者吧？」

「不是，我沒那麼說，其實我們這裡也有很多這樣的人。我要說的是：我不知道他們是誰，也不知道他們住在哪裡。這些人很明智，知道要保持低調神祕。我的重點是：廓瑪第一只是部分媒體創造出來的名詞。」

「為什麼統派分子可以結黨、這群人就不行？或者結不成？」

「因為統派分子都是跳梁小丑——然後有時變成致命小丑——不管怎樣骨子裡都是小丑。你說的那種人很嚴肅，成員都是老兵之類的傢伙。你必須心懷尊重……」

難怪他們不能公然聚眾結黨。因為這些人強硬的國家主義可能會讓人民國家黨相形見絀，而該黨領導人絕不會容許這種事發生。相反的，統派分子可以自由整合持反對意見的當地人——至少表面上是這樣。

「關於這個人，你可以告訴我們什麼訊息？」達特提高音量，讓其他圍觀者都能聽到。

「艾堪嗎？」布哲說：「沒什麼特別的：工作認真、笨得像塊木頭——好吧，那個，今天之前我可能會這樣說，但他這次的表現真的讓我刮目相看。他不像外表那麼強悍，雖然胸肌挺發達的，卻沒有威脅性——大概這樣。他喜歡那些孩子，覺得跟聰明的外國人打成一片非常開心——你為什麼要這麼問？高級警探，你不會對他起了什麼疑心吧？包裹是從貝澤爾寄來的，他怎麼會——」

「是，」達特說道：「這只是例行性地問幾個問題，我們沒有要去指控誰，當然更不會指責此時此刻的大英雄。」

「你不是說艾堪會跟學生們玩在一起嗎？」布哲跟太羅不同，他不需要許可來回答我的問題。他直視我、點了點頭。「他有特定跟什麼人出去嗎？跟瑪哈莉亞交情好嗎？」

「吉理？見鬼，哪有可能？吉理搞不好連他叫什麼都不知道——唉，願她安息。」他做了個祈禱手勢。「艾堪會跟學生來往，但吉理除外。他通常會跟雅各斯、史密斯、羅迪格茲、布朗寧……」

「因為他問了我們有關——」

「他非常關心吉理一案有沒有找到什麼線索。」達特說道。

「是喔？」布哲聳聳肩，「那件事讓大家都很難過，所以他當然會想知道最新發展。」

「我是在想……」我說：「這地方其實也是挺複雜的。我發現，即使算是完全地帶，還是會有幾個地方小小交錯重疊。看守此地肯定是場噩夢。布哲先生，我們找學生談的時候沒有人提到跨界監察——半個人都沒有；他們隻字未提。就一群年輕的外國人來說，這樣不是很怪嗎？你也知道對那些事著迷的外國人有多少。

所以，當他們有個朋友無故失蹤，這些人卻絕口不提烏廓瑪與貝澤爾最令人聞風喪膽的大魔王……況且跨界監察是真實存在，他們卻死都不講？他們究竟在害怕什麼？這不是讓人很好奇嗎？」

布哲凝視著我，接著瞥了一眼南西，然後環顧房間四周，過了好一會兒——他笑了出來。

「你是在開玩笑吧？好，好，警官。他們的確都很怕，但怕的不是有人會從某個莫名其妙的地方違規跨界、跑到這裡惡整他們。你是這樣想的嗎？」他搖頭，「他們怕是因為不想被抓。」他舉起雙手、作勢投降。「唉呀，警官，被你逮到了——的確有人違規跨界，而我們卻阻止不了。你看這些小王八蛋一直違規跨界個不停呢。」

他迎向我們的怒目。他這麼說不是出於自我防備，而是百分百的真心話。我跟達特一樣訝異，而南西教授的表情真是難堪至極。

「你說的當然也對，」布哲說道：「在這種地方、有這樣一群年輕人，根本不可能不違規跨界。這些孩子並不是本地人，我也不在乎你們把他們訓練到什麼程度，但他們從沒體驗過這樣的城市型態。柏魯，不要跟我說你們那裡的情況就不同——你以為他們會乖乖遵守規則嗎？你以為他們在城裡亂逛時真的會對貝澤爾視而不見嗎？醒醒吧。我們只能期待他們知道不可以太高調，但他們絕對會看向邊界的另一側。而我們無法證實真有其事，所以除非他們搞出太大的麻煩，跨界監察也不會出手干預。喔對，他們是真的出手過，但次數遠比你以為的少。那很久沒發生過了。」

南西教授仍低頭看著桌面。「你以為所有外國人都不會違規跨界嗎？」布哲又接下去，他傾身靠近我們，手指撐開、放在桌上。「從外國人那兒，我們就只能得到一點點的禮貌，你說是不是？要是把一群年輕人擺在一起，他們就會開始去試探底線，而且還不只是看不看的問題。你每次都會乖乖照著別人說的做嗎？這些孩子可是很聰明的。」

他用指尖畫過桌面上的地圖。「博爾耶安交錯重疊的區域在這裡、還有這裡，而公園則在這裡，跟這裡。是，這個方向的邊緣地帶甚至一路延伸到完全屬於貝澤爾的區域。所以如果這群人喝醉或什麼的，難道不會慫恿對方站到公園的重疊區嗎？再說，誰知道他們是不是真的靜靜站在那兒，不發一語，一動也不動，就這麼跨入貝澤爾再回來？況且，如果你位於重疊區，根本連走一步都不用——全都在『這兒』。」他拍拍自己的額頭。「沒人可以證明，所以，如果下次他們又這麼做，還從烏廓瑪彎腰伸手到貝澤爾拿了一顆石頭之類的紀念品，直起身子又再回到烏廓瑪；如果他們撿東西時人剛好在貝澤爾，那個石頭就算來自貝澤爾，對吧？這又有誰知道呢？又有誰能夠證明呢？

「只要他們不張揚，你能拿他們怎麼辦？就連跨界監察都無法時時刻刻監視有沒有人違規跨界。拜託喔，要是真的二十四小時監視，這群外國人絕對無一倖免。教授，我說得沒錯吧？」他看南西的眼神沒有冒犯意味，她什麼都沒說，只是尷尬地看著我。「達特高級警探，沒人提到跨界監察，是因為他們罪惡感很重。」

布哲露出微笑。「別誤解我：只要是人都會犯錯。我很喜歡他們。但請不要再拿這點大做文章。」

我們護送他們出去時，達特接了一通電話，只見他趕忙拿筆出來記，嘴裡念念有辭。我關上門。

「是我們派去接鮑登的制服警員打來的：鮑登不見了。他們去他的公寓找人，卻沒人應。他不在家。」

「你有通知鮑登會派人過去嗎？」

「有，他也知道炸彈的事，可是現在他卻消失了。」

18

「我想再去找那小子談談。」達特說。

「那個統派分子嗎？」

「沒錯，那個賈瑞司——我知道你說『不是他幹的。』是，你是說過。但無論如何他都知道一些內情，所以我想跟他談談。」

「你找不到他的。」

「什麼意思？」

「我得祝你好運——他不見了。」

他落在我後方幾步，打了一通電話。

「……你沒說錯，到處都找不到賈瑞司……可是你怎麼會曉得？你到底在玩什麼把戲？」

「去你辦公室吧。」

「去什麼鬼辦公室，辦公室又不會跑掉？我再說一次：你他媽的是怎麼知道賈瑞司不見的？」

「聽著——」

「柏魯，你這超能力真有點嚇到我了。告訴你，我可沒閒著。我一知道必須當你的保姆就查了你的底細，對你的事略知一二，我知道你不好惹，而我相信你跟我做了一樣的事，知道我跟你是同一類人，」啊，千金難買早知道。「我做好心理準備要跟另一名警探共事——而且他還是個難搞的傢伙。

可是我萬萬沒想到會碰上你這種機歪的人——你到底是怎麼知道賈瑞司的事？為什麼要袒護那個小鱉三？」

「好吧：昨晚他坐在某輛車上打電話給我——也可能是搭火車——他說他要閃人了。」

他瞪著我。「見鬼，他為什麼要打給你？你又為什麼不告訴我？柏魯，我們不是搭檔嗎？」

「你問他為什麼打給我？達特，我想可能是他不喜歡你的問話風格吧。至於我們到底是不是搭檔……我以為我來這裡的目的就是要乖乖將知道的一切告訴你，然後在你光榮擒凶時在飯店看電視，這樣就好。鮑登家是什麼時候被闖空門的？你又是什麼時候才讓我知道？我不覺得你有很想告訴我在挖掘現場從屋璜身上問到了什麼，他手上的情報應該是最有力的——那傢伙是政府派來的間諜，不是嗎？拜託，這有怎樣嗎？所有公共建設事業、工程活動裡都有這種人。我不爽的是你先排擠我，現在卻反過來指責我『你怎麼可以這樣』。」

我們大眼瞪小眼。過了好久，他轉身走向路邊。

「去申請賈瑞司的逮捕令吧，」我對著他的背影說：「連絡機場和車站，限制他出境——不過我要告訴你，他打電話給我只是為了告訴我他對整件事的想法，而且那時他早就啟程離開了。我想他可能已經把手機從庫西尼思列車上丟出去、被輾得希巴爛。他目前應該是在前往巴爾幹半島的途中。」

「他認為發生了什麼事？」

「歐辛伊。」

他嫌惡地轉過頭，揮手對那個名稱表示抗拒。

「你本來有打算要跟我說嗎？」他說。

「我這不是說了嗎？」

「他去跑路沒讓你想到什麼嗎？他可是該死的畏罪潛逃啊。」

「啊？你是在說瑪哈莉亞的案子嗎？拜託，他會有什麼動機？」我回答。但隨即又想起賈瑞司說的一些話。她並不是他們組織的一分子，因為他們趕走了她。我猶豫了一下。「還是你指的是鮑登？但賈瑞司為什麼要犯案？還有他到底是用什麼手法？」

「動機和手法都還不知道——誰會知道這些混蛋犯案背後的動機啊？」達特說：「反正他們一定會死命狡辯，也一定會說是陰謀論作祟。」

「這沒道理啊。」我想了一會兒後謹慎地說：「……好吧，總之最開始從這裡打電話給我的也是他。」

「我就知道你這死傢伙在掩護他……」

「我那時是真的不知道。我聽不出到底是不是他。他昨晚打來時才跟我承認的……欸等等，達特，你聽我說：如果人是他殺的，他又何必打第一通電話？」

達特怒瞪我。過了一會兒，他轉身招計程車。達特打開車門時，我就在一旁看。計程車歪斜地停在路上，烏廓瑪車輛經過時都按了喇叭，貝澤爾駕駛人則靜靜繞過這個他城異物，奉公守法，連暗罵個幾聲都沒有。

達特站在那兒，要搭不搭，計程車司機出聲抗議，達特怒罵幾句，並拿出證件。

「不知為何，」他對我說：「我就是覺得我們一定要找出某個癥結點，但你他媽的不覺得這樣有點超過了嗎？他竟然就這麼跑了。」

「要是他跟案情有關，不管讓我去注意什麼旁枝末節都沒意義。況且他是要怎麼把她弄到貝澤爾？」

「就打電話給那邊的朋友啊，讓他們來做……」

我聳聳肩——可能吧。「第一個提供線索的是貝澤爾統派分子卓汀。聽說他是要誤導我們，但那時也沒有什麼東西可誤導，他們沒那個腦袋和人脈知道該偷哪輛廂型車——至少我遇到的人都是這樣。再說，他們名冊裡的貝澤爾警察比自家成員還多，如果是統派幹的，他們肯定有我們不知道、恐怖又祕密的一面。我跟賈瑞司談過……他真的……很害怕，」我說：「而且並非出於罪惡感，他是恐懼又傷心；我覺得他很喜歡她。」

「好吧。」過了一會兒，達特說道。他看著我，示意我上車，他自己則在車外站了一下子，打電話運籌帷幄，但音量小小的，話速又快，我完全聽不清楚。「好吧，我們來打破紀錄。」他緩緩說道。計程車也開始行駛。

「不管貝澤爾和烏廓瑪之間存在著什麼，誰要烏老大對我們各自說了什麼？你是警察，我也是警察，一起破案吧，柏魯——我們現在算搭檔了嗎？這個案子拖越久就越棘手，但我好歹能幫得上忙。你怎麼說？喔對，屋璜連個屁都不知道。」

他帶我去的地方離他辦公室很近，不像貝澤爾的警察酒吧那麼暗，比較有益身心健康，但我如果要辦婚宴還是不會選在那裡。現在勉強算是營業時間，但店裡超過半滿……總不可能所有顧客都是烏廓瑪警察吧？但我認出達特辦公室好幾名同仁，他們也認出了我。達特進去打招呼，我尾隨他，所到之處都有人竊竊低語，並對我射來烏廓瑪人那直率又迷人的注目禮。

「如假包換的謀殺，目前兩人下落不明。」我說，小心翼翼地看著他。「目前已知的所有關係人都調查過那裡。」

「該死，歐辛伊才不存在。」

「達特，我不是指那個。你自己明明說過有所謂的狂熱信徒和瘋子。」

「你別提了。我們認識最狂熱的瘋子才剛逃離犯罪現場，而且自由通行證還是你給的。」

「我今天早上應該第一時間跟你說的，抱歉。」

「你昨晚就該打給我。」

「就算找到人，我想我們也沒有足夠的證據拘留他——但還是很抱歉。」我張開雙手。我看了他一會兒，他好像正在設法解開某個難題。「我想解決這個案子。」他說。四周那些顧客的伊利坦口音聽起來很舒服。有一、兩個人看到我的訪客徽章，發出嘖嘖聲。達特給了我一杯啤酒。烏廓瑪啤酒有許多口味。

再過幾週就要告別冬天了。儘管烏廓瑪的氣溫沒有貝澤爾低，我還是覺得這裡比較冷。

「你覺得怎樣？如果你還是該死的不肯信任我……」

「達特，我跟你說過——」我壓低聲音，「沒有人知道那第一通電話，我也是一頭霧水，不知道發生了什麼事。我沒有刻意要解決什麼，只是僥倖被選上、成為一顆被利用的棋子，而原因是什麼，你我都不明白。有人基於某種理由信賴我、告訴我一連串資訊，我卻不知該如何處理。我很希望我接下來可以告訴你我只是『還』不知道，但實情是我真的毫無頭緒，甚至可說完全搞不清狀況。」

「賈瑞司怎麼認為？……我要去把那混球找出來。」但他不會去找的。

「我應該打給你的，但沒辦法……他不是我們的人。達特，你懂的，你一定很清楚……你幹警察多久了？你難道不知道會有這種情況發生嗎？」我輕拍胸口，而這招奏效。他點點頭。

我轉述賈瑞司在電話中說的內容。「見鬼。」說完時，他罵了一聲。

「或許真是這樣吧。」

「歐辛伊到底是什麼鬼？他想逃離的就是那個嗎？你在看的那本書——就鮑登寫的那本危險讀物——裡面是怎麼講的？」

「他寫了很多——非常非常多。我也不知道怎麼說才好。不過跟你講的一樣，歐辛伊荒謬又可笑。大抵就是說這裡有幕後的祕密統治者，權力甚至比跨界監察還大，什麼傀儡之王、隱藏的城市……之類的。」

「全是胡說八道。」

「的確，但重點是很多人相信。再說——」我攤攤手，「——底下有暗潮在洶湧，我們卻毫無頭緒。」

「你看完後我可能也會翻一下，」達特說：「欸靠——以後的事實在很難說，誰曉得呢？」他小心翼翼說出收場白。

「庫錫。」他的兩個同事對他舉杯，兩人年紀都跟我們相仿。下一個就輪到我了。那兩人的眼神透露出某種訊息，像好奇的動物一樣朝我們走來。「庫錫，我們都還沒機會見見這位貴賓呢！你都把他給藏起來了。」

「俞拉，」達特說：「凱，你們好嗎？柏魯，這兩位是警探某甲、警探某乙。」達特在我們之間揮著手；他們其中一人對達特挑眉。

「我只是想知道柏魯督察覺得烏廓瑪怎麼樣。」那個叫凱的人開口。達特哼了一聲，將啤酒飲盡。

「幹，你最好是有這麼好心。」他說，語調愉快卻又帶著火氣。「你只是想喝茫後找他理論。要是氣氛夠火——俞拉——搞不好還能打上一架，然後引發各種不幸的國際事件——搞不好暌違已久的戰爭就可以開打哩。你或許還會搬出老爸的事來聊——噢，他老爸當過烏廓瑪海軍，」他對我說：「有次為了幾個捕龍蝦的籠子什麼的，很白痴地跟貝澤爾一艘拖船起衝突，還得了類似耳鳴的鬼毛病。」我瞄了瞄那兩人，他們似乎都沒有特別生氣；凱的臉上甚至還帶著笑意。「我替你省點麻煩，」達特接著說：「如你所願，他正是個不折不扣的貝澤爾傻蛋，你可以到辦公室四處散布這個消息。欸，柏魯，走了。」

我們穿越達特局裡的停車場去取車。

「嘿……」他指著方向盤要我看。「我剛剛突然想到，你想嘗試在烏廓瑪的路上開車嗎？」

「謝謝，但還是不要了，我可能會搞混。」不論貝澤爾或烏廓瑪，我連在自己家鄉開車都很難了——因為必須同時應付本地與外地的車輛。「我會想到我第一次開車時……」我說：「但這裡的情況一定也一樣吧？當你看到路上行駛的所有車輛，必須學會對其他——也就是外國的車——視而不見，而且速度得夠快才不會擋到他們的去路。」達特點頭。「總之，我當年第一次開車，必須學著不停追過烏廓瑪那堆引擎轟隆作響的老爺車——某些地區還有驢車呢！可是雖然我視而不見，卻還是知道他們存在……都過了這麼多年，我現在反而一天到晚被我不該看到的烏廓瑪車子超過去。」

達特大笑，幾乎露出尷尬的表情。「人生總是大起大落吶，」他說：「十年後的今天就會換你們贏了。」

「關於這點我持保留態度。」

「別這樣嘛，」他說：「風水是會輪流轉的，這是不變的定律——而且你看現在已經開始轉了。」

「你說我們的出口品嗎？是有一、兩項可悲的小投資，但我想你們還是會持續當好一陣子的領頭狼。」

「我們被封鎖了耶！」

「但你們也沒變得多糟啊。華府很愛我們，我們在這方面給他們的回報最大呢——是可樂。」

「你別東挑西撿，」達特說：「你喝過加拿大可樂嗎？這跟那些個陳腔濫調的冷戰是一樣的。誰鳥美國人想怎麼玩？反正祝他們好運。噢……加拿大[40]……」他最後那句是用唱的。「飯店的食物怎麼

---

[40] 加拿大國歌《噢，加拿大》（Oh Canada）的第一句歌詞。

樣？」

「嗯，不好吃，跟其他飯店食物一樣糟。」

他踩下油門，離開我已逐漸熟悉的那條路。「親愛的，」他對著電話說：「晚飯能多準備一點嗎？……謝謝，太好了，我想帶新搭檔讓妳認識。」

他太太叫雅爾婭，長得很漂亮，小達特很多，不過她樂於扮演這個妻子角色。她會泰然自若地跟我打招呼，等在自家公寓門口，準備親吻我三次——這是烏廓瑪見面時的禮儀。

前往他家的路上，達特看著我問，「你可以嗎？」然後我很快就發現：如果從共有分治的角度來看，他家離我家根本不到一英里。在達特和雅爾婭的客廳，我發現他們的房間和我房間眺望的是同一片綠地；該綠地在貝澤爾名為瑪姬萊娜綠園，在烏廓瑪則叫做快索公園，那是一塊完美平衡的重疊區。我常在瑪姬萊娜散步，那裡有些地方連樹木都交錯重疊。烏廓瑪和貝澤爾的小孩爬樹時會經過彼此，卻也謹記父母嚴正的警告，對彼此視而不見。然而孩子是傳染病的溫床，是一種傳播疾病的途徑。在我的家鄉，流行病一直是道難題。

「督察，你喜歡上烏廓瑪了嗎？」

「叫我泰亞鐸就好。我非常喜歡。」

「胡說！他根本覺得我們烏廓瑪人全是些壞人和白痴，還遭到來自隱密城市的祕密軍隊侵略。」達特的笑聲有點刺耳。「不管怎樣，我們其實不大有機會進行單純的觀光。」

「案子辦得順利嗎？」

「沒有什麼案子，」他對她說：「發生了一連串不可思議又不規律的危機，卻毫無道理可言。所以妳只能相信人生如戲，而事件的箭頭全指向某個死去的女孩。」

「這是真的嗎？」她問我。他們端出一道道菜肴，但不是自己煮的，比較像用許多冷凍食品和包裝食品搭出來——然而還是比我最近吃的東西美味許多，而且更有烏廓瑪氣息（雖然不盡完美）。在那座交錯重疊的公園中，天空因夜色和烏雲逐漸轉暗。

「你很想念馬鈴薯吧。」雅爾婭說。

「都寫在臉上了嗎？」

「因為你只挑馬鈴薯吃呀。」她的語調好像覺得自己是在開玩笑，「對你來說會不會太辣？」

「公園裡有人在看我們。」

「你怎麼知道？」她望了我肩膀後方一眼，「為了他們好，我希望他們人是在烏廓瑪。」她是金融雜誌編輯，而根據我看到的書和浴室的海報，她應該很喜歡日本漫畫。

「泰亞鐸，你結婚了嗎？」我本想回答雅爾婭的問題，但她很快就接著問下一個。「你是第一次來這裡嗎？」

「不是，但這是我第一次待這麼久。」

「所以你還不算了解這裡囉？」

「是啊。我以前或許會說自己很熟倫敦，但那也是好多年前了。」

「你很常旅行吧！你會把躲在城與城之間的人和違規跨界的人搞混嗎？」嗯……我覺得這句話不太中聽。「庫錫說你都花時間調查那個地方，就是他們挖掘被詛咒的古物的地點。」

「不論那些故事有多怪，其實那裡就跟大多地方沒兩樣，而且比傳言中更加官僚。」

「荒謬，」她突然露出懊悔的表情。「……我不該拿那件事開玩笑，畢竟我對那個死去的女孩一無所知。」

「因為妳從來不問啊。」達特說道。

「嗯……你有她的照片嗎？」雅爾婭問。但我想我的表情一定很驚訝，因為達特對我聳了聳肩。我把手伸進夾克內袋，但摸到照片時卻想起我只有那麼一張——在貝澤爾印下來、塞在錢包裡。那是瑪哈莉亞死後的模樣。我不能拿出來。

「不好意思，我沒有。」在短暫且安靜的幾秒間，我突然想到瑪哈莉亞只比雅爾婭小幾歲。我待得比預期久。她是個不錯的主人，當我把話題轉開，她就任我主導對話。我看著她跟達特進行不傷皮肉的抬槓，心中想著：現在我離快索公園這麼近，身旁又有這對甜蜜夫妻，真是讓我感動得幾乎要忘了一切。

我看著雅爾婭和達特，不禁想起莎芮思卡和碧薩雅，也回想起艾堪．崔那過度的熱心、讓人起疑的態度。

離開時，達特帶我下樓，往車子的方向走去。但我對他說：「我自己走路回去就好。」

他凝視著我。「還好嗎？」他說：「你一整晚都怪怪的。」

「我很好，抱歉……我很抱歉，我不是故意要這麼失禮。你們都對我很好，真的，今天晚上我過的很愉快。雅爾婭她……你真是好運啊。只是我想把一切思考清楚。我可以自己走的，我有帶錢，烏廓瑪的鈔票。」我給他看了我的錢包，「我也有帶所有證件和訪客徽章——我知道，放我獨自一個人在外頭走動會讓你不太自在，但說老實話，我現在很想散散步；我需要單獨在外頭透透氣；畢竟這是個美麗的夜晚。」

「你說啥？現在在下雨欸。」

「我喜歡下雨——再說這只是毛毛雨——你要是到貝澤爾肯定熬不過一天，貝澤爾下的可是真正的雨呢。」這是個老笑話了，但他聽了露出微笑，不再堅持。

「隨便你。我們得一起解決這個案子，而且我們到現在都還沒有太大進展。」

「這我知道。」

「我們難道不是各自那邊的菁英嗎？但現在我們尤蘭達還沒找著，鮑登也不見了，我們沒辦法靠這個案子贏得勳章了。」他看了一下四周，「說真格的——現在到底怎麼回事？」

「我知道的你也都知道。」我說。

「我覺得很煩的是，」他說：「難道沒有什麼方法可以合理解釋這團亂嗎？——方法一定有，但我一定不會想嘗試。我不相信……」他對著這不懷好意的祕密之城揮手，凝望那長長的街道。這裡屬於完全地帶，因此上面那扇窗戶透出的光線都屬烏廓瑪所有。現在還不算晚，我們也不孤單。與達特家街道垂直相交的某條路亮著燈光，路人都成了剪影。這條路大部分屬於貝澤爾，而有那麼一瞬間，我覺得其中一個黑色人影看了我們數秒之久，久到足以算是違規跨界。但接著他們一行人就繼續前進。

我開始走，一邊欣賞這個城市的人淋溼的身影。我沒有特別要去哪兒，只是一逕往南，形單影隻經過那些有伴的人。我幻想著能走到莎芮思卡或碧薩雅的住處，甚至去找寇葳也行——都是這該死的憂鬱害的。她們都知道我在烏廓瑪，我可以去找她們，跟她們並肩走在街上，中間保持數英寸距離，卻不能承認彼此存在。

就跟那個老故事如出一轍。

可是我不會那樣做，面對自己的舊識和朋友卻不能看，這種情形真的很少見，而且也令人極度不舒服。於是我就這麼從自家門前走過。

我有點想看看鄰居。應該沒有鄰居知道我出國，他們或許會一如往常先跟我打招呼，然後才看到我身上的烏廓瑪旅客徽章，接著慌慌張張地努力不違規跨界。鄰居家的燈亮起，不過他們都待在家裡沒出門。

在烏廓瑪，我走在伊歐依街上。這條街跟我住的羅西德街交錯重疊得相當平均。我家隔壁的隔壁是一間營業至深夜的烏廓瑪小酒店，四周的行人有一半都在烏廓瑪，所以我在這個共有分治區駐足，就算身體離我家大門很近，卻肯定能夠視若無睹——話是這麼說，我沒把握的其實是心裡那股無以名狀的感受。我慢慢越靠越近，眼睛緊盯著烏廓瑪人的家門口。

有人在看我。那人看起來像個老太太。我在黑暗中幾乎看不到她，當然也不知道她的模樣。但最令人好奇的是她的站姿——我一眼就注意到她的穿著，卻無法確定她身在哪一座城市。這種瞬間的不確定感常有，但這次卻持續更久，於是我的擔憂不減反增，因為她拒絕讓我看出她的所在處。

我看到其他類似的身影出現，一樣曖昧難辨。那些人沒靠近我，甚至也沒動，維持著同樣的姿勢，反而更引人注意。那個女人一直盯著我，並朝我的方向走了一、兩步……她若不是身在烏廓瑪，就算是違規跨界了。

她的舉動逼得我往後退——而且是節節敗退。接下來是一段恐怖的停頓，直到遲來的領悟讓她跟其他人做出相同的動作，突然消失在那片籠罩全身的黑暗中。我離開了那個地方，雖然不至拔腿奔跑，但也夠快了。我回到更明亮的街道上。

我沒有直接走回飯店。待心跳平復後，我在一個有人出沒的地點逗留幾分鐘，走到以前曾來過的一個絕佳位置，站定腳步，從這裡俯瞰博爾耶安。我比以往更小心謹慎，努力擺出一副烏廓瑪人的模樣。接下來這個小時，我在那兒觀察沒亮燈的挖掘洞穴，期間沒有任何烏廓瑪警察過來盤問。目前為止，烏廓瑪警方要不是惡狠狠地出場，就是完全不見人影。我想鐵定有某種方法能讓烏廓瑪警察過來稍微關切，只是我不知道那方法是什麼。

我請希爾頓飯店早上五點叫醒我，並要求櫃臺小姐幫我列印一則訊息——因為那個叫「商務中心」的小房間已經休息了。她用印有希爾頓標誌的紙張幫我列印。

「能請妳用白紙嗎？」我眨眨眼，「以免有字被蓋住。」她對我微笑，但又有點不確定自己跟我算不算熟。「能幫我念出來嗎？」

「『緊急事件。盡快來。不要打電話。』」

「很好。」

隔天早上，我回到昨晚那個俯瞰挖掘現場的點，取道穿越城市的一條迂迴步行小徑。雖然礙於法規，我必須配戴旅客徽章，但我把它別在夾克翻領最邊邊，衣料折起來的地方，只有知道要看的人才看得到。我身上的夾克是正統烏廓瑪設計，跟我的帽子一樣，雖然不是全新，但對我來說倒是相當新鮮。

我出門的時間還早，沒有任何商家開門營業，但在人行道最遠的那一頭，有一名驚訝的烏廓瑪男子。他身上的外出服比我的貴一些，也比較輕便。

雖然無法保證不被監視，但至少不會是烏廓瑪警方。天才剛亮沒多久，街上已經到處都是烏廓瑪人。我不打算冒險走近博爾耶安。隨著早晨的時光漸漸流逝，城中擠滿數百名孩童，大多穿著謹守規定的烏廓瑪制服，其中也有許多街童。我努力讓自己低調不起眼，拿著一份頭條字太多的《烏廓瑪納岫那報》暗中觀察，一邊吃街邊小販賣的油炸食品當早餐。此時陸續有人抵達挖掘現場，他們通常是一小群人一起。當這些人出示通行證、進到裡面，因為距離太遠，我無法認出身分。

我在那裡等了一陣子。

我走近一個小女孩，她穿著尺寸過大的運動鞋和牛仔短褲，一臉狐疑地看著我。我拿出一張五第納爾紙鈔和一個密封的信封。

「看到那個地方了嗎？那扇大門？」她謹慎地點點頭。在成人世界裡，當然也有這些孩子的位置；他們可以扮演投機的信差。

「你打哪兒來的？」她說。

「巴黎，」我說：「但請幫我保密，不要告訴別人，我有事情要拜託妳：妳覺得妳能說服那些警衛幫妳叫人出來嗎？」她點點頭。「我會跟妳說一個名字，我需要妳去那裡找出叫那個名字的人——只要找那個人就好——然後把這個信封交給那個人。」

她要不是太老實，就是很清楚狀況。真是個聰明的女孩。從我站的地方幾乎可以完整看到她走向博爾耶安門口的過程。她帶著信在人群中穿梭，個頭小小的，但腳程很快——這個賺錢的任務越快完成，她就能更快找到另一份差事。她和其他無家可歸的小孩一樣，被暱稱為「工作鼠」。而為何叫這名字——我想應該很清楚了。

她到達門口後過了幾分鐘，有人出現。那人動作很快，全身包得密不透風，頭垂的低低，腳步不自然，迅速離開挖掘現場。雖然那人離我很遠，也如我所料單獨現身，我還是能看得出來。那是艾堪·崔。

我以前也這麼做過。我的確能讓他不離開我的視線範圍，但在不熟悉的城市裡，這麼做的難度就變高了。而且我還要確保自己不被發現。不過在他的「幫助」下，事情變得比原本簡單——他完全沒回頭，而且走的都是最大條、人最多、交錯重疊的道路，只有一、兩處例外。我猜這應該是最快的路線。

難的部分在於他上公車後。我離他很近，坐在看得到他的位置，藏在報紙後面。手機響起時，我瑟縮了一下，但我不是公車上第一個手機響的，而且艾堪連看都沒看我一眼。達特打來。我把電話轉至語音信箱，手機關靜音。

艾堪下車，我跟著他來到一棟完全屬於烏廓瑪的國宅，那兒很荒涼，已過比珊科，離市中心有一段距離。這裡沒有美麗的螺旋塔，也沒有指標性的充氣室。擁擠的水泥房屋並非廢墟，反而充滿噪音，住滿了人，到處垃圾。這裡很像貝澤爾最貧窮的住宅區，但又比那裡更窮困，充斥不同語言，小孩和妓女穿著異國衣物。當艾堪進入一棟溼淋淋的大樓，開始走水泥樓梯往上，我才必須小心翼翼盡量放輕腳步。我經過了一些塗鴉和動物的排泄物，我聽著他在我面前快步行走，最後停了下來，輕輕敲門。我放慢速度。

「是我，」我聽到他說：「是我，我來了。」

有人回應，聲音驚恐——不過也可能因為我認為應門的人應該會驚恐。我繼續往上，小心地不發出一絲聲響。*真希望我身上有槍。*

「是妳叫我來的啊，」艾堪說：「是妳說的，讓我進去——現在到底是怎樣？」門稍微發出咯吱咯吱，應門的人低聲說話，但只比剛剛大聲一點。現在我們只隔著一根很髒的柱子了。我屏住呼吸。

「可是妳說……」門開得更大，我聽到艾堪走進去，立刻一個轉身，飛快穿過他身後的樓梯平臺。他沒時間認出我是誰，也沒時間回頭，而我用力推了他一把，讓他滾進微開的門內，「碰」一聲把門完全撞開。某個人被推到一邊，艾堪則四腳朝天跌在玄關後的地板上。我聽到一聲尖叫，不過我已經跟著他進去，並將身後的門用力關上。我抵著門，擋住出入口，沿著房與房之間的陰暗通道往前望，低頭看到艾堪氣喘吁吁，掙扎著要爬起來，接著又看到一名一邊尖叫、一邊往後退的年輕女子。她驚恐地瞪著我。

我伸出一根手指放在脣邊，她一定也剛好需要換氣，所以安靜了下來。

「不對，艾堪，」我說：「她什麼都沒說；那封信不是她給你的。」

「艾堪。」她哽咽。

「好了，」我再次舉起手指、放在脣邊，「我不會傷害妳，那不是我來此的目的。我們都很清楚想害妳的另有其人。尤蘭達，我想助妳一臂之力。」

她又哭了起來，而我不知道那是出於恐懼，還是如釋重負的眼淚。

19

艾堪起身想攻擊我。他身材魁梧、雙手握拳，似乎有研究過拳擊。但如果他真學過，肯定也沒有學得很好。我把他絆倒，一手把他的頭朝下壓在髒兮兮的地毯上，另一手把他手臂扭到背後。尤蘭達大喊著他的名字，然而我都跨騎在他身上了，他還硬是半挺起身，所以我又把他的頭壓了下去，直到確定他流出鼻血為止。我堵在他們和大門之間。

「夠了，」我說：「可以冷靜一下嗎？我不是專程跑來這裡傷害她的。」這是力與力的對決，要是我不意圖折斷他的手臂，最終他一定會把我制服在地。這兩種結果都非我們所樂見。「尤蘭達，看在老天分上。」我對上她的眼神，人則騎坐在掙扎不休的艾堪身上。「我有槍——如果我想傷人，直接開槍不就好了嗎？」我撒這個謊時改用了英文。

「阿堪。」她終於喚了他的名字，艾堪幾乎是立刻恢復冷靜。她凝視著我，退回走廊另一頭的牆邊，雙手緊貼牆面。

「我的手臂受傷了啦。」艾堪在我身下說。

「我很遺憾。但如果我讓他起來，這傢伙會守規矩嗎？」我用英文對尤蘭達說：「我是來這裡幫妳的，我知道妳很害怕——艾堪，你聽到了嗎？」兩種語言交替使用並不難——說老實話還挺令人興奮的。「我放開你的話，你會好好安撫尤蘭達嗎？」

他沒有去抹汩汩流下的鼻血，只是把手臂撐在那裡。雖然沒辦法輕鬆不環抱著她，艾堪還是親暱地靠上前，環住她的身體，擋在她跟我之間。尤蘭達從他身後看著我，態度謹慎，但沒有恐懼。

「你想要什麼？」她說。

「我知道妳很怕。我不是烏廓瑪警察——我跟妳一樣不信任他們，我不會報警叫他們來。不如讓我幫妳吧。」

在尤蘭達稱為「客廳」的空間中，她蜷進一張舊椅子裡，那可能是他們從同一棟樓的其他廢屋拖過來的。此處還有幾張類似的椅子，損壞程度不盡相同，但都很乾淨。從窗戶那兒可以俯瞰大樓中庭。我聽到烏廓瑪的男孩湊合著在玩克難英式橄欖；然而窗玻璃結了霜，看不見他們的身影。

她的書籍和家當放在散落四周的箱內，還有一臺廉價筆電及噴墨印表機。但目前看來並沒有電。牆上沒有海報，房間的門敞開。我靠著門，看著地上的兩張照片：一張是艾堪，另一張裝在比較好的相框中，照片上的尤蘭達和瑪哈莉亞藏在雞尾酒杯後微笑。

尤蘭達站起又坐下，不願對上我的視線。她並沒有費心藏起恐懼。雖然害怕的程度沒有減輕，但我已不再是令她恐懼的對象。她不敢表現出好像又重獲希望的樣子，但也不因此自我縱容。我以前看過這種表情。對於亟欲獲得解救的人而言，這是合情合理。

「艾堪做的很不錯。」我又換成英文。雖然他沒用英文，但也沒要求翻譯。他站在尤蘭達的椅子旁邊注視我。「妳叫他找個能悄悄離開烏廓瑪的方法。運氣如何？」

「你怎麼知道我在這兒？」

「妳男友一直照妳吩咐行事；他努力地在找事情真相——他在乎的人是瑪哈莉亞．吉理嗎？可是沒人這麼說，因為他真正在乎的人其實是妳，這樣他到處打聽吉理的消息就很奇怪了——然而這其實是妳叫他去問的——這就讓人好奇了。他為什麼願意那麼做？而妳——妳以前的確在乎吉理，可是現在妳在乎的是自己。」

她再次站起來，轉頭去看牆壁。我等著她開口，然而她不肯，我就把話接下去。「妳會叫他來問我，我有點受寵若驚。我想妳認為我是唯一跟這件事無關的警察；因為我是外來的。」

「你完全不了解情況！」她轉身看我，「我才不相信你——」

「好！好！我沒說妳相信，」這種安慰法也許很怪吧。艾堪旁觀著我們這場急又快的對話。

「妳都沒離開過這裡嗎？」我說：「那妳吃什麼？罐頭嗎？艾堪應該會送食物過來，但他不太……」

「他沒辦法常來。你怎麼找到我的？」

「讓他解釋吧。他接到訊息叫他回來這裡，依我看來，不論結果如何，他真的很努力地想照顧妳。」

「他也做到了。」

「我看得出來。」從外頭的噪音判斷，有狗打起來了，而各家飼主也加入戰局。我的手機嗡嗡響，即使關靜音也還是聽得見。她往後退，一副我會拿手機射殺的模樣。螢幕顯示達特來電。

「聽我說，」我說：「我會關機、我會關機的。」如果達特用點心，就會發現鈴聲響前他的電話就轉進語音信箱。「到底發生了什麼事？是誰讓妳這麼焦慮心煩？妳為什麼要逃？而且還逃成功了？」

「我沒讓他們有機可乘。你也看到瑪哈莉亞的下場，她是我的朋友。我一直試圖告訴自己情況不會再更糟，但她死了。」說出那個字時，她幾乎滿懷敬畏；尤蘭達的臉垮了下來，她搖著頭。「他們殺了她。」

「妳的父母都沒有妳的消息……」

「我不能……我不能跟他們連絡，我必須……」她咬著指甲，朝上瞄了一眼。「等我逃出去——」

「妳要直接逃到鄰國的大使館嗎？穿越這些高山嗎？為什麼不選這裡的大使館或貝澤爾的？」

「你應該知道原因啊。」

「妳先假設我不知道。」

「因為不管是這裡或那裡，他們都在，他們操控著一切，而且到處找我。我能成功脫逃只是因為他們還沒成功，但他們已經準備要殺我滅口了──就像殺掉我朋友一樣；因為我知道他們真實存在。」

這樣的她一定讓艾堪想擁她入懷。

「他們是誰？」然而答案昭然若揭──

「第三城市，在城與城之間；歐辛伊。」

如果大約回到一星期前，我會跟她說她很傻，不然就是太偏執。在她說明這個陰謀論時，我有一剎那想直接嗆她「妳錯了」，所以下意識安靜了幾秒。但我的猶豫卻加強了她的信念，誤以為我認同她。

她瞪大眼睛，覺得我也參與了這個陰謀。而在情況尚未明朗之前，我也裝得跟真的一樣。現在我無法跟她說她沒有生命危險，也不能告訴她鮑登跟我更是無害到不行──鮑登可能早死了──當然我也不能說我有能力保護她。我什麼都不能跟她說。

尤蘭達一直躲在這兒，忠心耿耿的艾堪幫她找了這個地方，先打理過。她從沒想過自己會跑到城裡的這區，那時他們連夜祕密潛逃，費了很大工夫，故意繞很多路才抵達這裡，而前一天她根本連這兒叫什麼名字都不知道。他們盡量把這個地方整理得可以住人，但畢竟這裡原本是貧民窟裡的廢棄小屋，所以她還是揮不去那種被看不見的力量逮到的恐懼。她知道那些力量想置她於死。

雖然我認為她不曾見識過這種地方，然而此話也未必正確。她可能早看過一、兩部類似的紀錄片——大抵不脫《烏廓瑪夢的黑暗面》或《新蒼狼經濟強國病了》之類的片名。拿我們鄰居當主題的影片在貝澤爾一向不大受歡迎，也很難找到，所以我不敢打包票。但如果有些賣座片——尤其是以烏廓瑪貧民窟黑道為背景——她看過就沒什麼好大驚小怪。電影內容大抵是小小毒品走私者犯下震驚社會的謀殺，殺害同行，目的是要贖罪。尤蘭達或許有看過烏廓瑪社會最底層的影片，但絕不會萌生想親臨現場的念頭。

「妳認識鄰居嗎？」

她板著臉，「靠聲音認。」

「尤蘭達，我知道妳很怕——」

「他們殺了瑪哈莉亞，也殺了鮑登博士，現在他們要來殺我了。」

「我知道妳怕，但妳必須幫我；我會把妳弄出這裡，但我必須知道來龍去脈。要是我一無所知，就沒辦法幫妳。」

「幫我？」她環顧屋內，「你要我告訴你發生了什麼事？當然可以，你有在這裡打地鋪的心理準備嗎？要想知道，你就非睡在這裡不可。而且當你知道之後，他們也會找上你的。」

「我沒問題。」

她嘆了一口氣，低下頭。

艾堪問：「還好嗎？」而他說的是伊利坦語。她聳聳肩，表示也許吧。

「她怎麼發現歐辛伊的？」

「不知道。」

「它在哪裡？」

「我不知道，也不想知道。她只說有個接頭的地方，其他沒多透露，我也無所謂。」

「她為什麼只告訴妳？」她似乎對賈瑞司一無所知。

「她沒瘋，你也看到鮑登博士的遭遇了吧？沒有人會承認自己想知道歐辛伊。那一直是她來這裡的目的，但她絕對不會跟任何人說，正好他們也想要這樣——就是歐辛伊人。所有人都認為他們不是真的，但這對他們來說反而最理想。他們也依循這種模式治理國家。」

「她的博士……」

「她並不在乎學位。她只要讓南西教授別煩她就好。她來這裡的目的是歐辛伊——你們知道是他們主動跟她聯繫的嗎？」她一臉熱切地盯著我，「我是認真的。她有點……第一次是她去貝澤爾開研討會，她像個連珠砲似的說個沒完，那裡有很多政客及學者之類的人在場，引發了一點——」

「——她樹敵不少。我聽說是這樣。」

「噢，國家主義者一直很注意她，兩邊都是，我們早就知道了——不過那不是問題所在。那時看見她的是歐辛伊。他們無所不在。」

很顯然，她把自己弄得很顯眼。蘇拉．卡春雅就看過她：我還記得在監督委員會提到那件事時她臉上是什麼表情。就我所知，看到她的還有麥可．布歷斯等幾個人；賽德或許也有。搞不好還有其他對此感興趣的不知名人士。「她讀完《城與城之間》，開始提筆寫歐辛伊，提出一些正面評論，做了很多研究和一堆瘋狂小筆記，接著——」尤蘭達做了個書寫的動作，「她收到一封信。」

「她有讓妳看那封信？」

她點頭。「但其實我看不懂，因為整封信都是以字根寫成，用的是兩城分裂前的語言；一種比貝澤爾和烏廓瑪還早出現的古老文字。」

「妳知道信裡寫了什麼嗎？」

「這是她親口告訴我的，信的內容大概是：我們都在看著妳——你懂的。想再多知道一些嗎？還有其他的信。」

「她給妳看？」

「不算直接。」

「他們對她說了什麼？為什麼要這麼做？」

「因為她知道他們的祕密；他們看出她想要加入，所以把她納入麾下，要她做某些事。那很像……入會必備儀式。她提供消息給她們，幫忙送東西。」這實在太不可思議了。她的眼神似乎在等我出言嘲笑，但我保持沉默。「他們給她一個可以交付信件和物品的住址，地點都在爭議地區；訊息就這麼來回傳遞。她會回信，他們則告訴她歐辛伊的一切。她跟我提過一點歐辛伊的情況和歷史，而該城就像……一個無人能看見的地方，因為大家都以為他們在另一個城市：貝澤爾人以為他們在烏廓瑪、烏廓瑪人以為他們在貝澤爾。歐辛伊的人不像我們。他們可以做到……」

「她見過他們嗎？」

尤蘭達站在玻璃窗旁，眼神俯視窗外。從這個角度，她不會被玻璃上的凝霜映射的光線照到，因而洩漏行蹤。她轉身看著我，卻一語不發。冷靜下來後，她已勇氣盡失。艾堪走近她，像個觀看網球比賽的觀眾，眼神在我和她之間梭巡。最後，尤蘭達聳聳肩。

「我不知道。」

「告訴我。」

「她是很想見他們，但是……我不知道。就我所知，他們一開始是拒絕的，說時機未到。他們跟她說了很多事，有歷史、還有我們正在做的這些……兩城分裂前時期的東西……都屬於他們。烏廓瑪──甚至貝澤爾挖出古文物時，一定要查明歸屬權、發掘地點等等，你知道吧？兩城分裂前時期的東西不屬於烏廓瑪或貝澤爾，屬於歐辛伊：這是亙古不變的道理。他們還告訴她，我們在烏廓瑪挖出的一切只有親手埋下去的人才會了解。那段時期是他們的歷史。在烏廓瑪和貝澤爾分裂或統一之前一直在這裡，在兩城人民身邊，從沒離開。」

「但那些東西就一直靜靜躺在那兒，直到一群加拿大考古學家──」

「那是他們保存文物的地方；不是被遺棄的古物。烏廓瑪與貝澤爾的地底是他們的儲藏室，裡面的東西全歸歐辛伊所有。我們只是……我想她把我們考古挖掘的地點與發現都告訴他們了。」

「她替他們偷東西──」

「偷東西的人是我們。你要知道，她從來沒有違規跨界。」

「什麼？我以為你們全都──」

「你是說那些玩笑性質的跨界嗎？但瑪哈莉亞沒有──她也不能。她知道得太多，不容許任何閃失。她也說過，很可能有人在監視她。所以她從來沒有違規跨界，也沒有嘗試過那些你其實看不出來的方法──就是光站在那裡就違規跨界的那種。她不會讓跨界監察有機可乘。」她又開始發抖。我蹲下來環顧四周。「艾堪，」她用伊利坦語說：「能去幫我們買點喝的嗎？」艾堪其實很不願意離開，不過他有發現她已經不再怕我了。

「她真正做的，」她說：「只有去他們留信給她的地方；爭議地區就是歐辛伊的入口。她起初還以為自己就快能成為他們的一分子，」我靜靜等待，最後她又繼續說：「我一直追問她發生了什麼事，因為她最後幾個星期真的很不對勁。她不再去考古挖掘現場，也不去開會，什麼都不再參與。」

「這我有聽說。」

「我一直問，問她『到底發生了什麼事？』她一剛開始只說『沒事』，但到最後她說她很害怕。『事情不大對勁。』她說，而且很灰心。我覺得原因出在歐辛伊不讓她加入，還有她課業也不順——我實在沒看過她那麼認真在讀書。我問她怎麼回事，她只是反覆地說她很怕，還說她一直重複讀筆記，現在快要找出解答了——而且那不會是什麼好事。她說我們可能一直在扮演小偷，卻不自知。」

艾堪回來了。他幫我和尤蘭達買了溫熱的橘子汁。

「我覺得她應該是做了什麼舉動激怒歐辛伊。她知道她惹上麻煩，鮑登也是。她失蹤前說過——」

「他們為什麼要殺鮑登？」我說：「他根本就不相信歐辛伊存在。」

「拜託——老天——他絕對相信。一定是。多年來他否認歐辛伊是因為他需要工作，你讀過他的書嗎？他們會追捕每一個知情的人。瑪哈莉亞失蹤之前也說過鮑登有麻煩。他知道太多了——而我也是——現在你也跟我們一樣了。」

「妳之後有什麼打算？」

「先在這裡躲一陣子，然後再找機會離開。」

「現在一切都還好嗎？」我問。而她痛苦地看著我。「妳男友盡全力了。他還問了我如果有罪犯想逃出城市該怎麼做。」她聽了不禁露出一抹微笑。

「不如讓我幫妳吧。」

「你沒辦法的；他們無所不在。」

「不試試怎麼知道？」

「但你要怎麼保護我的安全？你現在也成為他們追捕的對象了。」

公寓外頭每幾秒就會傳來上樓的聲音；有大吼大叫，也有手持MP3播放的吵鬧音樂，聽起來像是饒舌樂，或烏廓瑪電子舞曲。音量之大，完全沒在顧禮貌。然而這種日常噪音也可能是障眼法。現在聽起來，好像每傳來幾種噪音後就會有聲音在公寓門前暫停一下。

「我們不知道真相是什麼。」我本來想再多說一些，卻突然發現我不知道要讓誰相信、還有相信些什麼，所以猶豫了。

她打斷我。

「瑪哈莉亞都知道——你要幹麼？」我正拿出手機，立刻舉高兩手，像是舉白旗投降。

「別慌，」我說：「我只是覺得……我們得想出下一步。或許有人可以幫我們——」

「住手。」她說。然後艾堪又是一副要衝向我的模樣。我做好閃躲的準備，揮舞手上的手機，讓她知道我沒打開。

「有個選項妳還沒試過，」我說：「妳可以到外面，走幾步過馬路，就能進入位於貝澤爾的亞胡街。」她看著我，一臉覺得我瘋了的模樣。「妳就站在那裡，揮動雙手——這樣做就是違規跨界。」她的眼睛睜得更大了。

屋外有個更吵的男人跑上樓，我們三人都先沉默不語。「妳都沒想過這方法嗎？可能值得一試啊。有誰能接觸到跨界監察？如果歐辛伊已經出馬抓妳……」尤蘭達瞪著自己裝書的箱子，以及被關在小房間裡的自己。「……搞不好這樣還比較安全。」

「瑪哈莉亞說過他們是敵人。」她的聲音聽起來很遙遠，「她還說貝澤爾和烏廓瑪的歷史其實就是歐辛伊和跨界監察的爭戰。在這場戰爭中，貝澤爾和烏廓瑪就像任人擺弄的棋子。他們可能會使出任何手段對付我。」

「沒那麼誇張啦，」我打斷她，「妳知道嗎？大多數違規跨界的外國人都只會被驅逐——」但她又打斷我。

「就算我知道他們的做法——而事實上我們並不知道——但請你想一想：夾在烏廓瑪與貝澤爾之間、隱藏超過千年的祕密國度，不論我們有沒有意識到，他們都一直監視著我們的一舉一動。這個組織運作的模式自成一格——你以為被跨界監察抓走會比較安全嗎？我——被抓到跨界監察的地盤上？我不是瑪哈莉亞；我連歐辛伊和跨界監察是敵是友都無法斷定。」說完，她看著我，我並沒有露出不屑的眼神。「他們搞不好是攜手合作，搞不好，數百年來，每當你們請求跨界監察幫助，就等同把權力放給歐辛伊。你們全坐在那裡，告訴彼此歐辛伊只存在童話故事中。而我是這麼認為：歐辛伊就是跨界監察給自己的名字。」

20

尤蘭達起先不想讓我進去，現在卻不想讓我離開。「他們會看到你！他們會找到你！等他們把你帶走，就會來抓我了。」

「我不能留在這兒。」

「他們會把你抓走的。」

「我真的不能留在這裡。」

她看著我從房間這頭走到那頭，走到窗邊又折回門口。

「不行——你不能從這裡打電話——」

「妳不能再這樣慌慌張張——」但我自己先住了嘴，畢竟我無法確定她的驚慌是否其來有自。「艾堪，有其他辦法可以離開這棟大樓嗎？」

「你說不走我們進來的那條路嗎？」他擰起眉，又鬆開一會兒。「樓下有些房間沒人住，或許可以穿過那些房間……」

「好。」開始下雨了，雨點打在模糊不清的窗戶上，白色窗戶外的天色說變就變——但應該只是暫有雨雲飄過，而且或許還洗淡了外頭的顏色。和晴朗或寒冷但出太陽的天氣相比，在這種氣候逃亡還比較安全。我在房內踱著步。

「你在烏廓瑪孤立無援，」尤蘭達低聲說道：「你有什麼能耐？」終於，我把眼神轉到她身上。

「妳相信我嗎？」我說。
「不相信。」
「唉，真糟，但妳也別無選擇。我會把妳弄出這裡，雖然這兒不是我的地盤，不過……」
「你想怎麼做？」
「把妳弄出這裡，再回到我自己的地盤，回到我可以發揮影響力的地方：我要把妳帶回貝澤爾。」
而她表示反對。她沒去過貝澤爾，而且兩座城市都在歐辛伊的掌控下，受跨界監察監視。但我不讓她繼續說下去。
「妳難道還有別的方法？這裡我完全不熟，可是只要回貝澤爾，我就可以把妳送出去——而且妳還可以幫到我。」
「你不能——」
「尤蘭達，別說了；艾堪，你再移動一步試看看。」已經沒時間傻待在這裡了。她說得對，我只能孤注一擲。「我能把妳弄出去——但不是從這裡。再給我一天時間，在這裡等我；艾堪，你在博爾耶安的工作已經結束了，你再也不是那裡的保全；你現在的工作就是待在這裡好好照顧尤蘭達。」
雖然他能提供的保護有限，但他要是繼續與博爾耶安牽扯不清，除了我以外，終究會引起別人注意。
「我會回來——妳懂我意思嗎？到時我就能把妳弄出去。」
她還有一堆罐頭可以撐幾天。這個小客廳兼臥房、外加一間更小的房間，整個瀰漫溼氣，廚房的電力和瓦斯都斷了，浴室狀況也不好，但至少還能再忍耐個一、兩天。艾堪從水塔提了幾桶水回來，可以用來沖。他買了一堆空氣清新劑，結果混合出跟原本截然不同的難聞臭氣。
「留在這裡，」我說：「我會再回來的。」艾堪聽得懂——雖然我說的是英文。他露出微笑。

我又用奧地利腔再對他說一次。

不過尤蘭達聽不懂笑點。「我會幫妳逃出去的。」我又對她說。

我到一樓撞開了幾扇門，終於找到一間空公寓。雖然這裡遭祝融蹂躪已經是很久以前的事，但還是聞得到焦碳的氣味。我站在窗玻璃全破光的廚房，注視外頭那些吃苦耐勞、不肯去躲雨的男孩女孩。

這一看就看了很久，我把所有陰影處也檢查了一遍。但我只有看到那些孩子。我把袖子拉長到指尖、做好防護，以免窗沿還殘留玻璃；我跳到窗外的庭院——就算有小孩看到我大概也不會放在心上。

我知道怎樣才能確保不被跟蹤。我快步走過建案旁的迂迴小路，路兩旁有垃圾桶和車輛、塗鴉和兒童遊樂場，最後我成功繞出死胡同，四周出現烏廓瑪的街景——以及貝澤爾。路上有幾名行人，我鬆了口氣，還好我不是這裡唯一必須出門的人。稍事休息後，我跟其他人一樣做出避雨的姿勢，繼續走，最後才打開手機——它馬上憤怒地連響好幾聲，通知我漏掉了多少訊息：全是達特傳來的。我非常餓，可也不知道怎麼回烏廓瑪舊鎮，只能四處亂走，想找地鐵站，卻只找到一座公用電話亭。我打電話給他。

「達特。」

「我是柏魯。」

「你死到哪裡去了？你現在人在哪裡？」他很憤怒，但也因為我們狼狽為奸無法理直氣壯。我聽得出他轉過身對著電話悄聲說話。這是好事一樁。「媽的，我已經打了好幾個小時電話給你，你還好嗎？到底發生什麼事了？」

「我很好，不過……」

「真的發生什麼事了吧？」他的語調中雖有怒火，卻也混雜其他情緒。

「沒錯，真的發生了點事：我現在還不能說。」

「去你媽的不能說。」

「聽著——你聽好，我現在必須跟你通話，但沒空聽你抱怨。你想知道發生了什麼事，就跟我見面。只是我不知道該約在——」我翻找街道地圖，「——約在卡因榭吧，車站旁廣場，兩個小時後見——對了，達特，不要帶任何人。這件事他媽的非常重要，這兒發生的狀況比你知道的還多，而我不曉得該找誰談——這次你願意幫我嗎？」

我讓他等了一個小時，躲在角落監視，他一定也知道我會這麼做。卡因榭車站是這座城的主要車站，站外廣場上，烏廓瑪人熙來攘往，不是坐在咖啡廳、站在街頭藝人旁看表演，就是在跟小販買DVD和電器用品。而這廣場屬於貝澤爾的分身，則有零星幾個被視而不見的貝澤爾居民在交集區內。我待在一個香菸攤的暗處。這香菸攤外觀仿烏廓瑪臨時小屋，這種房式在溼地一度挺常見，拾荒者會在交錯重疊的溼地爛泥中撿寶。我看到達特在找我，但故意不讓他看見，直到天色再暗一點。我想看看他會不會打電話（但他沒有），或打手勢（這也沒有），他只是喝了一杯又一杯的茶，在陰暗處擺著臭臉，表情越來越凝重。最後，我走到他視線可及之處，以規律的節奏打著小小的手勢。等他看到我，我示意他過來。

「哇靠，現在是怎樣？」他說：「我接到你老大和寇葳打來的電話——不過那寇葳又是哪根蔥？發生什麼事了？」

「你可以盡量生氣，我不怪你。但既然你現在壓低了音量，就表示你在警戒什麼。你想知道事情原委；你沒有猜錯，的確有進展：我找到尤蘭達了。」

我不願透露尤蘭達的所在地，他氣得要死，說要鬧成國際事件，大肆威脅我。「操，這可不是你的城市。」他說：「你來這裡，用我們的資源，還他媽的阻礙我們調查。」他還罵了很多別的，不過依然壓低了音量，也亦步亦趨跟著我，所以我就讓他發作個一陣子，然後才開始跟他說明尤蘭達有多怕。

「我們都知道，像我們這些人無法讓她安心，」我說：「拜託，我們都不知道這一切的真相——關於統派分子、國家主義者、炸彈，還有歐辛伊，我們全都一無所知……該死，達特，我們只知道……」他瞪大眼睛看著我，我繼續說：「不論是什麼——」我掃視著周遭，表示一切都是發生在我們身旁，「情況都越來越糟。」

我們沉默了一陣子。「媽的，所以你到底幹麼要跟我說？」

「因為我需要援手。不過，你說得對，這麼做可能是大錯特錯。你是唯一可能懂的人……只有你才了解事情將發展到什麼規模。我想幫她離開這裡——你聽我說：這跟烏廓瑪無關。我不信你，也一樣不信我自己的人。可是我只想幫助那名女孩離開這裡，遠離烏廓瑪、遠離貝澤爾。但我在這裡完全使不上力；這裡不是我的地盤。她在這裡被監視著。」

「我也許幫得上忙。」

「你自願嗎？」他什麼都沒說：「好吧。至少我是願意的。我在家鄉有幾個連絡人，做我們這行業的，要是沒有能耐弄到幾張非法票券或假文件，也是幹不久。我可以把她藏起來。回貝澤爾後，我可以利用把她弄出去前的時間跟她深談，好對整件事有更清楚的了解。我們這樣做不代表放棄，其實正好相反；如果我們能把她送到安全處，別人攻其不備的可能性就更小；說不定我們能因此釐清事情真相。」

「你說過瑪哈莉亞在貝澤爾樹敵無數；我以為你很確定就是那些人幹的。」

「國家主義者嗎？現在這說不太通了。首先，這些事遠遠超出賽德和他的爪牙能力所及。再說，尤蘭達並沒有惹火貝澤爾人：她從沒去過那地方。只要我能回去，我就能盡我本分。」其實我能做的比普通警察還多——例如動用關係、賣點人情。「達特，我沒有排擠你的意思。要是我從尤蘭達那裡知道更多，一定會把知道的一切告訴你；或許回去後我們還可以聯手將罪犯緝捕歸案。不過，我認為要先把那女孩弄出這裡——她快嚇死了。但她這種反應難道有錯嗎？」

達特不停搖頭，對我的話既不同意、也不反對。過了一會兒，他開口了——而且語氣簡潔扼要。

「我再派手下到統派分子那裡調查，賈瑞司連個影兒都沒有，我們甚至連那小混蛋的真名都不知道。他的同伴就算知道他在哪裡，或他跟瑪哈莉亞交往的狀況，也會隻字不提。」

「你信他們嗎？」

他聳聳肩。「我們一直在查那些人，卻查不出任何東西。他們好像連個屁都不知道。其中一、兩個人顯然對『瑪爾雅』有印象，但大多數人根本從來沒見過她。」

「那這跟他們扯不上關係了。」

「噢，他們倒是跟很多爛事牽扯不清呢，你甭擔心。長期潛伏在裡頭的間諜說他們接下來要做很多事，準備要打破疆界的藩籬啊，計畫各種革命行動啊……」

「我們現在不是在說那個。話說回來，你剛說的那些本來就有風聲啊。」

我再次將辦案過程中發生的一切條列出來，他則默不作聲。我們在黑暗中慢下腳步，走到有燈光的地方才又加快。我告訴他，根據尤蘭達的說法，瑪哈莉亞說過鮑登也有危險，他停下腳步，而我們在嚴寒中靜靜站了幾秒。

「今天你跟偏執狂小姐在那邊胡搞瞎搞時，我們去搜了鮑登的住處：沒有強行侵入和掙扎打鬥的跡象——什麼都沒有：食物放在一邊，書本攤開，擺椅子上——噢，我們倒是在書桌上找到一封信。」

「誰寄的？」

「果然——雅爾婭說過你在某方面挺有概念。那封信沒寫寄件人，也不是用伊利坦語寫的：只有一個字。我本來以為是很怪的貝澤爾語，卻猜錯了：那是兩城分裂前的語言。」

「什麼？你什麼意思？」

「我把信拿去給南西看。她說那是她從沒看過的古老文字，所以她也不敢斷定……諸如此類的鬼話，不過她很肯定那代表某種警告。」

「警告什麼？」

「就是警告。就像那種骷髏頭和交叉白骨的符號；那個字本身就是個警告。」天色已經暗得我們看不清楚彼此面容。我把他帶到一個十字路口（但不是故意的），附近交錯的馬路有一條完全屬於貝澤爾；低矮磚造建築亮著褐色燈光，身穿長大衣的男男女女走在騎樓之下，經過我必須視而不見的深褐色招牌，它搖搖晃晃，將烏廓瑪鈉燈照射下的玻璃櫥窗與進口商品一分為二，變得像某種一再出現的古老物品。

「誰會用那種……？」

「該死，你不要跟我提什麼神祕城市——不准提。」達特滿臉愁容，無精打采。他轉過身，縮進一扇門邊的角落，用拳頭猛打自己的手掌好幾次。「實在是……搞什麼鬼啦！」他凝視著黑暗深處。

如果有人對尤蘭達與瑪哈莉亞的想法深深著迷，並學歐辛伊人一樣生活，那會是什麼樣子？微小又有力，嵌入另一個有機生命體的裂縫，並大開殺戒——很像寄生蟲吧。壁蝨一般的城市，殘忍又無情。

「就算……就算……哎呀，就算我和你的人都出了問題又怎樣？」達特終於說。

「你說被控制和收買。」

「那又怎樣？」

我們低聲交談，貝澤爾的某個玩意兒在頭頂隨風飄盪，發出來自異地的拍擊聲。「尤蘭達很肯定跨界監察就是歐辛伊。」我說道：「——我沒說我同意——唉，我都不知道自己在說什麼了——但我承諾會把她弄出去。」

「跨界監察可以把她弄出去。」

「你認為她錯了嗎？你他媽的就這麼篤定她一點都不用擔心那些人嗎？」我壓低音量，畢竟這種談話內容很危險。「他們還沒找到破綻——至少現在還沒發生任何違規跨界——而她希望能保持下去。」

「那你想怎麼做？」

「我想讓她離開這裡。我沒說這裡有人在監視她，我也不認為她完全是對的，但有人殺了瑪哈莉亞，將魔爪伸向鮑登；烏廓瑪有些什麼在蠢蠢欲動。達特，我需要你的幫助，不如跟我一起走吧。我們不能用官方手法來處理，她不會和任何官方組織合作。我答應過會好好照顧她，但這裡不是我的城市。你願意幫我嗎？——不行，這件事不能照規矩來，太危險。總之，你幫不幫？我得把她帶到貝澤爾。」

那天晚上我們沒回飯店，也沒去達特家。至今我們還沒被焦慮打倒，卻開始沉迷於這種滋味，表現出一副「這可能都是真的」的模樣。我們走了一整夜。

「見鬼，真不敢相信我幹了這種事。」他不停重複這句話，回頭看的頻率比我還高。

「我們可以想個辦法，把責任都歸到我身上。」我對他說。儘管這一切都不在我預期，我還是冒險把所知的一切都告訴他，讓他也一起被捲進來，讓他跟我站在同一陣線。

「緊跟人群，」我對他說：「緊貼交疊處走。」在人越多、兩城越近的地方，越能形成阻礙與干擾，對方無論要判斷或預測都會更困難。這不只是一座城市疊加一座城市；這叫基礎城市計算法則。

「我的簽證可以隨時出境，」我說：「你能幫她弄到出境通行證嗎？」

「柏魯，我肯定能給自己弄一張，也能幫一個該死的條子弄一張。」

「容我調整說法：你能給尤蘭達·羅迪格茲警官弄到出境通行證嗎？」他瞪我，我們依然用竊竊私語的音量說著話。

「她連烏廓瑪護照都申請不了啊……」

「所以，你能幫她解決嗎？我可不清楚你們的邊界警衛是什麼人。」

「你他媽到底在講什麼？」他又說了一次。路上行人漸少，散步不再有偽裝效果，反倒更引人注目。「我知道一個地方。」達特說。他說的是某間酒吧，就在烏廓瑪舊城郊區銀行對面的地下室。酒吧經理招呼他，臉上掛著以假亂真的愉快神情。酒吧裡頭煙霧瀰漫，擠滿男人，他們仔細打量達特，也都知道他的職業是什麼，儘管他的穿著只是尋常百姓。有一瞬間，他們以為達特是來抓變裝癖者，但他揮揮手，示意他們繼續玩自己的。

達特做了個手勢跟經理要電話；經理抿緊雙脣，從吧檯將電話遞給達特，達特再遞給我。

「老天——好啦！我就豁出去啦！」他說：「我可以幫她通關。」

現場傳來音樂聲，眾人大吼交談，非常嘈雜。我把電話的天線拉到最長，靠著吧檯蹲下來，整個人縮成一團，高度只到周圍男子的腹部——這樣似乎比較安靜。我不得不透過接線員撥打國際電話，但實在不喜歡這種方式。

「寇葳，我是柏魯。」

「天啊，等我一下——老天。」

「寇葳，很抱歉這麼晚還打給妳，聽得到嗎？」

「天啊——什麼時間……你在哪兒？我什麼屁都聽不到，你太——」

「我在一間酒吧裡。聽我說，抱歉這麼晚還打來，我要請妳幫我辦點事。」

「天啊，老大，你在開玩笑吧？」

「不是，拜託妳寇葳，我需要妳。」我幾乎可以在腦中看見她抹臉的模樣，又或者是拿著電話、昏昏欲睡地走到廚房喝冷水。

等她再次開口就比較清醒了。

「怎麼回事？」

「我要回去了。」

「真的嗎？什麼時候？」

「我打給妳就是要說這件事——達特——就是在這裡跟我共事的傢伙——他也要跟我一起回貝澤爾。我要妳跟我們碰面——可以請妳暗中打點一切嗎？寇葳——要暗中進行、事態危急，小心隔牆有耳。」

沉默良久後，她說：「老大，為什麼找我？為什麼凌晨兩點半打給我？」

「因為妳是優秀的警員，又是謹慎的代言人。我不想聽別的答案：我要妳幫我開車，帶著妳的槍——最好也準備一把給我，就這樣。我還需要妳幫他們訂飯店——不要訂跟我們部門長期合作的那幾家。」電話那頭又是一陣長長的沉默。「聽好……他會跟一位警官同行。」

「什麼？什麼人？」

「是一名臥底。妳怎麼想？那位警官想搭免費順風車。」我用眼神對達特表示歉意，雖說現場吵得要死，他根本聽不到我在說什麼。「寇葳，要低調，最好只占用妳調查工作的一小段時間，好嗎？接下來我還需要妳幫忙把某樣東西——是個包裹——弄出貝澤爾。妳懂嗎？」

「……大概懂吧，老大。是說，有人打過電話找你，要問你調查的事情。」

「誰？什麼意思？發生什麼事？」

「我不知道是誰打的，他不願意留下姓名，可是他想知道你要逮捕誰、又是什麼時候回來、找到失蹤女孩了沒、擬定了什麼偵察計畫……之類的。我不知道他是怎麼查到我的分機，但他明擺著知道什麼內情。」

我發出聲音，要達特注意一下我這裡。「有人問了些問題。」我對他說：「那人不願意透露姓名嗎？」我回去問寇葳。

「對，我也認不出來。通話品質爛透了。」

「講起話感覺如何？」

「老外，美國人吧，而且很害怕。」又是收訊很糟的國際電話。

「老天……真該死，」我對達特說，用手蓋住話筒，「鮑登在那兒，他試圖要找我。他一定是不想打來這裡，以免被追蹤。那加拿大人……寇葳，妳聽我說：他是什麼時候打給妳的？」

「每天。昨天和今天都有打，但是不肯留下資料。」

「好，那妳聽著，他下次打給妳時這樣跟他說；幫我傳話給他，這樣說：他還有一次機會——欸，等等，我想一下——妳跟他說我們會……會確保他的安全，我可以幫他離開。我們一定會這麼做。我知道他很畏懼目前的情況，但他要是自己一人不會有任何勝算。寇葳，這千萬要保密。」

「老天……你就是要毀我前途是不是？」她的語氣很疲倦。我靜靜等候，直到確定她願意幫忙。

「謝謝妳。相信我，那人會了解的——拜託什麼都先別問我，就跟他說我們現在知道的資訊更多了——欸——」有個渾身金屬亮片、酷似鄔蒂．蘭普㊶的女人突然飆了個高音，把我嚇得瑟縮一下。

「——跟他說，我們現在知道的資訊更多，叫他務必打給我們。」我四下打量，彷彿靈感會突然從天而降——搞不好還真的是——「雅爾婭的手機號碼幾號？」我問達特。

「啥？」

「既然他不想打給我跟你，那……」他把號碼念給我，我又念給寇葳。「請那位謎樣男子打這個號碼，我們就能幫助他。妳回電時也打那個號碼找我，行嗎？明天開始這麼做。」

「這是搞啥鬼？」達特說道：「你到底在搞啥鬼？」

「你得跟她借來手機，我們需要一個能讓鮑登找得到我們的電話——他嚇得不敢打給我們，我們也不知道有誰在監聽。他要是連絡我們，你可能得……」我欲言又止。

「得怎樣啦？」

「欸，達特，別鬧好嗎？——喂？寇葳？」

電話斷了。可能是她掛斷的，也可能是老舊的電信局切的。

41 Ute Lemper：德國全才型女藝人，能歌擅演，跨足舞臺劇、電影與當代樂壇，素有百變跨界天后的美譽。

21

隔天，我甚至跟達特一起進辦公室。「你越是不見人影，別人就越認為其中有鬼，也會更注意你。」他說。如他所言，他辦公室內的同仁對我們行了非常多的注目禮。我對那兩個之前沒事想找架吵的人點頭致意。

「我都要患妄想症了。」我說。

「不會啦，他們真的只是看看你。」他把雅爾婭的手機交給我。「我想先前應該是你最後一次受邀來我家吃晚餐了。」

「她怎麼說？」

「你覺得咧？這可是她的手機耶！她當然氣得不得了。我跟她說我們有需要，但她叫我滾開，我一直求個不停，她還是不願點頭。最後我是直接拿走的，然後我把錯怪到你頭上。」

「我們能弄到制服嗎？可以給尤蘭達穿……」我們在他電腦後方擠在一起。「通關可能會容易點。」

我看著他使用版本較新的Windows作業系統，當雅爾婭的手機響起，我們都愣住了，面面相覷。顯示的來電號碼我們都不認識。接起後，我不發一語，眼神仍與達特相交。

「雅爾？是雅爾嗎？」是個說伊利坦語的女人，「我是小麥啦，妳……妳是雅爾嗎？」

「喂，其實我不是雅爾婭……」

「是喔……是庫錫……嗎？」她有點結巴，「請問你是哪位？」

達特接過電話。

「喂？小麥啊？嗨嗨——對啦，剛剛是我朋友——不是，欸真會猜耶妳。我得跟雅爾借一、兩天手機，妳打去家裡了沒？好，妳保重啦。」螢幕轉暗，他又把手機給了我。「就是因為這樣，這支電話才應該由你去接——你會接到一拖拉庫她朋友打來的電話，問什麼要不要去做臉啊！或是看過那部湯姆．漢克主演的電影沒……之類的。」

我接了第二、第三通類似的電話後，再怎麼響都不會嚇到我們了。然而，儘管達特恐嚇過我，電話其實沒那麼多，也沒人打來問達特說的那些問題。我可以想像雅爾婭應該在公司打了很多通憤怒的電話，譴責丈夫與其友人給她造成的不便。

「我們要讓她穿制服嗎？」達特小聲地說道。

「你會穿你的制服不是嗎？公共場合難道不是最好的藏身處嗎？」

「你也要嗎？」

「會造成反效果嗎？」

他慢慢搖頭。「你穿的話，對某些人來說會好過一點……我想我可以靠警察證件和我本人的影響順利出關。」烏廓瑪警方不費吹灰之力就能壓過他們的邊境警衛，更何況達特可是高級警探。

「到貝澤爾入境處時由我發言。」

「尤蘭達還好嗎？」

「艾堪陪著她。我不能再回去那裡，每次我們……」可是我現在還是毫無頭緒，也不知道監視我們的是何方神聖。

達特躁動不安。當他為了莫須有的錯誤指責同事三、四次後，我要他提早跟我一起去吃午餐。而他悶不吭聲，只是氣鼓鼓地瞪著經過的每一個人。

「你可以別這樣嗎？」我說。

「等你滾了之後我一定會他媽的樂翻天。」他說。雅爾婭的手機響起，我把手機湊到耳邊，沒有說話。

「柏魯嗎？」我輕拍桌面，要達特注意一下，並指著手機。

「鮑登，你在哪裡？」

「柏魯，我很努力讓自己待在安全的地方。」他跟我說的是貝澤爾語。

「但你聽起來不大安全。」

「這是當然的啊。我真的很不安全，不是嗎？問題在於我惹上的麻煩究竟多大。」他聽起來非常緊張。

「我可以幫你逃出去。」我真的能嗎？達特誇張地聳了個肩，表示他媽的搞什麼鬼？「我有辦法逃出去：告訴我你現在的位置。」

他笑出聲音。「是喔，」他說：「我乾脆直接跟你說我的住址算了。」

「不然你有什麼打算？你不可能一輩子躲躲藏藏吧。離開烏廓瑪後，我也許能做點什麼——畢竟貝澤爾是我的地盤啊。」

「可是你連發生什麼事都不知道……」

「我給你一次機會。」

「你要像幫尤蘭達那樣幫我嗎？」

「她可不笨，」我說：「她願意接受我的幫助。」

「什麼？你找到她了？」

「就像我跟你說的一樣，我也這樣跟她講過。待在這兒我誰也幫不了。在貝澤爾我或許能幫你。不論出什麼事、不論誰在追你……」他試圖插嘴，但我不讓他說。「在那裡我人面廣，在這裡我什麼都做不了。你在哪兒？」

「……在一個哪兒都不是的地方。不重要啦，我……但你又在哪兒？我不想——」

「你躲這麼久都沒被發現，做得很好——但也不能躲一輩子啊。」

「不會，不會，我會去找你。你們……現在要穿越邊界了嗎？」

我忍不住瞄了瞄四周，再壓低音量。「快了。」

「什麼時候？」

「反正快了。時間確定後我會告訴你。我怎麼連絡你？」

「不用，柏魯，我會連絡你。請你隨身帶著這支電話。」

「你要是找不到我呢？」

「我會每隔幾小時就打一次，我恐怕得一直打擾你了。」他掛斷，而我凝視著雅爾婭的手機，最後抬眼看看達特。

「你到底懂不懂我的感受？你知道我他媽的有多厭惡這種不知該看哪兒的感覺嗎？」達特低聲說道：「還有這種不知道能相信誰的感覺？」他把文件弄得亂七八糟。「還有應該對誰說些什麼話？」

「我懂。」

「現在怎樣？」他問：「他也想逃嗎？」

「他想逃，但他也很怕。他不相信我們。」

「我倒是一點也不怪他。」

「我也是。」

「我可沒有為他準備任何文件。」我與他目光相接，等他繼續說。「柏魯，真是見鬼了，你他媽的是想……」他怒不可遏地低聲說道：「好啦好啦，我看看我能做到什麼程度。」

「告訴我該做些什麼。」我對他說，持續凝視著他，「該打給誰、要抄哪條捷徑，另外──達特，你他媽的完全可以怪我，全怪到我身上，拜託你。不過記得多帶一套制服，以免他真的來找我們。」我看著達特。可憐，他痛苦至極。

晚上七點多，寇葳打電話給我。「可以動身。」她說：「我拿到證件了。」

「寇葳，我欠妳一次──我欠妳一個大人情。」

「你以為我不知道嗎？要過來的有你、你那伙伴達特和他那個什麼『同事』，是不是？我會等著你們的。」

「帶著妳的證件，我跟移民署官員交手時，準備隨時支援我。還有誰？還有誰知道這件事？」

「沒別人，我又是你的指定駕駛了。時間？」

最厲害的消失法是什麼呢？關於這個問題，絕對可以用圖表外加仔細計算後的曲線來呈現。究竟是四下無人比較好，抑或混在人群中才不顯眼？「別太晚。絕不會是凌晨兩點那種時間。」

「我聽你這麼說真他媽的高興。」

「屆時我們會是現場唯一集體行動的人，而時間也不會是中午──那個時段風險太高，可能會有人認出我們，」最好是入夜後。「明天晚上，」我說：「八點。」時值冬季，天黑得比較早。天空中還是會有雲，但傍晚的朦朧夜色會使人昏昏欲睡，比較不引人注意。

這不純然是騙局。我們應該（而且也確實）完成的工作也包含其中；我們有進度報告必須巧妙應付，也要連絡相關家庭成員。我看著達特，偶爾探頭給些建議，幫他寫一封致上敬意與遺憾的例行信函給吉理夫婦——他們目前主要的連絡窗口是烏廓瑪警方。幫那封信代筆的感覺很差。我身為訊息背後的主筆，本身也跟他們有來往，這樣從字裡行間看著他們，就像透過單向鏡進行觀察，但他們無法回視身為作者之一的我。

我跟達特說了一個地點（我不曉得地址，所以必須畫個大概的地圖來說明，但他認得我說的那個地方），那是從尤蘭達窩藏處步行可達的一塊公共綠地。我要他隔天下班到那裡跟我碰面。「有人問起，就說我待在飯店寫報告。告訴他們我在貝澤爾被人弄，得接下一些荒謬的文書作業，搞得我忙得要死。」

「泰德，這些我們都說過了啦。」達特沒辦法好好待著，他現在無比焦慮，也慌到什麼都不敢輕信——他連眼睛都不知道該看那裡了。「不論是不是要怪到你身上，我在警界下半輩子都只能在學校負責招生了。」

我們一致認為可能不會再接到鮑登的來電，但晚上十二點半，有人打通（可憐的）雅爾婭的電話。我很篤定是鮑登，雖然他什麼都沒說。隔天早上七點前，他又打了一次。

「博士，似乎不太妙喔。」

「怎麼回事？」

「你想怎麼辦？」

「要出發了嗎？尤蘭達跟你一起嗎？她會來嗎？」

「博士，你只有一次機會。」我在記事本上草草寫下很多時間。「你不希望我去找你、但你又想離開，那晚上七點在柯普拉廳主要交通出入閘門的外頭等。」

我掛斷電話，試著把預定的計畫寫下來，卻沒辦法。鮑登沒再打給我。一大清早，我吃早餐時一直把手機放在桌上或拿在手裡；我沒有辦理退房手續，沒拍電報報告行蹤；我整理衣服，把捨不得丟的都挑出來——結果一件都沒帶。最後我只帶了那本違法販售的《城與城之間》。

我花了快一整天的時間想盡辦法，要前往尤蘭達和艾堪的藏匿處。這是我在烏廓瑪的最後一天，我分段搭計程車到城市邊陲。

「您此行要待多久？」最後一名司機問我。

「幾個星期。」

「您應該喜歡這裡吧？」司機以一口熱情又生澀的伊利坦語說：「這是世上最好的城市。」他是庫德人。

「那帶我去你最喜歡的城市景點如何？你不會因此惹禍上身吧？」我說：「不是每個人都歡迎外國人，我聽說……」

他呸了一聲。「到處都有笨蛋，但這裡真的是最好的城市。」

「你住在這裡多久了？」

「四年多吧。有一年是在營區裡過的……」

「難民營嗎？」

「是的，在營區裡我讀了三年書，想拿到烏廓瑪公民權，我說伊利坦語，還學著對另一個地方視而不見，才不會違規跨界。」

「你想過去貝澤爾嗎？」

他又哼了一聲。「貝澤爾有什麼好？烏廓瑪是最棒的。」

他先帶我經過蘭花展覽館與欽西斯·康恩球場，顯然這是他會走的標準觀光路線。我鼓勵他帶我去私房景點時，他開始帶我看社區園圃，與土生土長的烏廓瑪人並排站在那兒的有庫德人、巴基斯坦人、索馬利族人、獅子山共和國人。他們通過嚴格的條件審核，只是為了入場下個西洋棋。他們族群不同，都不大有自信，卻禮貌地對待彼此。開到一個運河交界點時，他很小心地避免說出任何明顯違法的話，指著窗外要我看兩城的駁船：有一艘烏廓瑪遊艇和幾艘不能被看見的貝澤爾交通船在兩城之間蜿蜒行駛。

「看到沒？」他說。

附近一個船閘對面有一名男子，半藏在人群與城市小型樹木之中，直視我們。我與他目光相接，直到他別開視線。我有一瞬間不大確定，但最後我判斷他位於烏廓瑪，所以沒有違規跨界。我努力想看他往哪裡走，最後卻失去他的蹤影。

我在司機提議的眾多景點中猶豫時，努力想讓最終路線能縱橫整座城市。當司機為了計程車費開心駕駛，我留意後視鏡，心想如果還有人跟蹤我們，肯定是個謹慎又有經驗的間諜。在地陪帶我觀光三小時後，我付給他一筆天價車資，用的是比我平常領的還要強勢的貨幣。我要他讓我在後街的駭客工作室與廉價二手商店毗連處下車。此處離尤蘭達和艾堪藏匿的建築物很近。

有那麼幾分鐘，我以為他們忽視我的苦口婆心偷偷溜走，不禁閉上雙眼，但我一直待在門前小聲重複：「是我，是柏魯。」最後門打開了，艾堪帶我進門。

「準備好。」我對尤蘭達說。她看起來髒兮兮，身材也消瘦，比上次更像隻容易受到驚嚇的小動物。「拿著妳的證件。不管是我，或我同僚在邊界說的每一句話——不管我們是對誰說——妳都不得有異議。另外也得讓妳的小情人知道，他不能跟我們同行，因為我們不能在柯普拉廳造成騷動。我們得把妳弄出去。」

於是她要他留在房中，但他好像不是很想聽話。她逼他答應下來。因為我真的不相信他能不引人注目。

艾堪一再追問自己為何不能同行，尤蘭達則讓他看她放他電話的地方，並發誓會從貝澤爾和加拿大回撥給他，也會在加拿大等著他來。她發了好幾個誓，搞到最後，他才像個遭到排擠的可憐蟲一樣，痛苦不堪地看我們當著他的面關上門。我們快速穿過造成陰影的光源，來到公園一角。達特就坐在沒有標誌的警車內等著我們。

「尤蘭達。」他在駕駛座上對她點頭致意。「我的燙手山芋。」然後他也對我點頭，我們動身出發。

「媽的，羅迪格茲小姐，妳到底是惹到何方神聖？妳已經把我的生活搞得亂七八糟，害我不得不跟這個外國來的瘋子攜手合作——欸，衣服放在後面，」他說：「當然，我現在已經沒工作了啦。」他很可能不是誇大其詞。

尤蘭達一直盯著他瞧，直到達特瞄瞄後視鏡，冷不防對著她一頓咒罵。「該死，搞什麼鬼？難道妳以為我在偷看嗎？」於是她才在後座壓低身子，扭動著脫下身上的衣服，換上達特為她準備的烏廓瑪警察制服。那衣服簡直是完全合身。

「羅迪格茲小姐，照我的話做，跟緊些；那裡還有一套漂亮的衣服，是要給可能來加入的另一位客人；柏魯，另外那套是你的。穿上或許可以幫我們擋掉一些麻煩。」我的是一件有烏廓瑪警方紋章的夾克，紋章反折，我把它折回原來的模樣，變得比較容易看見。「真希望他們有放警階，這樣就能降你級了。」

他沒多閒聊，也沒因罪惡感而萌生緊張、犯下些不該犯的錯，開車也沒有比周遭的車輛慢或過度小心。我們走的都是大馬路，其他駕駛人違規時，按照烏廓瑪的行車習慣，達特會讓車前大燈忽明忽暗，像在發送一組挑釁的摩斯電碼，此舉算是憤怒駕駛的暗號，藉此傳送短訊：開燈，關燈，你亂超車；開燈，關燈，開燈，快決定要走哪邊啦。

「他又打來了。」我悄聲對達特說：「他可能在那兒，那樣的話……」

「討厭的傢伙——你就說出來吧，再說一次也無所謂。如果那樣他也要跨越邊界，對吧？」

「他得離開。你有多的證件嗎？」

他邊咒罵邊重擊方向盤。「幹，我真希望能說服自己不要扯進這個爛攤子；我希望他不會來、希望該死的歐辛伊真的逮住他。」尤蘭達瞪了他。「……我會去探探當班的是誰，你就準備好拿出你的錢包吧。反正到了緊要關頭，我會把那張該死的證件給他啦。」

抵達目的地前好幾分鐘，在四周的屋頂簇擁以及電信局、充氣室管線之間，我們看到了柯普拉廳。在來的路上，我們都盡可能視而不見。首先我們經過烏廓瑪這邊的柯普拉廳後部，也就是貝澤爾的入口。貝澤爾人的隊列以及川流不息、等待返鄉的烏廓瑪乘客，全耐著性子但不太高興地等著。有輛貝澤爾警車上的燈正在閃爍，但我們不能、也沒有看見警車的任何部分。當我們這麼做，卻又忍不住意識到自己已經快來到另一邊。我們繞著這個巨型建築行駛，往烏爾麥汀大道的入口前進，對面見到永光寺，該處有隊伍緩慢前進，準備進入貝澤爾。達特把車停在那裡、鑰匙掛好——但沒停好，歪歪的，沒有對齊邊欄，不過這頗有烏廓瑪警方神氣活現的態勢——我們下車，準備穿越夜晚的人群，前往柯普拉廳的大前庭與邊界。

即使我們硬擠過排隊人群，走過動彈不得的車陣，外圍的烏廓瑪警衛還是完全沒來盤問，也沒跟我們說話。他們領我們穿過一道道限制出入的閘門，進入柯普拉廳特有的庭園；前方有座龐大雄偉的建築等著將我們吞沒。

我一路上東張西望，我們隨時注意著周遭，我走在尤蘭達後方。變裝之後，她稍稍有些不自在。

我的視線移到食物和梭織小販、警衛、觀光客、無家可歸的男女、其他烏廓瑪警方。在眾多入口之中，我們選擇的是老舊磚造結構的拱底下最開放、寬敞且直接的那個，一眼就能從那個裂開的入口看進去，見到檢查站兩邊大會議廳擠滿大批群眾——顯然想從貝澤爾進烏廓瑪的人比較多。

從目前這角度絕佳的位置看去。長久以來，我們第一次不必對鄰城視而不見；我們可以沿著連接烏廓瑪與貝澤爾的道路放眼望去，越過一道邊界，看到那塊幾公尺平方的無主之地與更遠處的邊疆地帶，直視貝澤爾城。正前方一片藍色光芒等著我們；兩城之間的某道低矮閘門另一側，剛好可以看到一輛貝澤爾的瘀青車——幾分鐘前我們還對它閃爍的警燈視而不見呢。

走過柯普拉廳建築體外緣時，我看到遠遠的另一邊，在貝澤爾警衛監看群眾的高臺上，站了個身穿貝澤爾警察制服的人影；是個女人。她的距離還很遠，出現在貝澤爾那邊的閘門。

「寇葳。」我不自覺大聲喊出她的名字，沒有意識到達特問我「那是她嗎？」

我本來想說距離太遠還看不出來，但他對我說：「等會兒。」

他回頭看我們來的那條路。現在我們站在狹窄的人行道邊緣，那列排著隊要取得旅客資格的隊伍，跟多數要入境貝澤爾的人之間有點距離，身旁車輛緩緩駛過。達特是對的，我們後頭有個令人不安的男子——他不大對勁，而且跟他顯眼的外表無關。這人為了禦寒，全身上下裹著一條烏廓瑪黃褐色斗篷；他拖著腳步朝我們走來，不知怎麼穿越了朝固定方向前進的一排人。我看到他身後有很多不太高興的臉孔。他朝我們走過來時一直插隊。尤蘭達看到我們注視的方向，輕輕抽噎了一聲。

「來。」達特將手放在她背後，帶著她加快速度，走向隧道入口——但同時也看到我們後頭的那個人正盡力闖過人潮的阻礙，一同加速——甚至更快——朝我們奔來。

我一個轉身朝他的方向走去。

「帶她到那裡，」我對身後的達特說，眼睛沒看他，「走，帶她到邊界；尤蘭達，去那邊找那個貝澤爾女警。」我加快速度。「去吧。」

「等等。」尤蘭達對我說，但我聽到達特在勸她。我現在全心全意放在那個越走越近的男子——他不可能沒看到我走過來。他猶豫地把手伸進夾克，我也往衣服裡胡亂摸索，才想起我在另一城並沒有配槍。男子退後一、兩步，一臉絕望地解開斗篷；他大喊我的名字。

是鮑登。

他掏出一樣東西：有把手槍掛在他指頭上，好像他會對槍過敏似的。我撲向他，聽到身後一聲粗重的喘息，接著再後面又響起另一陣激烈的抽氣和尖叫。達特大叫著吼出我的名字。

鮑登盯著我身後。我回頭看：達特蹲在幾公尺遠的車陣間，縮成一團，不停怒吼；車裡的駕駛人也都弓著身子。他們的尖叫聲傳到貝澤爾和烏廓瑪的徒步旅客隊伍，達特擋在尤蘭達身前，她好像不要的娃娃一樣躺在地上。我沒辦法清楚看見她，但她整張臉都是血。而達特摀住一邊肩膀。

「我中彈了！」他嘶吼著說：「尤蘭達也……老天，泰德，她中彈倒下……」

廳內遠處掀起喧鬧。我看到靜靜移動的車陣另一邊、也就是這個巨大房間最遠的那兒，貝澤爾的群眾混亂鼓譟，像驚慌失措的獸群。民眾四散，從某個人影身旁逃開。那人傾身——不對，他站了起來，雙手握著某個東西，正在瞄準什麼。

那是一把來福槍。

22

整條隧道充斥越來越多人的尖叫，在此起彼落的短促吶喊中，又傳來一聲幾乎聽不見的槍響。槍管上可能加裝消音器或抑制器。我一聽見，隨即撲到鮑登身上——那瞬間有一顆子彈射進他身後的牆，發出的爆裂聲比開槍時更響亮。牆面碎片四處飛濺，我聽到鮑登驚恐的喘息，立刻一手拽住他的手腕，用力扭轉，直到手槍落下。我逼他頭朝下趴好，不讓狙擊手有機會瞄準他。

「趴下！全都趴下！」我大叫著，群眾反應速度之慢，簡直令人不敢置信。這些人還在慢吞吞地屈膝彎下，等到真的察覺面臨何種危險，才在那邊呼天搶地兼渾身發抖，哭喊聲四處迴響。一輛鳴著警笛的車猛踩煞車，挨了一發子彈的磚牆又發出爆裂聲響。

我把鮑登壓在柏油路上。「泰德！」達特在叫我。

「說話！」我朝他大吼。到處都有舉槍巡視的警衛，互吼著一些愚蠢又無意義的指令。

「我中彈了，但沒有大礙，」他回應：「可是尤蘭達是頭部中彈。」

我抬頭看，沒人在開槍了；然後我頭再抬高一點，就看到達特摀著傷口打滾，還有躺在地上一命嗚呼的尤蘭達。我稍稍支起身子，看到烏廓瑪警方靠近達特和他，守著那具屍體，遠處有貝澤爾警方正往開槍地點衝去。在貝澤爾，歇斯底里的民眾毆打警方，並擋住他們的去路；寇葳正在到處張望——但她看得到我嗎？我大吼著；槍手準備開溜。

槍手被擋住了。他見苗頭不對，把來福槍當棍棒一樣亂揮，圍住他的人群只好走避逃竄。在這種狀況下，標準指令應是關閉入口——但來得及嗎？他已經隱入人群，而那些人壓根兒沒看到他開槍。再說，職業的應該早就把武器丟掉或藏起來了。

「該死。」我快看不到他了。現在沒人擋他，可是還不到完全脫身的程度。我逐一觀察他的髮型與穿著：平頭、灰色連帽運動衣、黑色長褲。全身上下都非常普通、毫無特色。他丟掉武器了嗎？

他混進人群了。

我拿著鮑登的槍站起身。那是一把跌破大家眼鏡的P38手槍，子彈上膛，且保養良好。我走到檢查站，卻沒辦法通過。畢竟發生了那樣的混亂，還有兩排大吼大叫的警衛四處揮舞槍枝，根本是不可能的事。就算穿著烏廓瑪制服的我可以通過烏廓瑪的隊伍，貝澤爾警衛還是會把我攔下來。目前槍手對我來說遙不可及；而我甚至拿不定主意。「達特，拿無線電請求支援，看好鮑登。」我高聲喊道，然後轉身朝另一個方向跑去，進入烏廓瑪，跑向達特的車。

群眾都自動讓開，沒擋我的路。他們看到我身上的烏廓瑪警方紋章和手裡的槍，立刻鳥獸散。在烏廓瑪警方眼中，則是自己的弟兄要去逮人，所以也沒攔我。我打開警燈、發動引擎。

我在柯普拉廳外圍沿路閃過兩地車輛，從頭到尾一路呼嘯疾駛。警笛聲稍稍把我搞糊塗了；我還聽不習慣烏廓瑪的警笛聲，「呀呀呀」的哭啼聲比貝澤爾警笛更像被踩到尾巴的狗。此時此刻，那名槍手一定正在擠滿驚慌旅客的隧道中設法殺出一條生路。車上的警燈和警笛順利幫我開道，而我現在的舉動在烏廓瑪非常招搖，在對應的貝澤爾路上，則上演著一齣外國戲劇，彷彿前後脈絡不清的恐慌情節。我使勁把車轉往右邊，沿著貝澤爾電車軌道顛簸前進。

跨界監察在哪？雖然並沒有發生違規跨界的事。

——是，是沒發生違規跨界，只有一名女子準備**大膽越界**時遭人**大膽擊斃**。這起槍擊事件等同謀殺，而且是蓄意的。不過子彈經過柯普拉廳內的檢查站，從兩城合法交界之處穿過。這是一起可怖、凶殘又複雜難解的謀殺。殺手行事謹慎、一絲不苟。他開槍的地點在貝澤爾，但得以沿著與實體邊界重疊的最後幾公尺，毫無障礙地看到烏廓瑪，也能做到精確瞄準，讓子彈穿過兩城之間的導水管。這整起謀殺對於兩城邊界、烏廓瑪與貝澤爾之間的隔膜地帶之謹慎，似乎超出了必要的程度。因為案子沒有違規跨界，所以跨界監察在這裡無法行使任何權力，而且和凶手處於同個城市的只有貝澤爾警方。

我再次右轉，開回一小時前所在的烏廓瑪維沛街。此處的經緯度與柯普拉廳的貝澤爾入口交錯重疊，在群眾還可接受的程度中，我盡可能貼近他們行駛，然後猛踩煞車，下車後跳到車頂——不要多久，烏廓瑪警方就會來詢問我這個假同僚在做什麼。但現在我先跳到了車頂上。

我短暫遲疑了一下，沒有去看隧道內部那群貝澤爾人（他們為了逃離危機，迎面衝了過來），而是環顧四周。我先注視烏廓瑪，再朝柯普拉廳的方向望，表情不動聲色，不讓別人發現我可能正在觀察烏廓瑪以外的地方。我的行為無懈可擊，車上一閃一閃的警示燈把我的雙腿照得時紅時藍。

我任憑自己去注意貝澤爾目前的情況。比起逃竄出來的人，有更多旅客依然想進入柯普拉廳。因為剛才廳內的恐慌延燒到多處，目前來回車輛暫時共用同側路面，險象環生。然而騷動依然在，隊伍不斷往後退，在後頭的人不知道他們聽到、看到什麼，因此擋住那些知道情況、試圖逃逸的人。而烏廓瑪人會對貝澤爾的混亂視而不見，移開視線，照常過馬路，以免受到這場國外騷亂波及。

「走開、走開——」

「讓我們進去。到底是怎麼……」

群眾驚慌失措地四處逃竄，場面一片混亂。我看到一名行色匆匆的男子，之所以會注意到他，是因為他一直小心控制自己不要跑得太快，還低著頭遮掩那副高大的身軀。我本來認定他是凶手，後來又推翻這個想法，但最後又認為他的確是槍手沒錯。他擠過正在尖叫的一個家庭，還有毫無章法亂糟糟的貝澤爾警方。這些警察想對眾人發號施令，卻不知該怎麼做才好。男子從混亂人群中擠了出去，小心翼翼快步走遠。

我一定是發出了聲音。好幾碼外，那名殺手回頭瞄了我一眼。我看到他明明看見了我，卻反射性視而不見——應該是因為我身穿烏廓瑪警察制服，而且人在烏廓瑪的領地內。不過，即使他垂下目光，還是沒放下警戒，加速走遠。

我以前見過那名男子，卻想不起是在哪裡見到的。我不顧一切掃視周遭，但沒有一個貝澤爾警方發現自己應該去追那個男人，我又身在烏廓瑪……

不管三七二十一，我跳下車頂，快步追逐那名凶手。

我沿路撞開好幾個烏廓瑪人；貝澤爾人努力要無視我的存在，卻又不得不匆匆讓路。我看到他們臉上寫滿驚嚇。我跑得比殺手更快，目光沒有放在他身上，而是看著烏廓瑪的其他地方，同時不讓他離開視線範圍。我追人的時候並沒有集中視線在他身上，所以完全合法。

我穿過廣場，經過兩名烏廓瑪警察身邊，無視他們不大有把握的訊問。

男子一定聽到了我的腳步聲。他轉身時，我和他的距離已經近到僅數十公尺。他看到我後驚訝地瞪大眼，但仍小心翼翼，步伐沒有放慢：他認出我了。他回頭看著貝澤爾，加速逃逸，切對角線飛速奔向駛往科於的電車，後面就是厄曼大街；若對應烏廓瑪，我們現在則位於沙烏米爾路。我也加快了速度。

他又轉頭瞄了一眼，再次加速，左躲右閃穿過一群貝澤爾人，迅速掃視路的兩邊，有一家閃爍著五彩燭光的咖啡廳和一家貝澤爾書店（在烏廓瑪，這兩家店都位於安靜巷弄）。他本該躲進其中一家店，但或許因為現場有一群人位於交疊處，他勢必設法通過兩邊的人行道（而且可能遭人追趕），殺手的身體本能地抗拒著死胡同。他開始狂奔。

凶手往左邊跑，拐進一條更小的巷子，我依然緊跟在後。他跑得很快，已經超過我的速度，而且跑步的姿勢很像軍人。我們的距離拉開了。貝澤爾的小販和行人盯著那名殺手，烏廓瑪人則盯著我。我的獵物現在輕鬆跳過一個擋路的垃圾桶，但我可不知道自己跳不跳得過去。我知道他的目的地是哪兒：貝澤爾和烏廓瑪兩地的舊城緊密交錯，各自從邊緣處開始分支，分為異地與完全地帶。然而，這並不是、也不可能成為一場追擊，只是兩個速度不斷加快的異鄉人。我們雖然都在跑，但他是在他的城市跑，我就算滿腔怒火地緊追著他，依然在我這邊的城市。

我無聲嘶吼。有個老太太瞪著我，可是我沒看那凶手——我全心全意而且「合法」地看著烏廓瑪的燈光、塗鴉與行人，從頭到尾沒有移開過。他現在來到採貝澤爾傳統古法纏繞成的一處鐵欄杆。我跟他的距離已經太遠。他站在完全地帶的街邊——那是一條只屬於貝澤爾的街——並停下來抬頭看我。我上氣不接下氣。

有那麼短短的一瞬間——短到無法以任何罪名起訴——他直接凝視我。這傢伙是故意的。我認識他，卻想不起在哪裡看過這個人。他在通往國外的門檻看著我，露出一絲勝利的微笑。他走向烏廓瑪人去不得的地方，而我抬手朝他開槍。

我當胸擊中他，看著他倒地時露出驚愕的表情。尖叫聲四起，原本是因為槍聲，後來則是因為那人流血的景象，而且目擊這一幕的人幾乎是立刻發現：這也是一起嚴重的犯罪。

「違規跨界。」

「違規跨界。」

我本來以為那個詞是出自目睹現場的路人。然而，不明人影冒了出來。現身附近的人原本看似漫無目的，只是茫茫然的路人甲乙。這些突然出現的人全都面無表情，我幾乎看不出是人臉。「違規跨界」四字正是出自他們之口。在宣判我罪行的同時，也表明了他們的身分。

「違規跨界。」一個表情冷酷的人緊抓住我，我就算想逃也無計可施。我眼角餘光瞥見許多黑影籠罩著被我擊斃的殺手，有個聲音在我耳邊說：「違規跨界。」某股力量毫不費力地將我帶離原本的所在處，迅速穿過貝澤爾的燭光與烏廓瑪的閃爍霓虹。無論在哪個城市，我們前進的方向都令人無法理解。

「違規跨界。」有東西碰到我，我就這麼陷入黑暗。話音未歇，我便完全失去知覺與意識。

III 違規跨界

23

這片黑暗並非寂靜無聲、無人打擾。在伸手不見五指中，我面前有幾個人問了我一些答不出來的問題。我知道那些問題都很重要，但仍舊答不出來。那些聲音一再對我重複：「違規跨界。」碰觸我的東西沒有使我陷入無意識的靜默，反倒把我送入夢中的競技場，而我則成為場中的獵物。

事後回想，我醒來的剎那並不知道過了多久時間。閉上雙眼時我是在兩地舊城的交疊街道；眼睛再張開（我還猛吸了一口氣），眼前所見是一個房間。

那是一間毫無裝飾的灰色小房間。我躺在床上——不對，是躺在床墊上——穿著一身我認不得的服飾。我坐了起來。

灰色地板上鋪了磨損的橡膠，光線透進窗戶，照在我身上。灰牆高高的，遍布汙漬與裂痕；還有一張辦公桌與兩把椅子，看來很像簡陋的辦公室。天花板上有個半圓形的深色玻璃窗，整個空間靜悄悄，沒有一絲聲音。

我眨著眼站了起來。跟預想不同，我並沒有全身失去力氣；門是鎖的，窗戶太高，我無法看出窗外。我跳了起來——感到一絲天旋地轉。但就算跳起來也只能看到天空。我身上的衣服很乾淨、很合身，但形容不出什麼樣式。當我想起自己是跟誰同處一室，不禁心跳加速，呼吸也開始變急。

寂靜使人虛弱。我緊抓住較低的窗沿，努力將身子往上撐，手臂抖個不停。因為腳下沒有東西墊，這個動作沒辦法維持很久。連綿不斷的屋頂在底下延伸：石板屋頂、碟形衛星天線、混凝土的平屋頂、凸出的大梁與天線、洋蔥圓頂、螺旋塔、充氣室，還有某個看起來像石像鬼背後的東西。我不知道自己身在何處，也聽不到將我與外界隔絕的窗外有何動靜。

「坐下。」

我聞聲重重跌下，掙扎著想站起來，轉身看來者何人。

門口站著一個人，他背光，所以我只能看到黑暗的剪影。與其說那人是實際存在的生物，反而更像虛無縹緲的玩意兒。那名男子跨步向前，目測約五十來歲，或大我二十左右；身材矮壯結實，衣著跟我一樣毫無特色。他身後有人，是個跟我年紀相仿的女子，還有一個比我老一點的男人。他們臉上沒有任何像是表情的東西，就像被上帝吹氣注入生命前的泥人。

「坐。」年紀較長的男子指著一張椅子，「給我從那個角落出來。」

沒錯，我的確是倒在角落裡，而我到現在才發現這件事。我慢慢順著氣，站直身子，雙手不再扶著牆面，像個正常人一樣站好。

良久過後，我開口：「有點尷尬。」接著又說：「抱歉。」我在男子指定的椅子坐下，等到我能控制聲音後才說：「我是泰亞鐸．柏魯，你是？」

他也坐下看著我，頭偏一邊，活像是一隻以抽象手法畫成的好奇鳥兒。

「跨界監察。」他答道。

「跨界監察，」我說，顫抖著吸了一口氣。「跨界監察。」

良久之後，他才說：「不然你原本抱著什麼期望？你以為自己會見到什麼人？」

這樣想難道太過分嗎？也許下一回我就能判斷出來了。我局促不安地四下環視，彷彿想看清角落那兒幾乎無法辨識的東西。他伸開右手食指和中指，對準我眼睛的方向戳了戳，再轉回來指他自己：看我這邊。我照做了。

男子擰起眉瞥我一眼。「現在的狀況呢——」他說。我發覺我們都說貝澤爾語。他的口音不大像貝澤爾人，也不像烏廓瑪，但肯定不是歐洲或北美人士；他的口音無味得像水。「你違規越界了，泰亞鐸·柏魯；嚴重違規。而且還越界殺了一個人。」他再度觀察著我。「你在烏廓瑪開槍，子彈射到貝澤爾，所以你現在人才會在跨界監察。」他十指交握。我觀察著他皮膚下的骨頭上下崇動——我也一樣。

「那個男人叫尤賈維奇——就你殺死的那個人。記得他嗎？」

「我……」

「你以前就知道他。」

「你怎麼曉得？」

「你要告訴我們。我們要怎麼處置你、會在哪裡處置、會待多久、該說些什麼、何時能再次現身，都由我們決定——前提是如果你能有重見天日的一天。你在哪裡認識他的？」

我搖搖頭，但——「真民黨。」我突然說出這個名詞，「我去找他們問話時，他是其中一個。」就是打電話給高斯茲律師的那個人。一個強悍又過於自信的國家主義分子。

「他是軍人，」男子說道：「在貝澤爾空軍服役六年的狙擊兵。」

我聽了並不意外。那一槍根本神乎其技。「尤蘭達！」我猛地抬頭，「天啊，還有達特——現在狀況怎麼樣？」

「達特高級警探的右臂以後都無法行動自如了，不過他會漸漸康復；尤蘭達·羅迪格茲死了。」他觀察著我，「打中達特的那一槍目標其實是尤蘭達，第二槍才貫穿她頭部。」

「天殺的……」有好幾秒我頭都抬不起來。「她的家人知道消息了嗎？」

「知道。」

「還有人中槍嗎？」

「沒有。泰亞鐸．柏魯，你違規跨界了。」

「他殺了她，誰知道他還會做——」

男子靠向椅背，我立刻點頭表示抱歉，並將一切希望在心中抹去。他說：「柏魯，尤賈維奇並沒有違規跨界。他的子彈穿過邊界，他本人則沒有。律師或許會提出疑問：他犯的罪是發生在他扣下扳機的貝澤爾呢？還是子彈射向的烏廓瑪？抑或兩者？」他伸出雙手，一派優雅地表示誰在乎？

「他沒有違規跨界，但你有。就是因為這樣，你才會在跨界監察。」

他們離開後送來了食物：麵包、肉、水果、乳酪和水。我一邊吃，一邊對著門又推又拉，卻無法動它一絲一毫。我用指尖刮著門上的油漆，它們只是單純的龜裂——不然就是它想傳達的訊息過於晦澀難懂，我無力解讀。

尤賈維奇不是我第一次開槍的對象，也不是我第一次殺的人。只是我並沒有殺過很多人——我沒有射殺過沒有舉槍瞄準我的人。我等著下一波寒顫襲來，心臟狂跳，但那是因為這個環境，並非殺人後的罪惡感。

我獨處的時間很長，一個人在房內四處走動，看著隱藏的球狀攝影機，然後又攀上窗沿，想再看看窗外的屋頂。門再次開啟時，暮光灑了進來。

進來的還是之前那三個人。

「尤賈維奇，」年紀較老的那名男子發話——用貝澤爾語，「就某方面而言他的確違規跨界，你開槍射他的那一刻也逼他違規跨界了；違規跨界的受害者也一定會違規跨界。他確實與烏廓瑪產生了交互影響，而也是因為如此，我們才得以了解了他的情況。他聽命於某人——但不是真民黨。總之，大致是這樣。」他說：「而你違規跨界，所以歸我們管。」

「那接下來呢？」

「隨我們。一旦違規跨界，你就是我們的人了。」

他們不費吹灰之力就能讓我人間蒸發——而這代表什麼意思？目前大眾所知的都只是謠言。我們甚至沒聽過被跨界監察抓走、服完刑期、然後——該怎麼說呢——被釋放出來的人的說法。所以要不是被抓走的人一輩子嚴守祕密，再不然就是根本沒有人得到釋放。

「總不能因為你不懂我們所行使的正義，就說我們不公吧，柏魯，不然，如果這樣你會高興點，就把這當作給你的審判吧。

「現在你要毫無保留、全盤托出你當時的行為與動機，或許可以當作我們後續執法、量刑的依據；我們必須修正違規跨界導致的後果，而且還有許多調查有待完成。如果確定有必要，也會找沒違規跨界的人談談，你懂嗎？制裁的嚴重性可大可小。我們這兒有你的紀錄；你是警察。」

他到底是在說什麼？以為這樣搞我們就算是同僚嗎？我沒說話。

「你為什麼要那麼做？說吧，跟我們說說尤蘭達．羅迪格茲和瑪哈莉亞．吉理這兩個人。」

我沉默好久，依然毫無頭緒。「你們又知道些什麼？」

「柏魯——」

「門後那是什麼？」我指著門；他們讓門稍稍敞開。

「你很清楚自己身在何處，」他說：「你以後就會知道門後有些什麼。至於會在何種情況下知道……就得看你現在怎麼說、怎麼做了。告訴我們什麼原因導致你來到這裡。那些愚蠢的陰謀並不是什麼新聞，只是距離上次已經很久很久了。柏魯，你說說歐辛伊吧。」

走廊上的深褐色燈是他們給我的唯一光源。光線不足，楔形陰影籠罩著訊問我的人。我花了很長時間跟他們說明這起案件的來龍去脈，毫無隱瞞；因為他們肯定早已通曉一切。

「你為什麼會違規跨界？」男子問道。

「我不是故意的。我只是想知道槍手去了哪裡。」

「那就是不折不扣違規跨界。他人在貝澤爾。」

「是沒錯，但總會有不得已的時候啊——」他露出那抹微笑，我又看到他臉上的表情，實在不得不……我忍不住想到瑪哈莉亞和尤蘭達……」我往門口移動了一點。

「他怎麼知道你會在那兒？」

「這我就不曉得了，」我說：「他是國家主義者，還是超狂熱的那種。他顯然有人接應。」

「歐辛伊在這起事件中扮演什麼角色？」

我們大眼瞪小眼。「我知道的都告訴你了。」我雙手托臉，視線穿透指間。門口那對男女似乎沒注意我們，於是我（自以為）毫無預警地衝向他們。但有人——我不知道是誰——憑空朝我揮了一記鉤拳，我飛過整個房間，撞到牆壁、倒地不起。有人揍了我，一定是那個女的，因為我的頭被使勁拉起後看到那男人還靠在門邊。年紀較老的男人坐在桌前等待。

女人跨在我背上，鎖住我的脖子。「柏魯，你在跨界監察。這間房間就是用來審判你的。」較老的男人說道。

「——而且一切也可以在這裡結束。法律現在與你無關，這裡也是做出決定的地方，而我們就是那個做決定的人。我再重申：請你說明這個案子，說明這些人、這些案子跟歐辛伊的故事有什麼關係。」

過了好幾秒，他對女人說：「妳現在是在幹什麼？」

「他又沒窒息。」她說。

在她的鎖喉容許的範圍內，我笑了出來。

「原來跟我無關啊，」我等到笑夠了才說：「我的天，你們要調查的原來是歐辛伊。」

「世上沒有歐辛伊。」男子說道。

「大家都這麼跟我說，但類似事件層出不窮，一直有人失蹤或死亡，而且時不時聽到歐辛伊這三個字。」

女人放過了我。我坐到地上，頻頻甩頭。

「你知道尤蘭達為什麼從沒去找跨界監察嗎？」我說：「因為她以為跨界監察就是歐辛伊。如果你問她：城與城之間怎麼可能還有另一個城市？她會說，那你相信跨界監察的存在嗎？跨界監察又在哪兒？可是她搞錯了，不是這樣嗎？你們不是歐辛伊。」

「歐辛伊並不存在。」

「那你為什麼還問個不停？那我這些日子以來一直在躲的是什麼？我剛才親眼目睹歐辛伊還是什麼的人開槍射傷我的搭檔，你也知道我違規跨界，所以何必費心管其他事情？幹麼不直接處罰我就好？」

「正如我們所說——」

「——說什麼？說你們大發慈悲嗎？還是正義凜然？省省吧。

「如果貝澤爾和烏廓瑪之間還存在著其他事物，那麼它將你們置於何地？你們畢竟是追捕的一方。

它突然再次現身，可你們不知道歐辛伊位於何處，也不知道情勢如何。你們……」媽的。「你們在害怕。」

年紀較輕的那對男女離開後，帶了一臺老式投影機回來，電線還拖到走廊上。他們在機器上瞎搞一陣子，機器哼了幾聲，牆壁一下子變成螢幕，開始放映一場訊問畫面。我連忙往後退，想看清楚一點。但還是坐在地上。

受到訊問的人是鮑登。對方劈頭就是一陣嚴厲指責，而且說的是伊利坦語。我看見訊問他的人是烏廓瑪警察。

「……不知道發生什麼事。對，沒錯，我是躲著——因為有人在追我啊。有人要殺我，我聽說柏魯和達特準備出境時，真的不知道他們是否能信賴，可是我猜他們或許可以幫我逃出去。」

「……有帶槍嗎？」訊問人員的聲音聽不大清楚。

「因為有人要殺我我才帶——沒錯，我是有一把槍。烏廓瑪東部街上有一半的地方都可以弄到槍，你們也知道的。況且我都住在這裡好幾年了。」

訊問人員說了一串話，我聽不清楚。

「沒有。」

「為什麼？」這我聽得很清楚。

「因為歐辛伊不存在。」鮑登說。

又是一連串聽不清楚的話。「總之我才不鳥你們怎麼想，也不管瑪哈莉亞怎麼想、尤蘭達又怎麼說，或者達特怎樣旁敲側擊想套話，我也不知道打電話給我的是誰。反正沒那種地方。」

無論聲音與影像，都發出一陣令人不適的吵鬧雜訊，接著艾堪出現了。他不斷流淚，問他問題他也不理，只是哭個不停。

畫面再次轉換，變成達特坐在艾堪的位置上。他沒穿制服，手臂上掛著吊帶。

「我去你媽的，我什麼都不知道啦。」他大吼大叫。「幹麼問我？去抓柏魯啊！他好像比我還清楚整個情況——嗄？歐辛伊？幹，我才不相信，我又不是小孩。不過重點來了，就算去他媽的歐辛伊只是一堆鬼話，是有某種組織在暗中操弄，還是有人得到一些不該得到的資訊，或有人會被不知名的力量爆頭斃命……那些小鬼都該死，所以我才同意幫柏魯一把，還自找死路犯了法。反正啦，你要是想摘掉我的警徽，去你媽的就動手啊。隨便你們啦——隨你們高興，就繼續不相信歐辛伊存在，我他媽的不吃這套。但你們最好低調一點，以防那個不存在的城市迎頭射你們一槍——是說泰亞鐸在哪兒？你們幹了什麼好事？」

那個畫面還留在牆上，訊問者身上映著達特吼叫的巨大黑白畫面的光，注視著我。

「所以囉，」較老的男人對牆上的畫面點點頭。「你都聽到飽登說的了。知道現在是什麼情形了吧？你對歐辛伊有什麼了解？」

跨界監察什麼都不是——什麼都不是！跨界監察只是陳腔濫調，是一個司空見慣、再簡單不過的概念。跨界監察沒有大使館、沒有軍隊、沒有值得看的風景，跨界監察也沒有自己的貨幣。如果你違規跨界，它只會將你團團包圍；跨界監察是被憤怒警察填滿的一片空無。

種種跡象一而再、再而三指向歐辛伊，也令人想到一連串有系統的犯罪、祕密潛規則、一座寄生城市——而裡頭一無所有，也應該一無所有，除了跨界監察以外什麼都沒有。

如果跨界監察並非歐辛伊，卻讓這種流言流傳數百年之久。除了讓自己淪為笑柄之外，還有什麼意義？因此，這個問話者問我歐辛伊存不存在？我想他真正的意思是：「我們開戰了嗎？」

我提議合作——這可引起他們注意了。我這種傢伙——真是好大的膽子——居然敢談條件？「我會幫你們……」我不斷這麼說，而且停頓很久，後頭省略不說的部分暗示著各種可能。我想追緝殺害瑪哈莉亞．吉理與尤蘭達．羅迪格茲的凶手，他們也都知道我的想法，但是我這人並沒有高尚到不願跟他們談條件。目前攤在檯面上的都非常誘人：我的罪行仍有轉圜空間。有方法，有個微小的機會，或許可以再次逃出跨界監察的掌握。

「以前你們有一次差點就要抓到我了。」那時我來到離家很近的共有分治區，全程在他們的監視之下。「現在我們算同伴了嗎？」我問。

「你犯了違規跨界罪；你協助我們的話會好一點。」

「你真的認為是歐辛伊殺了他們嗎？」另一名較年輕的男子問道。

如果歐辛伊真的可能存在、也漸漸浮出檯面，而且至今還沒被發現，那我是不是就沒有利用價值了？當歐辛伊的人民走在街上，貝澤爾和烏廓瑪人都會以為他們屬於另一座城，對其視而不見，就像把書藏在圖書館中。

「如何？」女子直視著我的臉。

「我把知道的都告訴你們了，雖然所知不多，但瑪哈莉亞才是真正了解全盤情況的人——可是她死了——不過她留下了一些蛛絲馬跡。她跟一名朋友透露過：尤蘭達。她讀完筆記後已經明白真相為何，可是我們一直沒找到她口中的筆記。但我知道她是怎麼研究的，也知道東西在哪裡。」

24

我們在早上離開了那棟建築物——就姑且稱之為總部吧。自稱跨界監察人的老先生陪著我，而我發現我不知道自己身在哪座城市。

我晚上幾乎沒睡，看著來自烏廓瑪和貝澤爾的訊問影片。遭到訊問的有貝澤爾和烏廓瑪邊界警衛各一，還有毫不知情的兩城路人。「有人在尖叫……」剛逃過槍林彈雨的駕駛人說。

「寇葳。」當她的臉出現在牆上，我喊出她的名字。

「他人在哪裡？」錄影品質怪怪的，她的聲音變得很遙遠。她氣壞了，但努力地要控制自己。「老大到底捲入了什麼該死的麻煩？是是是，他有要我幫他，帶一些人通關入境。」在負責訊問她的貝澤爾人連番拷問下，他們終於得到想證實的答案。他們以寇葳的工作要脅，而她跟達特都對歐辛伊嗤之以鼻。寇葳的用詞比較小心，可是她的確一無所知。

跨界監察也簡短放了幾段幾碧薩雅和莎芮思卡被問話的畫面。碧薩雅哭了。「放這個只會讓我更看不起你們，」我說：「你們刻意這麼殘忍。」

最有意思的畫面大概是尤賈維奇那群同志，他們都是貝澤爾最極端的國家主義分子。我認出了幾個曾跟尤賈維奇一起出現的人，他們火大地瞪著問話的貝澤爾警察。有些人因沒有律師陪同而保持緘默，然而訊問過程很暴力，一名警官還橫過桌子痛毆一名男子的臉。

「幹，」流血的男人大吼大叫，「該死，我們其實是同一國的欸，操你媽的，你是貝澤爾人，不是該死的烏廓瑪人，也不是他媽的跨界監察……」

這些國家主義者時而傲慢、時而中立、時而憤怒，但到最後都選擇妥協與合作，對於尤賈維奇的殺人任務一概否認知情。「我他媽的根本沒聽過這個外國女人，也從沒聽他提起過。她是學生嗎？」有個人這麼說：「我告訴你，我們的所作所為都對得起貝澤爾，況且你也不必知道原因。不過……」畫面上的男子痛苦地扭曲雙手，絞盡腦汁想講個天衣無縫的解釋。

「我們跟你一樣都是該死的軍人，效忠貝澤爾。只要必須採取行動、一旦接到命令——比如要警告某些人，像是左派、統派、賣國賊、烏廓瑪人、猛拍跨界監察馬屁的混帳東西等等。你知道的，這種人要是成群結黨，我們就一定得處理，懂吧?原因也很清楚，一般來說，我們不用多問就知道會有行動。可是我不認識這個羅迪格茲……我不相信人是他殺的。如果真的是他幹的，我也不……」他火氣上來，「我也不知道原因。」

「他們當然有高層的眼線，」問我話的跨界監察人說：「不過，我看他解釋得這麼費勁，尤賈維奇可能真的不是真民黨黨員——又或者，他除了真民黨的黨員身分，還是另一個不為人知的組織派來的代表。」

「搞不好連那是什麼地方都沒人知道，」我說：「不過我還以為沒有什麼事能逃過你們的法眼。」

「因為沒有發生違規跨界，」他把資料放在我面前，「這些是貝澤爾警方搜查尤賈維奇的公寓後發現的東西，沒有找到任何能證明他與歐辛伊有關的證據。我們明天一早就離開。」

「這些資料是怎麼拿到的？」我問，他和同伴剛好站起來。離開房間時，他看著我，表情毫無動搖，卻又令人畏懼。

■

天很快就亮了。他又回到這個房間——這次單獨前來。而我準備好了。

我揮舞著手中的資料。「假設我的同事有認真搜查，那就表示其實什麼都沒有。雖然不時有錢匯進他戶頭，但金額都不大，可能的來源有很多。他幾年前就通過測驗，可以合法越界——沒什麼大不了。不過考量到他的政治傾向……」我聳聳肩，「捐款收據、藏書、朋友、軍旅紀錄、前科、交往對象，這一切都只證明他是個普通的暴力國家主義分子。」

「他跟所有異議分子一樣，也被跨界監察監視過。不過沒發現任何不尋常的往來。」

「你是說跟歐辛伊吧。」

「我們找不到任何蛛絲馬跡。」

他終於帶我離開這房間。走廊上鋪了顏色黯淡的破舊地毯，油漆跟房內一樣斑駁龜裂，兩旁是一長排房間，耳邊傳來其他人的腳步。我們轉身走進樓梯井，一名女子走過我們身旁，簡短地對跟我同行的男人致謝。接著另一名男子經過，我們來到走廊。廊上還有其他人，不論在貝澤爾或烏廓瑪，他們的穿著都算體面。

我聽到對話中有兩種語言——甚至還有第三種。那是結合貝澤爾語和烏廓瑪語的混種語言，或古語。另外還有打字聲，我必須承認，我壓根兒沒想過要襲擊我的同伴並試圖逃脫。畢竟我被監控得非常嚴密。

我們經過一間辦公室，牆上的軟木板釘了滿滿的備忘錄，架上放的都是檔案資料。有個女人把印表機列印出來的紙扯了下來。電話在響。

「來，」他說：「你說你知道真相藏在哪裡的。」

通往外面的大門採雙開設計。我們走出去，我被陽光吞沒，而直到此時我才發現：我不知道自己身在何方。

在重疊區慌張了一陣子，我才發現我們一定是在烏廓瑪。我們的目的地就是這裡；我跟著同行者一起走在路上。

我深深呼吸。天空陰暗，不過沒有下雨，現在正值早晨人車嘈雜的時刻。溫度很低，我倒抽了好幾口冷空氣，但愉悅地讓自己迷失在人聲鼎沸中：裹著大衣前行的烏廓瑪人；車子轟隆轟隆、緩緩駛過這條大多是行人的街道；路邊小販高聲叫賣：有賣衣服的，賣書的，還有賣吃的。其餘一切我視而不見。頭頂傳來劈哩啪啦的纜線拍動聲，有顆烏廓瑪的氣球正在跟強風搏鬥。

「我應該用不著提醒你不用想逃跑了，」男子說：「還有也沒必要大吼大叫，你很清楚我有什麼能耐，而且正在監視你的人不只我一個。既然你已經屬於跨界監察，直接叫我艾希爾吧。」

「而你知道我的名字了。」

「跟我在一起的時候你叫泰。」

泰和艾希爾都不是貝澤爾或烏廓瑪常見的名字，但兩邊都適用。艾希爾跟我一起走過某個天井，四周建築物的大門裝飾著雕像與鈴鐺，外牆螢幕顯示股票資訊。

「餓了吧？」艾希爾說。

「還能忍。」他帶我鑽進一條小巷（又是重疊區）；巷裡一間超市旁有許多烏廓瑪攤位，販售一些軟體和小玩意。他抓著我的手臂往前走，我有點遲疑，因為根本沒看到有人在賣吃的，除了……

我拉住他。前面出現賣餃子的店家和麵包攤，只是都位於貝澤爾。

我想裝看不見，但有一點是肯定的：我一直嗅而不聞的食物香味所在處，就是我們要去的地方。

「走吧。」他催促我，帶我穿越兩城之間的隔膜地帶。我在烏廓瑪抬起腳，下一刻就踩在貝澤爾的土地上，朝早餐邁進。

我們身後有名留著覆盆子色龐克頭的烏廓瑪女性，她在賣手機解鎖軟體。她先是驚訝地瞥了我們一眼，然後就驚慌起來。但艾希爾在貝澤爾點早餐時，我發現她立刻對我們視若無睹。

艾希爾用貝澤爾馬克付帳，把紙盤放在我手上，帶我過馬路、走進超市。超市位於烏廓瑪，他用第納爾買了一盒柳橙汁遞給我。

我拿著早餐，跟他一起走在交疊的馬路中間。

我原本禁錮的眼界彷彿打開了，這就像是希區考克的傾斜畫面，透過欺瞞人眼的移動攝影車，再加景深效果，使街道變得更長，焦點也不太一樣。一直以來我刻意不看的事物現在頓時拉近，變成大大的特寫。

各種聲音和氣味朝我撲來：貝澤爾的電話聲、鐘樓的陣陣鐘響、電車在老舊鐵軌上行駛時發出的噹啷噹啷、煙囪飄出的味道、城市的古老氣味，伴隨著如大浪般襲來的香料味、烏廓瑪人用伊利坦語喊叫的聲音、烏廓瑪警用直升機葉片拍擊、德國車發出的引擎聲。此時此刻，烏廓瑪的燈光和塑膠窗貼的五彩繽紛已不再讓鄰城（也就是我家鄉）的赭石與石頭相形失色。

「知道你現在在哪兒嗎？」艾希爾用只有我聽得到的音量說。

「我……」

「你在貝澤爾還是烏廓瑪？」

「……都不是；我在跨界監察。」

「你現在跟我一起，在這兒。」我們穿越一群交錯重疊的早起民眾。「在跨界監察，沒人知道要不要看你。但不用怕，你並不是在兩城之外；你在兩城之內。」

他在我胸口拍了拍。「記得呼吸。」

艾希爾帶我搭乘烏廓瑪地鐵。上車坐定後，我依然正襟危坐，深怕自己身上彷彿蜘蛛絲般殘留全身的貝澤爾痕跡會嚇壞同車乘客。

下車後，我們又轉搭貝澤爾電車。這時我就像是誤打誤撞回到家，感覺很不錯。之後我們徒步穿越兩座城市，而今，我對貝澤爾的熟悉已被更巨大的陌生感取代。我們還順路經過烏廓瑪大學圖書館的玻璃鐵門。

「我逃跑的話你會怎樣？」我問。而他沉默以對。

艾希爾拿出一張微妙的皮質證件套，向警衛出示跨界監察的印記。那名警衛先是瞪了好幾秒，才猛然跳了起來。

「我的天！」他大聲嚷嚷。從他的伊利坦語的口音聽起來，應該是土耳其移民。不過他來這裡很久了，久到足以明白那印記代表什麼意義。「我——你——我能為你效勞……嗎？」艾希爾指著他的椅子，要他回座，接著逕自往前走。

這間圖書館比貝澤爾大學的更新穎。「這裡的書不會有圖書分類標號。」艾希爾說。

「這就是重點所在。」我們照著地圖上的說明走。貝澤爾和烏廓瑪的歷史書籍在四樓，館方謹慎地分開陳列，不過書架依舊相互緊貼。艾希爾走過時，坐在個人閱讀間的學生都不禁注意著他。他身上散發一種不是父母也不是師長的權威。

我們面前有許多書籍，都沒翻譯過，留有原本的英文或法文書名。例如《分裂前時期的祕密》、《文字與航海：貝澤爾、烏廓瑪與航海符號語言學》。我們瀏覽了幾分鐘；畢竟書架太多了。終於，我看到我要找的書在主要走道倒數第三排書架上，由上往下數第二格。我擠開一名搞不清狀況的年輕大學生，裝出一副「這裡歸我管」的氣勢。那本書沒有書名，書背底部貼有類別。

「找到了。」這個版本跟我手上那本一樣。書封上的插畫是《眾妙之門》㊷的迷幻風格，繪有一名走在街上的長髮男子。街道由兩種不同（且虛構的）建築風格拼貼而成，陰影處浮現一雙監視之眼。

我當著艾希爾的面把這本《城與城之間》打開。書況破損不堪。

「如果這本書說的都是真的，」我悄聲說道：「那我們也被監視了——此時此刻——你跟我。」

我快速翻閱過去。印刷油墨濃淡不一，大多頁面都被人隨手加上眉批：有紅色、黑色和藍色的筆跡。瑪哈莉亞用的鋼筆品質特別好，她寫下的筆記像糾結混亂的髮絲，是多年來撰寫這神祕論文時下的註解。我往背後張望一下，艾希爾也跟著回頭。

沒半個人影。

這不對，我們讀著她的手寫字，這完全不對。此外她還寫道：這是真的嗎？參閱一下哈里斯民調。還有的地方寫上瘋了！這是瘋了嗎？

艾希爾拿走我手上的書。

「沒人比她更了解歐辛伊，」我說：「這就是她藏真相的地方。」

25

「他們都拚了命在追查你的近況，」艾希爾說：「寇葳，還有達特。」

「你怎麼跟他們說的？」

他臉上的表情顯示：我們絕對不會跟他們說話。那天傍晚，他帶了瑪哈莉亞的烏廓瑪版《城與城之間》全彩影本給我。整本裝訂妥當，每一頁、從裡到外都完整無缺；這也是她的筆記本。在我全神貫注、努力推敲之下，終於從紊亂不堪的文字中理出頭緒，並逐一找出她讀過的所有書籍文獻。

同日傍晚，艾希爾帶我在「兩城」穿梭。高聳的烏廓瑪拜占庭式建築櫛比鱗次，低矮貝澤爾磚造建築物是中歐的中時期風格，外牆有圍著圍巾的女性與投彈手的淺浮雕；貝澤爾的蒸煮食物與黑麵包混合烏廓瑪的辛香料，燈光與服飾色調為灰色與玄武岩色。現在，兩城的聲響在我聽來都顯突兀，包括非重音節母音的念法、斷音曲折，還有深喉音。如今所謂「身在兩城」指的再也不是貝澤爾與烏廓瑪，而是指位於**第三地**，也就是那個遍及兩城、卻又兩者皆非的地方：跨界監察。

兩城的人都很緊張。走遍交錯重疊的兩城，我們並沒有回到我重生後的辦公室。根據我的回溯與推算，辦公室應該位於烏廓瑪的魯賽．貝伊，或貝澤爾的土沙普羅斯培塔——我們去了一個新地方，一棟中產階級知識分子的公寓。該處設有門房，離原本較大的總部不遠；頂樓有滿滿的房間，應該是打通了

㊷ The Doors of Perception，英國作家赫胥黎的作品，書中描述其服用仙人掌毒鹼後的體驗。

鄰近的兩、三棟大樓；跨界監察人就在這兔窩似的地方進進出出。這裡的房間外觀看起來千篇一律：有臥室、廚房、辦公室；老舊落伍的電腦、電話、上鎖的櫃子。這裡不分男女，談吐都是那麼簡明扼要。

由於兩個城市在同時擴展，兩城之間就形成各種位置與空間。有的變成無主地，有的則是已知的爭議地區。而跨界監察——他們就住在這些地方。

「有人闖空門怎麼辦？發生過嗎？」

「偶爾。」

「那麼……」

「闖空門的盜賊就會進入跨界監察，歸我們管。」

這裡的人都很忙碌，交談時來回切換貝澤爾語、伊利坦語及另一種形式的語言。艾希爾帶我走進毫無特色的臥室，這裡有鐵窗，一定也有隱藏式攝影機。這是一間含衛浴的套房。之後，艾希爾沒有離開，隨後又進來了兩、三個跨界監察人。

「瞧瞧，」我說：「你們就是證據啊，證明這一切都是真的。」對多數貝澤爾與烏廓瑪居民而言，歐辛伊的荒誕愚昧來自它存在兩城夾縫的事實，不過這是一個既合理又必然存在的空間。為什麼跨界監察不相信在那小小空隙之中有生命存在？然而，目前令人擔憂的關鍵截然不同。最讓我焦慮的是：我們從沒看過歐辛伊人。

「那是不可能的。」艾希爾說。

「那去問你上司，問問那些掌權者……唉，好吧，我也不知道該叫你問誰。」跨界監察裡（不論位階高低）還有其他勢力存在嗎？「有人在監視我們，這點大家心知肚明。又或者瑪哈莉亞、尤蘭達、鮑登都是被某處的某人所害。」

「那槍手沒有跟其他人事物有關聯。」一名操伊利坦語的人說。

「那好吧，」我聳聳肩，用貝澤爾語說道：「照你這麼說，他不過是個普通又走運的右派分子。還是說，你認為下手的是那些藏在城與城之間的人？」對於傳說中在兩城夾縫裡掙扎求生的難民，現場的人都承認其存在。「這些人利用瑪哈莉亞，達成某種目的後就把她滅口；槍殺尤蘭達的也是同一批人，手法相當乾淨，你們根本就抓不到。不論在貝澤爾、烏廓瑪或其他地方，他們最怕的似乎就是跨界監察。」

「不過——」有個女的指著我，「——你看看你做了什麼。」

「違規跨界嗎？」不論這是一場什麼樣的硬仗，至少我給了他們一個方向。「沒錯。那麼瑪哈莉亞又知道了什麼？她發現了他們的計畫，因此慘遭滅口。」烏廓瑪與貝澤爾兩城的夜晚微光從窗邊灑落，照亮了我。我對逐漸聚集過來的跨界監察者提出一個異端看法，他們露出的表情活像是貓頭鷹。

他們把我鎖在房裡一整夜，於是我便讀起瑪哈莉亞做的註解。我可以分得出寫下這些註解的時期，時間軸並非按頁數依序前進——所有筆記層層疊疊，像不斷進化的點與線交織構成的羊皮紙。我就像在做考古研究。

對於最早寫下的紀錄，瑪哈莉亞的筆跡顯得較慎重，註解較長、較整齊，也標出更多參考書目，包括她自己的論文與其他作家的作品。瑪哈莉亞有慣用的口氣，還有自己發明的縮寫，因此很難確認她真正的意思。我逐頁閱讀，想把她過去在書上寫下的想法吸收消化，改寫成自己的語言。不過我解讀出來的大多是她的憤怒。

我發覺在夜幕低垂的街道上仍有人在活動，我很想跟在貝澤爾或烏廓瑪認識的人說說話，卻只能靜靜觀察他們。

不管跨界監察內部是不是還有其他我沒看見的幹部，翌日早晨，我依然跟艾希爾碰面，他發現我一直在反覆閱讀瑪哈莉亞的筆記。他帶我穿過走廊，來到一間辦公室。我也不是沒想過逃跑，畢竟好像沒人在監視我了。但他們一定會把我擋下，就算他們沒有攔住我，我也不知道能去哪裡——難道要加入那些藏在兩城之間被追捕的難民嗎？

狹窄的房內約有十二名跨界監察人。他們在桌邊或坐或站，以兩、三種語言小聲交頭接耳，顯然正在開會。

我為什麼被帶到這裡？

「……葛薛立安說還沒進行，他剛打過電話……」

「蘇所街的情況如何？不是有傳出……」

「……是，但所有人都在掌控中。」

他們正在開危機處理會議，一邊小聲講電話，一邊快速核對清單上的項目。艾希爾對我說：「一切都在進行中。」接著有更多人加入我們的談話。

「現在怎麼辦？」有個年輕女性對我拋出問題。她包著頭巾，顯然是傳統家庭出身的已婚貝澤爾女性，而我——我則是千夫所指的罪犯兼顧問。我認出她前晚也在。此時靜默填滿整個空間，氣氛僵到極點，就連這尷尬氛圍都尷尬地想離開。所有人都盯著我。「再說明一次瑪哈莉亞被抓走的情形。」她說。

「妳想對歐辛伊發動圍捕嗎？」我問。我沒辦法給她什麼建議，儘管我應該快得到答案了。

與會人士繼續迅速走來走去，說著我聽不懂的簡稱和俚語，不過我聽得出他們正在爭論。我試圖搞懂一些對策和指揮走向的問題。這些人不時低聲說出一些頗像結論的東西，然後又中止討論，以舉手或不舉手進行表決。

「我們必須先弄清楚這次開會的目的，」艾希爾說：「要怎麼做才能找出瑪哈莉亞發現的真相？」他的同仁越來越激動，頻頻打斷他人談話。我想起賈瑞司和尤蘭達，他們最後都提到了瑪哈莉亞的憤怒……我猛直起身。

「怎麼了？」艾希爾問。

「我們必須去那個挖掘現場一趟。」我說。他凝視著我。

「覺得泰可以和我一起去的人請舉手。」艾希爾說。房內四分之三的人很快舉起手。

「我已經表示過我對他的看法了。」頭巾女說；她沒舉。

「收到，」艾希爾說：「駁回。」他示意她看看四周：少數服從多數。

我跟艾希爾一起離開。街上瀰漫一股緊張感。

「感覺到了嗎？」我問。而他竟然點頭。「我……我可以打電話給達特嗎？」我接著問。

「不行，他還在休假。況且要是你看到他……」

「會怎樣？」

「你是跨界監察的人，不要去打擾他比較好。往後你還會看到很多認識的人，不要害他們陷入麻煩，但是他們得知道你的身分。」

「那鮑登……」

「他現在由烏廓瑪警方看守和保護。貝澤爾和烏廓瑪的人都無法找出他和尤賈維奇之間有何關聯。想殺他的人——」

「你還要繼續堅持不是歐辛伊嗎？或說歐辛伊並不存在？」

「——可能會再次下手。真民黨領導人現在願意配合烏廓瑪警方偵辦，不過他們似乎都不知道尤賈維奇和其他成員是否也受命於其他祕密組織；他們每個都火大得要死。你看過影片了，應該知道。」

「那我們現在在哪兒？博爾耶安怎麼去？」

在艾希爾領帶領下，我們經歷了一趟開心又違規跨界的乘車之旅。這條路線根本就是破壞兩城界限的隧道，而我很想知道他把武器藏在身上的哪裡。博爾耶安入口的警衛認出我，短暫對我閃過一個笑容。他應該也聽說我失蹤的事了。

「我們不會接近任何學者，也不會問任何學生話。」艾希爾說道：「你應該了解，我們來這裡是要調查導致你違規跨界的因素與證據。」也就是說，我是個要來調查自己罪行的警察。

「要是能跟南西談話，會比較好辦。」

「不准跟任何學者或學生接觸。好了，調查開始——你知道我是誰嗎？」他問的是那名警衛。

我們朝布哲走去，他背靠警衛室的牆，瞪大眼睛看著我們。當他看著艾希爾，完全不掩飾自己的恐懼，而且看著我的神情也頗害怕——不過疑惑成分也不少——*我們先前談過的內容可以說嗎？*我知道他內心充滿疑問——*他是誰？*艾希爾巧妙地利用我將他逼到警衛室內後方，那兒有一塊陰影。

「我從沒違規跨界。」布哲不停喃喃自語。

「你願意接受調查嗎？」艾希爾問。

「你的職責主要是遏止走私。」我說。布哲點點頭。但我現在的身分算什麼？無論是他還是我，都不知道答案。「工作還順利嗎？」

「老天……這些孩子頂多只會從地上撿個紀念品放進口袋，讓文物歸不了檔。不過每個人離開挖掘現場時都必須接受檢查，所以現場的任何東西都帶不出去，也沒辦法賣錢啦。我也說過，這些孩子都會在現場四處亂逛，有時他們站著不動時反而可能違規跨界……我能怎麼辦呢？我又沒辦法真的證明他們有罪，這並不代表他們是小偷啊。」

「她跟尤蘭達說你們可能會不知不覺變成小偷。」我告訴艾希爾。「最後一個問題：有什麼東西遺失嗎？」我問布哲。

「沒有！」

他熱心地帶我們去放置古文物的倉庫，還因為走得太急絆了一跤。途中遇到兩個有點面熟的學生，他們看到我們，站在那兒不敢動，還倒退著離開——我想應該是因為艾希爾走路的姿態，於是我也有樣學樣。在考古現場發現的東西都會存在專屬的櫃子，也有清理乾淨的最新發現。這些上鎖的櫃裡放滿分裂前時期的殘骸遺跡，種類琳瑯滿目，非常不可思議。這些神奇又奧妙難解的碎石瓦礫中包含瓶子、太陽系儀、斧刃、羊皮紙的斷簡殘片等等。

「進去吧。那天晚上值班的警衛確認過，所有工作人員挖掘到的東西都有拿來這裡放好，也鎖上了門、歸還鑰匙。沒有經過我們檢查的人連一步也休想離開。他們也從沒有異議，因為大家都很清楚遊戲規則。」

我示意布哲打開櫃子讓我檢查。抽屜裡的每件收藏都放在專屬的保麗龍盒內。最上面的抽屜還有空格，下面的則是裝滿的。易碎的文物用不織布層層包好，看不出原來的形體。我逐一打開每格抽屜，審視這些等級各異的考古發現。艾希爾站在我身邊，像看茶杯一樣低頭看著最後一格抽屜，裡面那些文物彷彿占卜未來吉凶的茶葉。

「每晚鑰匙由誰保管？」

「我——或看情況。」布哲比較沒那麼怕我們了，但我認為他不會敢說謊。「其實誰都有可能，因為這不是什麼大不了的事。只要工作得晚，每個人偶爾都得負責拿鑰匙。這裡有份排班時間表，不過大家都不當一回事……」

「他們把鑰匙還給警衛後就可以離開了嗎？」

「是啊。」

「馬上嗎？」

「是，大多如此。有人可能還會回研究室一下，或在現場找地方散散步。不過通常都不會逗留太久。」

「找地方？」

「是個公園。還……還算不錯啦。」他無奈地聳聳肩。「那公園沒有出口，又離異地幾公尺遠，他們得回來這裡才能出去，所以一定是搜過身才離開的。」

「瑪哈莉亞上次鎖門是什麼時候？」

「有好幾次都是她鎖的，我記不得……」

「那最近的那次。」

「……就是她失蹤的晚上。」他終於說出口。

「把鎖門的人和時間列清單給我。」

「我沒辦法，那張表是他們在記的，我剛也說過，他們大半時間都會給彼此方便……」

我打開最底層的抽屜。在一堆做工粗糙的小型人像中，兩城分裂前時期的溼婆靈甘㊸和古代試管包裹妥當。我輕碰著它們。

「那些都很有歷史，」布哲看著我說：「是很久以前挖出來的。」

「我知道。」我邊說邊看著標籤上的說明。這些文物屬於此考古現場早期的發現——但我突然聽到有人進來的聲音，隨即轉身。

來者是南西教授。她猛然停下，瞪著艾希爾和我，嚇得目瞪口呆。她在烏廓瑪住很多年了，已經學會注意這個城市的各個小細節；她知道自己面對的是什麼人物。

「教授。」我打了招呼，她對我點頭示意，和布哲對看一眼，點點頭，退了出去。

「瑪哈莉亞保管鑰匙時，門鎖好後會去散個步，是吧？」我說。布哲聳聳肩，表示不清楚。「輪到別人鎖門時，她也會自告奮勇幫忙。這種情形不只一次。」所有裝小型文物的盒子都用了布做襯裡。我沒有仔細翻找，摸來摸去一陣卻發現抽屜後面與我想像不同，沒有加上適當的防護措施。

布哲動來動去，但沒有阻止我。上方數來第三個架子後面放置的文物都是一年多前出土，有個包著布的東西摸起來怪怪的。我停下動作。

「你必須戴手套。」布哲說。

布解開後，出現一個用報紙捲起來的東西，裡面放著一塊木片，外表還有油漆與螺絲釘固定過的痕跡，看起來年代並不久遠，也沒有雕刻：那是某扇門被裁切下來的邊料，看不出有任何價值。

布哲瞪大眼睛；我拿起木片。「這是哪個朝代的？」我問。

「不行。」艾希爾出聲阻止。他尾隨我出了倉庫，布哲跟在我們身後。

「假設我是瑪哈莉亞，」我說：「我剛鎖好門——雖然不是輪我，我還是自願鎖門——現在要去散一下步。」

㊸ Lingam：印度教中男性生殖器的象徵。

我強迫大家走出倉庫，經過仔細分層的地洞，洞裡的學生驚訝地瞥了我們一眼；接著我們經過一片尚未開挖的分裂前歷史遺址，最後來到公園入口。本來必須出示大學識別證才能進去，但有鑑於我們所屬的組織與身分，門還是開了。我們將門撐開，進入公園。這裡離挖掘現場那麼近，實在很不像公園。不過裡頭低矮灌木叢生，不但種了樹，還有供人行走的交錯小徑。此處依稀可以看到一些烏廓瑪人，不過都離我們很遠；挖掘現場與這片烏廓瑪公園之間並沒有完整的領地，貝澤爾硬是在這裡占了一席之地。

空地邊緣也能看到人影。有貝澤爾人坐在石頭上，或站在重疊的池塘旁。這個公園只有一小部分落在貝澤爾，包括植物區邊緣的幾公尺、一條潺潺流過小徑與灌木叢的跨界小溪，以及隔開兩個烏廓瑪區域，完全屬於貝澤爾的一小片地帶。來散步的人只要看地圖就能知道該怎麼走。在這個重疊區，異國近在咫尺，學生得以享受被人行注目禮的分隔情趣。

「跨界監察會嚴格監視類似的邊界地帶，」艾希爾對我說：「這裡有監視器。我們可以看到出現在貝澤爾卻不是來自貝澤爾的人。」

布哲不敢走上前，所以聽不到艾希爾說話。他試圖監視我們的一舉一動。

我慢慢踱步。

「歐辛伊……」我說。烏廓瑪無法出入此地，必須回到博爾耶安現場才行。「還爭議地區咧？狗屁不通，瑪哈莉亞才不是這樣傳遞訊息與送貨，你看過《第三集中營》㊹嗎？」我走到重疊地帶邊緣，再幾公尺就不算是烏廓瑪領地了。現在我是跨界監察的人，當然可以隨心所欲晃進貝澤爾。但我停了下來，一副只能待在烏廓瑪的模樣。我走向烏廓瑪與貝澤爾共有區的邊緣，這裡有一小塊完全屬於貝澤爾，並將此處與烏廓瑪其他地區分隔開來。我讓艾希爾看著我，作勢將那塊木片放進口袋——但其實是穿過皮帶，將它塞進褲頭——「她褲子有個洞。」

我在交疊區走了幾步，讓那塊（幸好沒細刺的）木片滑下褲管，站著不動等它落地。我裝出欣賞天際線的模樣，輕輕用腳把木片埋進土裡，用土和植物堆肥把它蓋住。我走開時沒有回頭，地上也看不出木片的痕跡，不知情者一定看不出來。

「所以，她離開的時候，貝澤爾的人──或者看起來像貝澤爾人的某個傢伙──就是因為這樣你們才沒發現，」我說：「那人站在這裡仰望天空，踢個幾下，把地上某個東西踢出來。接著他到石頭上坐一會兒，用手摸摸地，把那樣東西放進口袋。

「瑪哈莉亞不會拿最近挖掘到的東西，因為才剛收進倉庫不久，容易被人發現。不過她會利用鎖門的時候迅速打開早期較舊的櫃子。」

「她會拿什麼？」

「可能拿到什麼就是什麼──也可能有人指示她什麼該拿。博爾耶安每晚都會給學生搜身，怎麼可能料到還會有人偷東西？瑪哈莉亞身上什麼都不會搜出來，因為東西都放在公園的這個交疊處。」

「──一個有人穿過貝澤爾過來拿的地方。」

我轉身，緩緩注視四面八方。

「你覺得有人在監視嗎？」艾希爾問。

「你覺得呢？」

沉默很久後，他才說：「我不知道。」

「歐辛伊──」我轉過身，「我受夠了，真的受夠了。」我又轉一次。「實在很煩。」

---

❹❹《The Great Escape》：改編真實事件，講述二次世界大戰期間發生在德國一處戰俘營的逃亡計畫。

「你在想什麼？」艾希爾問我。

樹林中傳來狗叫，我們全都抬起頭。那隻狗位在貝澤爾，所以我準備假裝沒聽到，雖然根本不必這麼做。

那是一間研究室，狗的毛色很深，也很親人。牠鑽出樹叢、東聞西聞，拔腿朝我們跑來。艾希爾朝狗伸出手，狗主人現身，臉上掛著微笑，但有點吃驚。他有點困惑地別開眼神，一邊想把狗叫回來。那隻狗跑回主人身邊，可是還在回頭看。狗主人努力對我們視而不見，卻還是忍不住偷瞄。他可能在想，我們怎麼會在這充滿不穩定因素的地區冒險跟一隻狗玩。艾希爾對上他的視線，男子趕緊看向別處。

他一定知道我們代表什麼組織、又是什麼身分。

根據文物目錄，這塊木頭的邊料是用來跟一件銅管器物掉包，這件器物裡面的齒輪已因鏽蝕卡住了幾百年。另有三件從早期現場出土的器物也被掉包，換成捲成一團的報紙、石頭和玩偶的一條腿，再用布包好。這些器物中原本包含一個內有原始發條的裝置、經防腐處理過的龍蝦鉗殘骸；一種類似小型六分儀的機械（不過已經腐蝕）。另外還有一把釘子和螺絲釘。

我們在那個邊緣地帶的地表找線索，發現壺洞、拖行的冰冷腳印、秋末殘花，然而就是沒找著淺埋在地下的分裂前時期無價寶物。一定是很久以前就被拿走。只不過也沒人能把這些東西拿出來賣就是了。

「這樣一來就算違規跨界了，」我說：「不論這些歐辛伊人從哪裡來、又去了哪裡，都不可能是在烏廓瑪撿起這些玩意兒，一定是在貝澤爾。總之，他們一定覺得自己從未離開歐辛伊。但對別人來說東西是藏在烏廓瑪，卻在貝澤爾被撿起來。所以這是不折不扣的違規跨界。」

■

回程時，艾希爾請人幫他轉接。我們回去時，跨界監察成員正在針對某個我不太懂的議題爭辯，並投票表決。過程節奏很快，而且不太嚴謹。他們就連進了會議室都還繼續針對那個怪議題爭辯不休；有人在打手機，有人打斷彼此談話，氣氛一派緊張，但在場所有跨界監察人依然面不改色。

大家都拿到了來自兩城的報告，拿聽筒的人小聲補充其他跨界監察人傳來的消息。「大家注意，」艾希爾不斷重複：「要開始了。」

他們很怕看到大頭照，還有違規跨界行凶搶劫的殺人犯。輕微的違規跨界犯罪率越來越高，跨界監察會盡量處理，不過也有很多人逃過跨界監察的法眼。有人報告，說出現在烏廓瑪牆上的塗鴉風格似乎讓人想到貝澤爾的藝術家。

「情況從沒有這麼糟過，自從那個……」艾希爾在會議進行時同步解說給我聽。

「那是萊娜，她在這個議題上一直努力不懈。」「沙穆認為提到歐辛伊就等同讓步。」「拜恩跟他持相反意見。」

「我們必須做好萬全準備，」發言者說：「畢竟我們在無意中發現了這件事。」

「——是瑪哈莉亞發現，不是我們。」艾希爾說。

「好吧，是瑪哈莉亞。但誰知道什麼時候又會有下一次？我們毫無頭緒，只知道戰爭開打，卻不知道敵人在哪裡。」

「我實在聽不下去了。」我悄悄對艾希爾說。

他陪我回房。但當我發現他又要把我關起來，忍不住大聲抗議。「不要忘記你為什麼來這裡。」他在門外說。

我坐在床上，嘗試用新的方式解讀瑪哈莉亞的筆記。為了重整她的思維與脈絡，我捨棄只看某一種筆跡的內容，以及她研究中偏向某特定時期的重點，轉而去看每一頁的註解眉批、讀不同時期留下來的意見——全都不放過。我變身考古學家，努力挖掘旁註文字背後隱藏的意義。我每一頁都看得很慢，沒照年代順序，還邊看邊跟自己辯論。

在封底一層又一層的憤怒理論中，我讀著蓋在小字上的一行大字：但要參考薛曼。此註解是針對左頁的一個論點：羅森提出的反論。這些名字都很眼熟，我之前看過。我往前翻了幾頁，看到一個更早以前寫下的筆記，旁邊有另一行以同樣筆法匆匆加上的新文字：不對——去參考羅森和維基尼奇。

先下定論，又加上評語，書裡以驚嘆號結尾的字句越來越多。錯了！然而，這指的不是文本，而是註解，而且是瑪哈莉亞自己親筆寫下、充滿熱誠的眉批。她推翻了自己原先的想法。考驗的原因？想考驗誰？

「喂！」我大喊道，但其實我不知道監視攝影機裝在哪裡。「喂，艾希爾——叫艾希爾過來。」我一直吵到他現身。「我要上網。」

他帶我去電腦室，讓我用一臺看起來像是486或同等機型的古董電腦，裡面的作業系統我沒看過，應該是某種仿Windows的湊合軟體，不過處理器和上網速度很快。這裡除了我們還有其他幾人。我打字時，艾希爾就在我身後；一方面監視我搜尋的資料，一方面也避免我偷偷寄電子郵件。

「只要有需要，什麼網站都可以查。」艾希爾說，而他此言不虛。雖是受密碼保護的付費網站，但只要按下輸入鍵，就可以登入瀏覽內容。

「這是哪種網路連線？」但我也沒預期能得到答案。我搜尋薛曼、羅森和維基尼奇。而在最近瀏覽的論壇裡，這三個作者不斷遭到無情謾罵。「你看。」

我找出他們的重要著作，從亞馬遜網路書店的作品一覽中快速了解他們的理論究竟是什麼——稍微花了點時間。我往後靠著椅背。

「你快看：薛曼、羅森、維基尼奇，這幾個人在主張分裂城市的網站都不受歡迎。」我說：「為什麼呢？因為他們出書大罵鮑登狗屁不通，說他提出的論點根本鬼話連篇。」

「他的確是鬼話連篇。」

「艾希爾，你畫錯重點了；看這裡。」我翻開《城與城之間》，指著瑪哈莉亞早期與後來的評語。「重點在於，她在最後幾頁提了這三個人；這些是她最後留下的筆記。」我又翻了更多頁給他看。

「她改變想法了。」最後他說道。我們沉默無語，對看許久。

「瑪哈莉亞原本以為歐辛伊是可憐兮兮的寄生蟲，後來發現情況不對，還驚覺自己成了小偷。」我說：「靠，她被殺不是因為她是什麼被選中的幸運兒，有資格知道第三個城市的存在；她會被殺不是因為發現歐辛伊騙了她、利用她；她提過的謊言不是這樣。瑪哈莉亞之所以被殺，是因為她根本不再相信歐辛伊了。」

26

即使我又是懇求又是發火，艾希爾和他同事還是不准我打電話給寇葳或達特。

「媽的，為什麼不行？」我說：「他們有能力處理——好吧，不管你們怎麼搞，找出真相就對了。尤賈維奇或他的同伴依舊是我們最好的線索，我們可以確定他絕對跟歐辛伊有關。先設法弄到瑪哈莉亞負責鎖門的日期，可能的話，也查清楚尤賈維奇那幾天傍晚人在哪裡，好確認是不是他拿走瑪哈莉亞藏的東西。貝澤爾警方長年緊盯真民黨，或許會知道什麼也說不定。要是真民黨的領袖很不爽，搞不好也會透露點什麼。順便調查一下那幾晚賽德的行蹤——畢竟能從柯普拉廳取得資料的『某人』也涉嫌重大。」

「瑪哈莉亞管鑰匙的日期是不可能全部查出來的。你也有聽到布哲說的吧？有一半學生沒有按表操課。」

「你讓我打個電話給寇葳和達特。他們有辦法過濾出日期。」

「你——」艾希爾厲聲說道：「現在在跨界監察之中。這點請你牢牢記住，你沒有權在這裡發號施令。我們所做的一切都是為了調查你的違規跨界。懂了嗎？」

然而他們也不願給我的牢房配電腦。我看著太陽升起，窗外的天空逐漸變亮，完全沒發現自己徹夜未眠，最後才有睡意襲來。等我再次睜開眼睛，是因為艾希爾回到我房裡。他在喝飲料（這是我第一次看到他進食）。我揉揉雙眼，天已經全亮，艾希爾看起來沒有一絲倦意。他丟了一份文件在我膝上，指著我窗邊的咖啡和藥丸。

「其實沒想像中困難，」他說：「歸還鑰匙時必須簽名，所以我們拿到了全部的日期。你會看到最原始的班表、更改過後的日期和他們的親筆親名——不過數量很可觀——太多天了，我們沒辦法鎖定尤賈瑞奇的行蹤，賽德或其他國家主義分子就更不用說。所有時間橫跨兩年以上。」

「等一下。」我拿起兩張表格，「排除本來就由她管鑰匙的日期。你別忘了，她起初很聽神祕聯絡人的話，所以不是她管鑰匙的日子她卻自願要管，那才應該注意。沒人喜歡這件苦差事，因為得留到很晚，所以只要留意她哪幾天突然跟輪值的同學說『交給我吧』就好。」那幾天就是她接獲指示必須偷拿文物出去的日子。總之，我們就來看看當時那三人各自幹了什麼好事。過濾完之後剩下的日期應該不會太多了。」

艾希爾點點頭，數算著有問題的夜晚。「共四、五天；遺失的文物只有三個。」

「那些日期中有幾天很平靜，可能是合理換班，瑪哈莉亞其實沒收到任何指示。不過還是可以追查一下。」艾希爾再度點頭。「屆時我們就等著看國家主義分子下一步會怎麼行動了。」

「他們是怎麼安排的？又是為什麼？」

「不知道。」

「你在這裡等消息。」

「我跟你一起去應該會更順利——你現在是在害羞個什麼勁？」

「你等著。」

等待的時候，我雖然沒對隱形錄影機怒吼，卻也依序狠瞪每一道牆，攝影機肯定看得到我。

「不是尤賈維奇，」艾希爾的聲音從一個看不見的擴音器傳出來。「他那幾天至少有兩晚都被貝澤爾警方監視，沒到公園附近。」

「賽德呢？」我只能對著空氣說話。

「也不是他，他四天都有不在場證明——搞不好是別的國家主義高官呢。不過我們都清楚貝澤爾是怎麼對付他們，所以沒什麼值得注意。」

「屁啦。賽德有『不在場證明』是什麼意思？」

「跟誰開？」

「我們知道他人在哪裡，那個地方離公園很遠。而且不只那幾天晚上，後面幾天他都在開會。」

「貝澤爾商業會，那時有貿易活動要籌辦。」霎時之間鴉雀無聲。我安靜很久後，他終於開口：

「怎麼？現在是怎樣？」

「我們一直想錯方向了，」我的手試圖在半空抓住空氣，像鉗子一樣。「先前是因為開槍的是尤賈維奇，還有國家主義分子跟瑪哈莉亞槓上，但你他媽的不覺得太巧了嗎？瑪哈莉亞自願鎖門的那幾個晚上，他們剛好就有討論貿易活動的會議？」我們兩人又久久不發一語。我想起去見監督委員會之前，就是因為某個活動才延後的。「會後還有歡迎貴賓的宴會，對吧？」

「貴賓——」

「各大企業，那一直是貝澤爾茶餘飯後的話題。之所以頻頻開會，是因為合約遲遲無法定案。艾希爾，查出那幾天開會的成員有誰。」

「你說在商業會的……」

「調查會後宴會的賓客名單就好，也追查一下後續召開的記者會，確定成功簽約的是哪一家——動作要快啊。」

「該死的。」然後我安靜幾分鐘，又開罵了，房內依然不見他的人影，只有我在來回踱步。「為什麼不乾脆放我出去？我他媽的是個警察，我有我的職責。你嚇唬人是很在行，但遇到這種案子就連個屁都不是。」

「你犯了違規跨界罪。」艾希爾邊說邊打開房門，「我們要調查的是你。」

「對對對，所以現在你要在外頭等到我抓狂才要進來嗎？」

「名單在這兒。」我接過那張紙。

上頭分別列出來自加拿大、法國、義大利和英國的大型企業，還有幾間美國中小企業——公司名稱旁邊標出許多日期；有五間以紅筆圈起。

「沒用紅筆圈起的公司是來參加某一場貿易展；用紅筆圈的公司，則是瑪哈莉亞自願拿鑰匙鎖門的每一天晚上都在。」艾希爾說明。

「瑞迪科技是軟體公司。這間班利——他們是幹麼的？」

「諮詢顧問公司。」

「寇因科技專營電子零件……寫在這幾間公司旁邊的字是什麼意思？」艾希爾看著名單。

「領導這些公司代表團的人名叫高斯，是母公司西珥寇爾的執行長。他來這裡跟寇因科技貝澤爾區總裁會面。這兩人跟奈瑟姆、布歷斯及其他商業會成員聯袂出席。」

「見鬼了，」我說：「我們……他在這裡待多久？」

「每天。」

「每天？一個母公司的執行長？西珥寇爾？最好是啦……」

「把你的想法說出來吧。」他最後說。

「這場大戲不可能只靠國家主義分子搞出來……等等。」我思忖著，「柯普拉廳的確有個內應，但……賽德對這幾個人到底有何用處？寇葳說的沒錯，賽德只是跳梁小丑……但他又抱持什麼立場？」

我搖搖頭，「艾希爾，跨界監察是怎麼運作的？你可以直接跟這兩個城市調資料……我問你，你們在國際間——我是說跨界監察——大概在那個地位？」

「總之，我們得追查那間公司。」

艾希爾說「我們是跨界監察的代理化身」。只要有違規跨界情事，我就可以隨心所欲地處置。不過他讓我見習了很長一段時間，採用的方式很僵化，而且他真正的想法晦澀難懂，只願透漏一絲絲線索——更何況，他到底有沒有把我的話聽進去都很難說。他既不同意，也不反對。我在說明想法時，他就只是站在那裡。

不行，他們不能賣，我說，根本不是這麼一回事。大家都聽過分裂前時期古文物的傳言：那些引人疑竇的物理特性。那些人想要一探究竟，所以讓瑪哈莉亞提供貨源。而為了達成目的，就讓瑪哈莉亞誤以為來聯繫的是歐辛伊，不過她終究明白了真相。

寇葳提過，那些公司代表來貝澤爾都會四處觀光，有豪華私家車載著諸位大老闆，遍覽完全地帶或重疊區——搞不好還真的去過某座美麗的公園歇腿伸腳。

而西珥寇爾公司又不斷致力於研發……

艾希爾凝視著我。「沒道理，」他說：「誰會砸錢投資這種迷信的胡言亂語……？」

「你敢肯定這全是迷信？你敢說傳說不可能其來有自？就算證明你是對的好了，人家美國中情局可是付了數百萬美金，訓練部隊要用念力瞪死羊呢。」我提出反對意見，「西珥寇爾說不定付了幾千美元就搞定。再說，他們根本不用相信歐辛伊：只要花少少的錢、就算希望只有萬分之一、只要有一絲可能、那些故事只要含有部分的真實，那麼光是滿足他們的好奇心就已算是一筆划算的投資。」

艾希爾拿出手機、開始連絡，此時夜幕剛要低垂。「必須召開祕密會議，」他講著電話，「對，風險的確高，但還是要開。」「要開祕密會議，老地方。」同樣的話他重複說了好幾遍。

「你真是無所不能呢。」我說。

「是啊，展現跨界監察實力的時候到了。」

「艾希爾，你現在相信我了嗎？你真的相信嗎？」

「他們到底是怎麼辦到的？外人要怎麼傳話給她？」

「我不知道，我們還有得查呢。很可能是用錢買通幾個當地人——我們現在知道尤賈維奇戶頭的錢怎麼來的了。」每筆都是小額匯款。

「他們不可能——不可能為她打造一個歐辛伊吧。」

「那你說，這種微不足道的歡迎會怎麼可能每次都請到母公司執行長出席？更遑論瑪哈莉亞負責鎖門的時間執行長也都剛好有來？拜託，貝澤爾這麼窮，他們來露個面我們就覺得充滿希望了。所以一定有什麼文章……」

「好吧，我們會調查，不過，泰，他們並非兩城公民，可不會……」他突然語塞。

「……不會怕我們。」我說。令兩城人民聞風喪膽的跨界監察、烏廓瑪和貝澤爾的鏡像倒影，兩方都映著一模一樣的乖順。

「他們對我們不會有特別反應，所以既然要做，就必須誇張點——出席會議時，我們的人必須夠多。如果真的如你所說，就表示貝澤爾會有一家大企業關門大吉。這不只是貝澤爾的危機，也會釀成漫天大禍，我相信沒人樂見這種下場。」

「跟跨界監察起衝突，對這城或那城都不是新鮮事了。以前確實發生過對抗跨界監察的戰爭，還不只一回。」他停頓一下，彷彿覺得當時的場景歷歷在目。「發生那種事只會兩敗俱傷，所以我們必須慎重看待。」跨界監察總愛來下馬威這套。我可是非常了解。

「動手吧，」我說：「動作快。」

不過號召監察人的成效不彰。跨界監察的代理化身都有各自的崗位要顧，不吃高壓權威和主持正義這套。監察人的確接了艾希爾的電話，但有的同意，有的不同意；有的答應出席，有的則拒絕，有的至少會聽艾希爾把話說完。以上都是我旁聽艾希爾講電話推出的結論。

「你需要多少人？」我問，「你還在等什麼？」

「我說過，我們必須慎重看待。」

「你有感受到外頭發生了什麼事嗎？」我說：「從空氣中就能感覺到。」

就這樣，兩個多小時過去。我猜送來的餐點與飲料中大概添加了能讓人興奮的東西，我在房裡走來走去，不停埋怨自己遭到監禁。艾希爾則接了更多電話——比他留言的量還多——消息傳得真快。走廊上一陣騷動，足音雜沓，人聲鼎沸，喊聲不絕於耳。

「發生什麼事了？」

艾希爾又在接電話，沒聽到外頭的喧鬧。「不行。」他這麼回覆，語氣中沒洩漏任何線索。他又重複表示了幾次拒絕才把電話掛斷。他看著我——那副從沒變過的表情中帶有一點逃避意味——我還是第一次見到。他有話要說，又不知該怎麼說。

「怎麼了？」外頭的叫喊越演越烈，街上也開始傳來吵鬧。

「發生了意外。」

「車禍嗎?」

「巴士,兩輛巴士發生車禍。」

「違規跨界了嗎?」

他點頭。「車禍地點在貝澤爾;兩車在芬恩廣場追撞,」那是一個交錯重疊的廣場。「車子打滑撞上烏廓瑪的一道牆。」我聽了沒說什麼。因意外造成的違規跨界肯定需要跨界監察出馬處理。幾位代理迅速出現在封鎖現場,釐清肇事原因,送無罪的人離開、扣留違規跨界的人,以最快的速度將案子再次交回給兩城警方。這起違規跨界的交通意外與走廊上的騷動無關;一定還發生了其他大事。

「巴士搭載著要移送至難民營的人,現在那些難民在街上亂竄,完全沒受過訓練;他們不斷違規跨界,在兩城之間亂晃,沒注意到自己造成了什麼混亂。」

可想而知,旁觀民眾與路過行人不知道會有多恐慌,無辜受到牽連的貝澤爾和烏廓瑪駕駛人就更不用說。事故發生時,為了閃避翻覆的巴士,他們只能不顧一切地急轉彎,因此難免衝進或衝出該分身城市,然後拚命恢復控制,開回自己所屬的城市——接著還得面對一群害怕又受了傷的不速之客。這些人無意犯法,卻別無選擇,也沒辦法說兩城的語言求救。他們踉蹌走出撞毀的巴士,手裡抱著哭泣的孩子,身上流著血,跨越邊界;這些人無法辨別兩城人民的差異——衣著、顏色、髮型、姿勢等——只要看到人就靠過去,在城邦之間來回遊蕩。

「我們準備封城,」艾希爾說:「將現場完全封鎖、清空兩城道路。大批監察人已經出動,直到結束前都會在現場巡邏。」

「什麼?」

他指的是跨界監察戒嚴——我活到現在都沒看過。兩城之間的入口會封閉，道路也全部封鎖，嚴格執行跨界監察的所有法規。邊界關閉期間，兩城警方都須聽跨界監察指揮，隨時待命，為跨界監察餘下的工作收尾。

「就為了一場巴士車禍？」

「這是人為的，」艾希爾說：「統派分子在現場設下埋伏——過去也發生過類似事件，統派分子無所不在，現在到處都有人通報違規跨界。」他漸漸恢復了鎮靜。

「哪裡的統派？」我越問越小聲，已經猜到了答案。

「兩個城市都有參與——而且是攜手！目前甚至無法確定究竟是不是貝澤爾統派讓巴士停下來。」他們當然會合作！但那群狂熱的理想社會改革分子有這能耐嗎？他們真能恣意造成交通癱瘓，成功幹下這一票？「統派分子遍及兩個城市，這次事故是某種起義，目的是要將我們同化。」

要不是艾希爾還在猶豫不決，我也不會繼續說下去，讓他比預期在這裡多待幾分鐘。他檢查口袋裡的裝備，準備待會兒加入武裝警戒的行列。監察人全被召集到事故現場，也都認為艾希爾會出現。外頭警笛與嘈雜聲不絕於耳。

「艾希爾，看在老天的分上，聽我說——一下就好：你覺得這一切都是巧合嗎？少來。艾希爾，你先別開門。你以為我們碰到這個案子、終於理出一點頭緒、好不容易走到現在，那該死的統派只是『正巧』起義暴動？艾希爾，這都是有人設好的局，目的是要讓你和跨界監察人全員出動，離他們越遠越好。

「你想想，你是怎麼查到瑪哈莉亞偷渡文物出去時有哪些公司剛好在這裡？」

他動也不動。「我們是跨界監察，」良久，他終於開口說話，「只要有必要，我們什麼都能……」

「——該死！艾希爾，我可不是任你恐嚇的違規跨界罪犯——我要知道你是用什麼方法查的？」

他終於說了。「竊聽，還有線人。」語畢，他抬頭瞄了一眼窗戶，因為那場意外帶來的噪音依舊響亮；他站在門邊等我開口。

「不管你想知道什麼，貝澤爾和烏廓瑪分部的特務或組織都會向你報告，對吧？因此，某處的某人正潛入資料庫，設法查出貝澤爾商業會的誰會在什麼時間、出現在哪裡。

「艾希爾，就是這個動作觸發了敵人的警戒心。你派人去查，結果他們抽調檔案的動作根本就被看在眼裡。這次我們顯然是矇到大獎，你還需要什麼證據？你見過統派分子，那些傢伙根本不值一提。貝澤爾和烏廓瑪的統派都一樣，不過是一群沒啥作為又天真的龐克族。組織裡的政府特務比真正的煽動者還多——有人下了指令，操縱這一切——因為他們發現自己被我們盯上。而且……

「這次的完全封鎖不是只封鎖柯普拉廳對吧？應該所有邊界也都關閉、班機也不能起降，是吧？」

「貝澤爾航空和伊利坦航空目前都停飛，機場也不接受飛機降落。」

「私人飛機呢？」

「……一樣封鎖，不過私人飛機跟國營航空公司不同，並不在我們管轄範圍內，所以會有點——」

「那就對了。你無法及時封鎖私人班機，一定有人準備離境了。我們得馬上趕去西珥寇爾的辦公大樓。」

「那裡是——」

「那裡才是一切黑幕真正發生的地方，而現在發生在這裡的事件……」我指著窗外：我們聽見玻璃碎裂、車輛倉皇疾駛，還有吼叫與爭吵。「是聲東擊西。」

27

我們親眼目睹街頭抗爭是如何劃下句點：一個小型的革命還未萌芽，就遭弭平，連掙扎都沒有。然而統派垂死前的奮力一搏依舊致命，我們以軍人慣用的方式壓制，只施行個宵禁是無法遏止這場恐慌的。

現場正用貝澤爾語和伊利坦語厲聲公告，告知眾人跨界監察正在進行全面封鎖，路上隨處可見兩城人民拔腿奔跑，窗戶應聲碎裂——有某群人邊跑邊砸，更像是出於輕浮的行為，而非恐懼。打破窗戶的並非統派，他們年紀都太小了，而且也沒有特定目標：青少年丟擲石頭，擺出這輩子最叛逆的姿態；那些破窗不屬於他們居住或目前所在的城市，是輕微的違規跨界罪。烏廓瑪消防隊開著悲鳴不已的消防車呼嘯而過，駛往夜色中紅光沖天之處；有輛貝澤爾消防車緊跟在後，兩城雙方依然努力守著分界，兩組人馬在連棟建築物正面分據兩端，各自努力滅火。

我希望那些孩子最好快點離開這條街，因為跨界監察無所不在。當晚，跨界監察維持一貫的神祕作風，大多數人依然察覺不到他們。我一面奔跑，一面看到其他監察人成功躲藏在貝澤爾與烏廓瑪居民的恐慌中，只有行為舉止稍稍不同——他們更果斷，更有攻擊性——像艾希爾和我。因為近來這些練習，我能看見他們，他們也看得見我。

我們看到一幫統派分子。即使在夾縫中生活了好幾天，這景象還是讓我深受震撼：這幫人分屬兩城的統派支會，穿著無國界的龐克搖滾外套，衣服綴滿補釘。儘管如此，對於了解城市符號學的人而言，不論他們更偏貝澤爾還是烏廓瑪，都可以輕易分辨出這些統派分子。現在，他們合為一體，拉著老百姓一同違規跨界、沿途在牆上噴著巧妙結合貝澤爾語和伊利坦語的標語，字跡都非常清楚易讀。字體採襯線體㊺，飾以鏤空花紋，無論是哪一邊，解讀起來的意思都是：同心協力！一齊統一！

艾希爾到了，帶著我們離開以前就準備好的武器。我還沒近距離看過。

「我們沒時間——」我開口。這個叛亂地點附近的暗處中有一小群模糊的人影；是跨界監察。「你們怎麼做到的？——就是你移動的方式？」我問。現場的代理化身分明在數量上居於劣勢，但他們毫不畏懼地接近那群人，也很意外地沒出現什麼戲劇化的轉折。他們冷酷地使出擒拿與摔技，制服三人。剩下的統派分子中有人團結起來試圖反抗，於是監察人亮出武器。我沒聽到任何聲音，卻見兩人倒地不起。

「我的天啊，」我說，但我們都沒停下腳步。

艾希爾專業而快速地拿鑰匙轉了一下，打開停放在路邊的一輛車。但他為何挑選這輛車？我難以推測。「上車吧。」他瞄了後方一眼，「要阻止這一切最好的方法就是在看不見的地方進行；監察人會把統派移到別的地方。現在是非常時刻，兩城已轉交跨界監察接管。」

「我的天……」

「只有非常時刻才會採取非常手段；這都是為了保衛兩城和跨界監察的安全。」

「難民要怎麼處置？」

「有別的處理方式。」他發動車子。

路上沒什麼車，但麻煩似乎總是在意想不到的地方。監察人分成許多小組、執行勤務，沿途數次見

㊺襯線體（serif）：為一種字體的裝飾。這類字體的字母會有一些小小的突起，筆畫的粗細也不相同。

到監察人出現在一片混亂中，看似要攔下我們。不過只要艾希爾看個一眼，或拍一下自己的印記，或用手指敲出某種神祕密碼，對方就會知道他也是代理化身而放行。

原本我要求有更多監察人隨行。「他們不會答應的，」那時他這樣回答我，「他們也不會輕信，而且我應該跟他們站在同一陣線。」

「什麼意思？」

「大家都在處理這場騷動。我沒那個時間說服他們。」

說是這麼說，不過他也意外地點出監察人數量很少的事實。他們的力量十分薄弱。跨界監察粗糙的民主制度，不論是在方法論或分權管理制度下，都得以擁有自我選擇的權力。也就是說，因為我讓艾希爾認為這件事很重要，他便自己選擇去執行這項任務。但因為統派搞出來的危機，也意味我們將孤立無援。

艾希爾在高速公路上變換車道，越過雙層邊界，閃過幾起小騷亂。烏廓瑪警方和貝澤爾警方站在角落待命。有時監察人完成夜間活動後會出現在兩城警方面前，用他們早已熟練的神祕氣場命他們善後——帶走某個統派分子或屍體、看守某樣東西等等——接著就再次消失無蹤。這種情形我看過兩次。當地警方將一群嚇呆的北非男女從一地護送到另一地。那些人是從發生意外的巴士內設法逃出來的難民。

「我們根本不可能……」艾希爾突然打住，觸碰耳機，聽著最新報告。

這次事件後，拘留營的統派分子將會人滿為患。本次騷動的結果已成定局，不過統派依然努力地讓厭惡他們行為的民眾動起來。今晚過後，說不定這回攜手合作的記憶會鼓舞某些人，讓他們願意繼續合作——能夠跨過邊界、在突然被他們合而為一的街道上和對面的外國同志打招呼、一同為了創立理想的國家而努力——兩城的統派鐵定興奮不已——縱使今晚的激情不過是藉著一句粗製濫造的口號，以及一扇破窗延續了幾秒鐘。事到如今，他們一定知道民眾並不打算跟隨他們，可他們也沒回到各自的城市躲藏。他們怎麼能回去？榮譽、絕望或勇氣，在在讓他們不甘就此放手。

「不可能啊，」艾希爾說：「西珥寇爾的大老闆不過是個外人，怎麼可能策畫這個……我們已經……」他豎耳傾聽，面色凝重。

「我們失去了幾個監察人。」這真是一場硬仗，而且還演變成一場血腥角力。一邊是致力促使兩城統一的人，另一邊是被指控導致兩城分裂的勢力。

烏恩吉爾廳也是烏爾齊稗宮的門面，那上頭有個寫了一半的統一，噴漆未乾，所以它究竟想表達什麼根本猜想不到。被視為貝澤爾商業區的地方離烏廓瑪的商業區很遠，西珥寇爾總部大樓位於科立寧河岸邊，是少數想振興貝澤爾瀕死港區的成功企業之一。我們駛過這條黑暗的河流。

我跟艾希爾抬頭看著被封鎖的空曠天空，只有一架不停轉著螺旋槳的直升機，它的強光使得背光的機體更顯黑暗，我們只能目送它離去。

「是他們，」我說：「我們來得太遲了。」不過那架直升機是從西邊出現，朝河岸飛去——不是要離開，而是要去載人。「快來。」

儘管那天晚上發生了很多事，很難集中注意力，艾希爾高超的開車技巧依舊讓我嘖嘖稱奇。他掉頭開過黑暗的橋，改走一條完全屬於貝澤爾的單行道——而且逆向——把正要離開騷動現場的行人嚇壞了。他又穿過一個重疊的廣場，來到一條完全屬於烏廓瑪的街道。我靠著車窗，看到直升機降落在河邊一棟樓頂，就在我們前方半英里處。

「降落了，」我說：「走吧。」

那裡有一間改裝過的倉庫，兩邊連接了烏廓瑪充氣室，裡頭滿是天然氣。廣場上沒人，不過西珥寇爾大樓整棟燈火通明。雖然夜色已深，門口依然有警衛駐紮。我們正要進去，他們就一臉挑釁地朝我們走來。這家不鏽鋼的公司縮寫——S&C——散發冷冽光芒，像藝術品一樣嵌在牆上，沙發旁的桌子擺著雜誌，還有做得跟雜誌一樣的公司專刊。

「滾。」那名男子說。他應該是貝澤爾退伍軍人；他摸著槍套，帶領屬下走向我們。但沒有多久，那氣勢馬上一落千丈：因為他看到艾希爾的動作。

「退下。」艾希爾說，他用威脅的語氣怒瞪他們。「今晚貝澤爾全由跨界監察接管。」他根本不必出示印記，那些人就立刻後退。「打開電梯，給我能直達直升機停機坪的鑰匙——然後就全部退下。其他人不准進來。」

如果這些保全是外國人，來自西珥寇爾總公司所在的國家，或是從歐洲或北美分部徵調過來，應該不會乖乖聽話。不過這裡是貝澤爾，保全都是貝澤爾人，所以他們遵照艾希爾的吩咐。我們在電梯裡時，艾希爾拿出了武器：一把大型手槍，外觀設計並不常見；槍管套了誇張的滅音器，看起來活像用什麼盒子裝起來一樣。他用保全給我們的鑰匙開鎖，一路直達頂樓。

電梯門打開後，圓拱形屋頂和碟型天線之間颳著陣陣寒冷強風，迎面襲來。頂樓可以看到烏廓瑪充氣室的纜繩、幾條街道，指向玻璃帷幕大樓林立的商業區，以及分屬兩城寺廟的塔尖。眼前的安全欄杆後方可見一片漆黑且颳著風的空地——直升機停機坪。上頭停放著那架隱身黑暗的交通工具，螺旋槳現在轉得很慢，幾乎沒有聲音。直升機前面有一群人。

除了低沉的引擎聲，還有為平息統派之亂到處奔波的警笛，幾乎聽不到其他聲音。直升機旁的人沒察覺我們靠近，我們停在距他們很近而且有掩護的地方。艾希爾帶我朝直升機的方向走——那幫人還是沒看到我們。他們共有四人，其中有兩個光頭，身材高大，看起來像極端國家主義者：那是在執行祕密任務的真民黨。他們站在另外兩人旁邊，其中一個是身著西裝的男士，我不認識；另一個人站的角度剛好沒露出臉。他們熱烈而專注地交談著。

我沒聽到談話的內容，不過其中一人看到我們了，接著一群人激動地轉過身。坐在直升機駕駛座的機師轉動手上的警用探照燈，在燈光即將照到我們那一刻，那群男人有了動作，最後那名男子露出臉；他直瞪著我。

麥可・布歷斯。他除了是在野的社會民主黨員，也跟賽德一樣是商業會會員。

我被強烈燈光照得睜不開眼，感到艾希爾抓著我，一把將我拉到一根粗粗的鐵製通風立管後頭。現場安靜了一會兒，有些沉悶；我等著槍聲響起，但沒人開槍。

「是布歷斯，」我對艾希爾說：「有個人是布歷斯；我就知道賽德不可能參與。」

布歷斯既是中間人，也是主謀。他很清楚瑪哈莉亞的興趣，她第一次造訪貝澤爾時，他就見過她。她當時還是大學生，在研討會上以反叛言論激怒所有人。布歷斯也是個經營企業的老闆，很清楚瑪哈莉亞的研究與目的——也就是那段虛構的歷史、一個安慰妄想患者的故事、幕後黑手給的桂冠。身為商業會的一員，他有能力提供這一切，也能透過捏造歐辛伊得到好處，拿到他命她偷的東西後，也能夠找到用途。

「被偷的東西都有齒輪，」我說：「西玥寇爾想要研究這類古文物，進行科學實驗。」

告訴布歷斯有人在調查西玥寇爾內部的是他的線人。就跟貝澤爾所有政治家一樣，他當然有線人。他或許會以為我們握有的資訊充足，但要是他發現我們實際掌握的居然這麼稀薄，肯定會大吃一驚。就憑他的地位，不需多大工夫就能指使可憐又愚蠢的統派分子挑撥者，搶在跨界監察察覺之前搧風點火。這樣他和他的共犯才能全身而退。

「他們有武器嗎？」艾希爾點點頭，掃視四周。

「麥可．布歷斯！」我大喊著，「是布歷斯吧？真民黨怎麼會跟你這種自由主義叛徒攪在一起？是不是你害尤吉那樣的好軍人送命？你是不是只要認為哪個學生快要揭穿你的陰謀，就殺他們滅口？」

「柏魯，快滾吧你。」他聽起來不像在生氣。「我們都很愛國，他們都很清楚我的經歷。」又有一支噪音生力軍加入今晚的喧囂：直升機引擎的速度越來越快。

艾希爾看了我一眼，大步走到能清楚被看見的地方。

「麥可．布歷斯，」他的語調令人害怕。那人穩穩地握著槍，朝直升機前進，整幅畫面反而看起來像是槍在帶領他前進，「你要對跨界監察負責，跟我走。」我跟在艾希爾後面。他瞄了眼布歷斯身旁的男人。

「這位是伊恩．克羅夫特，寇因科技的區總裁，」布歷斯對艾希爾說，雙臂交叉，「他是受邀來此。你有什麼話就對我說——喔，對了：**去死吧你**。」兩個真民黨員舉起槍，布歷斯朝直升機移動。

「給我留在原地，」艾希爾說：「我相信你會乖乖聽話的。」他對著真民黨員大吼。「我是跨界監察的人。」

「那又怎樣呢？」布歷斯說：「我花了多年時間在這裡深耕，成功支配統派分子；我替貝澤爾帶來了商機，還從烏廓瑪眼前神不知鬼不覺地拿走了他們的寶物。而你呢？你這個膽小的跨界監察又做了什麼？你保護的其實是烏廓瑪，你知道嗎？」

聽到最後那句話，艾希爾著實倒抽了一口氣。

「他在煽動，」我低聲說：「他要煽動那兩個真民黨的人。」

「有件事統派分子說對了，」布歷斯說：「要不是你們這些該死的跨界監察把老百姓變得迷信又懦弱，我們就會知道，說來說去這兒只有一個城市：貝澤爾。你是要叫愛國的人都服從你們嗎？我警告過他們，我警告過我的同伴你們可能會冒出來，儘管你顯然根本不該出現在這裡。」

「所以你才要流出廂型車監視錄影畫面，對吧？」我說：「為了不讓跨界監察插手，而是烏廓瑪警方接下這個燙手山芋。」

「跨界監察優先考慮的跟貝澤爾不一樣，」布歷斯說：「跨界監察都去死。」他倒是挺省話的，「你們這些什麼都不是的討厭鬼，我告訴你，我們只承認一個政府——貝澤爾。」

他指著克羅夫特，要他先上直升機；真民黨黨員在一旁盯著我們。他們應該還不會對艾希爾開火，也沒有跟跨界監察開戰的心理準備，但他們也沒放下手中的槍——這些人依舊不願妥協，一臉陶醉在這褻瀆氣氛的模樣，即使到了這個節骨眼還是拒絕服從。只要艾希爾開槍，他們也會回擊——而且他們可是有兩把槍的。他們對布歷斯高度服從，並不需要知道他們的金主要去哪裡、又為什麼要離開。只要金主把保護自己的重責大任交到他們手上，就足以點燃這些逞強鬥勇之徒的戰意。

「我不是跨界監察的。」我說。

布歷斯轉身看我，真民黨的人也瞪著我這邊。我感覺到艾希爾在猶豫；他仍舉著槍。

「我不是跨界監察人，」我深呼吸一口氣，「我是貝澤爾極重案組的泰亞鐸．柏魯督察，我不是為了跨界監察來這裡的，布歷斯。我是代表貝澤爾警方來執行貝澤爾的法律，因為你犯了法。

「走私本來與我部門無關，你想拿什麼就隨你拿；我也不熱中政治——我才不在乎你是不是惹到烏廓瑪。我會來是因為你殺了人。

「瑪哈莉亞不是烏廓瑪人，也非貝澤爾之敵——雖然她看起來很像——但那都是因為她信了你跟她講的鬼話，你才能把她偷給你的東西賣給外國公司的研發部門。說什麼你都是為了貝澤爾──最好是！你不過是靠銷贓來削外國人一筆。」

真民黨的人臉上出現不太自在的神情。

「不過她發現自己被騙了，意識到自己不是在糾正古老的錯誤，也沒有挖出任何隱藏的事實──你還讓她淪為小賊。於是你派尤賈維奇除掉她，而那觸犯的是烏廓瑪的法律，就算日後我們發現你跟他有關係，我也什麼都不能做。不過事情沒有這樣結束。當你知道尤蘭達躲起來，便猜到瑪哈莉亞一定跟她說了什麼，所以無論如何不能冒險，不能讓她活著說出真相。

「你派尤賈維奇從他所屬的邊界殺她，所以沒有跨界監察這個後顧之憂──這招很高明。不過這麼一來，他開的那槍，以及你對他下的令，就都發生在貝澤爾。這就跟我有關了。

「麥可．布歷斯，我以貝澤爾政府與法院賦予我的權力，因謀殺尤蘭達．羅迪格茲的罪名逮捕你。請跟我走。」

一時之間，眾人因太過震驚而沉默。我緩步走過艾希爾身旁，朝麥可．布歷斯靠近。

──但我的優勢無法持續太久。真民黨的人認定貝澤爾警方不強，所以給我們的尊重不會比貝澤爾的平民多多少。那些指控足以令他身敗名裂，而且用的是貝澤爾的名義，這跟他們宣誓參與的政治立場可是一點也不搭，也絕對不是他們甘願犯下殺人罪的理由──前提是當初他們真的有理由。那兩個真民黨黨員對於下一步不太有把握，只能面面相覷。

而艾希爾採取了行動──我吐出一口氣，說：「幹！該死！」

布歷斯咒罵著，從口袋掏出一把小型手槍對準我，我說了句「完了」之類的話，一邊踉蹌後退，接著聽到一聲槍響，感覺卻和我想像的不一樣：不是「砰」的轟天巨響，反而是急促且費力的呼吸聲。我記得自己的確有猜測過，但卻很訝異自己在臨死之前真的注意到這種事。

布歷斯立刻像稻草人般往後倒；他的四肢扭曲，胸前迸現血光——被子彈擊中的不是我，是他。他簡直像是蓄意拋開那把小手槍。我聽到的那槍響是出自艾希爾的滅音槍。布歷斯倒地，胸膛染滿鮮血。

接下來才是槍戰。兩聲槍響後，第三槍隨即補上。現在換艾希爾倒地；真民黨的人射中他了。

「停下來！住手！」我嘶吼著，「該死的！通通給我停火！」我橫爬回艾希爾身邊，他流著血，四肢成大字倒臥在地，痛苦呻吟。

「你們兩個都他媽的被捕了！」我大吼著，真民黨的人互望一眼，然後轉頭看我，再將目光移到一動也不動、已然死去的布歷斯。這次的護送任務以突如其來的打鬥與一團混亂收場，你幾乎可以看到他們瞥了瞥困住他們的無形網羅。其中一人低聲對另一人說了些什麼，接著一起退後，朝升降梯井的方向跑去。

「留在原地。」我跪在喘著氣的艾希爾身旁大聲喊叫，不過他們沒理我。克羅夫特還是靜靜待在直升機旁。「你他媽的給我站住！」我說。不過真民黨那兩人已經打開頂樓的門下樓，消失蹤影、回到了貝澤爾。

「我還好，還好。」艾希爾喘著氣。我拍拍他，想找傷口。他的衣服底下穿著某種保護衣，擋住了那顆致命的子彈，不過肩膀下方也中了一槍，正在汩汩流血；他看起來非常痛苦。「你——」他努力對西珥寇爾喊道：「給我待著，你在貝澤爾或許有受到保護，不過你現在不在貝澤爾了——我說你不在就不在——現在你進入了跨界監察的疆域。」

克羅夫特靠近駕駛座對機師說話，機師點點頭，加快螺旋槳運轉的速度。

「你說完了嗎？」克羅夫特問。

「出來，這架直升機被禁飛了。」即使咬牙忍痛、手上沒槍，艾希爾還是這麼命令道。

「我不是貝澤爾人，也不是烏廓瑪人。」克羅夫特用英文說，顯然他聽得懂我們的語言。「我對你們沒興趣，也不怕你們；我要離開了。『違規跨界』——」他搖搖頭，「真是一場鬧劇。除了這兩個奇怪的小城市，你以為有誰在乎你們？這兩城的人或許會給你們支持，什麼都不問，乖乖任你們擺布；也許他們不得不畏懼你們，但其他人可沒必要。」他坐在駕駛員旁邊，繫上安全帶。「我不認為你有能力阻止我們，但我還是強烈建議你和你的同伴不要試圖阻撓這架直升機……你剛說『禁飛』？激怒我的國家會有什麼後果，你想過嗎？光想到貝澤爾或烏廓瑪要跟真正的國家打仗，我都要笑出來了，更別提什麼跨界監察。」

他關上機門。艾希爾跟我都沒試圖起身。他躺在地上，我則跪在一旁，直升機越來越大聲，然後倏地起飛，彷彿有一條線將機體拉上去。強風倒灌到我們身上，衣服被吹得亂七八糟，布歷斯的屍體也飽受摧殘。直升機在貝澤爾與烏廓瑪的低矮塔樓間穿梭疾駛。無論如何，它依然是兩城領空中唯一可見的交通工具。

我目送它揚長而去。此舉違反了跨界監察，我想像傘兵在兩城著陸，猛烈攻擊主權有爭議的大樓裡的祕密辦公室。若想攻擊跨界監察，侵略者還先得違規跨過貝澤爾與烏廓瑪的邊界。

「一名代理化身受傷，」艾希爾使用無線電，說明了我們所在的位置。「請求支援。」

「上路了。」無線電回覆。

他靠牆坐著。東方天空開始出現微光；此時還能聽到下方傳來暴動的喧譁，不過早已轉弱消退。

——甚至，我們聽到越來越多貝澤爾與烏廓瑪的警車鳴笛，兩城警方開始收回各自的路權，因為跨界監察已經撤回接管令。這個全面封鎖還會延續個一天，目的是徹底清除統派分子最後的餘孽，讓一切恢復正常，同時也得將迷路的難民帶回拘留營。不過，最艱難的時刻已經過去，我看著曙光開始照亮雲彩。之後，我去檢查布歷斯的屍體，但他身上什麼都沒有。

艾希爾開口，音量相當微弱，我只得請他再說一次。

「我還是不敢相信——」他說：「這一切都是他幹的。」

「誰？」

「布歷斯；兩件都是。」

我靠在煙囪上看他，也看著太陽升起。

「不是，」最後我說：「她太聰明，雖然年輕，但——」

「沒錯，她最後也知道了真相。但一開始竟是布歷斯把她捲進來，實在令人難以相信。」

「而且依他做事的方式，」我緩緩地說：「他要是殺了某個人，我們絕對是找不到屍體的。」如果要說「全都是布歷斯幹的」，那麼這個故事無法讓人信服，因為他最後處理得不夠漂亮，其餘部分又太天衣無縫。我坐在那兒不動，沐浴在漸漸明亮的陽光下，等待救援。「她是專業的。」我說：「她熟知所有歷史細節；布歷斯雖然也聰明，但沒那種聰明。」

「泰，你是怎麼想的？」通往頂樓的一扇門傳來動靜，然後「啪」一聲突然打開。一個女人出現，我依稀認出她是跨界監察的一員。她邊講無線電邊走向我們。

「他們怎麼知道尤蘭達會去哪兒？」

「竊聽你啊，」他說：「也竊聽了你朋友寇葳的電話。」他表示。

「他們為什麼要射殺鮑登？」我問。然後艾希爾看著我，「在柯普拉廳的時候，我們以為要殺他的是歐辛伊，因為他不小心知道了事實真相。可是結果不是歐辛伊，而是——」我看著布歷斯的屍體，「——他的命令。但他為什麼要對鮑登趕盡殺絕？」

艾希爾點頭，緩緩說道：「他們以為瑪哈莉亞把知道的一切都告訴了尤蘭達，但是——」

「艾希爾？」走向我們的那名女子大喊。艾希爾點點頭，甚至還試圖站起來，不過下一刻又重重坐倒在地。

「艾希爾——」我說。

「好吧，好，」他說：「我只是……」他閉上雙眼。女子加快腳步，他又倏地睜開雙眼看著我，「鮑登跟你說過，關於歐辛伊的一切自始至終都是假的。」

「沒錯。」

「走吧，」女子說：「我帶你離開。」

「你有什麼打算？」我說。

「艾希爾——」女子說：「拜託，你現在很虛弱——」

「我是很虛弱，」他打斷她，「但是——」他咳了咳；我們四目相對。

「我們得把他帶出去，」我說：「我們必須動員跨界監察，把他——」但他們仍在努力為當晚的騷動收尾。現在沒時間說服他們了。

「一會兒就好。」他對那名女子說。艾希爾從口袋拿出識別證，連同一串鑰匙一起交給我。「這是我授權的。」她訝異地挑眉，但沒反對。「我的槍應該掉在那裡，其他監察人還在……」

「把你的手機給我。號碼幾號？快帶他離開這裡。艾希爾，之後交給我吧。」

28

那名女監察人扶著艾希爾，沒要我幫忙，只是「噓」一聲要我閃邊。

我找到他的槍了，拿起來很重，滅音器看起來幾乎像某種有機體，一層很像痰的東西包在槍口外層。我找保險找了非常久，還沒找到之前都不敢退下彈匣檢查。隨後，我把槍收進口袋，走下樓梯。

下樓時，我上下捲動著手機的電話簿，瀏覽有哪些連絡人：可是那些人名都是無意義的字串。我手動輸入我要的號碼，而且直覺認為前面不用加國碼，結果證明我沒想錯——螢幕立刻顯示進入撥號模式。

來到大廳時，對方還沒接起電話。保全有點不確定地看著我，於是我亮出跨界監察印記，他們就退下了。

「欸……哪位？」

「達特，是我。」

「老天？柏魯？這是怎麼……你現在人在哪裡？這幾天到哪兒去了？發生什麼事？」

「達特，你先閉嘴聽我說，我知道天還沒亮，但我不得不吵醒你，我需要你的幫助。聽著……」

「老天，柏魯，你以為我有在睡覺嗎？我們都以為你跟跨界監察在一起……你到底在哪兒？知道發生什麼事嗎？」

「我的確是跟跨界監察在一起。聽好，你還沒返回工作崗位吧？」

「幹，還沒啦！我他媽的還在……」

「我需要你幫忙。鮑登人呢？你的人把他抓去問話了，對不對？」

「鮑登嗎？對啊，不過我們沒有羈押他。怎麼回事？」

「他人在哪裡？」

「老天，柏魯。」我聽到他坐起身，力圖清醒，「在他的公寓啊，你別慌，有人看守他。」

「我到他家之前叫看守的警察先進屋，看著他——拜託你快點下令——現在就派人進去——謝了。確定他跑不掉之後回電給我。」

「等等，這個號碼是幾號？我的手機沒有顯示。」

我把號碼告訴他，接著站在廣場上，仰望發亮的天空。兩城上空有鳥群正在盤旋，我來回踱步。現在這個時間路上行人很少，但不只一個。我偷偷看著其他人經過我身邊，準備撤回自己的家鄉——我是要回貝澤爾？烏廓瑪？或……唉，隨便。我躲開身邊這批監察人。不過，現在監察人的數量也變少了。

「柏魯，他不見了。」

「什麼意思？」

「我們不是派了一組分隊在他家附近駐守嗎？本來想在他中槍之後保護他的安全。但今晚到處動亂的時候，所有人都放下原本的任務、前去支援。詳情如何我不大清楚，反正他家有一陣子剛好是沒有警察的。我本來叫他們回去看守——那時情況比較平靜，烏廓瑪警方和你們的人都在努力恢復原本的邊界，不過街上還是亂得一塌糊塗。總之，我派他們回去——剛剛還撞了門——但他不在家。」

「狗娘養的。」

「泰德，這到底是怎麼回事？」

「我正在去他家的路上。你可不可……我不知道伊利坦語要怎麼說……你可以對他發布ＡＰＢ㊻

嗎？」最後這個我用的是英文。學電影的。

「可以，我們這裡會說『開追蹤』。交給我。不過——靠，泰德啊，你看到今晚有多亂了嗎？你以為都這樣了還會有人去找他嗎？」

「總得試試看吧？他要逃跑。」

「好啦，沒問題，反正他跑不掉啦，邊境全關閉了，不管他出現在哪裡都會被攔下來，就算他到了貝澤爾也一樣。你們的人不會打混到讓人溜出境的。」

「好——不過還是會給他『加追蹤』的吧？」

「是開，不是加。好了，我們要去抓人了。」

兩城路上的救援車輛增加，火速前往暴動尚未平息的地區。到處可見民眾的私人車輛，守法的態度有別以往，他們非常嚴謹地遵守自家城市的交通規則，相安無事地在兩城行駛——像眼前這幾個行人，在這種時候外出一定有不得不的理由。比較值得注意的是他們只看該看的東西，不該看的就視而不見，一絲不苟地遵守著法律；早先交錯重疊的城市風景已然恢復。

黎明前的氣溫總是偏低。我拿著艾希爾的萬能鑰匙，雖然不如他一貫的冷靜自持，還是順利打開一輛烏廓瑪的車。達特正好在此時回電。他的語調跟上一通電話截然不同。他——我絕不可能弄錯——帶著某種敬畏。

「我錯了；我們找到鮑登了。」

「什麼？在哪裡找到的？」

㊻ APB，全面通緝，全稱為：All Points Bulletin。

「柯普拉廳。只有一個地方的烏廓瑪警察沒有被派去街上支援：邊界警衛。他們指認出他的照片，說鮑登幾個小時前抵達那裡，在騷亂開始前就到了。他在全面封鎖前就進了柯普拉廳，所以行動不受限制。不過你聽著——」

「他在那裡幹麼？」

「等。」

「你抓住他了嗎？」

「泰德，你聽我說，他們不能動他。現在有個問題——」

「怎麼了？」

「他們……他們不認為他在烏廓瑪。」

「他越過邊界了？那得跟貝澤爾邊界巡防隊連絡——」

「不是，聽我說，他們不確定他身在何處。」

「……什麼？什麼？他在搞什麼鬼？」

「他就……一直站在那裡，在入口外面可以清楚看見的地方；他看到警衛接近他，就開始走動……他移動的方式……還有穿著……都讓警衛無法確定他是在烏廓瑪還是貝澤爾。」

「你就確認一下他在關閉邊界之前有沒有越過去就好。」

「泰德，現在這裡根本一團亂啊。沒人能查文件或電腦的紀錄，什麼都查不到，所以無從得知他何時越界。」

「你得叫他們——」

「泰德，先聽我說，我現在只能保我的人不陷入危險；他們連看到他或口頭說他違規跨界都嚇得要去半條命。再說他們也沒錯，因為可能真的會去半條命。偏偏今夜跨界監察無所不在。泰德，現在才剛執行全面封鎖，最不可能幹的事情就是冒險違規跨界——除非鮑登移到一個他們可以清楚確定是烏廓瑪的地方，否則目前就是這樣了。」

「他現在在哪兒？」

「我怎麼知道？他們不會冒險注意他。他們只說他開始走來走去——一直走一直走，但分辨不出他人在哪裡。」

「沒人阻止他嗎？」

「他們連可不可以看他都不確定……不過他也沒有違規跨界，但他們就是……無法確定。」他頓了一下，「泰德？」

「我的天，果然。他在等某人注意到他。」

我加速開往柯普拉廳，就那麼幾英里路。我咒罵不停。

「什麼？泰德，你在說什麼？」

「這就是他的目的，達特，你自己也說過，不管他在哪一城，只要在邊界就會被警衛攔。你想想這是什麼意思？」

接下來是幾秒沉默。「要命。」達特說。在不確定的狀態下就沒人能阻止鮑登，誰都不行。

「你到哪兒了？還要多久到柯普拉廳？」

「十分鐘就會到，不過——」

——不過他也不能阻止鮑登。達特雖然很掙扎，但也不會願意冒著被跨界監察逮捕的風險，注視一個不確定是不是在烏廓瑪的人。我很想跟他說不要擔心這種事，也很想求他幫忙。但我能說他這樣做是錯的嗎？畢竟我也沒辦法保他不被監視——我能假設他很安全嗎？

「如果確定他在烏廓瑪，你會下令烏廓瑪警方逮捕他嗎？」

「當然會，不過在不能冒險看他的情況下，他們是不會去追他的。」

「那你去吧，達特，拜託你了。聽著：去散個步並不會被抓吧？去柯普拉廳後就隨你怎麼走，如果剛好有人一直在你附近——還不小心漏餡讓你知道他人是在烏廓瑪——你不就可以逮捕他了嗎？」

沒有人需要承認任何事，甚至不需要真那麼想，只要鮑登的位置依舊不明朗，否認的空間就一直會在。「拜託了，達特。」

「好吧。但你給我聽好：我去散步時要是附近有人好像在共有分治區，而且經證明不在烏廓瑪的領土——我就不能逮捕那個人。」

「你說得沒錯……」我的確不能要他冒著違規跨界的風險做這種事，再說鮑登或許早已越界，又成了貝澤爾人。那樣達特就束手無策了。「好吧，去散你的步，到柯普拉廳時通知我一聲。我現在要先打一通電話。」

我掛斷電話，撥了另一個號碼——雖然算是國際電話，我還是沒加國碼。儘管這個時間點很不恰當，對方還是立刻接起，只是聲音充滿警戒。

「寇葳。」我說。

「老大？老天——是老大——你在哪兒？怎麼回事？你還好嗎？發生什麼事了？」

「寇葳，我會把事情一五一十告訴妳，不過不是現在。我必須先請妳盡快出門，什麼都別問，先照我說的去做：我要妳現在立刻到柯普拉廳。」

我瞄了下手錶，抬頭看天空；天空彷彿不願意迎接早晨到來。達特和寇葳分在不同城市，然而都在趕往邊界的路上。先回電話給我的是達特。

「我到了，柏魯。」

「能看到他嗎？找到他了嗎？他在哪兒？」一陣沉默。「好，達特，你聽我說。」在沒有先確定鮑登在烏廓瑪之前，他是不會去看他人在哪兒的——但是達特也不會無緣無故打這通電話給我。「你在哪裡？」

「我在伊而亞和蘇哈什的轉角。」

「唉，老天，真希望我知道怎麼用這支電話進行三方通話……我先按保留鍵，你他媽的先別掛啊，」我又打給寇葳，「寇葳？聽好。」我先把車停在路邊，從置物箱拿出烏廓瑪地圖，跟我記憶中的貝澤爾對照比較。大部分舊城都是重疊區。「寇葳，妳現在先去別拉街——還有斡斯薩街。妳看過鮑登的照片吧？」

「嗯哼——」

「好啦，我懂。」我開著車，「如果不能確定他在貝澤爾，妳不會碰他——我就是這個意思，我只是請妳去那裡散個步，如果最後能證明某人出現在貝澤爾，就能逮捕他……還有，記得把妳的位置告訴我，好嗎？妳小心點。」

「老大，要小心什麼？」

她問到重點了。鮑登不大可能攻擊達特或寇葳；他一旦這麼做，就等於承認自己是貝澤爾或烏廓瑪的罪犯；要是他兩個人都攻擊，就會被抓進跨界監察——最令人難以置信的是，他至今還沒跨進去過。他的行走範圍很平均，可能位在任何一個城市，儼然像是薛丁格的行人。

「達特，你在哪兒？」

「泰培街中間，」泰培與貝澤爾的米蘭迪街共享同一個空間，是共有分治區。我告訴寇葳下一個要去的地點。「我快到了。」我現在過了河，街上車輛越來越多。

「達特，他現在在哪？——不對，我是問你在哪？」他把位置告訴我。鮑登只能走交錯重疊的街道。他的腳只要踩進完全地帶，就必須向那個城市交代，該城的警方也有權逮捕他。我現在駛入市區最古老的街區，每條小路都太曲折蜿蜒，車子開不進去。為了節省時間，我決定棄車，直接奔跑著穿越卵石路。

路旁貝澤爾凸出的舊城屋簷緊挨著烏廓瑪，靠著舊城精緻的馬賽克風格與拱頂。「閃邊！」我對擋路的幾個人大吼，一手亮出跨界監察的印記，一手拿手機。

「老大，我走到米蘭迪街的盡頭了。」寇葳的語調改變，她絕不會承認自己看到鮑登——她不是沒看見，也不算視而不見，而是介於看見與視而不見之間曖昧不明的狀態。但是她不再只是等待我的指示，現在她離鮑登很近，搞不好反而會被他看到。

我又檢查了一次艾希爾的槍，但還是搞不太懂。由於沒辦法用，我只好又把槍放進口袋，走向那個地方——就貝澤爾而言，寇葳守在那裡——就烏廓瑪而言，達特守在那裡。鮑登正在那兒漫步，在一個沒有人敢斬釘截鐵確定的位置。

先映入我眼簾的是達特。他穿著全套制服，手臂掛著吊帶，手機夾在耳邊。我經過他身旁時拍了拍他的肩，他嚇了一大跳，看到是我時還倒抽了一口氣。達特慢慢蓋上手機，很快地以眼神暗示著一個方向；但他臉上的表情我實在沒看過。

然而他的眼神實非必要。雖然有少數人勇敢地走在這條部分重疊的路上，你依然能一眼看到鮑登。他的步伐怪異，而且相當難理解，這形容不是很準確，但對於習慣貝澤爾與烏廓瑪身體語言的人來說，鮑登的姿勢真的看不出是哪座城市。他非常刻意，也沒有任何國家的包袱。我看到的是他的背影，他不像在遊蕩，而是以非常中性的動作大步離開兩城市中心、走向邊界，面對著群山與歐洲大陸的方向。

他面前有幾個好奇的當地民眾盯著他看，但顯然不太確定他到底在哪兒，於是有一半的人別開了眼神，因為他們不確定該看哪裡。我一一用手勢示意那些人離開，他們也照做了。也許是有人站在窗邊看，但事後可以否認自己有過這種舉動。我走近鮑登，他走在貝澤爾的蜃景與烏廓瑪細緻的膏溝之下。

當我離鮑登只有幾公尺，寇葳正觀察著我的一舉一動。她收起手機，改拿武器，以防他其實不在貝澤爾。她依然沒有直接看他，跨界監察可能正在某處監視。鮑登還沒因跨界行為引起跨界監察注意，表示他們不能動他一根汗毛。

我走動時伸出一隻手，速度也沒有因此減慢，不過寇葳緊握了我的手一下。我們的眼神短暫交會。

我回頭看到她和達特，這兩人身在不同城市，中間卻只相隔幾公尺。他們都凝望著我。

此時，黎明終於升起。

「鮑登。」

他轉過身，面色凝重、神經緊繃。我看不出來他手上拿著什麼。

「柏魯督察。在……這裡見到你，真是高興……」他努力露齒微笑，但有點失敗。

「你所謂的這裡是指哪裡？」我問，他聳聳肩。「你這行為真是令人欽佩。」我接著說。他又聳了肩，姿勢相當特別，既不像貝澤爾，也不像烏廓瑪。

如果要逃，他可能還要走一天以上。不過貝澤爾和烏廓瑪都是小國，要徒步走出兩國並非不可能的任務。他融合兩城少有人知的諸多風格、特性，捨棄任何一城人民固有的舉動，真的可以說是「專業居民」，也是個完美的城市觀察家。他用手上的東西瞄準我。

「你開槍打我的話，跨界監察不會放過你。」

「那也要他們有在監視我們，」他說：「不過，我想你可能是這裡唯一的跨界監察。今晚，數百年歷史的邊界防禦還不夠，就算跨界監察有在監視我們，這些問題也是有待商榷：我到底犯的是什麼罪？你人又在哪裡？」

「你想割下的臉——」瑪哈莉亞下巴下面那道鋸齒狀刀痕——「你的——不對，應該是她的——你用的是她的刀，但沒有割成功，所以換幫她畫上一個大濃妝，」他眨著眼，默不吭聲，「你是覺得那樣可以幫她換一張臉嗎？——那是什麼？」聞言，他把某個東西亮了一下給我看，然後又繼續握緊，對準了我。那是一片銅鏽斑斑的金屬物，飽經摧殘，而且非常醜，咯哩作響，上面有一大堆後來才加上的金屬帶補丁。

「壞了——我——」他不像是在斟酌用詞；那句話就這麼戛然而止。

「……天啊，所以你發現她知道這全是謊言時，就是用那個打她的吧。」他被狂怒沖昏頭，隨手抓到什麼就猛揮。但他承認什麼都沒用，只要他維持這種重疊狀態，有哪一城的警察可以辦他？我看著他手上的東西，握柄朝身體，末端是一根可怕又細長的尖銳物。「你在盛怒的狀態下，」我做出戳刺的動作，「用那個玩意兒攻擊她，直到她倒地不起。」我說：「對吧？你當時還不知道要怎麼用那個東西射擊，是不是？那是真的嗎？」我說：「就是『詭異物理特性』的傳言？你手上那個就是西珥寇爾想要的東西吧？他們還派出職位很高的訪客來觀光，在那個公園裡拖著腳走路——是想找什麼？他們不會只是一般觀光客的吧？」

「我不認為這是槍，」他說：「不過……你想見識一下它的威力嗎？」他搖晃著那東西。

「你不打算自己拿來賣嗎？」聽我這麼說，他有點火。「你怎麼知道它該怎麼用？」

「我是考古學家，也是歷史學家。」他說：「我對這東西瞭若指掌——我要走了。」

「走出這座城市嗎？」他偏著頭。「……到底哪座城市？」他揮揮武器，表示別再追問了。

「你要知道，我不是故意的，」他說：「她……」說到這裡他就詞窮了，只是吞了吞口水。

「她發現你一直在騙她時一定很生氣。」

「我是實話實說。督察，你也聽過我的說法；我說很多次了：世上沒有歐辛伊。」

「你一定有灌她迷湯吧？你是不是告訴她說，你只能對她一個人承認這個事實？」

「柏魯，說實在，我可以當場殺了你——況且你應該發現了吧，沒人會知道我們在哪一方。你若是站在一個確切的位置，或許他們還能抓我，但你沒有。重點是，我跟你都很清楚這件事，因為『這個地方』沒半個人——沒有跨界監察。假如我們遵守規則——他們的規則——事情發展就會如你所想。

「但是情況是這樣的：如果你被某人殺害，但大家都無法確定殺你的人身在何處，當然也無法確定你在哪裡。所以你的屍體只能永遠躺在原地、漸漸腐爛。而大家為了不違規跨界還得跨過你才行。貝澤爾和烏廓瑪都不會冒險把你清掉。兩城只能忍耐你的惡臭，直到你變成地上的一塊汙漬。柏魯，我要走了。你真以為我開槍打你貝澤爾會挺身而出？還是烏廓瑪會站出來？」

寇葳和達特一定有聽到他這番話，就算他們努力不要聽。

鮑登沒有動，只是凝視著我。

「我——我那位跨界監察的伙伴說得沒錯，」我說：「就算布歷斯能想出這個計畫，也沒有足夠的專業知識或耐心將整個計畫串起來，進而瞞過冰雪聰明的瑪哈莉亞。能做到這種程度，需要的是對檔案紀錄、祕密、歐辛伊傳言等的了解——而且一知半解不行，必須是能從頭到尾倒背如流的人。而且你說得沒錯，都是實話：世上沒有歐辛伊的存在。你甚至不厭其煩一再重申——那就是重點，不是嗎？

「布歷斯不是主謀吧？瑪哈莉亞在那場研討會後就成了眾矢之的，不是嗎？肯定也不是西珥寇爾——那種大型企業明明可以雇用更厲害的走私高手。不過反正剛好有這次機會，又不必花太多錢，他們就順勢而為——當然，要讓計畫成功依舊需要布歷斯的人脈與資源，再說，他也不會拒絕這個一舉數得的機會。不但可以偷烏廓瑪的東西，還能改善貝澤爾的經濟。這起事件背後牽涉多大金額的投資？——況且他也能海撈一票。只不過你才是主謀，而且目的絕對跟錢無關。

「一切只因為你對歐辛伊的思念——又是一石二鳥——歐辛伊當然不存在，但你能把它包裝得像真的一樣，藉以證明你的觀點都是對的。」

上等古文物都挖掘出來了，只有考古學家才知道箇中精妙與細節。依照可憐的尤蘭達所說，只有知道古文物放在那裡的人才會曉得這件事。想像一下，歐辛伊突然指派任務給一些假想的特務，為了在時限內完成，那些假想的特務並沒有時間多思考——只能以最快的速度偷完東西再轉手。

「你跟瑪哈莉亞說，她是你唯一吐實的對象。但你對書中的內容卻又一概否認——這些都只是在耍手段，對吧？你應該也有跟她說，即使你現在看似懦弱地否認歐辛伊的一切，也是為了要成就將來的大業——我賭你一定有那樣說。」我步步進逼，他的表情開始變了。「『瑪哈莉亞，我真是沒用啊，我的壓力真的太大了。妳比我勇敢，所以請不要放棄。妳只差一步了，妳會找到它的……』那些屁話徹底毀了你的事業，毫無東山再起的可能，因此最好的一步棋就是乾脆把謊言變真的——我想你拿到的報酬應該很不錯吧——不要告訴我他們沒付你錢——布歷斯和西珥寇爾都因各自的考量牽涉進此事。只要話說得漂亮，又能付錢，就可以招攬到國家主義分子。但說到底，歐辛伊才是你的最終目的，對吧？

「只不過，鮑登博士，壞就壞在瑪哈莉亞發現這一切全是鬼扯淡。」

捲土重來的那段偽歷史相當完美。他根據檔案紀錄的枝微末節，拿被誤解的文件相互參照、建構證據，並在植入的資料中加油添醋——甚至建議她閱讀支持某些黨派的教科書，甚至自創訊息——不僅是給他自己看，對她也有好處，對我們也有好處。在這麼做的時候，他能讓自己忘卻歐辛伊是從不存在的地方無中生有，然而瑪哈莉亞終究揭穿了真相。

「所以，你一定很不高興吧。」我說。

他的眼神飄離我們的位置。「事情變得有點……總之就是因為那樣。」她對鮑登說，文物偷竊、祕密報酬——全都將告一段落。所以他勃然大怒。

「她以為你也被騙了嗎？還是她發現你就是幕後主使？」神奇的地方在於，這些小細節幾乎變得不太重要了。「我認為她並不知道這件事。她不是會嘲諷他人的那種個性。我猜她是覺得自己在保護你。之所以安排跟你會面，其實是想保護你、提醒你，你們受騙上當，而且身陷險境。」

由於他氣急攻心攻擊瑪哈莉亞，毀了整件任務，要替過往計畫起死回生的說詞也全毀了；鮑登輸了一切，眼前只剩一個事實：在不知情的狀況下，瑪哈莉亞證明了自己高鮑登一等，並揭發他所捏造的一切純屬虛構。儘管鮑登想盡辦法掩飾自己創造出來的謊言，假裝毫無破綻，她卻堂堂正正、沒靠欺瞞手段地粉碎了他的夢想。她提出的證據不但再次戳破他的謊言，而且跟上次一樣，歐辛伊2.0最後依然淪為一場騙局，而他卻早已真心相信一切屬實。瑪哈莉亞之所以喪命，其實是因為她證明相信這個傳說的他是個笨蛋——而這傳說甚至是他一手創造的。

「但那是什麼？是她……」但不可能，那不可能是她偷出來的。如果是，就不會在鮑登手上。

「我擁有它好多年了，」他說：「這是我自己發現的，我首次參與挖掘的時候找到的。保全系統不是一直都像現在這麼嚴密。」

「你在哪裡跟她碰面？某個胡謅出來的爭議地區嗎？某棟廢棄舊大樓？而且你還跟她說歐辛伊就在

那裡監視一切？」然而答案並不重要。第一謀殺現場一定是個渺無人煙的地方。

「我要是說我不記得當下發生了什麼事，你會相信嗎？」他小心翼翼地說。

「會。」

「不變的只有這個，這——」理智思考反而讓他的想像力變差。搞不好他是把那個古物當作證據，取信於瑪哈莉亞。那不是歐辛伊！說不定她這麼說過。我們必須好好想一下誰會想要這個東西？並因此引發鮑登的怒火。

「你把它弄壞了。」

「還是能修。這東西很堅固；古文物都很堅固。」儘管那是曾把她重擊致死的凶器。

「載屍體通過檢查站這主意不錯。」

「打給布歷斯時，我知道他不高興必須安排司機，但他知道非這麼做不可。烏廓瑪或貝澤爾警方從來都不是問題，但絕不能讓跨界監察注意到我們。」

「可是你的地圖過時了，就是我那時在你桌上看到的那份，還有，你或尤賈維奇撿的那堆垃圾都沒用——那是你在殺她的地方撿的嗎？」

「那座滑板公園是何時蓋的？」有那麼幾秒，他真的讓語氣聽起來相當幽默。「那地方原本應該直通河口。」車裡那些老舊鐵製品會把她的屍體拖下水底。

「難道尤賈維奇不知道路？那是他住的城市，他又是個軍人。」

「他還沒機會去波科斯特。那次研討會之後我就沒去過貝澤爾了，我給他的那張地圖是很多年前買的，我上次到那裡時地圖還是正確無誤。」

「但該死的——都更過了不是嗎？他到了那裡，廂型車滿座，到河口前還有滑板滑道和半管滑道阻擋，時間又快天亮……所以出了差錯後布歷斯和你……大吵一架。」

「不盡然，我們是有口角，但我們以為麻煩已經解除了——是你去烏廓瑪他才開始擔心，」他說：「他察覺到麻煩還在。」

鮑登一直吞口水，可是臉部的抽動依然沒洩漏他身在何處。

「這樣說來……我也欠你一個道歉。」他試著聳肩——但是連這個動作都看不出他屬於哪座城市。「想道歉就道歉吧，」他說：「不過他那時也派了真民黨去找人，甚至還想騙你以為炸彈事件是廓瑪第一幹的；他應該覺得我也是那麼想。」鮑登露出厭煩的表情。「他一定聽說以前有發生類似事件。」

「確實。你那些分裂前時期筆記、還有不斷揚言要擺脫我們、闖空門的假事件——這些都幫你創造的歐辛伊傳說加油添醋。」但他的眼神……我沒辦法對他大罵這都是你扯的鬼話。「尤蘭達呢？」

「我……關於她的事，我很遺憾。布歷斯一定以為我或是瑪哈莉亞跟她說了什麼。」

「而你沒有，瑪哈莉亞也沒有——她不讓尤蘭達知道那些事。事實上，尤蘭達是唯一真心相信歐辛伊的人。她是你最忠實的粉絲；她和艾堪都是。」他聞言瞪大了眼睛，但表情依舊冷淡。他知道這兩個人腦袋都不怎麼好。

我有好幾分鐘沒說話。

「老天，鮑登——你這個騙子。」最後我說：「你到現在還在撒謊。你以為我不知道跟布歷斯說尤蘭達會來這裡的人是你嗎？」我說話的時候甚至能聽到他不穩的呼吸聲。「你唯恐她知道太多，叫他們去那裡殺她。但我認為這麼做根本毫無意義，只是害她平白喪命。你為什麼要來？你明知道他們也會設法除掉你。」我們無言相對。「你必須確定情況對不對？」我說：「他們也是。」

既然那些人派出尤賈維奇，並策畫駭人聽聞的跨界暗殺，目標不可能只有尤蘭達；畢竟他們連她知道什麼都不清楚，可是鮑登就不一樣了。他們很清楚鮑登知道什麼——他根本什麼都知道。

——而且，他們覺得我也這麼以為。鮑登是這麼說的。

「你告訴他們尤蘭達會到那裡去的，還說因為廓瑪第一想殺你，所以你也會去。他們真的認為你相信嗎？不管怎樣，他們總可以確認一下吧？」我自問自答，「只要看你有沒有現身就知道，所以你必須去，否則他們就會發現自己被耍。尤賈維奇要是沒看到你，就會知道你的陰謀；他必須確保兩個目標都在。」當時鮑登在柯普拉廳無論步伐和舉止都很怪異。「所以你一定得出現，還要想辦法讓某人絆住他——」我戛然而止——「所以暗殺目標本來有三個嗎？」

畢竟，出差錯的主因就是我。我搖搖頭。

「你早就知道他們也會殺你，不過為了除掉尤蘭達，這點風險值得冒，你就決定假裝被殺。」看到歐辛伊也想殺他，誰會懷疑他是共犯？

他的面色越來越猙獰。「布歷斯人呢？」

「死了。」

「很好、很好。」

我走向他，他舉起那把古物對著我，彷彿舉著什麼青銅器時代的粗短棍。

「你又在乎什麼？」我說：「你有什麼打算？你住在這兩個城市多久了？你想怎樣？一切都結束了——歐辛伊的那些殘骸。」我又向前一步。他還是瞄準著我，雙眼圓睜，粗重地喘息著。

「你還有一個選擇。你去過貝澤爾、住過烏廓瑪，現在還剩下一個地方……我看你算了吧，你想隱姓埋名地住在伊斯坦堡還是塞巴基托波？巴黎怎麼樣？你以為這樣真的沒關係嗎？

「歐辛伊是鬼扯淡，但你想看看真正夾在中間的是什麼嗎？」

我們僵持著。他躊躇的時間太長，完全顯露出他的真面目。

他是個喪心病狂的下三濫。而比他的行為更下流的是，這人直到現在還有些渴望聽從我的提議，乖乖跟我走似乎算不上什麼好漢。我接過他遞來的那個沉重武器：球型裝置上滿滿的齒輪，嘎嘎作響。就是這個古老的發條裝置，在金屬爆裂時劃過瑪哈莉亞的頭部。

他委靡地發出呻吟，又是道歉，又是懇求，似乎卸下了什麼重擔。我沒聽進去，所以記不得他說了什麼。

我沒逮捕他——畢竟在那一刻，我不是貝澤爾警察，而且跨界監察也沒有逮捕他——不過我還是抓到他了。我呼出一口氣，因為這一切終於結束了。

鮑登還是不說自己屬於哪裡。我問：「你在哪個城市？」

達特和寇葳距離我們很近，一有機會就能伺機而動。他一回答，跟他同在一地的人隨時可以撲上去。

「兩者皆是。」他答道。

我一把扣住他的脖子，把他轉過來，強行拖著他走。我以我被賦予的權力拖著跨界監察與我同行，把他納入跨界監察的界域中，將他從兩城拉出，帶他進入不屬兩地的空間、跨界監察的地盤。寇葳和達特看著我將鮑登帶離他們兩人伸手可及之處，我點頭向他們致謝，然後越過兩城的邊界。

他們沒看彼此，卻都對我點了點頭。

我拖著鮑登一起離開時，突然想起艾希爾授權讓我追查的這起違規跨界案件。該案仍需調查，而他就是人證。在那樁案子裡犯罪的人——依舊是我。

終曲　跨界監察

29

我再也沒看過那個機械裝置。它已進入跨界監察的官僚程序，我永遠都沒機會知道那是什麼玩意兒、又有何用途；也無從得知西珥寇爾公司為什麼要它，又或者它能否發揮任何作用。

暴動之夜的餘波仍在蕩漾，烏廓瑪在緊張情勢下力圖振作。即使統派餘孽不是遭到驅趕逮捕，就是躲進轄區內的角落、消失無蹤，烏廓瑪警方維持治安的姿態還是很高，而且總以侵入性的手段查驗。為此，支持公民自由意志的人抱怨不停。烏廓瑪政府宣布一項「鄰里守望相助」的新活動——這敦親睦鄰的範圍包括隔壁鄰居（注意他們在做什麼？）以及相連的城市（了解邊界有多重要了吧？）在貝澤爾，當晚的騷動反而造成某種誇張的噤聲狀態，似乎連開口提及都會帶來不幸。媒體大大壓低其嚴重性，政治人物發表言論時，對於近來的緊張情勢都迂迴帶過。然而全城籠罩著一種順服的氛圍，貝澤爾統派分子的人數減少，殘存的餘黨和烏廓瑪一樣，行事都很小心、藏於無形。

兩城的肅清進行飛快。跨界監察封城三十六小時，往後無人再提起此事。當晚烏廓瑪二十二人喪生，貝澤爾則是十三人，不包括最初車禍事故中死亡的難民，也還未計算失蹤人數。現在，兩城街上出現更多外國記者，進行著十分委婉的追蹤報導。他們循正規管道，想安排採訪跨界監察的代表——當然無須具名。

「曾有監察人叛逃嗎？」我問。

「當然有，」艾希爾說：「不過他們也因此觸犯違規跨界，只能淪為隱身城與城之間的人；他們是我們要緝捕的目標。」他走起路來小心翼翼，衣服和祕密防護衣下可隱約見到繃帶。

動亂過後隔日，我拖著半推半就的鮑登回到辦公室，自己又被關進拘留室。不過從那天開始，門就不再上鎖。艾希爾從某個專門照顧監察人的隱密醫院出院，我陪了他三天，在兩城的跨界監察地盤中日日散步，我向他學習如何遊走於兩城之間；先在一城行走，接著改走另一城，或走在非兩城的領域，但是姿態不像鮑登那麼怪異誇張。我更隱蔽地游移於曖昧模糊的灰色地帶。

「他到底是怎麼辦到的？到底怎麼有辦法那樣走動？」

「他一直在跟兩城學習，」艾希爾說：「或許只有外人才能真正看清楚兩城人民的特徵，學會怎麼『介於中間』。」

「他人呢？」我問過艾希爾很多次，而他則用各種方式迴避。而那次他的回答仍跟以往一樣：「我們有既定機制可處理這個人。」

天空烏雲密布、下起小雨，我豎起大衣領口。我們在河的西岸，靠近某重疊區的一條鐵軌，其中一小部分的軌道由兩城火車共用行駛，並協議使用國際化時刻表。

「問題在於，他完全沒有違規跨界。」先前我沒對艾希爾吐露過這方面的擔憂。他轉頭看我，手按摩著受傷處。「到底是什麼樣的權限……我們要怎麼拘留他？」

艾希爾領我走到博爾耶安挖掘現場附近的郊區，我能聽見北邊傳來貝澤爾列車的聲音，在烏廓瑪則是南邊；我們不會進入博爾耶安，甚至不會靠得太近，以免被看見。艾希爾嘴裡雖沒說，不過，我們這趟走遍了與這起案子相關的各個場所。

「我的意思是，」我說：「我知道跨界監察不必對任何人負責，但……你們會針對所有案子向監督委員會提出報告吧？」他聞言挑眉。「我知道、我知道監督委員會的名聲被布歷斯搞臭，但他們的說辭是這樣的：那是委員的個人行為，不是嗎？跟委員會本身無關。兩城與跨界監察之間的相互制衡依然不變，對吧？你不覺得還頗有道理的嗎？既然如此，你就必須證明帶走鮑登的行為合理。」

「沒人在乎鮑登，」最後他說：「烏廓瑪、貝澤爾、加拿大、歐辛伊——都不在乎。不過沒錯，我們會對他們提出一個形式上的說詞。或許他丟棄瑪哈莉亞的屍體後，是違規跨界回到烏廓瑪。」

「棄屍的不是他，而是尤賈——」我說。

「——或許他就是那麼做的，」艾希爾接著說：「但再說吧。我們或許會把他推給貝澤爾，或丟回給烏廓瑪；反正我們說他違規跨界他就是違規跨界。」我看著他。

瑪哈莉亞離開了；她的大體終於返家。艾希爾在吉理夫婦舉辦葬禮的那天告訴了我。

西珥寇爾公司沒有退出貝澤爾市場，要是他們在布歷斯令人毛骨悚然又一團糟的行為曝光後馬上撤出，就得冒著被盯上的風險。這間公司與技術部門被特別提出討論，但層層相扣的關係鏈尚未明朗——而且很遺憾——還不知道布歷斯可能的連絡人是誰。但錯誤既已造成，公司方面也採取了適當的保護措施：據聞，寇因科技會被賣掉。

艾希爾和我搭乘電車、地鐵、公車、計程車後開始步行。他領著我，我們兩人像縫針般在貝澤爾和烏廓瑪之間來回穿梭。

「我的違規跨界要怎麼辦？」最後，我問了這個問題。我們都等候多日，我沒問我什麼時候可以回家？

現在我們搭著纜車前往公園頂端。該公園即以纜車為名——至少在貝澤爾是這麼叫的。

「他如果有貝澤爾最新的地圖，你們就永遠找不到她了。」艾希爾說：「歐辛伊。」他邊說邊他搖搖頭。

「你在跨界監察見過任何孩童嗎？」他說：「如果有小孩出生，要怎麼處理——」

「一定是有的，」我插嘴，但他比我更大聲。「——小孩在這裡要怎麼生活？」兩城上空的雲朵千變萬化，我不禁抬頭觀賞，拒絕看他，心中想像著被遺棄的小孩。「你知道我是怎麼變成監察人的嗎？」他突然說。

「我什麼時候可以回家？」而我問了個牛頭不對馬嘴的問題。他聽到時卻露出微笑。

「你表現得很好。你完全了解了我們的工作型態，世上再也沒有別的地方能像這兩個城市這樣運轉。」他說：「讓兩城分隔的人不是我們，而是貝澤爾和烏廓瑪的人民。每分每秒每天，無時無刻都是如此。我們只是最後一道防線。大多時候，這種狀態要靠兩城人民才能維持。因此『視而不見』與『察而不覺』才會如此重要。沒人能說這麼做沒用，因此不承認就代表有用……不過，要是你違規跨界——就算不是你的錯——只要比『一下下』再長一點——你就回不去了。」

「像某種意外。車禍、火災、非蓄意的違規跨界……」

「是的，肯定如此。要是你再次逃離——如果這就是你對跨界監察的回應，那麼你或許還有機會。不過屆時你還是會有麻煩。而且，如果超過了那個『一下下』，你就再也逃不走；你再也無法視而不見。大多違規跨界的人——欸，話說，反正你很快就會知道我們如何制裁違規跨界。不過還有一個極為罕見的可能性。

「你對英國海軍了解多少？」艾希爾說：「幾個世紀以前的？」而我只是盯著他。「我跟其他人一樣，都是被吸收進跨界監察的。我們之中沒人生在這裡，我們原本都是貝澤爾或烏廓瑪的人：我們全都曾違規跨界。」

我們沉默了好幾分鐘。「我想打電話給幾個人。」我說。

他說的沒錯。我想像自己現在身處貝澤爾，無視位於交錯重疊地帶的烏廓瑪；我生活在那個空間的半邊，對於我曾相處的所有人、建築、車輛——種種一切視而不見。或許我可以裝，但最後一定會出問題，絕對瞞不過跨界監察。

「這個案子很大啊，」他說：「有史以來最大的。你以後絕對不會再有機會辦那麼大的案子。」

「我可是警察啊，」我說：「該死的——我有選擇嗎？」

「當然，」他說：「你可以在這裡，這裡有跨界監察，也有違規跨界者，凡是違規跨界，都要跟我們交代。」他沒看我，目光對著外頭重疊的兩個城市。

「有人自願嗎？」

「『自願』本身就是一種具指標性的前兆：那代表你不適合加入跨界監察。」他說。

我們一起走向我以前的公寓：我，還有這位強拉我進跨界監察的男人。

「我可以道別嗎？我想跟幾個人——」

「不行。」他說。我們繼續走。

「我是警察，」我又說了一次，「我可不是……啊，算了。反正我跟你們做事的方法不一樣。」

「我們正希望如此，所以你違規跨界時我們都很高興。畢竟時代一直在改變。」

這些手法沒有我原先恐懼的那麼陌生。其他人或許會繼續走傳統跨界監察的路線，採取恫嚇脅迫的手段，並自詡為黑夜裡的恐懼暗影……而我……我採取的方法是從網路上暗中擷取資料、竊聽兩城電話，善用線民的情報網、超越任何法律的強權，以及數世紀來的恐懼……之類的。當然，有時我也會利用高於我們的其他未知勢力，畢竟我們只是代理化身，工作是進行調查，就像我多年來做的一樣。

我算是新人上任。每間辦公室都需要一個像我這樣的人被放那三把火。就這種情形而言，也算是頗幽默的。

「我想見莎芮思卡——你知道她吧——還有碧薩雅；我也想跟寇葳和達特說話，至少說個再見。」

他安靜了一會兒。「你不能跟他們說話。我們的規矩就是這樣。如果不嚴守傳統，我們就什麼都不是了——但你可以看看他們——只要你不被看見。」

我們互退一步。我寫信給我的舊情人（全部手寫，並親手送達——只是並非由我親送）。信中除了寫我會想念她們就沒別的了。而我這麼寫不只是為了貼心。

我走近我的舊同事，雖然沒開口，但他們兩個都看得見我。只是達特在烏廓瑪，寇葳在貝澤爾。他們都看得出我不在他們各自的城市——不完全在這一個，也不算是在另一個。他們都沒跟我說話；他們不會以身試法。

我看到達特從辦公室出來，他看到我，短暫停下腳步。我站在烏廓瑪警局外的布告欄旁，頭低低的。他知道是我，卻看不到我的表情。我舉手打招呼，他猶豫了許久，才張開五個指頭，似有若無地揮手示意。然後我退回陰暗處，他先行離開。

寇葳坐在貝澤爾的烏廓瑪鎮上一間咖啡廳。看到她，我不禁露出微笑。她坐在我帶她去的場所，喝著奶泡烏廓瑪茶。我站在小巷的暗處看了她幾秒，才頓時察覺她也直視著我：原來她知道我在。先跟我道別的是她。她一手舉杯、一手敬禮。雖然她看不到，我還是以口形對她說了謝謝與再見。

我還有很多要學，除了學習之外我別無選擇，否則就得背離我現在的組織。和跨界監察追捕叛徒的規模比起來，他們對其他罪犯寬容多了。因此，雖然我還沒準備好，也不想被新組織中那些毫無特色、超越雙城的成員報復；我從兩個非選擇題中做出抉擇；我的任務已然變更：我不再維持這城的法律，或守護別處的規則，而是維持一個讓法律得以運作的表象。事實上，我保護的是兩個地方的兩套法律。歐辛伊與考古學家一案已畫下句點，那也是貝澤爾極重案組泰亞鐸．柏魯督察的最後一個案子。世上再也沒有泰亞鐸．柏魯督察這個人。我現在只是跨界監察代理化身：泰。在見習期間，跟著我的導師離開貝澤爾和烏廓瑪。我所在的這個地方，人人都是哲學家，針對我們體驗過的眾多事物，討論我們到底在什麼地方。而對於那個問題，我持自由主義的立場。我的確身在夾縫中，但也在這個城市與那個城市裡頭。

（全書終）

繆思系列 025

被謀殺的城市
The City & The City

作者	柴納・米耶維（China Mieville）
譯者	林林恩
執行長	陳蕙慧
主編	張立雯
編輯	林立文
行銷	廖祿存
電腦排版	極翔企業有限公司

社長	郭重興
發行人兼出版總監	曾大福
出版	木馬文化事業股份有限公司
發行	遠足文化事業股份有限公司
	地址 231新北市新店區民權路108之4號8樓
	電話 02-2218-1417　傳真 02-8667-1891
	email: service@bookrep.com.tw
	郵撥帳號 19588272 木馬文化事業股份有限公司
	客服專線 0800221029
法律顧問	華洋國際專利商標事務所 蘇文生 律師
印刷	成陽印刷股份有限公司
初版	2018年8月
定價	新台幣380元

ISBN 978-986-359-571-7

國家圖書館出版品預行編目(CIP)資料

被謀殺的城市 / 柴納・米耶維（China Mieville）
著；林林恩譯. -- 初版. -- 新北市：木馬文化
出版：遠足文化發行, 2018.08
　面；　公分. --（繆思系列；25）
譯自：The city & the city
ISBN 978-986-359-571-7（平裝）

873.57　　107010950